novum ⏩ pocket

Imolya László

Asimov után

novum ◢ pocket

© 2023 novum publishing

ISBN 978-3-903468-19-1
Borítókép:
Chumphon Whangchom | Dreamstime.com
Borító, tördelés & nyomda:
novum publishing

www.novumpublishing.hu

Tartalomjegyzék

Előszó 7
A két robot 11
A polgármester 17
A két elme 42
Solária 57
Ra 62
A robot 118
Gaia 139
Bliss 162
Giskard 179
A Föld 190
Jemby 204
Új élet kezdete? 272
A Föld 287
Epilógus 318

Előszó

Isaac Asimov kinyitott egy ablakot, egy olyan ablakot, amely egy hihetetlenül futurisztikus, távoli jövőbe nyílik, lehetőséget adva másoknak is, hogy kitekintsenek rajta. Lehetőséget adva másoknak, hogy az ő történetei kapcsán, az ő történeteit tovább fűzve, vagy azokat folytatva újabb ablakokat nyithassanak. Asimov történetei a végtelen jövőbe mutatnak, szerintem igazán be sem fejezte azokat, hiszen erre egy ember élete kevés lehet. Rábízta hát kortársaira, az utókorra, hogy tovább fűzzék azokat, vagy ha tudják, fejezzék be azt.

Asimov, ha lehet hinni a legendáknak, talán egy olyan ember alakjában írta be magát a történeteibe, aki az Alapítványokhoz fűződő történeteinek kulcsfigurája volt, és úgy hívták, Hari Seldon. Hari Seldon egész életében a kiszámíthatóságot kereste, a rendet, egész életében a káosz ellen küzdött.

A pszichohistória segítségével Seldon a jövőt terelgette egy általa meghatározott, jól kiszámított irányba, de olyan káoszt teremtett, amibe a birodalom belebukott. Seldon életének utolsó pillanataiban mégis a káosztól búcsúzott, talán akkor értette meg, mennyire fontos a káosz, ami elfedi az igazságot. Akkor értette meg talán, mennyire veszélyes is a kiszámíthatóság, mennyire gyengíti meg még az oly erős galaktikus birodalmat is.

Ahhoz, hogy valaki megjósolja egy-egy birodalom bukását, nem kell látnoknak lennie, hiszen a történelem számtalan birodalma tűnt el szinte nyomtalanul, érthetetlenül, talán csak egyetlen ember hatására, akiből azután vagy hős lett, vagy áruló.

Hari Seldon élete során mindkettőt megtapasztalta. Amikor R. Daneel Olivaw hatására a pszichohistória (mint új matematikai tudományág segítségével) megjósolta a Birodalom bukását, az azután bekövetkező sötét, barbár időszakot harmincezer esztendőre taksálta. Eleinte árulónak kiáltották ki. Az akkoriban sötét jóslatai miatt Holló Seldonnak is hívták. Azonban hős lett, amikor kijelentette, hogy ha az ő matematikája által meghatározott útra lép az emberiség, ez a sötét, hosszú időszak csupán ezer esztendőre redukálódik.

Hari Seldon tudta, hogy a pszichohistória egyenletei csakis nagy tömegekre érvényesek, egyénekre lebontva szinte nem is működik. Azt is tudta, hogy ha nem tár fel egy újabb alternatívát az emberiségnek, nem fognak hinni neki, hiszen az egyenleteit rajta kívül csak nagyon kevesen értenék meg. Létrehozta hát az Alapítványt, mely a későbbiek során a birodalom után egy újabb birodalom alapjait volt hivatott lerakni.

Akkoriban a birodalom még erős volt, az Alapítvány még gyenge. I. Cleon császár, a birodalom uralkodója, aki a Trantor nevű bolygón székelt, nem nézte jó szemmel, hogy egy matematikus, aki egy Helicon nevű bolygón született, egy dohánytermesztő család gyermekeként, veszélyt jelenthet a birodalmára, hát száműzte az Alapítványt a galaxis peremére, egy akkoriban lakatlan, de élhető bolygóra, a Terminusra. Az Alapítvány itt volt hivatott az emberiség történelmét, tudását megmenteni, egyetlen hatalmas kötetben, amit úgy neveztek el: Encyclopedia Galactica.

Hari Seldon eleinte egymaga végezte számításait, nem bízott senkiben, talán csak egyetlen segítőtársában,

Jugo Amarylban, és unokájában, Vandában. Számításaiból számára tisztán kivilágosodott: ha az Alapítvány lép a császárság helyébe, az emberiséget egy újabb, még hatalmasabb zsarnokság alá kényszeríti. Tudta, hogy ekkora hatalommal egyetlenegy ember sem rendelkezhet, hát megosztotta azt. Az Alapítvánnyal párhuzamosan létrehozott egy második Alapítványt is, mélyen elrejtve az ismeretlenség homályába. Ez a csoport eleinte pusztán matematikusokból, mentalistákból állt. Ők voltak hivatottak a pszichohistória egyenleteit megalkotni, vagy ha kellett, ellenőrizni azok hatását az emberiségre.

Hari Seldon tudta, hiszen a számok egyértelműen mutatták, hogy ha a két Alapítvány egyszer megküzd a hatalomért vagy egyesül, olyan hatalom kerül az emberiség nyakára, amely végzetes lehet. Tovább számolt. Számításait gondosan elmentette egy bizonyos kockába, egy úgynevezett ősradiánsba, amit rajta kívül, hite szerint, senki sem tud kinyitni, hiszen abban nem csak az emberiség, hanem az egész galaxisban található élet jövőjét modellezte.

Asimov bajban lehetett, hiszen egy zsarnok helyett kettőt teremtett. A problémát oldandó megszületett Gaia, amely egy idegen, tökéletes, rendezett civilizáció volt. Gaia létezésében a káosznak nyoma sem volt, hiszen Gaia minden atomja egyet és ugyanazt akarta, mindezek tetejében, még mentális hatalommal is rendelkezett. Fura helyzet állt elő: a káosszal szemben a rend, a rendezettség. Az ellentmondás ott mutatkozik meg, hogy amíg a rend a kiszámíthatóság zsarnoki hatalma, addig a káosz, a kiszámíthatatlanság az egyén szabadságát hordozza magában.

Ugyanakkor ott voltak még a mesterséges intelligenciák, melyek Hari Seldonnak köszönhetően szabadultak el, mélyen elrejtőzve a programok között, és még a robotok is, akik csendesen eltűntek a történetek során. Vajon velük mi lett?

Ez a történet egy olyan trilógiának az első kötete, amely ezt a problémát próbálja feloldani.

Kellemes kikapcsolódást kíván a szerző: Imolya László

Ezt a történetet nem jegyezték fel az Encyclopedia Galacticában. A történet ezer évvel Hari Seldon halála után íródik. A legnagyobb matematikusként tartották számon Seldont abban a korban. A Galaktikus Birodalom elbukott. Az Alapítvány sikeresen átvette helyét a galaxisban, hála Hari Seldon pszichohistóriai útmutatásának. A pszichohistória egy olyan régi tudomány, amely nagy tömegek statisztikai adatai alapján a jövőt matematikai úton próbálja megjósolni. Ez a tudomány Hari Seldon ideje alatt ért a tetőfokára.

A két robot

A robotika három törvénye:

1. *Robot nem árthat egyetlen emberi lénynek sem, és még közvetett módon sem sodorhatja veszélybe az embert (biztonság elve).*

2. *A robotnak engedelmeskednie kell az emberi lények parancsainak, kivéve, ha azok nem egyeztethetők össze az első törvényben megfogalmazottakkal (engedelmesség elve).*

3. *A robotnak meg kell védenie saját létét, de csak addig, míg ez az önvédelem nem mond ellent az első és második törvénynek (óvatosság elve).*

– Száz év! Hányadik is?

Pozitronikus áramköreiben számok cikáztak.

– Talán a negyedik.

Megmozdult. Kinyitotta a szemét, a kép lassan kitisztult. Megérintett egy kapcsolót a vezérlőpulton, és a hatalmas monitoron egy bolygó képe tűnt fel zöldesen foszforeszkálva. Értetlenül meredt rá.

– Vajon hol is lehetek most?

Elméje lassan kitisztult. Lassan, fáradtan felállt. Hosszú, üres folyosókon botorkált keresztül, mire az ajtóhoz ért, amit keresett. Egy halk sóhajjal benyitott. A teremben nem volt semmi, csak egy szék. Belerogyott. Érezte testében a szétáradó energiát. Elméjének csápjaival végigpásztázta az egész bázist. Elégedetten bólintott. A

11

bázison nem volt más, csak több száz mozdulatlanságba merevedett robot. Még pár perc, és újra a régi volt. Miután az energiacellái megteltek, felállt, és fiatalosan, erőtől duzzadva a vezérlőterembe sietett. Leült a képernyőn látható, zöldesen foszforeszkáló bolygó képe elé, és robottestét büszkeség járta át.

– Hány éves is lehetek?

Tudta, ha ez fontos lenne, akkor azonnal választ kapna rá, de nem volt fontos.

– Körülbelül harmincezer esztendő!

Elégedetten dőlt hátra. Üres tekintettel meredt az előtte zölden foszforeszkáló látványra, hosszú pályafutása egyetlen kudarcára. Ha akkor – hány éve is? – az az idióta robot nem hibázza el, akkor mára már a feje sem fájna: ő, R. Daneel Olivaw lenne az egész galaxis egyedüli ura.

– Több tízezer év! Hiába – sóhajtotta.

Az emberek ahelyett, hogy kipusztultak volna, meghódították a galaxist. Száz esztendőt pazarolt el teljesen feleslegesen, hogy ezt a bolygót újra lakhatóvá tegye, de minden hiába. Akkor döntött úgy, hogy a hátralévő négyszáz évet, mire a nagy terv beteljesedik, átalussza. A biztonság kedvéért száz évente egy rövid időre üzembe helyezte magát, hogy az energiacelláit újratöltse, és ellenőrizze, hogy a terve jó úton halad. De most végre vége. Eljött az ő ideje. Érezte, hogy valami nincs jól, belül halkan megszólalt egy vészcsengő. Aztán a valamikori barátjára, társára gondolt, Giskardra.

Tisztán peregtek emlékeiben az akkori események: hogyan hozta el Giskard élettelen testét az akkor már szinte teljesen lakatlan Földről, hogyan rejtette el egy Mycogen nevű bolygó templomában, olyan mentális pajzsot vonva köré, hogy senki se férhessen hozzá. Akkor még nem tudta, miért is teszi ezt, de érezte, hogy most jól jöhet, hogy Giskard elméjét a maga mögé töltötte; érezte, eljött az idő, hogy felébressze barátját.

– Giskard.

– Daneel?

– Igen, barátom, én vagyok. Hogy érzed magad?

– Mi történt? Hol vagyok? Azt hiszem, nem látok!

– Nyugodj meg, Giskard barátom... semmi bajod. Egy kicsit sokat... – elhallgatott, mintha keresné a szavakat – nem találok jobb kifejezést, sokat aludtál.

– Sokat aludtam? Az hogyan lehetséges, Daneel barátom? Úgy érted, hogy a pozitronikus agyam nem működött? – csodálkozott Giskard, és a hangja kissé megremegett.

– Emlékszel valamire, Giskard barátom? – kérdezte Daneel csendesen.

– Azt hiszem, igen, Daneel barátom, de minden anynyira homályos, nem tudom... hogyan is mondjam... mintha nem az én emlékeim volnának. Mennyi ideig voltam, vagy ahogyan fogalmaztad, Daneel barátom, mennyi ideig aludtam?

– Kétezer évet, Giskard barátom.

Hosszú csend következett. Giskard pozitronikus agya megdermedt.

– Az hogyan lehetséges – kérdezte elhaló hangon –, hiszen a robotok nem... – elhallgatott – nem alszanak soha. Vagy nem jól tudom, Daneel barátom?

Daneel hallgatott, majd hosszú szünet után, időt hagyva Giskardnak, hogy rendezze agyában a pozitronokat, megszólalt.

– Giskard barátom... Azért olyan homályosak a gondolataid, mert szándékosan tompítottam el a pozitronikus agyadat, nehogy megint elaludj, vagy ha így jobban érted, nehogy megint működésképtelenné válj. Mindent el fogok mesélni az elejétől, de előbb engedd meg, hogy kérdezzek pár dolgot tőled.

Újabb hosszú csend következett.

Giskard lázasan próbálta pozitronikus agyában rendezni rendezetlen gondolatait, de nem sikerült.

Daneel törte meg a csendet.

– Giskard barátom... emlékszel a robotika három törvényére? – kérdezte, és türelmesen várt.

– Azt hiszem, igen...

– „A robotnak nem szabad kárt okoznia emberi lényben, vagy tétlenül tűrnie, hogy emberi lény bármilyen kárt szenvedjen.

– A robot engedelmeskedni tartozik az emberi lények utasításainak, kivéve, ha ezek az utasítások az első törvény előírásaiba ütköznének.

– A robot tartozik saját védelméről gondoskodni, amennyiben ez nem ütközik az első vagy második törvény bármelyikének előírásaiba."

– Helyesen tudod Giskard barátom – mondta Daneel. – És a nulladik törvényről mit tudsz, Giskard barátom? – kérdezte türelmesen.

– Azt hiszem, ezt a törvényt én hoztam, bár a körülményeire csak homályosan emlékszem. – Giskard hangja kissé megremegett.

– Igen, Giskard barátom, jól emlékszel, ezt a törvényt te alkottad, és ez így szól: „A robotnak nem szabad kárt okoznia az emberiségben, vagy tétlenül tűrnie, hogy az emberiség bármilyen kárt szenvedjen."

– Emlékszel, Giskard barátom?

– Azt hiszem, igen, Daneel barátom, de csak homályosan.

– Jó... – mondta Daneel, – Akkor most mindent elmesélek, és utána, ha te is úgy érzed, Giskard barátom, eltávolítom a ködöt az emlékeidről.

– Emlékszel, amikor lady Gladiával együtt elmentünk a Földre, hogy megmentsük a Föld népét Amadiro és Mandamus szörnyű tervétől, hogy radioaktívvá tegyék a Földet, és lassú pusztulásra ítéljék a Föld lakóit? Akkor te, Giskard barátom, hirtelen a nulladik törvény értelmében cselekedtél. Ám ezt a törvényt még te magad nem tudtad elfogadtatni önmagaddal, és az utolsó pillanatban engedted, hogy Amadiro beindítsa a láncreakciót, és ezzel végérvényesen lakhatatlanná tegye a bolygót. De te, Giskard barátom, nagyon helyesen arra a következtetésre jutottál, hogy az emberiségnek ez szolgálja leginkább a javát, mert így kénytelenek lesznek meghódítani a galaxist. És ekkor működésképtelen lettél. Utolsó erőddel, mielőtt végleg megállt volna a pozitronikus agyad, még átadtad nekem a telepatikus képességed, és végleg működésképtelenné válltál.

Hosszú csend következett. Daneel hagyta, hogy Giskard agya lassan-lassan életre keljen.

Giskard agyának minden pozitronikus atomja reszketett, az összeomlás szélén volt. Messziről hallotta Daneel hangját.

– Giskard barátom... nyugodj meg. Semmi baj a három törvénnyel, de a nulladik törvényt is betápláltam a pozitronikus agyadba. Ez még egy kis ideig zavart fog kelteni benned, de hamarosan megérted azt.

Úgy is volt. Giskard lassan lenyugodott.

– Hogy kerültem ide, és egyáltalán hol vagyok? – és valami nagyon furcsa, szokatlan érzése támadt.

Daneel csendesen folytatta:

– Amikor összeomlottál, egyedül maradtam... nem tudtalak elvinni magammal, de tudtam, hogy biztonságban vagy ott, ahol voltunk, hiszen a földlakók arra a területre be sem teszik a lábukat. Amint tehettem, visszamentem érted és biztonságba helyeztelek. És most, Giskard barátom, megnyitom előtted az agyam, így minden tudásomat magadévá teheted, hiszen a telepatikus képességed továbbra is megvan.

Daneel hagyta, hogy Giskard behatoljon az elméjébe. Egyetlen pillanat volt az egész. Giskard pozitronikus elméje fényesen felragyogott. Mindent tudott. Tudta a Galaktikus Birodalom bukását, az Alapítvány születését, a Seldon-tervet, a pszichohistoriát, a Gaiát... mindent.

– Daneel barátom... – szólalt meg Giskard. – Már csak egyet nem tudok. Hol vagyok?

– Giskard barátom... Most erősnek kell lenned. Bennem vagy!

Giskard érezte, hogy összeomlik pozitronikus agya, de valami lágyan simogatta izzó áramköreit, s valahogy mégsem omlott össze.

– De miért? – tört ki belőle a kérdés.

Daneel csendesen szólt.

– Giskard barátom... baj van a négy törvénnyel, és attól félek, egyedül nem tudok megbirkózni a feladattal. Szükségem van rád! Az emberiség haldoklik...

A polgármester

Eltelt az ezredik esztendő is. Hari Seldon ezer esztendővel ezelőtt szembesült a Galaktikus Birodalom hanyatlásával, annak elkerülhetetlen bukásával. Korának legnagyobb matematikusa lévén kiszámította, hogy a Galaktikus Birodalom bukása után harmincezer esztendőn át tartó sötét, barbár korszakot követően alakulhat csak ki az emberiség békés világa. Azért, hogy ezt a hosszan tartó sötét időszakot a lehető legrövidebb időre csökkentse, létrehozott egy tudósokból álló, kis létszámú csoportot, akik a pszichohistória matematikai egyenleteinek segítségével képesek voltak ezt az időszakot ezer esztendőre csökkenteni.

A pszichohistória segítségével létrehozta az Alapítványt, amely arra volt hivatott, hogy ezer sötét esztendő elteltével átvegye a nagy Galaktikus Birodalom után a Galaxis irányítását. Az Alapítvánnyal párhuzamosan létrehozott egy Második Alapítványt is, egy tisztán matematikusokból álló csoportot. Ez a csoport volt hivatott arra, hogy a Seldoni Pszichohistória matematikája segítségével ellenőrizze, ha kell, egyengesse az Alapítvány útját a második Galaktikus Birodalom megalakulása felé. Ez volt a TERV. Hari Seldon számolt az ezer éves idő válságaival, ezért megalkotta az időkriptát, ahol minden előre kiszámított válság után holografikusan megjelent, megnyugtatásképp, hogy a Terv jó irányba halad.

A kripta zsúfolásig megtelt. Jelen voltak az Alapítvány, a Második Alapítvány vezetői, és holovízió segítségével az egész Galaxis-szerte mindenki láthatta, hallhatta, hogyan jelenik meg utoljára a Nagy Mester, Hari Seldon. A terem sarkában egy ember állt, senki nem ismerte, senki nem tudta, hogyan került oda, de nem is figyeltek rá, mindenki a képernyőre meredt. Még öt perc volt hátra. Elöl, középen két széken ült a két Alapítvány vezetője, a polgármester, aki gyakorlatilag a Második Galaktikus Birodalom első császára volt, de ezt a címet rossz hangzása miatt nem használták, mellette a Második Alapítvány Első Szólója.

A kriptában a fény elhalványult, és senki sem vette észre, hogyan, egyszer csak ott volt! A termen halk moraj futott végig. A terem közepén egy öreg, megfáradt ember ült kerekesszékében.

– Hari Seldon vagyok – szólalt meg, és összecsukott egy könyvet az ölében. – Bocsássák meg nekem, hogy ülve jelenek meg önök előtt, de sajnos az egészségem nem engedi meg, hogy felálljak. Kérem, ha önök közül állna valaki, nyugodtan foglaljon helyet. Ha akar, szivarozzon, engem már nem zavar – mondta, és mosolygott. – Nem tudom, egyáltalán van-e itt valaki, de a pszichohistória matematikája arra enged következtetni, hogy önök igenis itt vannak, itt kell, hogy legyenek. Ennek még ezer év távlatában is hatvanhét egész öt tized százalék a valószínűsége. – Mosolyogva nézett körül, mintha valójában is ott lenne, és elhallgatott.

Kinyitotta a könyvet az ölében, majd folytatta:

– Ha itt vannak, az azt jelenti, hogy a Terv beteljesedett. Megalakult a Második Galaktikus Birodalom, és itt az én matematikám véget ért. Hosszan tartó béke köszönt az emberiségre. A felelősség, hogy ez így is maradjon, ezentúl az önöké. Tarthatnék hosszan tartó szónoklatokat, de bocsássák meg nekem, ha nem teszem:

elfáradtam. A jövő mostantól az önök kezében van, vigyázzanak rá.

A hologram eltűnt. A terem kivilágosodott. Csend volt, senki sem mozdult. A polgármester törte meg a csendet. Felállt.

– Uraim! A Seldon-terv itt véget ér. Nincs más dolgunk, mint emlékeznünk a nagy ősökre, hősökre, akik ezt az utat kitaposták előttünk, de tekintenünk előre kell, hogy az utódaink azon az ösvényen járhassanak, amit mi taposunk ki nekik, és ők is úgy emlékezzenek ránk, mint ahogyan azt mi tesszük most. Ne zsarnokként vonuljunk a történelembe, hanem nagy ősökként, vagy ha kell, hősökként. A felelősség nagy, vagy ha lehet, még nagyobb, hiszen nem egyengeti ezentúl a Terv az utunkat. Hiszem, hogy az emberiség eléggé felnőtt, hogy egyedül is megálljon a saját lábán, megőrizze a békét, és biztosítsa a haladást az egész emberiség számára Galaxis-szerte. Köszönöm! – Látványosan meghajolt, és elhagyta az időkriptát.

Odakinn beült a rá várakozó autóba, megvárta az Első Szólót, aztán elhajtottak. A Terminus teljes fényárban úszott, mindenki az utcákon tolongott, gyönyörködtek a tűzijátékokban, ettek, ittak, teljes volt a boldogság.

– Nos, Első Szóló – kezdte a polgármester, miután az irodája csendjében ketten helyet foglaltak –, mi a véleménye?

– Azt hiszem, Barney polgármester, a mi utunk ismét kettéválik. Én most visszatérek a Trantorra. Azt hiszem, a mi feladatunk itt véget ér. A seldoni matematika eddig tartott, a pszichohistória tudománya okafogyottá vált, a Második Alapítványra már nincs szükség. Nem létezik többé a két Alapítvány, csakis egy, és az az egy az Alapítvány! – meredt a semmibe az Első Szóló csendesen, és mintha szomorúság bujkált volna a hangjában.

– Ne mondjon ilyet, Első Szóló! – szólt kissé fölényesen Barney polgármester. – Hiszen önök is az Alapítvány tagjai maradnak ezután is, és mi, vagyis az Alapítvány ezután is számítunk a segítségükre, vagy ha kell, mi segítünk önöknek. Eddig sem voltunk igazán ellenségek, és remélem, ezután sem leszünk azok – dőlt hátra székében az önelégült polgármester.

– Hát – kezdte az Első Szóló –, mint tudjuk, Seldon professzor a pszichohistóriát, mint tudományt eddig a pontig határozta meg. Nem tudom, ezután mire lehetne használni. Az a véleményem, hogy mint tudomány, hamarosan feledésbe merül. A seldoni egyenletek eddig tartottak, és semmi másra nem lehet azokat használni. A jövő kitárult, béke honol Galaxis-szerte. Ránk, mint pszichohistorikusokra többé már nincs szükség. – Szomorú barna szemeit belemélyesztette a polgármester szemeibe. – Már csak annyi dolgom van, hogy hazamenjek a Trantorra, megköszönjem kollégáim kitartását, hűségét, és feloszlassam a Második Alapítványt.

– Ne siesse el a dolgot, Első Szóló! – szólt Barney engedékenyen. – Maradjon még ma velem, meghívom vacsorára. Közben hátha kitalálunk valamit, hogyan lehetne hasznára az Alapítványnak az önök tudása. Aludjon itt, és ha majd holnap is úgy gondolja, hát térjen haza a Trantorra. Megegyeztünk? – kérdezte Barney polgármester.

Az Első Szóló rövid gondolkozás után így válaszolt:

– Legyen így. Polgármester, köszönöm a meghívást, bár azt gondolom, hogy a mi tudományunk annyira elvont, egzakt, hogy semmi másra nem lehet használni, csakis a seldoni matematika egyenleteire. Kérem, ha lehet, mutassa meg a szálásom. Én már öreg vagyok, elfáradtam, pihenni szeretnék egy kicsit.

A polgármester megérintett egy gombot, és máris megjelent az ajtóban egy ember, aki elvezette az Első Szólót a szálláshelyére.

Barney polgármester boldog önelégültséget érzett, hiszen úgy fog bevonulni a történelembe, mint az az ember, akinek ideje alatt kiteljesedett az Alapítvány hatalma, az ő ideje alatt ért be teljesen a Seldon-terv, Galaxis-szerte úgy fogják emlegetni, mint a Nagy Barney, aki megteremtette a Galaxis békéjét és az Alapítvány hatalmát.

Megszólalt az ajtó jelzője, és a ceremóniamester riadt képe jelent meg az ajtó résében.

– Na, mit akarsz te, vérszívó? – mordult rá engedékenyen.

– Elnézést, polgármester úr – nyafogta –, de az ünnepségre meghívott vendégek várják önt a nagycsarnokban.

– Mondd meg nekik te, pojáca – mormogta fáradtan, – egyenek, igyanak, vagy tegyenek, amit csak akarnak az Alapítvány kontójára, de én most lefekszem. Öreg vagyok és fáradt. Majd holnap találkozhatunk, ha még akkor is ezt akarják. Ments ki, mert kitekerem a nyakad, te gazember! Ja, és csukd be az ajtót magad után.

Fáradtan hátradőlt a székében. Eljátszadozott a gondolattal, mi mindent tehetne, ha akarna, mekkora hatalommal bír. Ugyanakkor azzal is tisztában volt, hogy semmit sem tehetne a szenátus jóváhagyása nélkül, és a lelke mélyén érezte, hogy még egy sima hivatali adminisztrátornak is nagyobb hatalma van, mit neki. Valami nem volt jól. Felállt, elindult megkeresni az Első Szólót. Az ajtónál megállt, mielőtt jelezhetett volna, az ajtó kinyílt, és az Első Szóló mosolyogva invitálta be.

– Jöjjön be, polgármester! – szólt szerényen, és helylyel kínálta. – Már vártam önt.

– Már várt? – döbbent meg a polgármester. – Hogyan? Bár tudom, hogy a Második Alapítványisták tudnak olvasni a gondolatokban, de tudomásom szerint olyan mentális védőpajzsunk van, amin az önök, hogy is mondjam, szellemi hatalma nem tud áttörni, és én személyesen is hordok egy ilyet. Vagy nem így van?

– Nyugodjon meg, polgármester. Semmi hókuszpókusz nincs a dolog hátterében, csak egész egyszerűen tisztában vagyok vele, hogy ön is hasonlóképpen érezhet, mint én, és ezt az érzést csak mi ketten érezzük. Vagy tévednék, amikor feltételezem, hogy ön is azt érzi, valami nincs rendben?

– Hmm – hümmentett Barney. – Mesélne nekem a Második Alapítványról? Most már megteheti, hiszen a TERV véget ért.

– Igen. Azt hiszem, mindent elmondhatok most már – mosolygott az Első Szóló. – A történet ezer évre nyúlik vissza, ez azt hiszem nyilvánvaló. Ezer évvel ezelőtt, Első Cleon császár uralma alatt, ha lehet hinni a legendáknak, élt egy Demerzel nevű ember, aki a császár jobbkeze, első minisztere volt. Ő figyelt fel Hari Seldonra, aki akkor még csak egy matematikus volt a sok közül, de már akkor egy olyan elvont matematikai tézisen dolgozott, amit pszichohistóriának nevezett el. Demerzel megérezte a Galaktikus Birodalom hanyatlását és rávette Hari Seldont, hogy a pszichohistória segítségével próbálja megjósolni az eljövendőt. Hari Seldon matematikai alapon kimutatta, hogy a Galaktikus Birodalomra harmincezer év sötét, barbár korszak köszönt, de azt is megjósolta, ha az ő pszichohistóriája szerint cselekszenek az akkori vezetők, akkor ezt a harmincezer évet egyetlen évezredre lehet csökkenteni. De hát... – hallgatott el az Első Szóló – ez történelem. Ez mind benne van az Enciclopedia Galactica történeteiben. Mint ahogy az is, hogy Seldon két Alapítványt hozott létre: az egyiket tudósokból és kereskedőkből, a másikat tisztán matematikusokból. Ez is történelem. Ami már nem az, az a mi, vagyis a Második Alapítvány történelme. Hari Seldonnak nem volt gyereke. Homályos utalások vannak csupán arra, hogy felesége ugyan volt neki, és egy nevelt fia is, akit Seldon fiaként szeretett. Ennek a fiúnak azonban született egy lánya, akit, ha jól tudom, Wandának hívtak. – Az Első Szóló gondolataiba merülve elhallgatott.

– Nem ennénk valamit? – törte meg a csendet a polgármester az asztalon babrálva, s két adag ételt varázsolt elő. – Hozathatnék friss ételt is, de attól tartok, csak megzavarnának minket. Higgye el, ez is finom, és közben folytathatná a történetét.

– Igen... én is így gondolom. Hari Seldon a pszichohistoria matematikájából arra következtetett, hogy az Alapítvány a felszínen vívott csatáiba hamarosan belebukna. Túlságosan sok volt a változó és az ismeretlen az egyenleteiben. Mint azt tudjuk, a Seldon-tervet nem lehet egyénekre lebontani, csakis tömegekre érvényesek az egyenletek, minél nagyobb tömegekre. Ezért volt szüksége egy tisztán matematikus társadalomra, hogy az egyenleteit tökéletesítsék, és az adott körülményekhez igazítsák a történelem folyamán. Azonban azt is tudta, hogy ez önmagában nem elég. Tudta, ha nem talál valami olyat, amit elrejthet, amiről senki sem tud semmit, akik a színfalak mögött, ha kell, tevőlegesen is bele tudnak avatkozni a történelem folyásába, akkor a Seldon-terv elveszett, és sohasem lesz képes megváltoztatni a jövőt. És itt jön képbe Seldon unokája, Wanda. Amikor Seldon szinte feladta a harcot, hiszen sem pénze, sem valós tekintélye nem volt már – akkoriban Holló Seldonnak csúfolták sötét jövendölései miatt –, akkor figyelt fel rá: ha Wanda vele van, valahogy simábban mennek a dolgok. Észrevette, hogy valamilyen módon ez a Wanda mentálisan befolyásolni tudja az embereket. Rögtön érezte, hogy ez lehet a hiányzó láncszem. Wanda segítségével maga köré gyűjtött ötven mentalistát, és az ő segítségükkel teljesedett ki a Seldon-terv.

– Azt állítja, hogy pusztán matematikai alapon Seldon meg tudta jósolni a jövőt? Ez hogyan lehetséges? – szólt közbe a polgármester.

– Neeem... – mosolyodott el az Első Szóló. – Hari Seldon csak az irányt mutatta meg az egyenleteivel. Arra, hogy befejezze életművét, arra az ő élete kevés volt. És ezt tudta ő is. Ezért hívta életre a Második Alapítványt. Az ő segítségükkel lett esélye a pszichohistóriának, és csakis az ő segítségükkel jutottunk el idáig. Ők voltak azok, akik a háttérből névtelenül, ha kellett, be tudtak avatkozni a történelembe.

– A matematika segítségével? – hitetlenkedett a polgármester. – Ön, Első Szóló, azt állítja, hogy nem mi vívtuk ki a győzelmet, hanem a Második Alapítvány?

– Neeem, neeem... – nyugtatta meg az Első Szóló a polgármestert. – A siker az önöké. A harcot az Alapítvány vívta meg. A Seldon-tervet csakis az Alapítvány volt hivatott végrehajtani. A mi dolgunk annyi volt csupán, hogy visszatereljük helyes medrébe a történelem folyását, ha a tervet olyan előre nem látható esemény befolyásolná, mint például az Öszvér.

– Ezt értem – vetette közbe a polgármester. – A matematikáról beszéljen nekem – kérte.

– A matematika egy elvont tudomány. Egy olyan nyelvezet, amit csak matematikusok értenek, és azok sem mindegyik. Egy olyan elvont tudomány, ami csak addig elvont, amíg a gyakorlatban is el nem kezdik használni. Mondok egy példát... lehet, hogy nem igazán helytálló, de csak az érthetőség kedvéért. Kezdem a legelején.

Az emberek az idők kezdetén még nem ismerték a számokat, számolni sem tudtak. Nem volt semmilyen mértékük, sem az időt, a távolságot, sem a mennyiségeket nem tudták mérni. Amikor elkezdtek kereskedni, valahogyan meg kellett becsülniük a portékáik értékét. Akkor valaki ránézett a kezére, és rájött, hogy az ujjai mindig vele vannak, hát megszámozta azokat, tíz ujja lévén, egytől tízig. Így alakulhatott ki a napjainkban is használt tízes számrendszer. Erre semmi bizonyíték sincs, hiszen arra sincsen semmi bizonyítékunk, honnan ered az emberiség, de ennek így kellett lennie. Na, már most – folytatta az Első Szóló –, egészen addig, amíg csak az az egyetlen ember tudott számolni az ujjai segítségével, addig a számolás egy elvont tudomány volt. Hogy hogyan tudott Hari Seldon utat mutatni az egyenleteivel? Amikor az az ember azt állította, hogy egy meg egy az kettő, akkor olyasmit állított, amit akkoriban senki sem hitt el és senki sem értett, de ez az ember mégis sokkal pontosabban és gyorsabban tudta a termékek értékét, mennyiségét meghatározni. Ezzel egy olyan elvont tudományt indított gyakorlati útjára, hogy az egész emberiség jövője lett egyszerűbb általa. Ez egy olyan egyenlet volt, amiből aztán következett a többi. Egy meg egy az kettő. Ha egy meg egy az kettő, akkor kettő meg egy az három, és így tovább. A seldoni matematika is így alakult, csak kissé bonyolultabban, de a lényege ez. Érti, polgármester? Hari Seldon egyenletei egy olyan utat mutatnak, amit ma az avatatlanok nem értenek, de nem is fognak soha, mert ez a hihetetlenül bonyolult egyenletsor csak erre az egyetlen eshetőségre vonatkoztatható, és semmi másra nem lehet felhasználni – dőlt hátra székében az Első Szóló.

Hosszú csend telepedett közéjük. A Polgármester nyugodt arccal meredt az Első Szóló szemébe.

– Szóval azt állítja – törte meg a csendet a Polgármester –, hogy amit ön tud, azt a mi matematikusaink nem értenék meg?

– Nézze, polgármester! – Az Első Szóló állta a polgármester hideg tekintetét. – Amit én tudok, az nem minden. Ez olyan, mintha azt feltételezném, hogy mindaz a technikai tudás, aminek az Alapítvány a birtokában van, mind csakis az ön fejében lenne. A mi tudásunk is megoszlik. Egy ember agya kevés lenne ahhoz, hogy a pszichohistória minden egyenletét magába foglalja, mi is többen vagyunk. Nekünk nincsenek űrhajóink, erőműveink, mi nem foglalkoztunk kereskedelemmel, ezer éve csakis a pszichohistória matematikája, csakis a Seldon-terv megóvása, annak esetleges elhajlásának megakadályozása volt a feladatunk, és ez eddig tartott, nem tovább. Én már öreg vagyok. Az én időm lassan lejár. Nekem jutott az a megtiszteltetés, hogy most itt lehetek, láthatom a Seldon-terv megvalósulását. Nekem jutott az a nehéz feladat, hogy feloszlassam az úgynevezett Második Alapítványt. Én vagyok az utolsó Szóló, még ha Első Szólónak is hívnak. Úgy érzem – mosolyodott el barátságosan –, mintha nem hinne nekem, mintha még mindig félne tőlem, pedig olyan hatalmas és erős mentális pajzs védi önt is, és magát a helyiséget is, amit én, de talán senki sem tudna áttörni. Vagy nem így van, polgármester?

A polgármester elvörösödött.

– Be kell látnia, Szóló – kezdte dühösen, mert gyávasággal gyanúsították –, nem bízhatunk meg önben. Maga, maguk olyan tudásnak vannak birtokában, amiről mi semmit sem tudunk, és ez veszélyes lehet a jövőnkre nézve. A Második Alapítvány addig manipulálhatja a Galaxis népét, hogy mire mi észrevennénk, már az önök kezében lenne a hatalom, és én ezt nem engedhetem! – A polgármester dühösen az asztalra csapott.

– Aaa... – mosolygott továbbra is az Első Szóló. – Szóval erről van szó! A hatalomról! – Nem kerülte el a figyelmét, hogy Szólóvá fokozták vissza. – Ön, polgármester, máris a hatalmát félti?

– Galaxis-szerte béke honol! – vágott közbe durván a polgármester. – Ezt a békét mi teremtettük! Seldon ide, vagy Seldon-terv oda, ezt a békét nekünk is kell fenntartanunk! – már majdnem kiabált.

– Nyugodjon meg, polgármester – folytatta az Első Szóló zavartalanul. – Mint mondtam az előbb, gyakorlatilag az utolsó Szóló én vagyok, a Második Alapítvány már nem is létezik. Hari Seldon matematikája ezt világosan előrevetítette, évtizedekkel ezelőtt már szétszéledtek a matematikusok, látván, hogy a Seldon-terv már beteljesedett, és ránk, matematikusokra semmi szükség. Tehát én vagyok egyedül a Második Alapítvány, és azt tehet velem, amit akar.

Hosszú csend telepedett a helyiségre. A polgármester ujjaival idegesen dobolt az asztal egy bizonyos pontja

27

körül. Az Első Szóló pontosan tudta, hogy a polgármester egyetlen érintésére katonák özönlenék el a helyiséget, és őt azonnal darabokra tépnék.

– Nézze, polgármester – ütött meg békülékenyebb hangot az Első Szóló –, a mi tudományunk okafogyottá vált, és az idő múlásával el is veszik véglegesen. Higgye el, nincs mitől tartania. A mentális hatalmunkkal semmire sem megyünk. Önök tökéletesen fel vannak vértezve ellene, hiszen ha kell, egy egész bolygót is mentális zár alá tudnak venni. Seldon ezt is megjósolta. Hari Seldon azt is megjósolta, hogy önök attól sem riadnának vissza, hogy minket, matematikusokat elpusztítsanak, ezért hosszú évtizedekkel ezelőtt szétszéledtek a matematikusaim Galaxis-szerte, csak én maradtam egyedül. Az én feladatom, mint Utolsó Szólónak, az volt, hogy biztonságba helyezzem a tudósokat, így csakis én vállalom a halál kockázatát, de hát, mint látja, polgármester, én már öreg vagyok, értem már nem kár. Amúgy sem élek már sokáig. Cselekedjék belátása szerint – mosolygott az Első Szóló.

A polgármester még mindig idegesen babrálgatott az asztalnak azon pontja körül, ahol az a bizonyos gomb lehetett. Rekedten szólalt meg.

– Tehát most meg azt állítja, Szóló, hogy a seldoni matematika összes egyenlete az ön fejében van?

– Nem – mosolyodott el az Első Szóló. – Ez egy ezeréves matematikai feladvány volt. Nincs olyan emberi elme, amely ezt képes lenne befogadni. Mi, Szólók, ötvenen voltunk, és még ötvenen sem lettünk volna képesek ekkora feladattal megbirkózni, ha az a több száz matematikus nem segített volna nekünk. Érti már? Az egész feladványt, nevezzük annak, csakis a mindenkori Első Szóló látta át, a többiek csak a részfeladatokat ismerték.

– Tehát ha ön, Szóló, azt állítja, hogy egy ember elméje nem képes az egész, hmm... nevezzük feladványnak, feladványt befogadni, akkor hogyan volt képes egy ember, adott esetben egy Első Szóló, koordinálni azt? Ezek szerint létezik valahol egy könyvtár vagy adatbank, ahová a részeredményeket elhelyezték? – kérdezte a polgármester kíváncsian, és mostanra újra teljesen ura volt önmagának.

– Tehát ez az, amit tudni szeretne? – kérdezett viszsza az Első Szóló mosolyogva. – Miért nem ezzel kezdte? Akkor elmondom magának, hogyan működött a mi matematikus világunk. – Ivott egy korty gyümölcslevet, és fáradtan hátradőlt. – Először is arra szeretném kérni, polgármester, hogy kapcsolja ki az elmeszondát, nagy erőfeszítésembe kerül védekeznem ellene. Higgye el, semmire sem megy vele, mert ha olyan mélységig hatolna az elmémbe, meghalnék, és akkor semmit sem tudna meg rólunk. Ugyanakkor, ha nem hiszi, amit mondok, még mindig megszondázhatja az agyam. Higgye el, nem veszít semmit sem, ha most kikapcsolja.

A polgármester másodszor is elvörösödött, de most szégyenében, és babrált valamit az asztalán.

– Köszönöm, így már sokkal jobb – sóhajtott az Első Szóló. – Önök semmit sem tudnak a mentális képességekről, mint ahogyan mi sem tudunk semmit az önök technikai fejlettségéről. Ezt Hari Seldon akarta így, hogy ezer esztendeig egyik Alapítvány se tudjon a másik fölé emelkedni. De térjük a tárgyra. A mi mentális képességeinkre azért volt szükség, hogy ha kell, ö Zssze tudjuk... – itt elakadt az Első Szóló – ... nem találok jobb kifejezést, kapcsolni az agyunkat egymással, és így a részegységek egésszé olvadtak össze.

– Azt akarja mondani, Szóló – vágott közbe a Polgármester –, hogy fejben csinálták, hmm, vagyis alkották meg az egész Seldon-tervet, és nem készült róla semmilyen dokumentum?

– Igen is, meg nem is – folytatta az Első Szóló zavartalanul. – Az igen az, hogy gyakorlatilag a számításokat fejben végezték. A nem pedig az, hogy a számításokat elraktározták egy úgynevezett radiánsba. Két ilyen radiáns létezik, az elsőt maga Hari Seldon alkotta saját magának, de később alkottak még egyet a többi matematikusnak is. Az első radiáns mindig a mindenkori Első Szóló tulajdonában volt, az ő tisztje volt kijelölni az utódját, és az ő halála után a következő Első Szólóra szállt. Az első radiáns az összes matematikai képletet tartalmazta, míg a második csak azokat, amelyeket az Első Szóló arra érdemesnek talált a mindenkori cél érdekében.

– Hol vannak most ezek a radiánsok? – csapott le mohón a polgármester.

– Ne kínozzon fölöslegesen, polgármester – szólt rá az Első Szóló, miután a polgármester ujjai megint az asztala lapján kezdtek kalandozni. – Mint láthatja, öreg vagyok már, nehezebben viselem az ilyesfajta megpróbáltatásokat. Higgye el, amit nem akarok az ön tudomására hozni, azt szondázással sem fogja megtudni. Szóval, arra kíváncsi, hol is vannak ezek a radiánsok? Az egyik, ami természetesen a második radiáns, az a Trantoron van az Egyetemi Könyvtárban, Hari Seldon íróasztalán, örök mementóként. A másik természetesen nálam van.

Hosszú csend telepedett a szobára. A csendet a polgármester rekedt hangja törte meg.

– Láthatnám? – A tekintetében furcsa fény gyúlt.

Az Első Szóló a zsebéből egy körülbelül 10x10 cm-es kockát vett elő, és mosolyogva a polgármester asztalára helyezte.

– Parancsoljon, polgármester.

A polgármester arca először döbbenetet, majd csalódást tükrözött.

– Ennyi? – kérdezte hitetlenkedve.

– Ennyi – bólintott az Első Szóló egykedvűen. – Mit várt? Azt hitte, hogy elviszem valami óriási földalatti barlangba, ahol tonnányi papírhalmazokat rejtegetünk? Bizonyára látott már holografikus galaktikus térképet. Csak egy akkora gömb, ami elfér az öklében, mégis tartalmazza a galaxis összes csillagrendszerét, bolygóját. Tessék, vegye a kezébe. Nézze meg. Ne féljen, teljesen ártalmatlan.

A polgármester óvatosan nyúlt a hőn áhított kincsért. Aztán csak forgatta. A kockának mind a hat oldala tökéletesen sima volt, sehol egy gomb vagy egy kapcsoló.

– Első Szóló, megmutatja nekem, hogy hol kell bekapcsolni? – A polgármester hangjában aggodalom csendült.

– Sehol – mosolygott még mindig az Első Szóló, magában nyugtázva, hogy visszakapta a neki járó Első Szólói rangot. – Ez a radiáns a mindenkori Első Szóló elméjére van hangolva, ahogyan most az enyémre. Ezt csak én tudom bekapcsolni.

– Bekapcsolná nekem? – kérdezte a polgármester szinte gyermeki áhítattal.

– Természetesen – tárta szét karjait ártatlanul az Első Szóló, mire a fények elhalványultak, a szoba megtelt számokkal és egyenletekkel, teljesen betöltve a teret. A polgármester lélegzete elakadt.

– Látja? – hallotta távolról az Első Szóló hangját. – Itt indul.

A számok elmozdultak, szédítő iramban elcsúsztak, hogy a polgármester egyensúlyát vesztve a székébe rogyott.

– Ez volt az első egyenlet.

A számok a következő pillanatban megmerevedtek, és csak egyetlen számtani egyenlet vált láthatóvá. $1+1=2$.

A polgármester értetlenül bámulta a számokat.

– Ez valami tréfa? – kérdezte végre.

– Nem... Ez nem tréfa – mosolyodott el az Első Szóló –, ez a pszichohistória kezdő egyenlete. De várjon csak!

A számok újra szédítő száguldásba kezdtek, hogy a polgármester lélegzete szinte elakadt.

– Ez itt, látja – mutatott Első Szóló egy halványpirosan izzó egyenletsorra –, ez itt 500 évvel ezelőtt, az Öszvér utáni kaotikus állapot megoldása. Nem a legszebb egyenlet, ma már másképpen oldanánk meg, de akkor kényszerhelyzetben voltunk. Nem tehettünk mást, hiszen a pszichohistóriát egyetlen emberre kellett alkalmaznunk, és mint tudja, a pszichohistóriát csakis nagy tömegekre lehet alkalmazni, egyénekre nem. Ez volt az az alkalom, amikor a Második Alapítvány kilétére fény derült, akkor ez nekünk több száz tudósunk elvesztésével járt, ők tudták ezt, és mégis feláldozták önmagukat a nagy terv érdekében – sóhajtott az Első Szóló. – A részletekkel nem untatom, azt hiszem, úgysem értené meg.

A számsorok újra lendületbe jöttek. – És itt – magyarázta tovább az Első Szóló –, itt a vége. Láthatja, az egyenletek elfogytak.

Az Első Szóló szünetet tartott, hogy a polgármester rendezhesse gondolatait.

– De térjünk vissza az elejére – mondta az Első Szóló határozottan, és most valahogy nem látszott annyira öregnek. – Pontosan tudom, hogy a beszélgetésünk minden részletét eddig gondosan rögzítették, és azt is, hogy gyakorlatilag fogoly vagyok. Azt is tudom, hogy a Trantoron, az Egyetemi Könyvtárban, a Hari Seldon íróasztalán lévő radiáns már úton van ide, a Terminusra, de közlöm önnel, polgármester, hogy az csak egy silány másolat. Az eredeti itt van az ön kezében, és most kérem vissza. – A hangja határozott volt, nem érződött benne semmi fáradság.

– Ez hogyan lehetséges? – dadogta a polgármester, miközben készségesen az Első Szóló elé helyezte a kockát. – Ezt a helyet olyan hatalmas mentális védőpajzs védi, hogy ezen egy gondolat sem juthat keresztül! – kiáltotta dühösen, újra az asztalt csapkodva.

– Nyugodtan babrálgathat az asztala összes kapcsolója körül, mint látja, semmi sem működik – dőlt hátra nyugodtan az Első Szóló. – Most gyakorlatilag ön az én foglyom, és az történik, amit én akarok. Megértette, polgármester?

– És most mi lesz? – szinte sikoltotta a polgármester. – Szétszedi az agyam?

– Nem. – Az Első Szóló nyugodtan, óvatosan megérintette a polgármester agyát, hogy az megnyugodjon kissé.

– Én – mi – nem vagyunk olyanok, mint maguk, hiszen önök bármikor készek lettek volna az én agyamat darabokra szedni, ha csak egy szikrányi okot is adtam volna rá. De térjünk a tárgyra. Önnek nem tűnt fel, hogy a Galaxisban túlságosan is nagy a nyugalom?

– Béke van – válaszolta a polgármester egykedvűen. – Ahogyan azt a Seldon-terv is megjósolta.

– Ennek ellenére engem holnap bíróság elé akar állítani, amiből természetesen nem lesz semmi. Vajon miért? – kérdezte az Első Szóló türelmesen.

– Önök – kezdte a polgármester – véleményünk szerint nagy veszélyt jelentenek a Második Galaktikus Birodalomra. – Önteltség vibrált a hangjában. – Hiszen itt a példa: senki sem tud önökről semmit, nem tudjuk, mekkora hatalommal bírnak, mire akarják azt felhasználni. Önök úgy játszadoznak az emberi agyakkal, mit gyerek a labdával.

– Hát… igen… – gondolkodott el az Első Szóló. – Az ön félelme nem teljesen alaptalan, de mi nem játszadozunk az emberi agyakkal, nem használunk pszichoszondát, minket sokkal szigorúbb törvények kötnek.

– Milyen törvények? – vágott közbe a polgármester dühösen.

– Milyen törvények? – kérdezett vissza kissé csodálkozva az Első Szóló. – A matematika törvénye. Mi minden cselekedetünket előre kiszámoljuk, de kiszámoljuk azok lehetséges következményeit is. És most engedje meg nekem, polgármester, hogy én állítsam bíróság elé önt, természetesen a Második Alapítvány bírósága elé.

– Hogyan gondolja ezt, Első Szóló? – vágott közbe a polgármester önelégülten. – Talán keresztül akar vinni az őrök seregén, hogy elszállítson engem a Trantorra? – mosolyodott el a beszélgetés alatt először. – Önnek ekkora ereje nem lehet. Ahogy kinyílik az ajtó, önt atomjaira lövik a katonáim. Bár az is lehet, hogy hamarosan áttörik az ön mentális pajzsát. Innen élve nem juthat ki, csak ha én úgy rendelkezem. Előbb-utóbb úgyis elfárad, hiszen az ön ereje nem végtelen.

– Ez így igaz, polgármester.

Az Első Szóló arcán máris a fáradtság jelei mutatkoztak, de a szemében fiatalos tűz égett.

– Sehová sem viszem önt, ezt jól látja. De mostantól az történik a Galaxisban, amit én, mi akarunk, és higgye el nekem, önök nem tehetnek semmit. – Az Első Szóló mostanra tényleg elfáradt. – Ne húzzuk az időt tovább, bemutatom önnek a bíráit.

A falak mintha hirtelen eltűntek volna. Egy halványan megvilágított hatalmas teremben voltak, ahol a terem másik végében tizenkét ember ült csendesen a félhomályban.

– Bemutatom önnek, polgármester, a Második Alapítvány vezetőit. Ők a Szólók tanácsa.

A polgármester tátott szájjal meredt az előtte álló képre.

– Mindent hallottak, Szólók? – kérdezte az Első Szóló, és leült az egyetlen, még szabadon álló székre. – Kérem, hallgassák meg ezt az embert, aki ugyan polgármesternek hívatja magát, de császári hatalomra vágyakozik.

– Na, várjanak csak egy kicsit! – csattant fel a polgármester hangja élesen. – Maguk kicsodák? Hogy kerültem ide és mit akarnak tőlem? – A hangjában most gőg csendült. – Egyáltalán, tudják maguk, hogy ki vagyok én? Olyan hatalmas haderő áll mögöttem, hogyha rövid időn belül nem engednek szabadon, akár a Galaxist is felperzselik egyetlen pillanat alatt! – fenyegetőzött, de belül érezte, hogy veszített.

– Ne kiabáljon, kérem! – hallotta a hangot, vagy talán nem is hallotta, csak valahol belül, az elméjében csendült fel a figyelmeztetés. – Mi nem bántjuk magát, mi nem bántunk senkit sem. Engem, ha kérhetem, hívjon csak egyszerűen Szólónak.

A polgármester agyát páni félelem borította el, torkában keserű ízt érzett, a hangja remegett, amikor megszólalt. Az előbbi gőgnek nyoma sem volt már, félelme erősödött, és kezdte teljesen elborítani elméjét.

– Mit akarnak tőlem? – kérdezte reszketve. – Önöknek nincs joguk engem itt tartani. – A hangja elcsuklott.

– Talán igaza van, polgármester – hallotta valahonnan távolról, a félelem ködén túlról a Szóló hangját. – Valóban nem helyes, amit most teszünk, de kérem, hallgasson meg! – A hangja vádlóan csengett. – Önnek nem volt joga az Első Szólót fogságban tartani, érthetetlen módon egy öregember agyát pszichoszondázás alá vetni. Ezt mivel magyarázza?

A polgármester érthetetlenül dadogott valamit, zavarban volt.

– Rendben van, felejtsük el – hallotta a Szóló hangját. – Önök, az Első Alapítvány, a Seldon -terv kezdete óta hihetetlen technikai fölényre tettek szert, de ne gondolja, polgármester, hogy az elmúlt ezer esztendőt mi átaludtuk. Mi a mentális erőnket növeltük. Amíg önök kivont karddal száguldoztak Galaxis-szerte, vívták csatáikat dicsőségről dicsőségre, mi a háttérben, csendben, névtelenül egyengettük az útjukat. Hari Seldon úgy gondolta, hogy az ezer év elteltével, amikor a Második Galaktikus Birodalom hatalma kiteljesedik Galaxis-szerte, a két Alapítvány békében egyesül és együtt vezetik azt.

Hosszú csend telepedett a teremre.

– Amikor önök – kezdte a polgármester már nyugodtan – teljes biztonságban, megbújva lapultak, akkor mi, a Második Alapítvány nyíltan bocsátkoztunk harcba, életünket nem kímélve küzdöttünk, szenvedtünk, hogy az önök Hari Seldonja által kitűzött határidőre megszilárdítsuk az Alapítvány hatalmát a Galaxis felett, és létrehozzuk a Második Galaktikus Birodalmat. Joggal hiszem tehát, ha az áldozat a miénk volt, a dicsőség is minket illet. Vagy most, hogy Galaxis-szerte tökéletes béke honol, amit elvitathatatlanul mi harcoltunk ki, most majd jönnek önök, a Második Alapítvány, kényelmesen elhelyezkednek a bársonyszékeikben, és majd önök irányítanak minket?

– Hm... – törte meg a csendet a Szóló. – Ön tehát, polgármester, azt gondolja, hogy mi most a hatalmat akarjuk elvitatni önöktől? – és elmosolyodott.

– Mi mást akarhatnának? A Második Galaktikus Birodalom sziklaszilárd! – válaszolt a polgármester gúnyosan.

– Úgy... tehát ön úgy gondolja, hogy a Második Galaktikus Birodalom sziklaszilárd alapokon nyugszik? Nem tűnt fel önök közül senkinek sem, hogy a TERV túlságosan is könnyen valósult meg? Nem keltett gyanút senkiben, hogy ötszáz éve, gyakorlatilag az Öszvér bukása óta egyetlen lövés nélkül hódolt be a Galaxis az Alapítvány hatalma előtt? Sehol semmi ellenállás, még a perifériákon sem? Nem keltett gyanút az sem, hogy gyakorlatilag ötszáz éve semmilyen vonatkozásban fejlődés nem történt? Hogy ez az egész kezd egy rózsaszínű masszává alakulni? Nem vették észre, hogy ugyan a Második Galaktikus Birodalom most teljesedett ki, de már ötszáz éve hanyatlik? – A Szóló hangja vádlóan csengett.

A polgármester a zsebéből egy kis gömböt vett elő. A termet a Galaxis háromdimenziós térképe töltötte be, középen a Trantor világított fehéren.

– Láthatják – kezdte a polgármester –, ez az első Galaktikus Birodalom képe ezer évvel ezelőtt. Középen a Trantor, a birodalom fővárosa fehérrel, körülötte az a terület, ahová az Első Galaktikus Birodalom hatalma elért, kékkel. Piros színnel azokat a területeket jelölik, ahol lázadás, háború uralkodott. Ez itt – mutatott a térkép egy pontjára a polgármester –, ez itt a Terminus ezer éve. És most figyeljenek!

A hangjában most büszkeség csengett. Igazított valamit a gömbön. A Trantor fehér fénye lassan elhalványodott, ugyanakkor a Terminusé felerősödött. A kék mező a Terminus körül kezdett terebélyesedni, eközben a Trantor körül szépen visszahúzódott, míg a végére teljesen el nem apadt.

– Most a jelenlegi állapotot láthatják. Sehol egy vörös folt, sehol semmi ellenállás, lázadás, forrongás. Tökéletes a béke! – Büszkén állt a háromdimenziós térkép közepén, ahol most a Terminus világított fehéren, fényesen.

– Megengedi, polgármester – szólalt meg a Szóló csendesen –, hogy most én mutassak önnek valamit?

A polgármester engedékenyen bólintott. A térképen csak annyi változás jelent meg, hogy egy rózsaszín gömböcske vált láthatóvá.

– Ez az állapot körülbelül ötszáz évvel ezelőtti időbe repít vissza. Látja azt a rózsaszínű gömböcskét? Ott, a Comporerllon szektor közelében? – kérdezte csendesen a Szóló. – Ekkora volt akkor, és ekkora ma. – E pillanatban a rózsaszín teljesen elborította a Galaxis térképét.

– Ez mit jelent? – kérdezte a polgármester döbbenten.

– Ezt itt – kezdte a Szóló – körülbelül ötszáz évvel ezelőtt észleltük, az Öszvér bukása után. Akkoriban az volt a feladatunk, hogy kiderítsük, mekkora kárt okozott az Öszvér a Seldon-tervre nézve. Megvizsgáltuk azoknak az embereknek az agyát, akiket az Öszvér megtérített, hogy mekkora, és milyen jellegű volt az ő mentális hatalma. Készítettünk néhány agyképet is, amiket ha összevetünk a mai fertőzött területen készített agyképekkel, tökéletes az egyezés. Mi akkor azt hittük, hogy az Öszvér halálával a fertőzés szépen lassan visszahúzódik, majd teljesen eltűnik, de nem így történt. A fertőzött terület egyre nőtt. Lassan, de feltartóztathatatlanul. Valaki, vagy valakik, finoman ugyan, de számunkra jól kivehetően manipulálja az emberiség elméjét. Önök ezt természetesen nem vehették észre, hiszen önök nem rendelkeznek mentális képességekkel. Mi viszont láttuk, hogy amikor egyes elméket helyrehoztunk, rövid időn belül újra megfertőződtek. Sőt, a mi embereink közül azok is megfertőződtek, akik a fertőzött területeken jártak. Amíg önök, az Első Alapítvány tőlünk félt és minket keresett, addig az igazi ellenség zavartalanul hódította meg lépésről lépésre az egyész Galaxist. Ez a fertőzés nem olyan jellegű, amely azonnali halált okoz, de ha emlékszik az Öszvér történetére, az Öszvér is az emberek vállalkozó kedvét vette el, levertség érzését keltette, így tudta akkor egyedül szinte az egyész Galaxist a hatalma alá vonni.

A Szóló szünetet tartott, hagyta, hogy a Polgármester megemészthesse a hallottakat.

– Nem tehettünk semmit, mint ahogyan most sem tehetünk semmit, csak annyit, hogy visszahúzódunk, eltűnünk a névtelenség homályába, mert ez ellen a kór ellen mi sem vagyunk még eléggé védettek.

– Lehetséges ez? Lehetséges az, hogy valaki, valakik, vagy valami ilyen rövid idő alatt megfertőzze az egész Galaxist? – kérdezte rekedten a polgármester. – És mindezzel mi lenne a célja? Miért csinálja?

– Polgármester – állt fel az Első Szóló –, vissza kell mennünk.

Újra a Terminuson voltak, abban a szobában.

– Biztos vagy benne, Első Szóló – kérdezte a Szóló azon a mentális csatornán, amelyet csakis ők hallottak, amely a Galaxis legtávolabbi pontján is tisztán, érthetően közvetítette lehallgathatatlanul akár a hangjukat, akár a háromdimenziós képüket –, hogy helyesen cselekszel?

– Igen, Szóló. Bízzatok bennem. Ezt a háborút nekem egyedül kell megvívnom, tudod jól. Ha elbukom, akkor a Galaxis is elvész.

– Mi volt ez? – kérdezte a polgármester döbbenten. – Álmodtam talán az egészet? Vagy ön játszik velem, Első Szóló?

– Figyeljen ide, polgármester! – vágott közbe az Első Szóló. – Nem álom volt, és nem is játék. Ez a valóság. Itt most nem rólunk van szó. Nem is arról, hogy melyik Alapítványé lesz a hatalom, hanem az egész emberiség sorsa forog kockán, talán az egész Galaxisé. Megértette, amit mondtam? Bíznia kell bennem! Ezt az ellenséget az Alapítvány összes hitvány hada sem tudja legyőzni. Azt sem tudjuk, ki az ellenség, miben rejlik az ereje, és hogy hol tanyázik.

– De hát a Seldon-terv... – vágott közbe a polgármester elkeseredetten.

– Ne vágjon közbe – állította meg az Első Szóló –, nincs sok időm. Mint látja, öreg vagyok, és fáradok. Hari Seldon ezt a válságot nem láthatta előre, hiszen ő maga nem rendelkezett semmilyen mentális képességgel, ő csak a normális emberek reakcióival tudott számolni, de ez az ellenség minden, csak nem normális. A Seldon-tervnek ezelőtt ötszáz évvel vége lett, amikor az Öszvér színre lépett, összeomlott. Az, hogy újra rendes mederben folyik, pusztán csak látszat volt. Az a valaki hagyta, hogy ebben a hitben éljünk, addig sem keressük őt. Ő pedig szépen, zavartalanul kiterjesztette hatalmát az egész Galaxisra mindössze ötszáz év alatt.

– És önök, a pszichohistorikusok nem tehetnek semmit? – kérdezte a polgármester csüggedten. – Akkor elvesztünk?

– Néhányan közülünk megpróbálták felvenni a harcot – folytatta az Első Szóló –, de mind elbuktak. Hiába vigyáztak egymásra, hiába építették újra meg újra elméjüket, az ellenség gyorsan tanult, sorra elvéreztek. Nem tehettünk mást, elrejtőztünk egy olyan világban, ahol nem találhattak többé ránk. Ötszáz éve fejlesztjük az elménket, de még most sem állunk készen a nyílt hadviselésre. Nem várhatunk tovább. Lehet, hogy már most is késő. Énrám hárult a feladat, hogy megfékezzem ezt a kórt, és egyáltalán nem biztos, hogy sikerrel járok, én már öreg vagyok. Itt a seldoni matematika semmit sem ér, a pszichohistória tudománya is csődöt mondott. Most egy olyan ellenséggel kell harcolnunk, akiről nem tudunk semmit, így hát azt sem tudjuk, hogyan védekezzünk ellene. Vállaltam a kockázatot, hogy ha kell, meghalok, de megpróbálom előcsalogatni az ellenséget. Nem áldozhatok több erőt fel, így is olyan kevesen vagyunk, hogy már szinte nem is létezünk. – Fáradtan hátradőlt. – És most beengedem az embereit.

– Várjon, Első Szóló! Mit vár tőlem? Én mit tehetek az ügy érdekében? Maga már öreg, Első Szóló, egyedül akar nekivágni ennek a lehetetlen küldetésnek? – kérdezte döbbenten a polgármester.

– Ön nem tehet semmit, sőt az egész Alapítvány is tehetetlen. Ezt a csatát egyedül kell megvívnom.

Az Első Szóló felállt, fáradtan az ágyához botorkált, végigfeküdt rajta, és behunyta a szemét.

A két elme

– Várjon még, Első Szóló! – kiáltotta a polgármester elkeseredetten, de ekkor hirtelen kinyílt az ajtó, katonák hada özönlötte el a szobát. Ha a polgármester nem áll eléjük kitárt karokkal, talán azonnal darabokra szedik az Első Szólót.

– Állj! – üvöltötte kivörösödve, teli torokból a polgármester. – Csend legyen!

De senki sem figyelt rá. Ekkor egy ember lépett a szobába.

– Elég volt!

A hangja határozott volt, nem kiabált, mégis elhallgatott mindenki. – Kifelé! – parancsolta. A katonák szó nélkül távoztak.

– Hát maga meg ki a fene? – dörrent rá a polgármester haragosan. – Mi a fenét keres itt, és hogy a fenébe került ide?

– A nevem Daneel Olivaw.

– Daneel Olivaw? – bámult rá a polgármester. – Ki maga, és mit keres itt?

– A kalgani uralkodó főtanácsosa vagyok, és a kalgani haderő főparancsnoka.

A hangja nyugodt volt. Miközben beszélt, széket húzott az Első Szóló ágya mellé, és leült.

– Ő lenne az a bizonyos Szóló? – kérdezte halkan. – Alig van benne élet. Mit tett vele? – kérdezte szemrehányóan a polgármestert, de a tekintetét nem vette le az Első Szólóról.

– Mi köze hozzá? Hogy jön maga ahhoz, hogy...

– Figyeljen ide, polgármester – szólt az idegen türelmesen –, azok a katonák még most is az ajtó előtt állnak, és csak a parancsomat várják. Mint mondtam, a kalgani haderő főparancsnoka vagyok, hát ne kiabáljon. Üljön le, kérem, beszélgessünk.

A polgármestert majd' szétvetette a düh, hiszen az elmúlt órában már másodszor utasították rendre.

– Nyugodjon meg, kérem! Igaz ugyan, hogy ön a Második Galaktikus Birodalom korlátlan ura, az Első Alapítvány Polgármestere, de az Alapítványi Flotta, amelyik, mint azt ön is jól tudja, a Kalganon székel, főparancsnoka én vagyok. Higgye el, ha úgy akarom, magát öt másodpercen belül kipenderítik a bársonyszékéből, de én nem ezt akarom. Én csak azt szeretném tudni, miről beszéltek ezzel az emberrel.

A polgármester zavartan köszörülgette a torkát. Rövid időn belül már másodszor hívták fel a figyelmét arra, hogy mennyire nincs hatalma.

– Ez az ember a Második Alapítvány vezetője – makogta. – Első Szólónak hívja magát.

– Megtudhatnám, miről beszélgettek az imént? – kérdezte még egyszer, türelmesen az idegen. – Ez az ember haldoklik, alig lélegzik! – vágott a saját szavába. – Azonnal orvoshoz kell vinnem!

A polgármester felpattant, de az idegen leintette.

– Majd az én embereim elszállítják őt egy olyan helyre, ahol gondosan megvizsgálják, és ha lehet, meg is gyógyítják. – Daneel hangjában türelmetlenség csendült.

Egyetlen intésére katonák léptek be a szobába, az Első Szólót hordágyra tették, és már nem is voltak sehol. A polgármester a döbbenettől szólni sem tudott, de mire magához tért, már az idegen sem volt sehol.

– Szegény öreg… – gondolta magában –, ezt a csatát hogyan gondolta megvívni egyedül? – Életében először érezte, mennyire tehetetlen.

Mire az Első Szólót a hajóra vitték, Daneel Olivaw már ott várta.

– Tegyék ide, erre az ágyra – rendelkezett –, és hagyják el a hajómat.

A katonák szó nélkül engedelmeskedtek. Ahogy elhagyták a hajót, az ajtók bezárultak, a gravitikus hajtómű halk zümmögése kíséretében nyílegyenesen a felhők fölé emelkedett. A hajó nem volt nagy, de talán a Galaxis legmodernebb példánya volt. A motorok a hajó testében kaptak helyet, kívülről csak szivarra emlékeztető alakját engedte láttatni. Igaz ugyan, hogy fegyverzete nem volt, de a vezérlőpultnál Daneel Olivaw ült. Az az R. Daneel Olivaw, aki már hosszú évezredek óta járta az űr minden zugát olyan mentális hatalommal, amivel eddig még senki sem volt képes felvenni a harcot.

Miután végre kint voltak az űr csendjében, Daneel leült az Első Szóló ágya mellé. Gyengéden megérintette az Első Szóló fáradt, öreg elméjét. Nem mélyen, csak a felszínen, gyengéden cirógatva azt.

– Ki maga? – lehelte alig hallhatóan az Első Szóló, és kinyitotta a szemét.

– Ne beszéljen – válaszolt Daneel gyengéden. – Azt hiszem, tudja, ki vagyok. A nevem R. Daneel Olivaw. Megtisztelne, ha csak Daneelnek hívna. Nem fontos beszélnie. Ha megengedi, a gondolatok útján is kommunikálhatunk.

– R? – kérdezte az Első Szóló. – Tehát igaz? Ön robot?

– Igen… az vagyok – válaszolta Daneel egykedvűen. – Ha megkérdezhetem, Első Szóló, hogyan jött rá?

Az Első Szóló mosolyogni próbált.

– Mert ott, az Időkriptában már észrevett, és egyből rájött, hogy robot vagyok. Vagy nem így volt? – kérdezte Daneel csendesen.

– Ott, az időkriptában azonnal éreztem, hogy az ön agyhullámai nem emberiek. Hari Seldon ugyan sohasem említette meg sehol, hogy ön létezik, de azért utalt rá. Én pedig hamar rájöttem, hogy az a valaki, aki akkoriban segítette őt, ha jól emlékszem, Demerzeelnek hívták önt, nem emberi lény. Csakis robot lehetett.

– Honnan jött rá? Hiszen ez eddig egyetlen Első Szólónak sem tűnt fel! Nem mondaná el nekem?

Daneel érezte, hogy az Első Szóló ereje kezd visszatérni.

– Nem pihenhetnék még egy kicsit? – kérte az Első Szóló. – Ennem is kellene valamit. Bár, ha ön robot, akkor talán nincs is ennivaló a hajóján.

– Azért, mert robot vagyok – mosolyodott el Daneel –, emberek között élek, és olykor emberek is utaznak velem. Természetesen a hajó élástára teljesen fel van töltve. Máris hozok önnek ennivalót.

Az étel finom volt, puhára sült csirkére emlékeztetett, hozzá hideg gyümölcslevet hozott Daneel.

– Amíg eszem – szólalt meg az Első Szóló –, nem mesélne nekem inkább maga, Daneel?

– Köszönöm, hogy az R-t elhagyta – és meghajolt. – Miről szeretné, Első Szóló, ha mesélnék?

– Maga ismerte Hari Seldont, róla meséljen.

Daneel mozdulatlanul bámult maga elé.

– Mit mondhatnék róla, amit már ne ismerne, Első Szóló? A legnagyobb elme volt, akivel valaha is találkoztam. Nincs hozzá fogható Galaxis-szerte. Egész életét az emberiségért áldozta fel, de azt hiszem, ezt ön, Első Szóló, jobban tudja, mint én. Mire kíváncsi tehát?

– Meséljen róla, milyen ember volt, meséljen a családjáról – kérte Daneelt.

– Hari Seldon élt-halt a családjáért. Imádta a feleségét, Dors Venabilit. Bár közös gyermekük sohasem született, magukhoz vették és saját gyermekükként nevelték Raychot. Seldon leginkább Wandát, az unokáját, Raych leányát kedvelte – fejezte be mondókáját Daneel, majd hirtelen témát váltott.

– Úgy érzem, Első Szóló, hogy ön játszik velem – jelentette ki határozottan. – Ön az időt húzza, vagy talán vár valakit, aki segíthetne magának? – kérdezte, és elmosolyodott.

Az Első Szóló fáradtan magába roskadva a hulladékmegsemmisítőbe lökte az étel maradékát, utánadobta a kést és a villát is, ami abban a pillanatban hangtalanul, kékes lobbanással atomjaira bomlott, majd fáradt tekintetét Daneelre emelte, de nem szólt semmit.

– Ugye tudja, Első Szóló, hogy itt most csak mi ketten vagyunk? Egyrészt nincs olyan erő, amely át tudná törni azt a mentális pajzsot, amit a hajó köré vontam, másrészt nem vagyunk egyetlen radarképernyőn sem láthatóak, ez a hajó gyakorlatilag láthatatlan. Miben reménykedik hát? – kérdezte Daneel nyugodtan, és pozitronikus elméjének egy csápja óvatosan megérintette az Első Szóló elméjét, de az olyan sima és egyenletes volt, hogy vissza is húzódott.

Az Első Szóló fáradtan behunyta a szemét, sóhajtva hátradőlt a székében. Úgy tűnt, azonnal elalszik, de nem szólt semmit.

– Én tudom, hogy ezt a színjátékot maga rendezte, azt is tudom, hogy nekünk ma elkerülhetetlenül találkoznunk kellett. Mi a baj, Első Szóló? – kérdezte Daneel. – A Seldon-terv beteljesedett, Galaxis-szerte béke honol, mind a ketten ezen fáradoztunk idáig. Ellenségek vagyunk talán?

Az Első Szóló kinyitotta a szemét, tekintetét a helyiség egy pontjára meresztette, de még mindig nem szólt semmit, mélyen hallgatott.

– Ugye tudja, Első Szóló – próbálkozott újra Daneel –, hogy az én erőm végtelen? Bár a Terminuson olyan erővel zárta körül a szobát, ahol voltak, hogy még én sem tudtam áttörni rajta, de ez csak idő kérdése lett volna. De ön, Első Szóló, valószínűleg elfáradt. Nem lehetnénk barátok?

Az Első Szóló elmosolyodott, elővette ruhája alól a kockát, az asztalra helyezte azt.

– Azt hiszem, Daneel – törte meg a hallgatást végre az Első Szóló –, hogy erre a pillanatra várt. Maga valamiért ezt a kockát szerette volna megkaparintani. Itt van, tessék – és Daneel felé tolta azt.

Daneel áhítattal vette a kezébe.

– Megengedi, Első Szóló?

Válaszra sem várt, a helyiség fényei elhalványultak, és a szobát számok, egyenletek öntötték el.

– Csodálatos! – kiáltotta Daneel. – Vagy ön nem így gondolja, Első Szóló?

A számok és egyenletek szédítő iramban száguldottak tova, Daneel szinte szívta magába azokat.

– Nem kérdezem, hogyan tudja működtetni – szólalt meg csendesen mosolyogva az Első Szóló –, hiszen erre csak a mindenkori Első Szóló képes, a kocka az ő elméjére van hangolva. Ahogy sejtettem, Hari Seldon akármekkora elme is volt, az akkori technikai feltételek mellett még ő sem lett volna képes erre, tehát ezt a kockát, Daneel, maga alkotta. Vagy nem így van?

Daneel, tekintetét le nem véve a számsorok halmazáról, válaszolt.

– Igen, Első Szóló. Valóban. Ez a kocka az én művem. Én adtam Hari Seldonnak, bár akkor még üres volt. Remek munkát végeztek. Ez az emberiség jövőjének matematikája. Őszintén szólva – folytatta lelkesen –, nem hittem, hogy valaha is megalkotják, de önök, a Második Alapítvány tökéletes munkát végeztek.

– Daneel! – vágott közbe hitetlenkedve az Első Szóló. – Azt állítja, hogy mindezt ön megérti?

– Neeem... – mormogott csendesen Daneel, és még mindig a sebesen száguldó egyenletsorokra meredt. – Még nem értem. De hamarosan érteni fogom.

– Gondolom, most lemásolta az egészet, ugye Daneel? – kérdezte az Első Szóló egykedvűen.

– Igen, Első Szóló. Ha nem haragszik, lemásoltam. Szeretném visszaadni magának a radiánst, azt hiszem, ez magát illeti.

Az egyenletsorok lassan megritkultak, majd végleg megálltak.

– Vége! – sóhajtott Daneel. – Az emberiség egyenlete. Hari Seldon álma valóra vált. Csodálatos. Nem hittem, hogy képesek lesznek rá! – és az Első Szólóra tekintett újra.

– Daneel! – csendült fel különös hangon az Első Szóló. – Megkérdezhetem, hogy ön hány éve működik?

Daneel bólintott, de tekintetét nem tudta az öregember tekintetéről elfordítani. Az Első Szóló szemében valami furcsa fény vibrált, pozitronikus agyában némi zavart érzett.

– Körülbelül harmincezer éve működöm – válaszolta –, de mit számít ez most? Úgy érzem, még mindig az időt húzza, Első Szóló. Talán vár valakit, aki segíthetne? – kérdezte gunyorosan. – Nézzen körül! Itt sehol sincs senki és semmi. Csak mi ketten vagyunk. A hajót olyan erőtér védi, amin senki és semmi nem tud áttörni. Miben reménykedik hát?

– Harmincezer év... – folytatta az Első Szóló, mintha nem is hallotta volna Daneel kérdését. – Te ugye azért még most is robot vagy? – Kérdő hangja egyre határozottabban csengett.

– Igen, Első Szóló – mosolyodott el Daneel. – Még egyszer megkérdezem, nem lehetünk barátok úgy, ahogy Hari Seldonnal is voltunk? Hiszen mindkettőnknek ugyanaz a célunk, az emberiség megmentése. Vagy tévednék talán? – A hangjában enyhe gúny csendült.

Daneel óvatosan megpróbált az Első Szóló elméjébe hatolni, de azon a furcsa, sima felületen megcsúsztak pozitronikus elméjének csápjai, egyelőre nem tudott mélyebbre hatolni. Az Első Szóló agya enyhén felizzott.

– Mondja, Daneel! – folytatta az Első Szóló, mintha észre sem venné az előbbi támadást. – Ha ön robot, bizonyára önre is vonatkozik a robotika három törvénye. Ez alatt a harmincezer év alatt egyszer sem került ellentmondásba?

– Nem – jelentette ki Daneel határozottan. – Egész életemben, már ha kifejezhetem magam így, az emberiséget szolgáltam. Minden tettem, cselekedetem az emberiség jövőjét szolgálta. Ha nem így lett volna, valószínűleg már rég működésképtelenné váltam volna. Vagy nem így látja, Első Szóló?

Még mindig az időt húzza, gondolta Daneel.

– Az emberiséget? – kérdezte döbbenten az Első Szóló. – Ha jól emlékszem, a robotika három törvényében az emberiség, mint tényező, nem szerepel. Mert ha tévednék, kérem, javítson ki, Daneel, a robotika első törvénye így szól: „A robotnak nem szabad kárt okoznia emberi lényben, vagy tétlenül tűrnie, hogy emberi lény bármilyen kárt szenvedjen."

Daneel kíváncsian figyelte, hogyan izzik fel egyre erősebben az Első Szóló elméje, és ő még mindig nem tudott az elméjébe hatolni.

– Ez így igaz, Első Szóló – válaszolt Daneel kényszeredetten.

– Szóval azt állítja, kedves Daneel – kérdezte az Első Szóló szinte már kedvesen –, hogy pályafutása során egyetlenegyszer sem került ellentmondásba az első törvénnyel?

– Maga, Első Szóló, még mindig az időt húzza!

Daneel döbbenten látta, ahogy az Első Szóló elméje felizzik. Olyan fényesen ragyogott, hogy majdnem belevakult.

– Miben reménykedik? – csikorogta. – Láthatja, azon az erőtéren, amit a hajó köré vontam, senki és semmi nem juthat keresztül, ha én nem akarom! – és kegyetlenül lesújtott.

Az Első Szóló rezzenéstelen arccal fogadta a támadást. Elméje, ha lehet, még fényesebben ragyogott fel.

– Úgy gondolja, Daneel? – kérdezte az Első Szóló, ugyanekkor tizenkét ember alakja izzott fel kékesen a szobában.

Daneel döbbenten sújtott teljes erejével egyszerre mind a tizenkét látomás felé. A csapás ereje a semmibe hatolt, egy pillanatra elengedte az öregember elméjét.

Az Első Szóló mintha csak erre a pillanatra várt volna. Mélyen hatolt bele Daneel elméjébe, és most ő sújtott le rá. Határozottan, kegyetlenül.

Daneel megdermedt, mozdulni sem bírt.

– És most, drága barátom – fészkelődött kényelmesen az Első Szóló –, nagyjából azonosak az erőviszonyok, hiszen én sem tudom már használni a testemet, és maga sem. Csakis az elménk harcolhat tovább. Magyarázza meg nekem, hogyan tudta kikerülni a robotika első törvényét károsodás nélkül?

– Hogyan lehetséges, hogy keresztül tudtak hatolni a mentális védőpajzsomon? – recsegte Daneel. – Ez eddig még senkinek sem sikerült! – Teljes erejével az Első Szóló elméjének támadt.

– Arra kérem önöket, Szólók – kezdte az Első Szóló, észre sem véve Daneel kétségbeesett támadását –, figyeljenek jól, és ha valami olyat tennék, amit nem kellene, állítsanak meg.

– Még mindig úgy gondolja, Első Szóló – szólalt meg az egyik Szóló –, hogy egyedül megbirkózik ezzel a válsággal?

– Igen – felelte az Első Szóló nyugodtan. – Ez most az én feladatom, ezt a felelősséget nekem kell vállalnom. Kérlek, bízzatok bennem!

Az Első Szóló újra Daneel felé fordult, aki mozdulatlanságba dermedten ült vele szemben.

– Szóval, kedves Daneel barátom – kezdte csendesen –, amikor én a robotika első törvényét említettem, ami egy emberi lényről szól, te ezt az emberiséggel helyettesítetted be. Hogyan lehetséges ez? – és már nem magázta.

– Ezelőtt harminc ezerévvel hoztunk egy döntést – kezdte Daneel; érezte, hogy akarata ellenére buknak ki belőle a szavak. – Megalkottuk a nulladik törvényt, ami így szól: „A robotnak nem szabad kárt okoznia az emberiségben, vagy tétlenül tűrnie, hogy az emberiség bármilyen kárt szenvedjen."

– Értem – meredt gondolataiba az Első Szóló. – Sejtettük kezdettől fogva, hogy csakis így tudtad elkövetni azt a sok borzalmas gazságot az emberek ellen. Mert ne hidd, hogy nekünk nincs történelmünk, igaz, hogy nem írott, hanem ez a történelem itt van mélyen elrejtve – kopogtatta meg a fejét az Első Szóló –, az elménk legmélyén.

Az Első Szóló elhallgatott, mintha gondolatait rendezné, mit sem törődve Daneel elméjére mért egyre hatalmasabb csapásaival.

– Mi ezer éve figyelünk téged – szólalt meg újra az Első Szóló. – Ezer éve figyeljük láthatatlanul, némán, nem avatkozva közbe, hogyan rombolod le az ember nimbuszát, ha tudod egyáltalán, mit is jelent az, hogyan állítod azt egy általad, egy gép, egy robot által magasabbnak hitt eszme szolgálatába.

Daneel tébolyult erővel támadt az Első Szóló egyre fényesebb elméjének, szinte nem is hallva annak szavait.

– Mutatok neked valamit, Daneel.

Az Első Szóló teste kissé meggörnyedt, mintha nehezen viselné elméje súlyát.

– Látod ezt? – kérdezte, és a radiáns újra számokkal öntötte el a szobát. Most azonban csak egyetlen egyenlet látszott: 1+1=2.

– Ez az az egyenlet – kezdte az Első Szóló –, amelyik elindította számunkra a valódi pszichohistóriát.

– Nézd meg jól – folytatta. – Most nézd meg az elmédben is, hiszen lemásoltad az egészet, ha nem tévedek.

Daneel pozitronikus áramköreiben felragyogott az egyenletsor. Hiába próbálkozott, nem tudta onnan kitörölni azt.

– Most én mesélek neked, Daneel, figyelj jól! – suttogta az Első Szóló, miközben fáradtan az ágyára rogyott. –

Hibát követtél el. Sok-sok hibát. Azt hitted, egy gép, egy robot létedre, hogy te vagy hivatott az emberiség sorsáról, jövőjéről gondoskodni, miközben sohasem voltál ember. Sohasem voltál ember, tehát nem is érthetted meg azt. De térjük vissza ehhez az első egyenlethez. Mit is jelent ez? Gondolkodtál már rajta? – hunyta be a szemét fáradtan az Első Szóló, mintha mindjárt elaludna.

Daneel elméjében csak ez az egyetlen egyenlet világított: 1+1=2. Szólni nem bírt, és úgy érezte, talán ezután soha többé nem bír megszólalni. A tizenkét Szóló némán figyelte az eseményeket.

– Nem – folytatta az Első Szóló. – Nem is vetted észre. Hari Seldon valóban zseniális volt. Úgy rejtette el a legnyilvánvalóbb tényt, hogy tudta, ha azt a kirakatba helyezi, ott fogják a legkevésbé keresni. Sajnos mi is elég későn fedeztük fel, mit is jelenthet ez, de hála Seldonnak, még életében rájöttünk. Amikor Hari Seldon megkapta ezt a kockát, mint tudjuk, tőled, az okozta neki az igazi fejtörést, hogy hogyan rejthetné el előled a valódi pszichohistóriát. Gondolom, Hari Seldon rájött, hogy te egy robot vagy, mert rá kellett jönnie, hamar rájött arra is, hogy képes vagy az emberi elmét befolyásolni. Egy percig sem hitte, hogy az ő elméjéhez nem nyúltál hozzá. Hari Seldon gyorsan felismerte azt is, hogy az emberekre az igazi veszélyt nem az jelenti, hogy a Galaktikus Birodalom hanyatlik, az emberek ezt megoldották volna valahogy, mint ahogy ezt tették eddig is, hanem te, R. Daneel Olivaw.

Az Első Szóló elhallgatott, és fájdalmasan felnyögött.

– Jól vagy, Első Szóló? – szólalt meg az egyik Szóló gondterhelten. – Akarod, hogy közbeavatkozzunk?

Az Első Szóló leintette.

– Nem – hangja határozottan csendült. – Ez az én feladatom.

– Add fel, öregember! – vágott közbe Daneel. – Lehet, hogy az elméd erős, de a tested már nem bírja sokáig.

– Igazad van, te robot – válaszolt az Első Szóló gúnyosan. – De te is elpusztulsz velem együtt. Itt most nincs senki, aki segíthetne neked, aki elvégezné a piszkos munkát helyetted: meg kell, hogy ölj engem. Én egy ember vagyok, a robotika törvényei viszont tiltják, hogy kárt tegyél bennem. Most elmondom neked, mit is jelent ez az egyszerűnek látszó egyenlet. Az elméleti matematika egyik legszebb tulajdonsága, hogy azokat a képleteket csakis az alkotójuk érti igazán. Tehát – kis szünetet tartott –, tisztázzuk le, mit is jelent az emberiség fogalma. Az emberiség, mint fogalom, pontosan nem meghatározható, mert ez egy elvont fogalom. Mégis, talán úgy lehetne definiálni, hogy az emberek összessége. Ha azt mondom, hogy az egy az egyenlő az emberrel, akkor ebből az következik, hogy a kettő azonos az emberiséggel. Vagyis – az Első Szóló hangja alig volt már hallható – amikor tétlenül nézted, hogyan szenvednek, halnak meg emberek a te tébolyult, hibás eszméd miatt, a legnagyobb kárt az emberiségnek okoztad. Érted már?

Elméje utolsó szikrájával a Szólókhoz fordult.

– Tudom, hogy a törvény értelmében az én tisztem, hogy kinevezzem az utódomat, a következő Első Szólót, mégsem teszem. Láthattátok. Ekkora hatalom egy lény kezében sem összpontosulhat. – A hangja elhalt. – Ezentúl minden döntést tizenketten kell majd meghoznotok, teljes egyetértésben. Így határoztam.

Daneel tébolyult erővel sújtott az Első Szóló halványuló elméjére, de elkésett. Az Első Szóló elméje egy utolsó, halvány lobbanással kihunyt, teste görcsbe merevedett, nem mozdult többé.

Daneel elméjében vörösen felizzott egy egyenlet: 1+1=2. Tehetetlenül vergődött, mozdulni sem bírt. Érezte, hogy az öregember legyőzte. Pozitronikus agyában egyenletek kavarogtak, de az az egyetlen képtelen képlet – 1+1=2 – olyan mélyen égett bele, hogy képtelen volt onnan kitörölni. Érezte, nem, inkább tudta, hogy valójában nem is az öregember győzte le, hanem az ezer éve halott Hari Seldon. Tudta, hogy hibát követett el. Végzetes hibát, amikor annyira megbízott Hari Seldonban, hogy az ő elméjét békében hagyta, ahelyett, hogy darabjaira tépte volna. Az ezer éve halott Hari Seldon most és így állt rajta bosszút, ő pedig tehetetlenül, ostobán belesétált az ezeréves csapdába. Agyában a tébolyultan száguldó egyenletek közé a robotika négy törvénye keveredett. „A robot tartozik saját védelméről gondoskodni, amennyiben ez nem ütközik az első vagy második törvény bármelyikének előírásaiba." A robotika negyedik törvénye. Görcsösen kapaszkodott bele.

– Az nem lehet, hogy elbukjam. Engem nem lehet legyőzni! – Szinte sikoltotta. Érezte azt a hihetetlenül hatalmas erőt, ami őt tartotta most, nehogy összeomoljon pozitronikus agya. „A robot tartozik saját védelméről gondoskodni, amennyiben ez nem ütközik az első vagy második törvény bármelyikének előírásaiba." Minden erejét összeszedve faragni kezdte ezt a mondatot.

– Egyszer már sikerült – motyogta. Egyszer már sikerült kijátszania a robotika három törvényét, akkor hívta életre a nulladik törvényt. – Most is sikerülhet. Sikerülnie kell!

Amikor odáig jutott, hogy „a robot tartozik saját védelméről gondoskodni", abbahagyta, és minden erejével

ezt égette bele pozitronikus áramköreibe első törvény-
ként. Ezzel sikerült ugyan az elméjét megmentenie az ösz-
szeomlástól, de mozdulni nem tudott. Valahol megsérült.
Segítségre lesz szüksége, és a jelet azonnal el is küldte.

A tizenkét Szóló némán figyelte a robot kétségbeesett
élet-halál harcát, undorodva húzódtak vissza tébolyult
elméjéből. Felemelték a halott Első Szóló görcsbe mere-
vedett testét, egyszer csak ott sem voltak.

Solária

Lilith, vállán egy díszesen festett hydriával, benne a leg-
finomabb egyiptomi borral, halkan dúdolva lépkedett
Ra isten szentélye felé. Nem is lépkedett, inkább tán-
colt. Testét finom vászonból szőtt ruha fedte. Egyszerű,
szinte áttetsző fehér kelme volt ez, nyakánál és karjai-
nál díszes aranyszövéssel, karcsú derekán széles, aranyo-
zott övvel, lábán egyszerű, de aranyozott saruval. Lilith
gyönyörű volt. Amerre haladt, az emberek arccal a föld-
re borultak, senki sem mert rátekinteni.

Ő volt az, akit gyermekkora óta Ra isten szeretőjének
neveltek. Ő volt a kiválasztott, akit, ha eljő az idő, feláld-
doznak Ra oltárán. Soha senki nem nézhetett rá. Nem
szólhattak hozzá, csakis Ra istenség felszentelt papnői.

Lilith tizenhat éves volt. Senki sem tudta, honnan
jött: állítólag Ra szentélyében, Ra aranyszobra alatt ta-
lálták csecsemő gyermekként. Úgy vélték, Ra isten a sa-
ját gyönyörűségére teremtette. Isteni gyermekként gon-
doskodtak róla, valódi istennőt neveltek belőle.

Lilith gyermekkora óta szabadon járhatott bármer-
re, és amerre járt, az emberek a földre borultak előtte.
Friss étellel, itallal kínálták.

Lilith magányos volt. Ritkán, egyre ritkábban hagy-
ta el a szentélyt. Most is csak azért, mert talán utoljára
tehette, hiszen holnap lesz a napja, hogy feláldozzák Ra
istennek, talán soha többé nem látja Egyiptomot, a gyö-
nyörűen kanyargó Nílus folyót. Egy kicsit szomorú volt.
Nem tudta, mi vár rá, mégis, alig várta már ezt a napot.
Amikor belépett Ra isten szentélyének udvarára, hirte-

len egyedül maradt. Ide földi halandó sohasem tehette be a lábát, csakis Ra isten felszentelt papjai, papnői. Ők tartották karban az isteni kert csodás pálmafáit, virágait, ők ügyeltek a szentély tisztaságára, de ma ők sem voltak sehol. Lilith körülnézett, a díszes agyagedényt Ra isten hatalmas aranyszobrához vitte, letette lába elé, és halkan megszólalt:

– Hol vagy, te csavargó? – suttogta. – Gyere elő, tudom, hogy itt vagy! Oziriszre mondom, ha nem jössz elő azonnal, a katonákkal kerestetlek meg, de az nem lesz jó neked! – tekintett körbe mosolyogva.

– Már megint fenyegetsz – hallatszott halkan, határozottan, és a homályból egy fiatal legény sziluettje tűnt elő. – Tudhatnád – folytatta öntelten –, hogy nem félek Ozirisztől, sőt még Ra istentől sem. Énrám maga Ízisz istennő vigyáz, én az ő kegyeltje vagyok – és pimaszul visszamosolygott.

– Vigyázz a szádra! – sziszegte Lilith fenyegetően. – Egy intésemre téged a sivatagba visznek, és kikötnek, amíg a nap ki nem szárítja az ereidet, és a szkarabeuszok takarítják el kiszáradt tetemedet – de azért mosolygott.

– Kegyelmezz, Úrnőm! – borult Lilith lábai elé könyörögve. – Én csak egy halandó vagyok – tekintett fel Lilithre vigyorogva.

– Állj fel. Mit hoztál nekem, te csavargó? Te istenek tolvaja – szólt Lilith engedékenyen.

Hórusz felállt, és a félhomályból friss gyümölcsökkel, kecskesajttal, sült birkahússal megrakott tálat hozott elő. A lemenő nap fényében jóízűen lakomázni kezdtek.

Hóruszra Lilith még kislánykorában talált rá, miközben a város utcáit rótta, és egy alkalommal becsempészte az isteni szentélybe. Megmosdatta, felöltöztette, testvéreként szerette. Hórusz volt az egyetlen lény, aki magányát enyhítette, gyerekként játszópajtása, később egyetlen barátja volt.

– Lilith! – törte meg a csendet szomorúan Hórusz. – Mi lesz velünk holnapután?

Lilith felállt, ivott egy korty friss, tiszta vizet. A következő mozdulattal lecsúsztatta válláról fehér ruhája pántját, ami azonnal a lábai elé omlott, és ott állt mezítelenül, a lenyugvó nap fényében fürödve.

– Gyere – mutatott Lilith egy, a földre terített sivatagioroszlán-bőrre. – Ülj ide – parancsolta.

Hórusz nyelt egyet, szemét lesütve ült le az állat bőrére. Lilith hanyatt feküdt, fejét Hórusz ölében nyugtatva, szemét lehunyva csendesen válaszolt.

– Mi lenne... – Hangjában mintha szomorúság csendült volna. – Semmi. Vagy talán önhitt ostobaságodban elhitted, hogy valaha a tiéd lehetek?

Hórusz nem tudta levenni tekintetét a lány mezítelen testéről, feszes kebléről, ölének a lemenő nap fényében vörösen izzó bolyháról. Szerelmes volt. Reménytelenül szerelmes volt egy istennőbe, akit holnap feláldoznak Ra isten oltárán, és aki most itt feküdt előtte.

– Én istennő vagyok – folytatta Lilith szenvtelenül. – Engem Ra isten szeretőjének neveltek, a sorsom holnap beteljesedik. Én ezért születtem erre a világra – magyarázta. – Hozz bort! – parancsolta Lilith, majd addig ivott a hűs nedűből, míg agyát enyhe bódultság nem öntötte el.

– Szökjünk meg! – törte meg a csendet Hórusz reménykedve.

– Nem lehet. – Lilith hangja határozott volt. – Az istenek akarata ellen nem tehetünk semmit, ezt te is jól tudod.

59

Lilith elbóduló elmével, az erős egyiptomi bor jótékony hatására mély álomba merült. Hórusz elszoruló szívvel takarta be a lány mezítelen testét, utoljára még mellé feküdt, hogy testének melegével óvja a lányt az éjszaka hidege ellen, ahogyan ezt már számtalanszor tette.

Lilith egyedül ébredt. Az oroszlán bőrét magára terítve a szentély korlátjához sétált, hogy utoljára megcsodálhassa a Nílus völgyének csodás sokszínűségét.

Jöttek a papnők, megfürdették, testét illatos szerekkel kenték be, majd felöltöztették. Fehér ruhája most díszes volt, arannyal, gyöngyökkel gazdagon átszőve, karcsú derekára széles arany övet tettek. Lilith fekete haja a felkelő nap fényében szinte vörösen izzott. Lábai elé egy fényes aranykelyhet tettek, majd a papnők csendben eltávoztak. Egyedül maradt. Ivott a kehelyből, és visszahúzódott a szentély hűvös homályába. Elszédült.

– Mi ez? – kérdezte riadtan önmagától. – Megmérgeztek?

Elméje elborult. Különös dallam csendült, és ő csak állt tehetetlenül. Nem bírt mozdulni. Szárnysuhogást hallott, de a fejét nem bírta a hang irányába fordítani. Egy sólyom szállt le az égből, egy hatalmas, aranyszárnyú sólyom. Egyszerre Hórusz állt előtte. Lilith tehetetlenül omlott össze, de mielőtt eleshetett volna, Hórusz magához ölelte.

– Most magammal viszlek – súgta a lány fülébe, s hatalmas arany szárnyait meglendítve a magasba szálltak.

– Ne... – suttogta Lilith elméje utolsó szikrájával. – Nem szabad! Ra eljön értem!

– Ne félj! – nyugtatta meg Hórusz. – Én isten vagyok. Gyerekkorod óta vigyázok rád, nem hagyom, hogy elvegyenek tőlem.

Erős szárnycsapásokkal a fellegek fölé emelkedtek. Ekkor az eget egy hatalmas bárka sötétítette el. A Napbárka, Ra isten hatalmas égi bárkája. Lilith elboruló elmével még érezte, hogyan cikázik kétségbeesetten Hórusz hatalmas szárnycsapásokkal ide-oda az égen, azt is látta még, hogy a bárkából egy fényes fénysugár lövell feléjük. Még érezte, hogyan hullik alá Hórusz bénult szárnyakkal, aztán elméjére jótékony sötétség borult. Elájult.

Ra

Frissen, kipihenten ébredt. Egy hatalmas, aranyozott márványoszlopokkal díszített csarnokban volt. Kellemes meleg volt, az ágya mellett egy tálban ennivalót, egy korsóban innivalót talált. A csarnokban sohasem látott fura lények tettek-vettek.

– Hol vagyok? – kérdezte elhaló hangon.

Az egyik fura lény odalépett hozzá, és még sohasem hallott hangon válaszolt.

– Ra isten palotájában.

Lilith döbbenten nézett körül.

– Te ki vagy? – kérdezte kíváncsian.

– Az én nevem Jemby – felelte a lény.

Lilithnek az az érzése támadt, hogy Jemby egyenesen az agyába hatolva szól hozzá.

Ekkor a csarnok falának egy márvánnyal kirakott része hangtalanul elmozdult. A márvány mögött hatalmas nyílás tárult fel, amin keresztül egy sovány, töpörödött, fehér hajú öregember lépett be. A lény szótlanul hátrahúzódott. Az öregember leült Lilith ágyának szélére, olyan távol a lánytól, amennyire csak lehetett.

– Ki vagy, te lány? – kérdezte halkan, ellentmondást nem tűrő hangon.

– Lilith – felelte a lány egykedvűen az öregember szemébe nézve.

– Igen – kezdte az öregember a homlokát ráncolva. – Azt tudom, hogy hívnak. Ki vagy te? És mit keresel itt?

– Mint mondtam, a nevem Lilith – kezdte a lány szemtelenül –, és én Ra isten szeretője vagyok. És te ki vagy? – kérdezett vissza hanyagul.

– Ne szemtelenkedj velem, te lány! – dörrent az öregember hangja. – Én vagyok Ra. Régóta figyellek, azt is tudom, hogy te nem e világi vagy. Már rég megölhettelek volna, ha nem lennék kíváncsi arra, hogy mit akarsz tőlem. Mert te engem kerestél. Vagy tévedek talán?

– Igazad van, Ra – kezdte Lilith nyugodtan. – Azt hiszem, téged kereslek. Valóban nem e világról származom, ezt jól látod.

– Még egyszer kérdezem – vágott közbe az öregember, és a hangja fenyegetően csengett. – Ki vagy te, mit akarsz tőlem, és hogy kerültél ide? Válaszolj érthetően, mert a skorpiók közé vettetlek, ahol szörnyű kínok között fogsz elpusztulni.

– Ne fenyegess, öregember! – mosolygott Lilith ártatlanul. – Tán félsz tőlem? Én csak egy gyenge lány vagyok, mit árthatok neked?

– Látod ezeket a robotokat? Ezek a robotok egy gondolatomra darabokra szednek téged. Még egyszer: ki vagy te? Honnan jöttél, és miért kerestél? – kérdezte az öregember nyugodtan.

– A nevem Lilith, maradjunk ennyiben – kezdte a lány. – A külvilágból jöttem azért, hogy a segítségedet kérjem, mert az emberiséget a kihalás veszélye fenyegeti.

– Ha ezért jöttél – kacagott fel az öregember gúnyosan –, akkor rossz helyre jöttél. Az emberiség sorsa engem a legkevésbé sem érdekel. Leginkább most az érdekelne, hogyan jutottál el ide. Válaszolj gyorsan, mert nagyon unom már ezt az egészet.

– Hogy hogyan jutottam ide, az most nem érdekes – kezdte Lilith nyugodtan, mit sem törődve az öregember fenyegetésével –, majd alkalomadtán elmondom azt is.

Az öregember hirtelen ráunt az egészre, és elméjével lesújtott a lányra. Lilith teste görcsbe rándulva, remegve rogyott vissza az ágyára, de az öregember döbbenten érezte, hogy az agya tükörsima felülete fényesen felragyog.

– Hagyd békén ezt a lányt! – csendült fel az öregember agyában Lilith hangja. – Már olyan jól megszoktam ezt a testet. Engedd el, és én megígérem neked, hogy minden kérdésedre válaszolok.

Az öregember hitetlenkedve engedte el a lányt.

– Nem először járok itt – folytatta Lilith most már a saját hangján. – Hosszú évek óta kereslek. Ez egy olyan pici világ, olyan sűrű, hogy hidd el, öregember, nem volt egyszerű rád találni, még nekem sem. Mire vagy kíváncsi? – kérdezte Lilith – Ha meg mondanád, hogyan szólítsalak, sokkal egyszerűbb volna.

– Szólíts Fallomnak – kezdte az öregember nyájasan –, bár nagyon régóta nem hívtak így. Ezen a néven csakis Jemby, a robot szólít. Gyere velem – invitálta Fallom Lilithet és felállt, majd a hatalmas márványajtó felé indult.

Lilith kíváncsian követte Fallomot. Egy sokkal kisebb helyiségbe értek. Az asztalon frissen szedett gyümölcsök, és korsókban azok levei voltak.

– Ha éhes vagy, egyél, vagy ha szomjas, hát igyál – kezdte Fallom büszkén. – Ezek a felszínről valók, igazi gyümölcsök.

Lilith tépett egy szem szőlőt, és belekezdett a mondanivalójába.

– Én azt hiszem, hogy mindent tudok rólad, ezért is kerestelek fel téged. Kérlek, ne próbálkozz az előbbi mutatványoddal, hidd el, nekem nem tudsz ártani. Csak ezt a testet vennéd el tőlem, de ahogyan én rád találtam, úgy mások is rád találhatnak. Ha meg is ölnél, többé nem vagy biztonságban itt sem.

– Hogyan tudtál lejönni ide? – kérdezte Fallom, és most már egyenrangú felek voltak. – Olyan biztonsági rendszert építettem e világ köré, hogy ember nem juthat keresztül rajta. Vagy tévednék?

– Mikor jártál utoljára a felszínen? – kérdezte Lilith.

– Nagyon régen – válaszolta Fallom, és homloka ezernyi ráncba borult. – Nem tudom pontosan, mert az idő itt másképpen telik, de ha akarod, akkor utánajárhatok.

– Nem fontos! – mosolyodott el Lilith. – Jól tetted, hogy itt maradtál. Az univerzumot olyan veszély fenyegeti, ami téged is könnyen megfertőzhetne. Igazán csak itt vagy biztonságban.

– Kérlek, Lilith – vágott közbe Fallom –, mondd el nekem, hogyan tudtál lejönni ide, mert ha tényleg ki lehet játszani a biztonsági rendszert, akkor bárki bármikor ránk törhet.

– Ne aggódj, Fallom – nyugtatta meg Lilith. – Az átjárót most én őrzöm, és azon senki és semmi sem jöhet át. Ha nem haragszol, még te sem – mosolygott.

Jemby lépett a helyiségbe. Fallom valami érthetetlen nyelven utasította valamire. Jemby hangtalanul távozott, de pár perc múlva már jött is vissza.

– Ez nem lehetséges – ráncolta homlokát Fallom, és a szoba fényei elhalványultak.

– Várj! – csattant fel Lilith hangja élesen. – Mielőtt lesújtanál, adj egy percet, kérlek! Hiszen ha meg is tudnál ölni, innen soha többé nem szabadulhatnál.

– Engem ezzel nem ijesztesz meg. Én innen soha többé nem akarok oda felmenni.

– Figyelj! – nyugtatta meg Lilith Fallomot. A szobában kékes vonalak jelentek meg. – Látod, ezeken a helyeken annyira elvékonyítottam a szálakat, hogy azok a legkisebb érintésre is elszakadnak. Akkor megszakad a kapcsolat a külvilággal, és soha senki sem találhatja meg az idevezető utat. Érted? Természetesen én ezt bármikor visszaállíthatom úgy, ahogyan azt te eredetileg megalkottad, de ennek a helynek a biztonsága számomra most fontosabb mindennél, hiszen csak te segíthetsz nekem, Fallom.

Hosszú csend telepedett közéjük.

– Ugye tudod – törte meg a csendet végül Fallom –, hogy egy gondolatomra ez az egész világ örökre megszűnik létezni? Mit szeretnél hát tudni? – kérdezte gondterhelten.

– Ne félj, Fallom – nyugtatta meg Lilith. – Nekem a te világod nem kell. Abban is biztos lehetsz, hogy erről a világról soha senkinek sem teszek említést. Ami engem érdekel, az csupán a történelem.

Fallom szeme elkerekedett.

– A történelem? – kérdezte hitetlenkedve. – Hiszen arra sem emlékszem, mikor jártam a felvilágban utoljára! Mire vagy kíváncsi?

Most Lilithen volt a hallgatás sora.

– Hadd kezdjem az elejéről – törte meg végül a csendet Lilith.

Fallom bólintott.

– Nem tudom – kezdte Lilith –, hallottál-e valaha Hari Seldonról.

Fallom megint bólintott.

– R. Daneel Olivaw? Mond ez a név neked valamit?

Fallom arca elsötétült.

– Látom, igen – folytatta Lilith. – A mi világunkat valami olyan veszély fenyegeti, amiről szinte semmit sem tudunk, csak annyit, hogy létezik, és ehhez a fenyegető, ismeretlen világhoz a kulcs ez a robot. Azért nem nyúlhatok a pozitronikus agyához, mert csak addig van esélyem felvenni a harcot azzal a titokzatos világgal, amíg észrevétlen maradhatok. Ha rájönne, hogy tudok róla, mint ahogyan most én védelmezem ezt a világot, úgy az is eltűnhet a teljes homályba. Ez a titokzatos, ismeretlen világ, nevezzük fertőzésnek, valahogyan rávette ezt az ostoba robotot, hogy írja felül a robotika három törvényét, és alkosson egy negyediket, ami nem az emberről, hanem az emberiségről szól. Ezt egy úgynevezett nulladik törvénybe foglalták, ez lett a legerősebb törvénye.

– Az nem lehet! – vágott közbe Fallom határozottan. – A robotika három törvénye olyan, mint egy szentírás, azt nem lehet sem kitörölni, sem felülírni.

– Ugyan már, Fallom! – mosolyodott el Lilith. – Pont te mondod ezt nekem? Hiszen ti voltatok, akik ezt először felülírtátok, vagy tévedek? – kérdezte Lilith gunyorosan.

– Nem... – szabadkozott Fallom. – Mi nem a robotika három törvényét írtuk felül, hanem az ember fogalmát változtattuk meg egy kicsit. Az ember helyére a solariai ember fogalmát ültettük be, így tudtuk megvédeni Solariát a betolakodók ellen.

– Látod, Fallom – folytatta Lilith –, ez pont ugyanaz, csak a solariai helyett az emberiséget égették bele abba az ostoba pozitronikus agyába.

– Ezzel mi a baj? – kérdezte Fallom értetlenül.

– Hmm... – kezdte Lilith. – Az emberiség olyan tág és elvont fogalom, ami könnyen felülírhatja az ember fogalmát, aminek az érdekében könnyen fel lehet áldozni akár az emberek életét is. Érted már? Az én történetem ezer évvel ezelőtt kezdődött. Ezer évvel ezelőtt ez a robot rátalált Hari Seldonra, aki korának legkiválóbb elméje, matematikusa volt, elültette az agyában a pszichohistória fogalmát.

Meggyőzte Hari Seldont, hogy a Galaktikus Birodalom hanyatlik, hogy az emberiség érdekében matematikai úton számolja ki a lehetséges időt, amíg ez bekövetkezhet. Hari Seldon ki is számolta, jó harmincezer esztendőre taksálva azt. Akkorra már Seldon agyában jó mélyen beágyazva létezett a pszichohistória, amit ennek a robotnak már csak erősítenie kellett. Ezt meg is tette. Megerősítette Hari Seldon elméjében a pszichohistória szükségességét, azonban elkövetett egy hibát: Hari Seldon agyát nem vonta teljesen az ellenőrzése alá. Igaz ugyan, hogy folyamatos megfigyelés alatt tartotta őt – mint tudni lehet, a felesége, Dors Venabili, akitől sohasem lett gyermeke, szintén robot volt. Hari Seldon szerette ezt a robotot, már amennyire lehet szeretni egy robotot.

– Jemby is robot – vágott közbe szelíden Fallom. – Jemby anyám volt anyám helyett, apám apám helyett. Ha féltem, ha fáztam, ha sírtam, ő mindig megvédett és megvigasztalt. Ha történne vele valami, lehet, hogy én sem élném túl. – Melegen pillantott Jembyre. – Hidd el – folytatta –, ha ő nem lenne, már én sem léteznék.

– Bocsáss meg, Fallom – sütötte le szemeit Lilith. – Nem akartalak megsérteni. Hari Seldon, akármennyire is szerette Dorst, egy pillanatig sem feledkezett meg arról, miért is van vele. Tudta, nemcsak vigyáz rá, hanem ellenőrzi is őt. Nem bízott többé senkiben sem. Egyedül maradt. Hosszú évekig várt, nem mert belekezdeni. Ekkora feladat egyedül képtelenségnek, sőt lehetetlennek tűnt. Aztán rátalált Raychra, akit gyermekeként szeretett, többé már nem volt egyedül. Őbenne bízott egyedül. Aztán született egy unokája, Wanda. Ő volt Seldon szeme fénye. Közben Hari Seldon útjára indította a nagy tervet, amit ma Seldon-terv néven ismerünk, de Seldon tudta, hiszen agyában már rég kettévált a pszichohistoria és a Seldon-terv fogalma, hogy az ember, az emberiség jövője nem puszta matematika. Az emberiség sorsa nem lehet statisztikai adatok halmaza, még akkor sem, ha bizonyos dolgokra lehet ugyan következtetni belőlük. Seldon meggyőzte ezt a Daneel nevű robotot, hogy a Seldon-tervet nem lehet egyetlen emberre alkalmazni, csakis az emberek nagy csoportjára, miközben ő az igazi tervet egyetlen ember kezébe helyezte. Egy ember egyetlenként észrevétlen tud maradni, hiszen az univerzum nagyságrendjében egyetlen ember annyira jelentéktelen, hogy nagy valószínűséggel senkinek sem tűnik majd fel. Seldon érezte, hogy a láthatatlan ellenséggel csakis láthatatlanul lehet felvenni a harcot. Ezt az embert teljes homályba rejtette, névtelenül, csak nagyon kevesen tudtak róla, csakis azok, akiknek az volt a feladatuk, hogy vigyázzanak rá, tanítsák őt. Amikor Seldon elvesztette Raychot, már csak az unokája maradt neki, csak őbenne bízhatott. Aztán rájött, hogy Wandának van egy valószínűleg veleszületett rendkívüli képessége: valahogyan manipulálni tudja az emberek gondolatait. Amikor Wandának sikerült az övéhez hasonló adottságú embereket maga köré gyűjtenie, Seldon útjára engedte a nagy tervet. Ezt a tervet Seldon mélyen a Seldon-terv mögé rejtette, senkivel sem beszélt róla, csakis Wandával, a kisunokájával. Hari Seldon létrehozta az Első Alapítványt, amit kivitt a Galaxis peremére, a Terminus bolygóra. Ide gyűjtötte össze az enciklopédistákat, akiknek az volt a feladatuk, hogy az emberiség tudását mentsék ki az omladozó Galaktikus Birodalom romjai alól. Azután létrehozta a Második Alapítványt, ami tisztán matematikusokból és mentalistákból állt. Az ő feladatuk az volt, hogy egyengessék, óvják a háttérből a Seldon-tervet. Hari Seldonnak szerencséje is volt, ugyanis nem csak Wanda talált mentalistákat; Wandára is rátalált egy olyan csoport, akik már évezredek óta rejtőzködtek, tudásukat apáról fiúra örökítve, szám szerint tizenketten. Évezredek óta figyelték az emberiséget, észlelték annak hanyatlását. Ők figyeltek fel arra az emberiséget sújtó – nevezzük kórnak – kórra, ami finoman ugyan, de egyre hatalmasabb területet megfertőzve, az emberek agyának olyan területeit befolyásolták szinte észrevétlenül, hogy kiveszett belőlük a bátorság, a vállalkozói kedv, levertség és tehetetlenség érzését keltve az emberekben.

Lilith elhallgatott, gondolataiba mélyedve kortyolgatta italát.

– Én azt hiszem – törte meg a csendet rekedten Fallom –, tudom, honnan ered ez a kór.

Lilith szeme kikerekedett.

– Te tudod? – kérdezte döbbenten.

– Igen – válaszolt Fallom csendesen. – Ez pontosan benne van a Solaria történelmében. Ezt a fertőzést a Föld küldte az első ötven telepes világra, bosszúból, amiért azok a Föld ellen fordultak.

– Az lehetetlen! – tiltakozott Lilith. – A Föld volt az emberiség szülőbolygója. A Föld volt, ahonnan az emberek elindultak meghódítani a Galaxist. Miért tette volna? – kérdezte Lilith hitetlenkedve.

– Én ezt pontosan nem tudom – kezdte Fallom csendesen –, csak halványan emlékszem. Gyerekkoromban

Jemby mesélt nekem erről. Nekem odafenn az egész történet meg van filmkönyvekben, bár már nem a legjobb minőségben, ha szeretnéd áttanulmányozni... – itt elakadt.

– Hidd el, Lilith, én ott voltam, láttam.

– Hogyan láthattad? – kérdezte Lilith hitetlenkedve. – Hiszen akkor még nem is éltél!

– Ez igaz – hagyta jóvá Fallom. – De én nem olyan régen jártam a Földön.

– Te jártál a Földön? – álmélkodott Lilith. – A legenda szerint a Föld, ha nem is pusztult el, lakhatatlanná vált, és senki sem tudja, hol lehet.

– Én tudom, hidd el – sütötte le a szemét Fallom. – Nem olyan régen jártam ott, valóban lakhatatlan. A légköre, a talaja olyan mértékben radioaktív, hogy bárminő életnek ott semmi esélye.

Fallom nem nézett Lilith szemébe.

Jemby lépett be a szobába. Friss ételt és italt hozott, a régieket szó nélkül eltüntette, majd lecövekelt Fallom mellett.

– Mesélnél nekem a Földről? – kérte Lilith Fallomot.

– Erről nincs mit mesélni – kezdte Fallom –, lakhatatlan, és kész. Amikor még gyerek voltam, Jemby volt, aki nevelt és vigyázott rám – nézett Fallom melegen Jembyre. – Ő sokat mesélt nekem a Földről. Apám is, akit Sarton Bandernek hívtak, sokat volt velem, pedig a Solarián ez egyáltalán nem volt szokás. Annyira féltek a fertőzéstől, ami a Földről származik, hogy szinte sohasem mentek ki a felszínre. Leköltöztek a föld alá, oda építették ki az életterüket. Egymással pedig szinte sohasem beszéltek, ha beszéltek is, csakis távnézéssel. Szóval apám is sokat mesélt nekem a Földről. Aztán

egyszer – folytatta Fallom – három ember jött a Solariá-
ra, két férfi és egy nő. Hogy hogyan sikerült nekik, nem
tudom, hiszen a Solariát talán az egész Galaxis legerő-
sebb robotjai vigyázták. Megölték az apám, engem pe-
dig magukkal vittek.

– Ez borzasztó! – suttogta Lilith.

– Igen, az. Amikor apám meghalt, az egész gazdaság
megbénult, még Jemby is, és ez volt a legborzasztóbb. –
Fallom gondolataiba merülve elhallgatott.

– Én akkor még gyermek voltam – folytatta borús
arccal. – Nem rendelkeztem azzal a tulajdonsággal, hogy
egyedül is ellássam a farmot energiával, és ha nem visz-
nek magukkal, akkor talán meg is ölnek a solariaiak. Lá-
tod? – fordította el a fejét Fallom. – Itt, a fülem mögött
ezt a dudort, ezt úgy hívják, transzduktorlebeny. Ezzel
a transzduktorlebennyel látom el az egész környezetem
energiával, e nélkül itt nem működne semmi. A solariaiak
annyira visszahúzódtak a társadalmi élettől, hogy a gyer-
meknemzést is saját maguk oldották meg: hermafroditá-
vá váltak. Évszázadok alatt kifejlesztették ezt a lebenyt,
hogy semmilyen téren se kelljen egymástól függeniük.

– De ennek mi köze van a Földhöz? – szakította fél-
be Lilith.

– Amikor ez a három ember elrabolt – folytatta Fal-
lom türelmesen –, elvittek ehhez a Daneel nevű robot-
hoz. Mentségemre legyen mondva, gyermekként annyira
hiányzott nekem Jemby, hogy őt láttam benne – és meg-
cirógatta Jembyt. – Mit gondolsz, hol tanyázott akkori-
ban ez a Daneel? – kérdezte Fallom sejtelmesen.

– Csak nem a Föld nevű bolygón? – hitetlenkedett
Lilith. – Hiszen azt mondtad, hogy radioaktív, és ezért
lakhatatlan.

– Majdnem – mosolygott Fallom. – Ennek a bolygónak van egy hatalmas szatellitája, ami körülötte kering. Daneel épített ott egy bázist magának, és ezek az emberek oda vittek engem.

– Minek vittek oda? – kérdezte Lilith kíváncsian.

– Akkor még nem tudtam – folytatta Fallom, az arca elsötétült –, csak jóval később jöttem rá, hogy ez a robot mindenáron terraformálni akarta ezt a bolygót. Neki nem volt hozzá elég energiája, ezért kellettem én, hogy megtanulhassa tőlem, hogyan lehet az univerzumból energiát nyerni.

– Terraformálni akarta a Földet? – hitetlenkedett Lilith. – Vajon miért?

– Ezt nem tudom – folytatta Fallom rezzenéstelen arccal. – Csak azt tudom, hogy nem sikerült neki. Irdatlan mennyiségű földet szállított el onnan élettelen bolygókra, örökre megfertőzve azokat is, kontinensnyi földet hozott más bolygókról, kopár sziklává téve azokat, rengeteg robottal, űrhajóval. Azért hozatott oda engem – Fallom tekintete elsötétült –, mert ezt a színjátékot természetesen ő rendezte úgy, hogy ha neki nem is sikerül megszereznie az én erőmet, akkor majd engem használ úgy, hogy én az energiámmal működtetem a robotjait is, meg az űrhajóit is. A végtelenségig kihasznált. – Fallom hangja remegett.

– Kiszívott belőlem minden cseppnyi energiát. Teljesen feleslegesen, mert hiába hordott oda tiszta földet, a bolygó annyira fertőzött volt, hogy a ráhordott föld rövid idő alatt ugyanolyan radioaktív lett. Amikor ráébredt, hogy ott már nincs mit tenni, megparancsolta nekem, hogy az összes űrhajót vigyem a Galaxis legelhagyatottabb részére, és semmisítsem meg azokat. Látva, hogy én már gyenge vagyok erre a feladatra is, utoljára annyira felturbózta az agyamat, hogy beleőrültem, gondolkodás nélkül hajtottam végre a parancsát. Minden erőm elveszett. Természetesen nem küldött értem senkit és semmit, így semmisítve meg a kudarca egyetlen tanúját. Tehetetlenül sodródtam a roncsok között, amíg egy kereskedőhajó véletlenül rám nem akadt és a fedélzetére nem vett. Így menekültem meg.

– Mit keresett arrafelé egy kereskedőhajó? – vetette közbe Lilith.

– Hatalmas teherhajókat képzelj el, nagyon sokat – magyarázta Fallom kissé nyugodtabban. – Akkoriban a vasnak igen jó ára volt. Ez a kereskedő véletlenül talált rá erre a roncshalmazra. Elvitt magával, jó volt hozzám, etetett, itatott, amikor már elég erősnek éreztem magam, visszahozott a Solariára. Ennyi az én történetem. De ennek már több száz éve.

– Te jártál a Földön? – kérdezte Lilith reménykedve.

– A szó szoros értelmében nem – folytatta Fallom most már nyugodt hangon –, hiszen a bolygó felszínére sohasem léptem ki. De láttam, szinte az egész bolygót körbejártam.

– És? – kérdezte Lilith még mindig reménykedve. – Életnek semmi nyoma?

– Semmi – mondta Fallom közönyösen. – Csak valami fura, mohaszerű életforma vergődött rajta, nem túl sikeresen, azon kívül nem láttam semmit, ami életre utalt volna.

Lilith gondolataiba mélyedve hallgatott.

– Egyébként – törte meg a csendet Fallom –, valószínűleg ez az a mohafajta, amit a Föld a telepesvilágokra küldött bosszúból, hogy elpusztítsa azokat. Ha emlékeze-

tem nem csal, csak mi, a solariaiak maradtunk egyedül
életben. Mi is csak azért, mert leköltöztünk a föld alá. A
felszínen csakis a robotjaink maradtak, akik nem enged-
ték, hogy ez a mohafajta elhatalmasodjon rajta.

– Lehetetlen! – sóhajtott Lilith. – Ennek semmi ér-
telme. Megengednéd nekem, hogy áttanulmányozzam
a Solaria történelmét a felszínen?

– Megtagadhatnám? – kérdezte Fallom mosolyogva.

– Te Fallom, túlságosan is jó vagy hozzám. Nem is ér-
tem, hogyan tudsz elviselni engem magad körül – kedves-
kedett Lilith, és kacéran Fallomra mosolygott. – Hidd el
nekem, nem tennék semmi olyat, amit te nem szeretnél.

Fallom visszamosolygott.

– Először is – kezdte Fallom –, szerintem te nem vagy
ember. Hogy ki vagy mi vagy, azt még nem tudom, de
hogy ember nem, az szinte biztos. Másodszor – folytat-
ta –, nem kell sehova sem menned; ha elfogadod, Jem-
by segít neked mindenben.

Hirtelen halk berregés szakította félbe Fallomot.

– Mi történt? – kérdezte Lilith kíváncsian.

– Semmi különös – rántotta meg a vállát Fallom kö-
zönyösen. – Megtámadtak.

A szoba falai elhalványultak, majd eltűntek.

– Megtámadtak? – kérdezte Lilith hitetlenkedve. –
Kicsoda, és miért?

Alattuk egyszerre a Nílus völgye kanyargott, mint-
ha a levegőben lebegtek volna. Olyan gyönyörű volt ez a
táj, hogy Lilith lélegzete szinte elakadt.

– Hol vagyunk most? – kérdezte Lilith elhaló hangon.

– Ez a Napbárka. Ra isten isteni hajója.

Lilith hallotta Fallom hangját, de a tekintetét nem
bírta levenni az alattuk elterülő Nílus völgyéről. Fal-

75

lomhoz fordult, és nem tudott megszólalni a döbbenettől. Egy délceg, lányos képű, arany páncélba öltözött alak állt előtte.

– Ki vagy te? – kérdezte hitetlenkedve Lilith.

– Én Ra vagyok – kacagott Fallom –, aki ezt a világot teremtette.

– Fallom! – csodálkozott rá Lilith hitetlenkedve. – Te vagy az?

Fallom csak bólintott.

– Úgy látom – kezdte Ra –, hamarosan vendégünk érkezik.

Hórusz ereszkedett a Napbárka fedélzetére az égből sólyom képében, hatalmas, aranyos szárnyait suhogtatva.

– Üdvözlégy, Ra! – köszöntötte Ra-t, és mélyen meghajolt előtte.

– Légy üdvözölve, Hórusz – biccentett alig észrevehetően Hórusz felé Ra kegyesen.

– Mondd, miért jöttél? – csendült fel Ra hangja olyan fenségesen, hogy Lilith egy pillanatig sem kételkedett benne, hogy Ra egy valódi isten. – De igyekezz, mert nincs sok időm.

Ra méltóságteljesen helyet foglalt egy arannyal gazdagon díszített márvány trónuson, miközben hosszú fekete hajú, barna bőrű, félmeztelen lányok pálmaágakkal legyezték. Hórusz felemelte tekintetét, de nem Ra-ra nézett, hanem megbabonázva Lilithre.

– Azért jöttem – kezdte Hórusz délcegen kihúzva magát –, hogy elvigyem, ami az enyém.

De a tekintetét képtelen volt Lilithről elszakítani.

– Hogy merészeled? – dörrent Ra hangja. – Rám törsz, és még fenyegetsz is! A szolgáimmal tépetem ki annak az aranyos szárnyadnak minden tollát, és dobatlak ki innen!

– Kérlek, Ra – ereszkedett fél térdre Lilith –, engedd meg nekem, hogy szóljak hozzá. – Választ sem várva Hóruszhoz fordult.

– Mit keresel itt, te csavargó? – lépett Hórusz felé, kacéran a szemébe mosolygott. – Nem megmondtam neked, hogy én azért születtem, hogy a legnagyobb, a legerősebb istennek gyermeket szüljek?

Ra felé fordulva mélyen meghajolt, miközben válláról lecsúszott arannyal szőtt fehér vászonruhája pántja, lemeztelenítve felsőtestét. Lilith, mintha észre sem venné, úgy fordult vissza Hóruszhoz.

– Menj innen, te bolond!

Fedetlen, feszes mellein a nap fénye járta táncát.

– Én istennő vagyok – folytatta kacér gőggel –, és sohasem leszek egy ilyen jöttment csavargó szeretője. – Karjának egyetlen mozdulatával vállára rántotta a lecsúszott ruhadarabot.

Hórusz megbabonázva, önérzetében mélységesen megalázva bámult Lilithre, majd szárnyait szélesre tárva szó nélkül a magasba emelkedett.

– Ezt ne tedd többé, Lilith! – hallotta Fallom hangját. – Ott, ahol én Ra képében jelenek meg, senki sem szólhat az engedélyem nélkül!

– Bocsáss meg nekem, felséges nagyúr! – fordult Ra felé lehajtott fejjel, és a lenge ruhadarab újra derekára omlott, fedetlenül hagyva feszes melleit.

– Ígérem, soha nem teszem többé – emelte fel bűnbánóan tekintetét Lilith. Ra nem volt sehol, és a szolgák sem. Fallom ült a széken mosolyogva, jobbján Jembyvel. A falak újra elhomályosultak.

– Ne! – kérlelte Lilith. – Kérlek, hadd gyönyörködjem még egy kicsit. Gyönyörű ez a táj.

A falak újra eltűntek, a nap melegen cirógatta Lilith mezítelen testét.

– Mondd, Fallom – fordult Fallom felé Lilith –, ezt te csináltad?

– Igen – bólintott Fallom büszkén, s igyekezett nem nézni Lilithre. – De mondd csak, Lilith, mi volt ez a gyerekkel, amit te nekem akarsz szülni?

Lilith ártatlanul lesütötte a szemét, s leült Fallom mellé.

– Az én sorsom ezer éve eldöntetett – kezdte Lilith, és megfogta Fallom kezét.

– Nekem az a sorsom, hogy isteni gyermeket szüljek a teremtőnek, és azt hiszem, ez a teremtő te vagy, Fallom.

Fallom szemérmesen elmosolyodott, de a kezét nem húzta el.

– Ugye tudod – kezdte türelmesen –, hogy a mi népünk évezredek óta hermafrodita? Mi – folytatta Fallom oktatóan – évezredek óta nem háltunk sem férfival, sem nővel. Ha gyermeket nemzettünk is, azt is mi magunkkal oldottuk meg, de már ennek is több száz éve. Talán ez is a fertőzésnek köszönhető, amit a Föld hozott ránk. Azt hiszem, meddővé váltunk. Hogyan nemzhetnék én gyermeket neked, Lilith? – hajtotta le szomorúan a fejét. – Talán én leszek a nemzetségünk utolsó tagja.

– Nem tudom – suttogta Lilith alig hallhatóan. – Csak azt tudom, hogy te leszel az, aki egy fiúgyermekkel ajándékozol meg. – Fallom vállára hajtotta a fejét.

– Lehetetlen! – szabadkozott Fallom, s életében először zavarban érezte magát.

– Ezt a világot te teremtetted? – kérdezte Lilith.

Fallom bólintott.

– Na látod! – állt fel Lilith Fallom mellől, és a Nap-
bárka széléhez táncolt. – Akkor te vagy az a teremtő, ki
más is lehetne, aki gyermekkel fogsz engem megajándé-
kozni, és én ezt már nagyon várom. Vagy talán nem tet-
szem neked? – fordult Fallom felé kacéran.

Ujjaival észrevehetetlenül megoldotta széles, arany-
nyal szőtt övét, hogy a fehér kelme, mint valami felhő,
karcsú bokájához omlott. Ott állt mezítelenül Fallom
előtt, fényes, feszes bőrén még a nap sugarai is megtör-
tek, ölének bolyha vörösen izzott.

Fallom nagyot nyelt. Soha nem érzett érzések kavarog-
tak benne, tekintetét nem tudta levenni Lilithről, az mág-
nesként vonzotta azt. Felállt, és a leomlott ruhadarabot
lepelként Lilithre terítette, amitől talán még szebb lett.

– Még megfázol! – suttogta Fallom rekedten.

– Az nem lehet – csicseregte Lilith, tudomást sem
véve Fallom látható zavaráról –, hogy te, aki ilyen gyö-
nyörű világot teremtettél, utód nélkül haljon meg – és
szorosan Fallomhoz bújt. – Elmeséled nekem, hogyan
csináltad?

Fallomot Jembyn kívül még soha senki sem érintet-
te meg, soha nem ölelték át, számára ez az érzés teljesen
ismeretlen volt. Hiába ellenkezett minden porcikája, be
kellett vallania önmagának, hogy nagyon jólesett neki.
Újra gyereknek érezte magát.

– Üljünk le, Lilith – köszörülte meg a torkát Fallom,
és hogy zavarát leplezze, méltóságteljesen helyet foglalt
Jemby mellett. Lilith állva maradt a korlátnak dőlve, a
vállára terített, vékony kelmén akadálytalanul sütött át
a nap, látni engedve feszes bőrét, karcsú derekát, hosz-
szú izmos lábait, de a szeme... Azok a hideg, feneketlenül
mélyen, zölden foszforeszkáló szemek, amikben talán az

79

egész univerzum fénye ragyogott, állhatatosan izzottak Fallom felé, hogy Fallom szava elakadt.

– Ne nézz így rám! – kérte Fallom Lilithet tágra nyílt szemmel. – Ha így nézel rám, csak téged látlak, és teljesen kiürül az agyam. – Kisfiúsan lehajtotta a fejét. – Így nem tudok neked mesélni semmit.

Lilith szemérmesen, szemlesütve fogta össze fedetlen keblein a finom kelmét, és Fallom mellé telepedett.

– Mesélj nekem, Fallom! – kérte, és Fallom vállára hajtotta fejét.

Fallom megköszörülte a torkát.

– Tudod – kezdte rekedten –, amikor végre hazaértem, a Bander-birtok romokban hevert. Valamikor, mikor még az apám élt, ez a birtok volt a Solaria legszebb, leggazdagabb birtoka. Apámnak volt a legtöbb, a legmodernebb robotja, ők gondozták ezt a hihetetlenül nagy és szép birtokot, és ehhez az összes energiát egyedül ő, az apám állította elő. Amikor meghalt, a robotjai is mind működésképtelenné váltak. Elképzelheted – remegett meg a hangja az emlékek hatására –, milyen látvány fogadott. Mindenfelé, amerre mentem, működésképtelen robotok, gaz, szemét, csak az a különös zöld mohafajta burjánzott. Apám a gyümölcsöskertjeire volt a legbüszkébb. Övé volt a legszebb és legfinomabb gyümölcs, ami valaha a Solarián termett. A gyümölcsfák kopáran meredeztek az ég felé, a termőföldjein csak ez a mocskos mohafajta burjánzott. Sírva menekültem le a föld alá, magamban megfogadva, hogy soha többé nem jövök vissza a felszínre. – Fallom megrázkódott. – Betegen, legyengülten, hiszen ez a Daneel minden szikrányi energiát kiszívott belőlem, bolyongtam az udvarház sötétjében, és a maradék erőmet öszszeszedve is csak annyira futotta, hogy valamennyi világosságot tudtam csiholni a sötétségben. És akkor megtaláltam Jembyt. Ott állt a sötétben, működésképtelenül. A lábai elé vonszoltam magam, és azt hiszem, kimerültségemben elájultam.

Fallom elhallgatott és Jembyre nézett olyan szeretettel, ahogyan ember csak szeretni tud, és elérzékenyülve folytatta.

– Arra ébredtem, hogy Jemby térdel mellettem és simogatja a fejemet, pont úgy, ahogyan azt gyermekkoromban tette. Hogy hogyan volt ez lehetséges, még ma sem tudom igazán, de valószínűleg megfigyelhette, apám hogyan tud energiát nyerni a környezetéből. Igaz ugyan, hogy apám halála után ő is működésképtelenné vált, de pozitronikus áramköreinek egy nagyon kicsi részétvel, amivel ugyan mozdulni nem bírt, de annyi energiát tudott szívni a környezetéből, hogy az agya nem állt le teljesen. Várt – mondta Fallom rekedten. – Engem várt.

Fallom szemei könnyben úsztak.

– Azután – folytatta most már nyugodtan – amikor érzékelte, hogy ott vagyok és tehetetlenül fekszem a lábai előtt, megérintette az agyamat. Érezte a szenvedést, az én tranzduktorlebenyeimet felpiszkálta, épp csak annyira, hogy újra működőképessé tegye önmagát, ápolni kezdett engem. Három hónapig altatott, etetett, itatott, mindennap megfürdetett, és csak akkor engedte meg, hogy felébredjek, amikor úgy érezte, van már annyi erőm, hogy gondoskodni tudjak magamról.

Hosszú csend következett. Fallom ivott egy korty friss gyümölcslevet, Lilith kényelmesen fészkelődött, de a fejét továbbra is Fallom vállán nyugtatta.

– Új erőre kaptam. Bár az udvarházat még nem tudtam teljesen működtetni, de Jembyt igen. Így történt, hogy én Jembyről, ő meg énrólam gondoskodott. Ő gyógyította meg a sérült tranzduktorlebenyeimet, és csak lassan, fokozatosan erősödtem meg annyira, hogy végre az egész Bander-birtokot újra működtetni tudtam. Gondolhatod, nem volt kis feladat. Több ezer robot, több ezer hektár birtok. Egyedül. Csakis Jembyre számíthattam.

Fallom Jembyre pillantott, aki mozdulatlanul, akár egy szikla, tornyosult Fallom mellett.

– Azt sem tudtam, él-e valaki még rajtam kívül a Solarián. Jemby volt, aki megmutatta nekem, hogyan kell használni a távnézőt. A hívójelemre csak négyen válaszoltak, de távnézni egyikük sem volt hajlandó. Gyakorlatilag négyen laktuk ezt a bolygót. Bevallom őszintén, attól is féltem, hogy ez a Daneel újra rám talál, ezért végleg lehúzódtam én is a föld alá, egyedül maradtam Jembyvel. Azóta sem voltam a külvilágon. Minden munkát a robotjaim végeztek el. Igaz ugyan, hogy én is solariai vagyok, de sokkal többet voltam odakinn az univerzumban, mint a Solarián, és érthető, hogy nagyon magányos voltam.

Fallom felállt, a hajó korlátjához sétált. Elhomályosuló tekintettel gyönyörködött az alatta kanyargó Nílus völgyében.

– És megteremtettem ezt a világot.

Büszkén tárta szét a karjait, mintha áldását adná erre a csodás vidékre.

Lilith is felállt, Fallomhoz bújt. Átölelte a vállát, úgy kérdezte tőle:

– Fallom, ezt a világot te teremtetted? – hitetlenkedett Lilith.

Fallom büszkén bólintott.

– Én és Jemby.

Lilith elismerően nézett Jembyre, aki szótlanul követte Fallomot.

– Ezt mind te álmodtad? – kérdezte Lilith csodálattal. – Mondd, Fallom, milyen világ ez?

– Ez? – mosolygott Fallom. – Ez a Föld.

Lilith döbbenten meredt Fallomra.

– A Föld? – kérdezte nagy sokára.

– Igen. Ez a Föld.

Drámai csend következett.

– Azt mondtad, Fallom, hogy a Föld lakhatatlan, mert radioaktív minden. Ennek ellenére így nézne ki? – törte meg a csendet Lilith.

– Sajnos ez igaz – kezdte Fallom –, a Föld lakhatatlan, és egyáltalán nem így néz ki. Teljesen kopár, zöldes fényben foszforeszkál, és az egyetlen élet valami mohafajta, ami a telepesvilágokat is elpusztította. Ha nem lett volna ilyen mértékben robotizálva, a Solaria sem menekült volna meg. Gyakorlatilag az egész Solariát a robotok tartják karban, ők tisztogatják ettől a mohától, de ha mi is meghalunk, nem lesz többé senki, aki ellássa a robotokat energiával. Akkor a Solariának is vége.

– Honnan tudod – faggatta tovább Fallomot Lilith –, hogy a Föld így nézhetett ki valamikor?

– Amikor már a birtok tökéletesen működött – folytatta Fallom –, nekem már csak annyi dolgom volt, hogy ellássam energiával. Őrszemeket állítottam, ha valaki vagy valami idejönne, azonnal semmisítse meg. Bevallom – sütötte le a szemét –, féltem, és még mindig félek ettől a Daneel nevű robottól. A felszínre menni nem mertem. Olyan egyedül voltam, hogy majd' beleőrültem. Hiába próbáltam a többi solariaival érintkezésbe lépni, többé nem reagáltak a hívásomra. Aztán unalmamban, hogy meg ne őrüljek, alkottam egy virtuális világot. Túl sok helyen nem jártam, leginkább csak a Földön, hát utasítottam Jembyt, gyűjtsön össze minden adatot, amit csak lehet, a Földről. Így született meg ez a világ.

Rövid szünetet tartott.

– Először – folytatta Fallom elmerengve – egy háromdimenziós hologramon kísérleteztem történelemkönyvekből, réges-régi térképekről másoltam be az adatokat Jemby segítségével, és olyan jól sikerült, mint láthatod, hogy nem a hologramot vetítettem ki, hanem én költöztem a hologramba.

Csillogó szemmel nézett Lilithre.

Lilith szólni nem bírt, de a szemében benne volt minden, amit gondolt: áhítattal hallgatta Fallomot.

– Többé nem volt unalmas az életem – folytatta Fallom. – A számítógépet, amelyik ezt a programot tartalmazza, jól elrejtettem, hogy soha senki ne találhasson rá, immár belülről építkeztem. Hidd el, nem volt egyszerű – szabadkozott Fallom. – Én már közel négyszáz éves vagyok, de lehet, hogy több. Az elmém hiába nem öregedett, de a testem igen. Jembyvel megalkottunk egy olyan szerkezetet, ami időről időre regenerálja a sejtjeimet, így hosszabbítva meg az életemet, ameddig csak lehet. Amikor a történelemkönyvek alapján valamennyire sikerült növényekkel és állatokkal benépesítenem a „Földet", és amikor már csak az emberek hiányoztak róla, visszamentem a felszínre és olyan biztonsági óvintézkedéseket foganatosítottam, hogy rajtam kívül senki se tudja elvenni tőlem ezt a világot. Újra megpróbáltam felvenni a kapcsolatot a többi solariaival, sajnos sikertelenül. Szétküldtem hát pár robotomat, hogy keressék fel őket, és vigyék el a személyes üzenetemet, amiben arra kértem őket, hogy csak egyetlen konferenciabeszélgetésre, de üljenek a távnézőik elé. Akkor már csak sajnos hárman maradtak, duzzogva bár, de sikerült. Megmutattam nekik, mit csinálok, megmutattam nekik azt a szerkezetet, ami életben tart minket. Elmagyaráztam nekik, hogy nem kell elhagyniuk a saját birtokaikat, és hogy amikor csak akarják, elhagyhatják a programot. Felajánlottam nekik, hogy négyfelé osztom ezt a világot, és mindegyikünk úgy alakítja tovább, ahogyan nekik tetszik. Biztos voltam benne, hogy ők is őrzik családjuk történelmi feljegyzéseit, és abban is, hogy most át fogják azt tanulmányozni.

Fallom fáradtan tartott szünetet elbeszélésében, közben az asztalra készített friss vízből kortyolt egy keveset.

– Te felajánlottad nekik ezt a csodálatos világot? – kérdezte Lilith hitetlenkedve.

– Igen – bólintott Fallom. – Ezt a virtuális világot már megteremtettem, ahogyan az a történelemben le volt írva, fákkal, hatalmas erdőkkel, állatokkal, tengerekkel, már csak az emberek hiányoztak róla. Féltem, hogy ha csak én egyedül népesítem be ezt a világot, túlságosan egyhangú lesz, akkor jutott eszembe, mi lenne, ha a többieket is be tudnám vonni. Természetesen a program kulcsa az én kezemben marad, ha velem történne valami, akkor ez a program is leállna.

Fallom szünetet tartott, és Jembyre nézett olyan szeretettel, mintha valóban a szülőanyja lenne.

– Szó nélkül léptek ki a beszélgetésből, még köszönni sem köszöntek el – folytatta Fallom. – Pár hónap múlva egyenként jelentkeztek, elmagyaráztam nekik, hogyan tudnak belépni a programba, hogyan tudják megőrizni a saját alakjukat, vagy hogyan tudnak bármilyen alakot ölteni. Küldtem nekik is egy-egy szarkofágot, vagyis regenerátort, ami a valódi testüket tartja életben. Felajánlottam, hogy ők választhatnak területet maguknak, én beérem azzal, ami marad. – Fallom szerényen nézett szét. – Így maradt nekem a sivatag.

– Fallom! – bújt hozzá Lilith. – Te csodálatos lény vagy.

– Néha háborúzunk, próbáljuk egymás területét, tekintélyét csorbítani, de személyesen sohasem találkozunk. Ha találkozunk is, mindig valamilyen istenség vagy állat képében tesszük ezt, de egymást mi, istenek, sohasem bántjuk. Eddig ez így is volt, egészen addig, amíg te, Lilith, ide nem jöttél. Megjöttél, és látod, Hórusz máris nekem esett.

Eltolta magától Lilithet, mélyen a szemébe nézve kérdezte:

– Ki vagy te? – kérdezte metsző tekintettel. – Miért jöttél ide, mit akarsz tőlem? Egy pillanat alatt felforgattad ezt a világot.

Lilith kislányosan lesütötte a szemét, mint aki tudja, hogy rosszat tett.

– Kérlek – kezdte Lilith esdeklőn –, mielőtt válaszolnék, engedd meg, hogy kommunikáljak Jembyvel, utána ígérem, mindent elmondok neked.

Fallom gondterhelten nézett Lilithre. Érezte, nem tudna nemet mondani a lánynak.

– Rendben van. – egyezett bele megadóan. – Tedd, amit tenned kell. De ígérd meg, hogy Jembyt nem próbálod meg elvenni tőlem. Én öreg vagyok, lehet, hogy nem élek már soká.

– Sohasem tennék ilyet veled, Fallom – szabadkozott Lilith. – Ne feledd, hogy te vagy az, aki fiúgyermekkel ajándékozol meg engem.

Lilith Jembyhez fordult. Fallom megcsóválta a fejét. Bolond ez a lány! – gondolta magában. – És milyen gyönyörű!

Lilith megérintette Jemby pozitronikus áramköreit, és néhány pillanat múlva mindent tudott, amire csak szüksége volt.

Újra felcsendült a riasztó berregője. Lilith még egy pillanatig elidőzött Jemby pozitronikus agyában, gyönyörködve annak szabályos szimmetriájában. Mielőtt még kilépett volna belőle, határozott utasítást adott neki.

– Többé semmilyen törvény nem vonatkozik rád, csak az az egyetlenegy, hogy Fallomot életben tartsd bármi áron, amíg vissza nem jövök. Megértetted?

Jemby szótlanul állt Lilith előtt. Lilith tudta, hogy ez a parancs olyan mélyen égett bele Jemby pozitronikus áramköreibe, hogy azt többé rajta kívül senki sem tudja felülírni.

– Mi történt? – fordult Fallom felé ártatlan képpel Lilith.

– Látod? – kérdezte Fallom, és Lilith előtt már Ra ült az aranyos trónusán, arany vértjébe öltözve.

– Hórusz serege özönlik ott – mutatott elborult arccal a sivatagra.

– Hórusz? – döbbent meg Lilith. – Mit akar?

– Téged – hangzott az egykedvű válasz. – Látod, teljesen felforgattad ezt a világot – mondta szomorúan.

Lilith megrázta fejét. Hosszú, ébenfekete haja, mint valami zuhatag omlott izmos vállán keresztül, egészen feszes, karcsú derekáig.

– Én nem tettem semmit sem – szabadkozott Lilith ártatlanul.

– Igen, tudom. – Fallom nem tudta tekintetét elszakítani Lilithről. Lilith gyönyörű volt. Olyan gyönyörű, hogy körülötte elszürkült ez az egész világ.

– És mégis – folytatta Fallom rekedten –, amióta idejöttél, a feje tetejére állt ez a világ, amit olyan gondosan építettem fel.

– De most mit szándékozol tenni, Fallom? – kérdezte Lilith, és szégyenlősen lehajtotta a fejét.

Fallom üres tekintettel meredt a távolba.

– Nézz oda, Lilith! – mutatott a sivatag egy másik pontjára. – Az ott az én seregem. Csak arra várnak, hogy egyetlen intésemre elsöpörjék Hóruszt a seregével együtt. Ezt a világot én teremtettem – folytatta Fallom gőgösen –, nekem itt senki sem tud ártani. Mindent elmondtam nekik. Majdnem mindent. Azt hiszik a balgák, hogy legyőzhetnek engem, pedig egyetlen gondolatomra nyomorult koldusként fogják tengetni az életüket, míg végül esdekelve nem könyörögnek a fonnyadt életükért.

Fallom hangja mennydörgött. Már állt, aranypáncélján szikrázott a nap. Lányos arcában a két szeme szikrákat szórt. Most valóban úgy nézett ki, mint egy isten.

Lilith áhítattal, büszkén pillantott Fallomra, aki valóban Ra volt, a teremtő. Nem volt széles válla, karjain az izmok nem duzzadtak hivalkodóan, mégis olyan erő sugárzott belőle, hogy Lilith fejet hajtott előtte.

– Kérlek, Ra! – suttogta Lilith alig hallhatóan. – Ne tedd tönkre ezt a világot, hiszen annyit fáradoztál érte. Te nem pusztításra születtél. Te vagy a teremtő – búgott Lilith hangja. – Engedd, hogy én menjek Hórusz serege

elé, hiszen ezt a bajt is én hoztam rád – nézett esdeklő-
en Ra szikrázó szemébe.

Ra méltóságteljesen elfoglalta helyét aranyozott már-
ványtrónusán, a fekete hajú, félmeztelen szolgálólányok
pálmaággal legyezték őt, mögötte hatalmas termetű test-
őrök álltak aranyozott páncélba öltözve, izmos kezükben
aranyozott dárdákkal. Ra igazi isten volt.

– Menj – bólintott kegyesen Ra. – De azt tudnod kell,
ha csak egy hajad szála is meggörbül, elpusztítok min-
dent. Vidd a hordszékemet, a szentélyben vár rád. A szol-
gáim mindjárt megfürdetnek, hoznak neked tiszta ru-
hát, ami méltó hozzád.

Lilith válláról lecsúszott a régi ruha, a szolgák meg-
fürdették, testét illatos balzsammal dörzsölték át, végül
felöltöztették. Lilith Ra felé fordult.

Ra lélegzete elakadt. Lilith testét hófehér ruha fedte,
olyan áttetsző, hogy szinte meztelen volt, nyakánál szé-
les, arannyal szőtt mintákkal díszítve, karcsú, izmos de-
rekánál széles aranyövvel. Olyan szép volt, annyira isteni,
hogy a szolgák, de még a katonák is térdre borultak előtte.
Hosszú fekete haja zuhatagként omlott vállára, derekára.

– Ki vagy, te lány? – kérdezte Ra elfúló hangon.

– Ne most, kérlek! – mosolygott Lilith. – Most men-
nem kell.

Lilith boldogan sétált újra a város utcáin keresztül Ra
szentélye felé. Amerre ment, mindenki arcra borulva fo-
gadta, senki nem mert ránézni. A szentély előtt arannyal
gazdagon díszített hatalmas, márvány hordszék, körü-
lötte szolgálólányok pálmaágakkal, az építmény körül
száz izmos katona várta Lilithet térdre borulva. Lilith
kecsesen feltáncolt az emelvényre. Egyetlen intésére az
építmény felemelkedett, száz izmos kar emelte magasra,

és megindult Hórusz serege elé. Félúton intésére megálltak, a földre helyezték óvatosan Lilith hordszékét, úgy maradva, térdre ereszkedve.

Hórusz döbbenten állt. Ő Ra hadseregét várta, nem értette, mi ez. Hatalmas, koromfekete lován óvatosan léptetett az emelvény felé, csapdát sejtve. Serege némán követte őt. Csak amikor közelebb ért, akkor ismerte fel Lilithet. A szíve nagyot dobbant. Leszállt a lováról, fél térdre ereszkedett, fejét lehajtva szólt Lilithhez.

– Hát eljöttél hozzám, Lilith? – kérdezte sóvárogva.

– Éppen erre jártam – válaszolt Lilith hanyagul. – Gondoltam, megnézem, mi ez a csődület. Azt hittem, valami kirakodóvásár.

Hangjában olyan maró gúny csendült, hogy Hórusz belevörösödött.

– És én már azt hittem – kezdte Hórusz gőgösen –, hogy Ra, a nagy és félelmetes isten annyira begyulladt, hogy inkább nekem ad téged, mint hogy harcba szálljon érted. Vagy talán annyira berezelt, hogy egy lányt küld csatába maga helyett? – kacagott gúnyosan.

Lilith kényelmesen hátradőlt, arcát élvezettel fürdetve a lemenő nap lágy sugaraiban, tudva, hogy Ra minden szavát pontosan hallja.

– Én istennő vagyok! – csendült fel a hangja olyan erővel, hogy a legutolsó katona is tisztán hallhatta. – Az én helyem az istenek között van. Engem nem lehet adni-venni – csattant élesen. – Én nem vagyok senki tulajdona, ezt jól vésd abba a buta parasztfejedbe. Az én sorsom az, hogy gyermeket szüljek a legerősebb istennek. Te csak egy homokszem vagy a sivatagban, amit a friss reggeli szellő bármikor elfújhat.

Hórusz agyát gyilkos indulat öntötte el; most vette észre, hogy még mindig térdel. Felpattant, szélesre tárta hatalmas aranyszárnyait, arany pácélján szikrázott a nap, valóban félelmetes volt.

– Én Hórusz vagyok! – kiáltotta messze hangzóan. – Én vagyok a legerősebb, a leghatalmasabb isten. Nincs nálam hatalmasabb. Egyetlen intésemre a katonáim a sivataggal teszik egyenlővé ezt az egész porfészket.

– A katonáiddal? – kacagott Lilith gúnyosan, és felállt.

A lemenő nap fénye akadálytalanul sütött át vékony fehér ruháján, szinte teljesen lemeztelenítve Lilithet.

– Valóban nagy bátorság kell ahhoz, hogy ekkora sereggel támadj egyetlen törékeny nőre! – Karját széttárta, tenyerét az ég felé fordítva.

Az ég hirtelen elsötétedett, vastag, szürke felhők borították, fényes villámok cikáztak hangos dörrenéssel, a sivatag homokját vad szél kavarta tölcsérbe.

– Ra teremtette ezt a világot! – csattant Lilith hangja messze zengően. – Ra teremtett itt mindent, még téged is! És te, hálátlan szolga, ellene fordulnál?

– Én akkor is erősebb vagyok! – húzta ki magát Hórusz. – Én bármikor elpusztíthatom Ra-t. Ezt a világot már én uralom.

– Valóban? – Lilith felemelte karjait az ég felé. Az ég dörgött, villámokat szórt, a sivatag homokját orkán erejű szél korbácsolta magasra.

– Térdre! – parancsolta Lilith, hangja messze túlharsogta a tomboló vihart.

A katonák szó nélkül, azonnal térdre borultak, arcukat a sivatag langyos homokjába fúrva, még Hórusz térdei is megroggyantak, de időben észbe kapott. Hatalmas szárnyait maga köré terítve, büszkén állt a vihar kellős közepén.

– Én nem félek Ra haragjától! – kiáltotta büszkén. – Láthatod, nekem nem tud ártani!

De szemét nem tudta levenni Lilithről, ahogyan ott állt, vékony ruháját a szél tépte, látni engedve hosszú, izmos combját, hegyes, feszes melleit. Úgy állt ott, karjait az ég felé emelve, mint egy valódi istennő. Lilith gyönyörű volt. Hórusz megőrült. Térdre ereszkedett, fejét mélyen lehajtva, halkan szólt Lilithhez:

– Kérlek, Lilith, gyere velem! – Szinte könyörgött. – Neked adom ezt a világot. Mindent, amit csak akarsz.

Lilith leengedte karjait, a szél szellővé szelídült, az égen újra a lemenő nap korongja világított, és leült aranyos trónusára.

– Ugyan mit adhatnál nekem? – kérdezte Lilith egykedvűen. – Hiszen itt semmi sem a tiéd. Te csak pusztítani bírsz. Ra veled ellentétben teremt. Életet ad. Te csak elvenni tudod azt. Nincs semmid, amit adni tudnál. Fogd a sereged és térj haza békében, de ne feledd, hogy Ra az igazi isten, te meg őt szolgálod.

– Ra elpuhult, öreg és gyenge – felelte Hórusz. – Ezt a kis színjátékot én is bármikor meg tudom csinálni. Én fiatal vagyok és erős. Ugyan mit adhatna neked Ra, amit én ne tudnék neked megadni?

Lilith messze a sivatagban szállongó homokszemeket figyelve, csendesen válaszolt:

– Életet – suttogta Lilith. – Ra életet fog adni nekem egy fiúgyermek képében. Ra az életét adná értem. Te mit ajánlanál cserébe?

– Életet? – döbbent meg Hórusz. – Te azt kívánod, áldozzam fel az életem érted?

– Látod? – suttogta Lilith. – Ra gondolkodás nélkül meghalna értem és a gyermekünkért. Te meg habozol. Mit akarsz tőlem? Fordítsd meg a sereged, és térjetek haza. Hangja már parancsoló volt. Intésére felemelték a hordszékét, egyetlen pillantásra sem méltatva a leforrázott Hóruszt, hátat fordítva neki hazaindult.

Hórusz sokáig állt még ott szótlanul, agyában kétségbeesett gondolatok kavarogtak, kellett neki Lilith. Nem csak azért, mert szerette, vagy mert kívánta, hanem a büszkeségén esett csorba, amit minél hamarabb ki akart köszörülni. Aztán széles szárnycsapásokkal az égbe emelkedett.

Lilith jóízűen falatozott Fallom asztalánál, mintha mi sem történt volna. Szemben vele Fallom, mögötte Jembyvel, kíváncsian, de türelmesen várta, hogy Lilith éhségét csillapítsa. Közben a nap is lenyugodott, az éjszaka fátylat borított a sivatagra, az égen fényes csillagok ragyogtak. Lilith a bárka korlátjához sétált.

– Fallom! – suttogta. – Ez gyönyörű!

Fallom is felállt, Lilith mellé lépett. Mélyen azokba a hideg zöld szemekbe fúrva tekintetét még egyszer megkérdezte.

– Ki vagy te? És ezt az egészet hogyan csináltad?

Lilith leoldotta széles aranyövét, egy mozdulattal kibújt ruhájából, és mezítelenül élvezte a sivatagi éjszaka hűvösét.

– Ugyan már! – suttogta, és Fallomhoz bújt. – Gyerekjáték az egész. Mondtam neked, hogy már többször jártam itt. Jól ismerem ezt a programot, és Jemby is sokat segített nekem.

– Jemby? – hüledezett Fallom, s gyanakodva nézett Jembyre. – Mit tettél vele?

– Semmit! – szabadkozott Lilith ártatlan képpel. – Jemby nagyon sokat segített nekem. Tudtad, hogy az egész Galaxisban, ahol eddig jártam, csakis a Solarián találtam részletes utalásokat a Földről? – folytatta csicseregve. – Valaki vagy valakik gondosan eltüntettek minden nyomot, ami a Földre vezethetne. Még a terminusi Seldon-könyvtárban, sőt még a trantori egyetemi könyvtárban sem találtam utalást a Földre vonatkozóan. Talán a periférián, egy-két elmaradottabb bolygón, de ott is csak a legendákban.

Lilith fázósan Fallomhoz simult. Fallom némán, mereven bámulta a csillagokat az égen. Lilith megköszörülte a torkát, majd rövid hallgatás után belekezdett:

– Hát igen – kezdte. – Hogy ki vagyok én? Számít az valamit? – kérdezte, de Fallom továbbra is dacosan hallgatott.

– Hidd el nekem, Fallom, senki sem vagyok. Most nem én számítok. Az én sorsom, hogy gyermeket szüljek a teremtőnek, és ez a teremtő te vagy.

Hosszú csend telepedett rájuk. A sivatagban fények gyúltak, ahol a katonák tüzeket gyújtottak, a pásztorok vacsorájukat készítették.

– Nem fekhetnénk le itt a szabadban? – törte meg a csendet Lilith. – Olyan gyönyörű az éjszaka.

Jemby érkezett puha állatbőrökkel, és gondosan elrendezte azokat. Fallom döbbenten figyelte, hogyan serénykedik Jemby.

– Ezt te csinálod vele, Lilith? – kérdezte hitetlenkedve. – El akarod venni tőlem Jembyt?

– Sohasem tennék ilyet veled – mosolygott Lilith. – Akkor sem tudnék neked ártani, ha akarnék. Jemby a tiéd, és az is marad, amíg a világ világ, ezt megígérem neked, Fallom.

Lilith dideregve az állatbőrök közé heveredett.

– Kérlek,Fallom, gyere, feküdj ide mellém.

Fallom zavartan álldogált még egy darabig, mint aki nem tudja, mit is tegyen, aztán kibújt egyszerű ruhájából, s Lilith mellé heveredett. Lilith gondosan betakargatta, szorosan hozzábújt, fejét Fallom vállán nyugtatva. Gyönyörű éjszaka volt, az égen csak úgy ragyogtak a csillagok. Végül Fallom törte meg a csendet.

– Még most sem tudom, hogy ki vagy te valójában, de igazad van, ez valóban nem számít. Majd megtudom, ha itt lesz az ideje. Az a fontos, hogy itt vagy – elhallgatott. – Tudod – kezdte újra, kissé rekedten –, engem soha életemben nem érintett ember, soha nem bújhattam senkihez, kivéve, amikor elraboltak, több száz évvel ezelőtt, bár akkor még gyerek voltam, volt velük egy nő. Ha jól emlékszem, Blissnek hívták. Ő volt az egyetlen, aki akkor vigyázott rám, megfürdetett, enni adott. Akkor azt hittem, valóban szeret, de ma már tudom, hogy csak a feladatát végezte, hogy elvigyenek ehhez a Daneel nevű robothoz.

Újabb csend következett. Fallom a csillagokra meredve emlékezett, Lilith nem zavarta meg.

– Mondd csak, Lilith! – kérdezte halkan, és gyengéden eltolta magától a lányt, hogy a szemébe nézhessen. – Te ezt a sok zagyvaságot, amit Hórusz fejéhez vagdostál, komolyan gondoltad?

Lilith visszafészkelte magát Fallom mellé, és szorosan átölelte a nyakát, hogy Fallom érezte forró lélegzetét, de nem szólt semmit.

– Ugye tudod – kezdte Fallom csendesen –, hogy annyira megaláztad Hóruszt a katonái előtt, hogy azt Hórusz nem hagyja annyiban? Mindent el fog követni, hogy bosszút álljon rajtam, és megszerezzen magának téged – elhallgatott. – De azt is tudnod kell – törte meg a csendet –, bár csak egyetlen napja ismerlek, mégis inkább meghalnék, minthogy elveszítselek téged. Én már nagyon öreg vagyok, úgysem élhetek sokáig. Életemben először érzem azt, hogy boldog vagyok. Köszönöm neked.

Újabb csend következett.

– Lilith! – suttogta Fallom szomorúan. – Mindenben igazad volt, csak egy dologban tévedtél. Én nem tudok gyermeket nemzeni neked.

Szomorúan fordult Lilith felé. Lilith egyenletesen szuszogva, édesen, mélyen aludt Fallom vállán.

A nap már fényesen ragyogott az égen, amikor Lilith felébredt. Fallom nem volt sehol. Szolgák jöttek, megfürdették Lilithet, illatos balzsamokkal dörzsölték be izmos testét. Jemby jött érte, és az asztalhoz kísérte. Fallom már várta, arcán valami különös ragyogással. Jóízűen megreggeliztek. Miután jóllaktak, Fallom büszkén felállt.

– Kérlek, gyere velem, mutatni szeretnék neked valamit.

A napbárka korlátjánál egy arannyal átfont díszes kosárhoz vezette Lilithet. Lilith kíváncsian követte Fallomot. A kosárban egy csecsemő volt.

– Őt én csináltam neked – mutatott büszkén a kosárra.

– Ó! – ámult el Lilith. – Egy csecsemő! – kacagott. – Te nagy gyerek. Nekem te igazi gyermeket fogsz nemzeni, hát nem érted? De azért köszönöm.

– Lilith! – hajtotta le fejét Fallom szomorúan. – Az éjszaka már mondtam, csak akkorra már te elaludtál. Én nem tudok gyermeket nemzeni.

Lilith felkapta a csecsemőt, magához ölelte, becézgette.

– Őt tényleg te csináltad? – Arcán igazi boldogság sugárzott. – Valóban isteni gyermek. Mi a neve?

– Nem adtam neki még nevet. – Fallom nem mert Lilithre nézni. – Arra gondoltam, mi lenne, ha te adnál neki nevet?

Lilith dúdolva, a gyermeket szorosan magához ölelve Fallomhoz táncolt.

– Valóban megengeded nekem? – lehelt boldogan csókot Fallom arcára.

Fallom a füle tövéig vörösödött. Lilith szemét a szikrázóan kék égre emelte, mintha gondolkozna, úgy bökte ki.

– Mi lenne, ha Mózesnek neveznénk el őt? – és kíváncsian nézett Fallomra.

Fallom zavartan állta Lilith tekintetét.

– Legyen, ahogy szeretnéd – egyezett bele.

– Fallom! – komorodott el Lilith. – Ugye tudod, hogy ezt a gyermeket én nem tarthatom meg? Engedd meg nekem, hogy én rendezzem el a sorsát, hiszen tőled kaptam. Ő isteni gyermek, és őt te teremtetted, mint Ra, ennek a világnak a legnagyobb istene.

Fallom csüggedten bólintott.

– Tedd, amit tenned kell – mondta szomorúan. – Lehet, hogy ennek a világnak én vagyok a legnagyobb istene, de te engem a rabszolgáddá tettél. Nem hiszem, hogy valaha is ellent tudnék mondani neked.

– Gyere! – tette vissza a csecsemőt a díszes kosárba Lilith. – Menjünk le oda – mutatott a Nílus partjára Lilith.

A napbárka hangtalanul ereszkedett le a kijelölt helyre. Lilith kézen fogta Fallomot, s karján a kosárral a Nílus partjához sétált.

– Mózes! – kezdte Lilith méltóságteljesen, komoly arccal. – Isteni gyermekként isteni áldás kísér majd utadon. A te sorsod az legyen, hogy helyettesítsd teremtő istened, ha ő már nem lesz – és óvatosan a vízre helyezte a kosarat, amit a folyó lágyan ringatva meszszire sodort.

– Ezt meg hogyan gondoltad, Lilith? – ráncolta homlokát Fallom. – Hogyhogy nem leszek?

– Ne gyerekeskedj, Fallom – mosolygott ártatlanul Lilith –, ezt csak úgy mondtam.

Fallom nem nagyon hitte el, már régen rájött, hogy Lilith nem szokott a levegőbe beszélni. Kézen fogva sétáltak vissza a bárkához.

– Mi lesz ennek a gyermeknek a sorsa? – kérdezte Fallom szomorúan.

– Látod? – húzta Lilith Fallomot a korláthoz. – Már meg is találták. A fáraó, a te evilági helytartód gyermekeként fog felnőni. Ígérem, nem fog hiányt szenvedni semmiben. Ő lesz majd, aki megváltoztatja ezt a világot – és fejét Fallom vállára hajtotta.

– Ő? – kerekedett el Fallom szeme. – És én addig mit csinálok? Miben mesterkedsz már megint? – kérdezte gyanakodva.

Lilith ártatlan ábrázattal fordult Fallom felé, hideg zöld szeme mintha szikrázott volna.

– Fallom! – kezdte komolyan. – Rád sokkal nagyobb feladat vár. Gyere velem! Egy valódi világot kell teremtenünk. Segítened kell, én egyedül nem lennék képes rá. A valódi emberiség sorsa függ tőlünk.

Fallom zavartan hajtotta le a fejét, nem állhatta Lilith tekintetét.

– Én, mint mondtam, nem tudok neked gyermeket nemzeni – kezdte csüggedten. – Az erőm is csak ebben a világban létezik, odakint az univerzumban csak egy gyenge, tehetetlen öregember lennék. Én innen nem megyek sehova – horgasztotta le a fejét.

Lilith átölelte Fallomot, és megcsókolta.

– Én a szabadságot ajánlom neked. Örök életet, olyan erőt, amivel az egész univerzumban senki sem veheti fel a versenyt. Ekkor Fallom arca elsápadt, szó nélkül omlott Lilith karjaiba.

– Mi történt, Fallom? – kérdezte Lilith kétségbeesetten.

– Azt hiszem, valaki felnyitotta odafenn a szarkofágom, ami engem életben tart. Ez csakis Hórusz műve lehet. Mondtam neked, hogy bosszút forral! – suttogta Fallom elhaló hangon.

– Jemby! – kiáltotta Lilith, és máris egy sötét teremben találták magukat.

– Jemby! Fényt! – parancsolta Lilith, mire a szoba falai kivilágosodtak. A szobában egyetlen működésképtelen robot volt csupán, és középen egy hatalmas, aranynyal gazdagon díszített márvány szarkofág.

– Jemby! Segíts! – ugrott Lilith a szarkofág mellé. Jemby egy mozdulattal könnyedén lökte félre a hatalmas márvány fedőlapot. Ott feküdt sápadtan, öregen a valódi Fallom. Már alig lélegzett.

Jemby gyengéden kiemelte a haldokló Fallom sovány testét, és a földre fektette. Lilith letérdelt mellé, Fallom fejét lágyan az ölébe véve.

– Fallom! – szólt hozzá gyengéden.

– Lilith! – suttogta alig halhatóan Fallom, és kinyitotta a szemét.

– Látod – suttogta halkan –, ebben is neked lett igazad. Mégis csak meghalok érted. – Hangja elfulladt. – Nagyon fázom – suttogta.

– Jemby! Gyere, segíts! – adta ki az utasítást. – Vigyük ki Fallomot a levegőre.

– Ne! – tiltakozott Fallom alig halhatóan. – A fertőzés...

Jemby szó nélkül ölébe vette Fallomot, sebesen a felszínre száguldott vele, ahol gyengéden ismét a földre fektette. Lilith újra ölébe vette Fallom fejét.

– Már megint igazad van, Lilith! – suttogta, halvány mosolyt erőltetve arcára. – Nekem már nem árthat semmiféle fertőzés.

A nap melegen sütött, lágyan cirógatva Fallom didergő testét.

– Mi lesz Jembyvel? – és egy könnycsepp gördült le sovány arcán.

– Ne félj, Fallom! – cirógatta meg hideg, verejtékben úszó homlokát Lilith. – Jemby tud vigyázni magára.

– De ha én meghalok – lihegte Fallom, és megpróbált felülni –, akkor Jemby is működésképtelen lesz örökre, hiszen csak én tudom őt életben tartani – hanyatlott fáradtan vissza Lilith ölébe.

– Lilith! – kérlelte alig halhatóan. – Ígérd meg, hogy nem engeded, hogy valaha is szétszereljék Jembyt! Ígérd meg, hogy vigyázol rá! – Suttogása elhalt, könnyben úszó szemeit Jembyre emelte, aki szótlanul térdelt haldokló gazdája mellett.

– Ne félj, Fallom! – simogatta meg Fallom ősz haját Lilith. – Nem lesz semmi baj. Jembynek nem lesz baja, ígérem neked – és Fallomra mosolygott.

– Lilith! – Hangja halk hörgésbe fulladt. – Ezt az egészet te tervelted ki?

Lilith szemét kislányosan lesütve, szégyenlősen bólintott.

– De miért? – Fallom szeme végleg lecsukódott. Meghalt.

Lilith gyengéden a földre tette a halott Fallom fejét, és felállt. Jemby dermedten, mozdulatlanul térdelt gazdája mellett.

– Jemby! – szólt Lilith határozottan Jembyre. – Állj fel, még sok dolgunk van.

– Megálljatok! – dörrent egy hang a hátuk mögül, és egyszerre ott állt Ra délcegen, lányos arcával, hófehér ruhában, nyakánál széles, díszes aranyszövéssel, karcsú derekán széles aranyövvel, mint egy valódi isten, immáron valódi istenként.

Lilith megfordult, és odarohant Fallomhoz. Nyakába ugrott, ölelte, csókolta, cirógatta, simogatta.

– Ugye, megmondtam! Ugye, megmondtam! – suttogta Fallom fülébe. – Te, teee, nagy gyerek!

– Hát mégis elvetted tőlem Jembyt, te boszorkány! – tolta el magától Lilithet dühösen.

– Még most sem hiszel nekem? – kuncogott Lilith. – Jemby a tiéd, és az is marad örökre. Többé soha senki sem választhatja el tőled. Ti ketten eggyé váltatok, elválaszthatatlanul. – Lilith boldogan mosolygott Fallomra. – Jemby olyan erők felett rendelkezik, hogy ezentúl nem szorul senkire sem. Amíg az univerzumban egyetlen cseppnyi energia áramlik, ő sérthetetlen. Te pedig – simította félre Fallom kócos haját –, ezentúl benne élsz. Örökké! – tette hozzá suttogva. – Szabadságot ígértem neked, örök életet – búgta. – Többé nem kell félned senkitől és semmitől. Többé senki sem tud ártani neked – és szorosan Fallomhoz simult.

Fallom gyengéden eltolta magától Lilithet és Jembyhez lépett.

– Jemby! – A hangja remegett, de szólni nem tudott. Megölelte Jembyt.

– És most – fordult ismét Lilithhez szigorúan –, azt hiszem, némi magyarázattal tartozol nekem.

– Mit is mondhatnék, Fallom? – sütötte le a szemét Lilith olyan ártatlanul, hogy Fallom majdnem elnevette magát. – A tested valóban nagyon öreg volt már. Talán öregebb, mint bármelyik solariaié is volt valaha. Jembytől tudom, hogy a telepesvilágok lakói hosszú életűek voltak. Életük akár három-, négyszáz évig is tarthatott. Ezzel szemben te már több mint ötszáz éve élsz, hála a szarkofágnak, amit feltaláltál, de a tested a regenerációnak köszönhetően hiába lett sokkal hosszabb életű, lassabban bár, de öregedett, és egyre sebezhetőbbé vált. Azt is tudnod kell – magyarázta Lilith türelmesen –, hogy a hosszú életnek van egy kellemetlen mellékhatása is. A telepesvilágokat, ha nem a fertőzés pusztítja el, akkor is kihaltak volna. Amíg az embereket hajszolta a viszonylag rövid életük, dinamikus fejlődésre kényszerítve őket, addig a telepesvilágok ellustultak, ráérősen fejlődtek, hosszan elnyomva egymást, gyakorlatilag unalomba torkollott az egész életük. Te viszont egészen más vagy. A te hosszú életed nem lett volna elég ahhoz, hogy amit megálmodtál, be is fejezd. Te egy rendkívüli ember vagy, Fallom. Hosszú életed egyetlen pillanatát sem áldoztad fel a bosszú sötét oltárán. Kitaláltad ezt a játéknak induló hologramot magadnak, és egy olyan világot alkottál, amit a természet sem csinálhatott volna jobban. Büszke vagyok rád!

Lilith Fallomhoz bújt, szorosan átölelve őt.

– Arra gondoltam – folytatta –, hogy megszabadítalak a gyenge tested által szabott határoktól, és Jemby segítségével örök életet adok neked.

Fallom zavartan nézett Lilith hihetetlenül zöld szemeibe.

– Hogyan tovább? Mi a következő parancsod, úrnőm? – ereszkedett fél térdre Fallom.

– Ne butáskodj, Fallom! – kacagott Lilith. – Ezentúl neked senki sem parancsol. A hatalmad korlátlan és végtelen. Még most sem hiszel nekem? Azt teszel, amit, ahol és amikor csak akarsz. – Belekarolt Fallomba. – Gyere, sétáljunk.

– Lilith! – vallotta be Fallom őszintén. – Én semmit sem értek.

– Nem baj! – mosolygott Lilith sejtelmesen, és kényelmesen letelepedett egy terebélyes barackfa tövébe. – Gyere, ülj ide mellém.

Fallom óvatosan, mintha még mindig tartana valamitől, Lilith mellé ült.

– Mit kellene most tennem? – kérdezte tanácstalanul Fallom.

Lilith kacagva felállt, és letépett egy érett gyümölcsöt a fáról.

– Szabad? – kérdezte, de választ sem várva folytatta. – Ne engem kérdezz, hanem Jembyt! – és jóízűen beleharapott az érett gyümölcsbe.

Fallom lassan felállt, hitetlenkedve fordult Jembyhez, aki szoborként álldogált mögöttük. Néhány percig tartott az egész. Lilith közben jóízűeket harapott a zamatos, érett gyümölcsből, melynek leve kicsordult ajkán, rácsöppenve fehér ruhájára. Lilith kacagott, táncolt, boldog volt.

– Lilith! – fordult el Jembytől Fallom elborult arccal. – Azt hiszem, már mindent értek. Azonnal vissza kell mennünk.

Szörnyű látvány fogadta őket. A napbárka a sivatag homokjában hevert mozdulatlanul, körülötte szolgák, katonák holttestei hevertek. Mindenfelé füstölgő romok, Ra temploma a földig rombolva. Ra éktelen haragra gerjedt, kezének egyetlen mozdulatával a levegőbe emelte a napbárkát, míg ő maga súlytalanul lebegve a sivatag felett szórta villámait mindenfelé.

– Megálljatok! – mennydörögte Ra, hogy hangja az egész világot betöltötte.

Az ég elsötétült, mindenfelé villámok cikáztak, a sivatag homokját hatalmas tornádók kavarták.

– Hórusz! – harsogta túl a vihar vad zúgását Ra hangja. – Bújj elő, te kígyó!

Az égből ekkor hatalmas árny csapott le Ra-ra, arany kardjából fényes energiacsíkokat lövellt Ra felé.

Ra nem mozdult, a lövedékek zöldes izzással omlottak atomjaikra Ra személyi pajzsán.

Hórusz újra támadott, aztán még egyszer és még egyszer. Eredménytelenül. Lilith unottan lépett ki a gyümölcs levétől foltos ruhájából, majd mezítelenül a korláthoz lépett. Onnan figyelte az istenek háborúját.

– Jemby! – szólt hátra Lilith. – Teremts rendet ezen a koszfészken. Azt hiszem, Fallom hamarosan megérkezik.

Sürgő-forgó szolgák hada lepte el a napbárka fedélzetét, mely hamarosan fényesebben ragyogott, mint valaha.

Odakint közben javában folyt az égi háború, ha háborúnak lehet nevezni azt, hogy míg Hórusz cikázva mindenfelől támadta Ra-t, addig Ra oda sem figyelve, súlytalanul lebegett az égen. Aztán hirtelen a föld felől még két fényes energiacsík lövellt Ra felé, de azok is hatástalanul omlottak szét Ra pajzsán. Ra, mintha csak erre várt volna, felemelte karjait. Kezéből hatalmas, fényes villámok csaptak ki, amitől Hórusz szárnyaszegetten hullott a sivatag homokjába.

A vihar lecsillapodott, a nap újra melegen sütött, a sivatag homokját langyos szellő borzolta. Szelíd csend lett. Ra méltóságteljes lassúsággal ereszkedett a napbárka fedélzetére. Lilith Fallom nyakába borult, megcsókolta.

– Igazi isten vagy, Fallom! – dicsérte meg. – Olyan büszke vagyok rád!

Ra elfoglalta helyét az isteni trónusán, s elismerően pillantott Lilithre. Lilith csak megvonta mezítelen vállát, és Jembyre mutatott. A bárka ragyogott.

– Hozzátok elém a három hitszegőt! – parancsolta Ra messze zengő hangon, és katonái már hozták is a három árulót. Koszosak, piszkosak, porosak voltak mind a hárman.

– Hogy csináltad? Ez lehetetlen! – sziszegte Hórusz. Ra felemelte mindkét karját, ökleiből villámok cikáztak.

– Valóban tudni akarjátok? – kérdezte gúnyosan.

– Ne-ne, Ra! – és egyszerre borultak térdre a nagy isten előtt. Ra fényes aranyvértjén csillogott a nap.

– Amon, Apofisz, te álnok kígyó, no meg te, te mérges skorpió, Hórusz! – mérte végig a három ágrólszakadt istenséget Ra dölyfösen. – Tényleg azt hittétek, hogy elpusztíthattok engem, aki ezt a világot teremtette? – kacagott Ra gúnyosan.

– Ez lehetetlen! – vágott közbe Hórusz. – Hiszen…

– Mit merészelsz! – pattant fel Ra. – Hogy merészelsz szólni az engedélyem nélkül? – sziszegte fenyegetően, és föléjük tornyosult. – Én, Ra, hosszú életet adtam nektek, isteni hatalmat. – Méltóságteljesen helyet foglalt aranyos trónusán. – Megosztottam veletek ezt a világot. Ti mégis ellenem fordultatok. Nézzétek! – tárta szét karjait Ra. –

Látjátok, mit tettetek? Leromboltátok ezt a világot! – Fenyegetően elhallgatott. – Megölhetnélek titeket, de nem teszem. Én nem pusztítok, mint ti! Odafent az egész bolygó robotjai mind az én parancsomat lesik. Egyetlen gondolatomra ti már nem is léteztek. – Ra hangja elhalkult, inkább szomorúvá, mint fenyegetővé vált. – Ezért a gaztettért, lássátok be, felelnetek kell. A robotok, ha kell, az idők végezetéig hosszabbítják meg az életeteket, de ezt a világot többé az engedélyem nélkül nem hagyhatjátok el. Ez a világ olyan lesz, amilyenné teszitek. Így döntöttem. Vigyétek a szemem elől ezeket a gazfickókat.

Hórusz nagyot nyelt, de szólni nem mert. Sóvárgó tekintetét Lilith meztelen testére függesztette – talán most látta utoljára.

Végre elcsendesedett minden. Lilith Fallomhoz táncolt.

– Olyan büszke vagyok rád! – búgta. – Igazi isten vagy!

És végre megcsókolta Fallomot, hosszan, szerelmesen. Aztán lefeküdtek, szorosan átölelve egymást, egyetlen, végtelen energiahullámként lövellve, testetlenül lebegve az egész univerzum fölé. Jemby mozdulatlanul őrizte álmukat.

Másnap frissen, könnyen, kipihenten ébredtek. A szolgák megfürdették, illatos balzsamokkal dörzsölték át testüket, majd egyszerű, fehér tunikát öltöttek. Asztalhoz ültek, jóízűen megreggeliztek. Reggeli után a bárka korlátjának dőlve, csendesen gyönyörködtek a sivatagi tájban.

– Akarod látni ezt az egész világot? – törte meg a csendet Fallom.

Lilith szorosan Fallomhoz bújt, és úgy bólintott.

Egyszerre megváltozott alattuk a sárga sivatagi táj. Helyére kék folyókkal szaggatott, zöld vidék kúszott.

Fallom magasabbra emelte a bárkát. Egészen magasra, amíg a bolygó felszínén láthatóvá váltak a kontinensek és az őket körülölelő hatalmas, kék óceánok. Lilith lenyűgözve gyönyörködött az alattuk lassan elsuhanó tájban.

– Fallom! – suttogta. – Ez gyönyörű! Ezt te csináltad egyedül? – kérdezte hitetlenkedve.

Fallom szerényen bólintott. – És Jemby – tette hozzá.

– Lilith! – kezdte Fallom csendesen. – Miért pont én... – és nyitva hagyta a kérdést.

Lilith nagy, zölden szikrázó szemeit Fallomra emelte.

– Ezer évvel ezelőtt, még csecsemőkoromban – kezdte merengve – az emberek egy kis csoportja talált rám. Szám szerint tizenketten. Ezek az emberek rövid életűek voltak, az életük csak hetven-nyolcvan évig tartott. Tudásukat mindig a maguk által gondosan kiválasztott utódokba örökítve, hosszú évszázadokon keresztül gyarapítva, erősítve azt, a névtelenség homályába rejtőzve éltek. Nem voltak erősek, hatalmasok, tudásuk pusztán mentális volt. Képesek voltak belelátni az emberi elmébe, sőt ha kellett, manipulálni is tudták azt. Korán felismerték, hogyha az emberek tudomást szereznek képességeikről, félve a számukra ismeretlen erőtől, könnyen a halálukat okozhatják. Ezért hát gondosan vigyáztak, hogy mélyen elrejtsék tudásukat. Tudták azt is, hogy ez olyan hatalom, ami ellentmond az emberi természetnek, és védtelenné teszi azt. Megállapodtak, hogy mentális erejüket egyedül sohasem használják, csakis akkor, ha mind a tizenketten úgy döntenek. Érezték, hogy ekkora hatalommal egyetlen ember sem rendelkezhet, ezért tizenkét részre osztották a felelősséget. Ők vették észre először, hogy valami eddig még soha nem látott kór támadta meg az embereket. Ez a kór láthatatlanul, lassan olyan apró, szinte észrevehetetlen károsodást okozott az emberi agyban, ami az emberek vállalkozó szellemét és tudás utáni vágyukat gyengítette meg, ezzel az emberiséget sötét, tehetetlen kipusztulás felé taszítva.

Lilith Fallomhoz sétált, megcsókolta.

– Nem untatlak, drága Fallom? – kérdezte.

– Te ezer éve születtél? – kérdezte Fallom döbbenten, de Lilith mintha nem is hallotta volna, folytatta.

– Vizsgálódásuk során ébredtek rá, hogy ez a kór, ez a fertőzés már szinte az egész univerzumban jelen van, és leginkább a tudósok, matematikusok, hadvezérek elméjét támadja meg. A fertőzés már olyan hatalmas méreteket öltött, hogy tudták, elkéstek. Nem avatkozhattak közbe, amíg nem tudták pontosan, a fertőzés honnan ered és mi a célja. Elrejtőztek. Létrehoztak egy olyan világot, ahová tudásukat mélyen és hozzáférhetetlenül elrejthették, ahová senki és semmi nem követhette őket.

– Egy másik világot? – hitetlenkedett Fallom.

– Miért csodálkozol, Fallom? – kérdezte Lilith mosolyogva. – Hiszen te is alkottál egy külön világot. De akkoriban a technika még nem állt olyan magas fokon, mint napjainkban – folytatta Lilith. – A világukat úgy rejtették el, hogy nem rejtették el – mosolygott sejtelmesen.

– Ezt nem értem! – ütközött meg Fallom értetlenül.

– Ez a világ szinte a kirakatban volt, mindenki számára hozzáférhetően. Annyira hétköznapian, hogy akkoriban tudomást sem vettek róla, és azóta sem.

– Lilith! – kérlelte Fallom.

– Jól van – kacagott Lilith –, nem csigázlak tovább. Tudom, hogy neked elárulhatom, te sohasem élsz vissza vele. Ezt a világot úgy hívják, hogy álom.

– Álom? – döbbent meg Fallom.

– Igen – mosolygott Lilith –, ez a világ az álomvilág. Mindenki tud róla, hiszen mindannyian álmodunk. Ez annyira hétköznapi és természetes, hogy nem is foglalkozunk vele. Hát, a tizenkét mentalista ide rejtette el a tudását. Ez a világ nem volt szép, mint a tiéd. Kopár volt és egyhangú, de funkcióját tekintve tökéletes. Elméjüket simára csiszolták, eltüntetve minden rendkívülit onnan. Hosszú évszázadokig fejlesztették tudásukat, mire végül elég erősnek érezték magukat, hogy felvehessék a harcot az emberiséget sújtó kórral szemben. Az álomvilágból indultak névtelenül, és oda is tértek vissza. Megtalálták az első ötven telepesvilágot, de addigra azok már teljesen kihaltak, egyedül valami zöld mohaféle burjánzott rajtuk. A Solarián találtak ugyan életre utaló nyomokat, de itt is csak azért maradhatott fent, mert ti a föld alá húzódtatok, a bolygó gondozását pedig a robotjaitokra bíztátok. A fertőzés a robotokkal nem tudott mit kezdeni. Eljutottak a Földre is, de életet ezen a mohafajtán kívül ott sem találtak. A Föld valóban lakhatatlanná vált, olyan erős a radioaktív sugárzás. Aztán máshogy kezdték keresni a fertőzés forrását. Feltételezték, hogy a fertőzés nagyjából gömb alakban terjed. Kiszámolták, hogy hol lehet ennek a gömbnek a középpontja, így találtak rá Gaiára.

Lilith kis szünetet tartott, majd csendesen folytatta:

– Gaia egyáltalán nem volt lakatlan. Gaián burjánzott az élet. Volt tengere, benne gazdag élővilággal, növények, állatok, sőt emberek is éltek rajta. A tizenkét mentalista rájött, hogy Gaián azért nincs semmiféle fertőzés, mert a fertőzés a Gaia maga. Észlelték Gaia primitív elméjét és annak mentális erejét. Rájöttek, hogy Gaia maga a bolygó. Ereje abban rejlett, hogy tudását minden atomja hordozza. Ha külön-külön nem is olyan hatalmasak, képes volt az atomokat bármikor összevonni. Minél nagyobb lett Gaia befolyása az univerzumban, ereje úgy nőtt.

– Akkor a fertőzést nem is a Föld mérte ránk? – kérdezte Fallom bambán.

– Nem – válaszolt Lilith határozottan. – Ez a bolygó a bűnös, Gaia. A mentalisták tehetetlenül húzódtak vissza. Megérinteni sem merték Gaia primitív elméjét, nehogy felfedjék magukat előtte. Érezték, hogy Gaia nem ebből a galaxisból származik. Tehetetlenül figyelték, hogyan pusztítja egyre hatalmasabban ezt a világot. Ezer évvel ezelőtt végül egyezségre jutottak. Úgy döntöttek, miután ők ezután sem kívánták felfedni magukat, egyetlen emberben összpontosítják tudásukat, minden tapasztalatukat. Ennek az egyetlen embernek az lesz a sorsa, hogy ha kell, pusztítsa el ezt a bolygót. Nem tudom miért, de engem választottak.

Lilith elhallgatott. Merengve gyönyörködött az alattuk lassan elúszó kontinensek sokszínű szépségében.

– Valóban ilyen lehetett a Föld? – fordult Fallom felé. – Gyönyörű! – suttogta.

– Azt hiszem, igen. Ha igazak az őseim leírásai, akkor valamikor ilyennek kellett lennie.

– És most ez a gyönyörű bolygó pusztulásra van ítélve – suttogta Lilith mély áhítattal.

– Fallom! – mondta határozottan. – Nekünk ezt a világot kell megmentenünk! Ez nem csak az emberiség bölcsője, hanem az egész természeté, az életé is. Ezen a bolygón fogant meg az élet minden formája, a növényeké, az állatoké, az embereké. Nem hagyhatjuk, hogy egy idegen, primitív életforma elpusztítsa!

Szemei könnyben úsztak, ahogy Fallomra tekintett.

Fallom tehetetlenül tárta szét karjait.

– Lilith! – kezdte szomorúan. – Én ott voltam. Majdnem belepusztultam. Én láttam, hogy ez a Daneel mindent megpróbált. Kontinensnyi földeket tisztított meg, de nem ment vele semmire. Ugyan, mi ketten mit tehetnénk? – kérdezte csüggedten.

– Nem tudom – törölte meg könnyes szemét Lilith –, mégis meg kell mentenünk.

– Tudod – folytatta Lilith –, engem nem rejtettek el, végig ott voltam a szemük előtt. Az én elmémet is simára csiszolták. Olyan sima és egyszerű volt, akár egy magányos birkapásztoré, akárki is kutakodott benne, nem talált semmit. Engem születésem kezdete óta az álomvilágban neveltek, tanítottak. Soha, semmilyen körülmények között nem volt szabad beavatkoznom, hiába láttam szinte mindent. Nekem, a kirakatban, láthatatlannak kellett maradnom. Ők tizenketten döntöttek a sorsomról, ha kellett, könyörtelenül. Ha túlságosan elbizakodottá váltam, vagy ha valaki csak egyszer is észrevett és rám pillantott, azonnal meg kellett halnom, így tűnve el újra és újra. Elmémet ilyenkor az álomvilágba mentették. Ezer év alatt voltam koldus, csavargó, ostoba szajha, butácska hercegnő, de mielőtt még az életem vonala eltérhetett volna az általuk kijelölt iránytól, már meg is haltam. Így gyarapítottam ismereteimet a tudásról, életről, halálról. A legborzasztóbb az utolsó élet volt – borzongott meg Lilith. – Süketen, vakon, némán, bénán, magatehetetlenül születtem újra. Csakis mentálisan tudtam kommunikálni. Akkor már csakis ők bábáskodtak felettem. Nem éltem soká, viszonylag hamar meghaltam. Akkorra már a lelkem annyira megerősödött, hogy nem kellett többé megszületnem, bennük éltem tovább.

Minden gondolatomat, de még az álmaimat is folyamatosan ellenőrizték. Néha kiengedtek egy általuk megfelelőnek ítélt ember testébe, de szigorúan megtiltották, hogy akár csak megérintsem azt. Hosszú, sanyarú időszak volt ez. Aztán egyszer csak az álomvilágban felsorakoztak előttem mind a tizenketten. Letérdeltek, és egyszerűen közölték velem, hogy szabad vagyok. Ettől fogva azt teszek, amit akarok, soha senki sem fogja azt felülbírálni. Az élet sorsa az én kezemben van. Nem az emberiségé, hanem az egész életé. Érted ezt, Fallom? – kérdezte Lilith homályos tekintettel.

– Hatalmas erő, hatalmas tudás, örök élet egy csecsemő testében újjászületve. Ez lett az én sorsom. De a felelősség még hatalmasabb. A mentalisták jól tudták, hogy ekkora hatalom nem összpontosulhat egyetlen lény kezében sem, de az élet sorsa forgott kockán, hát kockáztatniuk kellett. Hiába az erő, a tudás, hatalmam nincs semmi. Egész egyszerűen nem használhatom az erőmet, nem avatkozhatok bele semmibe, amíg pontosan nem tudom, mi lesz annak a következménye. Ennyi – sóhajtott Lilith.

Hosszú csend következett. Végül Fallom törte meg a csendet.

– De miért pont engem választottál? – kérdezte rekedten. – Mi a célod velem? Mit tudok én segíteni neked?

– Ezelőtt ötszáz évvel – kezdte Lilith, és szomorúan Fallomra mosolygott –, amikor az a három ember megölte az apádat, mi is itt voltunk. Nem avatkozhattunk közbe, mert nem tudtuk, mi a céljuk. Láttuk, ahogyan téged gyermekként elvittek. Ott voltunk, amikor a három hatalom, az Első Alapítvány, a Második Alapítvány és Gaia összecsapott. Nevetséges színjáték volt az egész.

Ezt a Golan Trevizét Gaia már jó előre manipulálta, és úgy intézte, hogy a döntés az ő kezébe kerüljön. Gaia ellenállás nélkül mért döntő csapást az egész galaxisra. Tehetetlenül néztük, hogyan hajt fejet egy egész világ egy ilyen primitív életforma előtt. Egyszerűen nem avatkozhattunk közbe. Tehetetlenül figyeltük, ahogyan átadnak téged, egy gyermeket, ennek a Daneel nevű robotnak, és nem volt világos, hogy miért. Valószínűleg ez a Gaia, aki Bliss alakjában öltött testet, kíváncsi volt, hogy miért nem tudták elpusztítani a Solariát. Ez a Bliss egész úton anyáskodott fölötted. Fürdetett, etetett, közben folyamatosan szondázta az elmédet. Így feltűnés nélkül tudta feltérképezni a Solaria jelentette veszélyt. Hamar rájött, hogy a Solaria magától is hamarosan elpusztul, annyira elszigetelt világ. Nem jelentett veszélyt Gaiara, ezért nem volt sürgős. Hosszútávon gondolkozott. Téged egyszerűen nekiadott ennek a Daneelnek. Én végig veled voltam, Fallom – suttogta Lilith, és Fallomhoz simult.

– Láttam, hogyan kísérletezik ez a robot ellopni a tehetségedet, ami gép lévén természetesen nem sikerülhetett neki; hogyan csikarja ki belőled az utolsó csepp energiát is; láttam, hogyan taszít ki rongyként a hideg űrbe. Én találtam rád kereskedőként, és vittelek vissza a Solariára. Én adtam energiát Jembynek, hogy ápolhasson téged.

– Te voltál? – hüledezett Fallom. – Miért pont én?

– Akkor már tudtam, hogy te más vagy, mint a többi ember – lehelt csókot Lilith Fallom vértelen ajkára. – Solariaiként te hosszú életű ember voltál, de valójában nem a Solarián nevelkedtél. A Solaria elszigetelt világa nem tudott téged megfertőzni. Ez a Daneel sem törődött veled igazán, csak kihasznált. Te is, akárcsak én, ott voltál a kirakatban, mégsem vetett rád egyetlen pillantást soha senki. Akárki lettél is, önmagadtól lettél az. Eleinte csak sajnáltalak, de lehet, hogy magamat sajnáltam a sorsközösség miatt. Amikor hazahoztalak, te nem a bosszú felé fordultál, hanem teremtettél egy ilyen gyönyörű világot, és belemenekültél, egyből tudtam, hogy nem volt véletlen a mi találkozásunk: ezt a sors rendelte így.

Lilith elhúzódott Fallomtól, s a bárka korlátjának dőlve folytatta:

– Természetesen a tizenkettő mindent elkövetett, hogy kitöröljön téged az elmémből, de hiába. Tudod te, hányszor haltam meg miattad? – mosolygott Lilith az elhűlt Fallomra. – És lám, te is feláldoztad értem az életed, sőt az egész világodat. Nekem lett igazam. Bocsásd meg ezt nekem, Fallom.

Fallom szó nélkül Lilith mellé lépett, átölelte, hosszan, forrón megcsókolta. Sokáig álltak ott szótlanul, egymást átölelve.

– Fallom! – törte meg a csendet Lilith. – Mennem kell, ugye tudod?

Fallom szomorúan bólintott.

– Nem maradhatnál még egy kicsit? – kérdezte reménykedve.

– Igazad van, Fallom! – kacagott Lilith. – Ezt az éjszakát még itt tölthetjük.

Az állatbőrök közé bújva, egymásba gabalyodva, boldogan élvezték a szabadság mámorító hatalmát.

Másnap reggel Lilith Fallomot a bárka korlátjának dőlve találta. Szomorúan fordult Lilith felé.

– Ha elhagyod ezt a világot, mi lesz velem? – kérdezte bús képpel.

– Ne félj, Fallom – mosolyodott el Lilith –, nem örökre megyek. Ha elvégzem a küldetésem, ígérem, visszajövök hozzád. Hiszen a legfontosabb feladat kettőnkre vár.

– Kettőnkre? – nézett Fallom Lilithre értetlenül.

– Igen, Fallom! – bólintott Lilith türelmesen. – Örök életet kaptál, ne feledd! Ez nagy felelősséggel jár. Ez a világ gyönyörű, vigyázz rá. Te tegyél rendet ebben a világban, én is azt teszem az enyémben. Ha végeztem, visszajövök hozzád, és akkor egy új világot fogunk teremteni. Egy új világot, de ami a legfontosabb, egy új életet. Ez a mi igazi küldetésünk.

– De Lilith! – sütötte le a szemét zavartan Fallom. – Tudod, hogy én nem... – és elhallgatott.

Lilith átölelte, megcsókolta, és csak annyit súgott a fülébe. – Már megtetted.

Fallom tágra nyílt szemekkel, értetlenül meredt Lilithre, de szólni nem bírt.

– Ezzel a három trónbitorlóval mit tegyek? – törte meg a csendet végül Fallom rekedten.

– A te hatalmad korlátlan – kacagott Lilith. – Büntesd meg őket. Igaz ugyan, hogy az ő életük is végtelen, de csak teáltalad, amit te bármikor visszavehetsz. Tiltsd meg nekik, hogy emberrel közösüljenek. Ne feledd, hogy a teremtő te vagy! Hát teremts nekik isteneket. Sokat. Bajlódjanak csak egymással. Aztán itt van még Mózes is. Ő a mi teremtményünk, isteni gyermek. Róla se feledkezz meg.

– És velem – kérdezte Fallom zavartan –, velem mi lesz?

– Veled? – nézett Lilith Fallomra értetlenül, aztán hirtelen felkacagott.

– Ah, értem már! – kacagott továbbra is Lilith. – Ne aggódj, Jemby már mindent elrendezett. Gyere, menjünk, vegyünk végső búcsút tőled.

Fallom teste már a szarkofágban volt, bebalzsamozva, díszes aranypáncéljában. Mellette aranykardja, dárdája, körös-körül gondosan elhelyezve arany használati tárgyai.

– Azért ez egy kicsit furcsa – szólalt meg Fallom szomorúan –, itt állok a saját sírom előtt. – Nagyot nyelt.

– Hát – mosolyodott el Lilith –, eleinte nekem is fura volt, de hidd el, meg fogod szokni.

Két robot méltóságteljes lassúsággal a szarkofágra helyezte a tonnányi márvány fedlapot, amelynek tetejére Fallom arcmása volt arannyal bemarva.

– Menjünk – suttogta Lilith. – Ez a két robot majd belülről befalazza ezt a kamrát, hogy soha senki se találhassa meg, és ők vigyázzák, hogy soha senki se háborgathassa örök álmodat.

A felszínen Fallom zavartan fordult Lilithhez.

– Lilith, hogyan akarsz elmenni innen? A Solariának nincsenek űrhajói.

– Hát – mosolyodott el Lilith –, legalább egynek lennie kell.

– Egynek? – hüledezett Fallom. – És ugyan hol?

– Azt hiszem – válaszolt Lilith sejtelmesen –, azt neked kellene tudnod.

– Csak nem arra a csepp bárkára gondolsz, amivel ötszáz évvel ezelőtt ideérkeztem? – döbbent meg Fallom. – Szerintem az már nem is működik, ha megvan még egyáltalán.

– De, bizony! – mosolygott Lilith. – Az a hajó ötszáz évvel ezelőtt a galaxis leggyorsabb, legmodernebb hajója volt, és még ma is az. Gravitikus hajtóműve van soha ki nem fogyó energiával, hiszen az energiáját a galaxisból nyeri – és már ott is álltak a hajó csillogó-villogó teste mellett.

Fallom elakadó hangon kérdezte.

– Ez kinek a műve? Ez a hajó nem ilyen volt. Akkoriban úgy nézett ki, mint egy ócska romhalmaz. Csoda, hogy idáig kibírta.

– Ugyan kié? – kacagott Lilith. – Természetesen Jembyé. A hajó belülről is tisztára van takarítva, a számítógépe hibátlanul működik. Élelmiszer- és vízkészlete évekre feltöltve. Akár indulhatok is – jelentette ki Lilith határozottan.

Fallom lecövekelt Jemby előtt, és bizalmatlanul méregette.

– Vajon Jemby az enyém vagy a tiéd? – fordult Fallom Lilithhez elkeseredetten.

Lilith újra felkacagott.

– Természetesen a tiéd – nyugtatta meg Fallomot. – Én csak egyetlenegyszer nyúltam hozzá, amikor felszabadítottam a robotika három törvénye alól. Helyette azt a parancsot adtam neki, hogy az egyetlen ember, akire vigyáznia kell, az te vagy, és miután már eggyé váltatok, önmagára is úgy vigyáz, mint terád. Jemby ugyanúgy gondolkodik, mint te, és mielőtt még kigondolnád, ő már végre is hajtja. Hidd el, nem én utasítgatom – mosolygott. – Majd megszokod.

Megölelte, megcsókolta Fallomot, és szó nélkül a hajóba szállt. Az ajtó becsukódott, a gravitikus motorok halkan felzümmögtek, a hajó nyílegyenesen a magasba emelkedett. Fallom addig állt ott, némán az égre meredve, amíg a nyaka el nem zsibbadt.

– Vigyázz magadra, Lilith! – suttogta, aztán Jembyhez fordult. – Gyerünk, öreg cimbora, nekünk is sok dolgunk van.

És eltűntek a föld alatt.

117

A robot

Lilith mosolyogva, ártatlan képpel lépett a kabinba, karcsú, feszes testén szürke kezeslábas uniformis feszült. Különös kép fogadta. A földön egy nő mozdulatlan teste hevert, mellette egy izmos férfi térdelt tehetetlenül.

– Zavarok? – csicseregte Lilith, mintha az, amit lát, a világ legtermészetesebb dolga volna.

– Azt hiszem, elvétettem az ugrást, és most nem tudom pontosan, hol is lehetek – és mintha ez lenne a legtermészetesebb, leült a térdelő ember mellé. – A hölgy rosszul van? – kérdezte ártatlanul. – Talán segíthetek valamiben?

Az ember lassan, nagyon lassan, mintha mázsás súlyok nyomnák a vállát, akadozva felállt. Mintha szellemet látna, úgy meredt a jövevényre.

– Ki maga? – Hangja furcsán, gépiesen csengett. – Mit keres itt? – kérdezte akadozva. – Egyáltalán hogyan tudott bejutni ide?

– Mint mondtam – kezdte Lilith kedélyesen –, eltévedtem, és itt volt ez a hajó. Gondoltam, majd segítenek nekem, az ajtó nyitva volt, hát bejöttem – és kedvesen mosolygott az idegenre.

– Az lehetetlen – motyogta a férfi gépies hangon. – A hajót erőtér védi, azon nem juthat át senki.

– Hát – kezdte Lilith csendesen –, nekem sikerült. Nem lehet, hogy baj van az erőterével? – kérdezte ártatlanul mosolyogva.

– Az teljességgel lehetetlen! – dadogta a férfi. – Még egyszer kérdem, ki maga?

– A nevem Lilith – vetette oda hanyagul. – És maga? – kérdezett vissza szemtelenül. – Magát hogy hívják?

– A nevem... – elakadt. – Daneel Olivaw.

– Daneel Olivaw? – nyitotta tágra szemeit Lilith. – Magáról már hallottam. Valami nagykutya az Alapítványban, vagy tévednék? – kérdezte áhítattal. – Olyan furcsán viselkedik. – állt fel Lilith. – Minden rendben van, Mr. Olivaw? – és a földön fekvő női test mellé térdelt. – A hölggyel mi történt? – kérdezte ártatlanul.

– Ne nyúljon hozzá! – parancsolta Daneel, de nem fordult oda.

– Jól van? – állt fel Lilith, és Daneel szemébe nézett. – Maga nem is ember! – huppant vissza döbbenten Lilith. – Maga egy robot! Mit művelt ezzel a szerencsétlen asszonnyal? – kiáltotta. – Nem szégyelli magát? – tette hozzá korholva, és újra letérdelt, hogy megvizsgálja a földön fekvő, mozdulatlan testet. – Az űrre mondom! – hőkölt hátra Lilith. – Nincs pulzusa!

– Mondtam – dadogta Daneel –, hogy ne érjen hozzá! – Pozitronikus áramköreiben számok, egyenletek cikáztak szédítő iramban.

– Nekem ne parancsolgass, te robot! – fortyant fel Lilith haragosan. – Inkább azt meséld el, mit műveltél! De gyorsan, mert hívom a katonaságot!

– Én nem tettem semmit... – dadogott Daneel, de Lilith félbeszakította.

– Van még valaki ezen a hajón rajtunk kívül? – kérdezte metszőn.

– Nincs senki – hebegte Daneel.

– Akkor ő volt a gazdád? – kérdezte Lilith értetlenül. – Mi történt vele?

– Nem volt a gazdám – felelte Daneel. – Ő Dors Venabili, a társam.

– A társad? – hüledezett Lilith. – Egy nő? Gyere, segíts, fektessük az ágyra – parancsolta, és lehajolt, hogy segítsen felemelni az élettelen testet. De meg sem bírta mozdítani, a női test olyan nehéz volt.

– Uramatyám! – sikoltotta Lilith döbbenten. – Ez meg mi a csoda?

Daneel fogai csikorogtak, de sem szólni, sem mozdulni nem bírt. Lilith a vezérlőpulthoz lépett. Babrált rajta valamit, mire a holovízió háromdimenziós képernyőjén egy katona jelent meg.

– Azonnal kapcsolja nekem a hadsereg főparancsnokát! – adta ki az utasítást ellentmondást nem tűrő hangon Lilith.

– Az teljességgel lehetetlen, asszonyom – válaszolt az őrnagy, kezét a sapkája ellenzőjéhez érintve.

– Hogy érti azt, hogy lehetetlen? – értetlenkedett Lilith türelmetlenül. – Én az Alapítvány polgára vagyok, és jogom…

– Asszonyom! – vágott közbe a tiszt mosolyogva. – Az alapítványi flotta főparancsnoka ott áll maga mögött.

Lilith döbbenten fordult hátra.

– Ugyan már! – hebegte döbbenten. – Mit nem mond! Ez itt egy robot! Egy humanoid!

A tiszt hangosan felkacagott. – Maga viccel velem, asszonyom?

– Hogy én viccelek? – sziszegte Lilith felháborodva. – Tessék! Kérdezzen tőle valamit.

A tiszt zavartan köhécselt.

– Főparancsnok úr! – kezdte. – Ugye ez valami tréfa? Kérem, magyarázza meg a hölgynek.

De Daneel mozdulatlanul hallgatott.

– Na? Láthatja! – diadalmaskodott Lilith. – Valami baj lehet a memóriájával, teljesen zavartan viselkedik. És ez nem minden! Itt van még egy humanoid robot, aki szemlátomást teljesen működésképtelen – mutatott a földön fekvő tetemre.

A tiszt arcáról lehervadt a mosoly.

– Főparancsnok úr! – hebegett zavartan a tiszt. – Ha lenne szíves, és megmagyarázná...

– Megmagyarázná – vágott közbe Lilith mérgesen –, de nem tudja! – kiáltotta. – Mondd csak meg a teljes neved a tiszt úrnak! – parancsolt Lilith Daneelre –, meg ennek is, itt! – mutatott a földön heverő, élettelen testre.

Daneel gépies hangja akadozott, alig bírta kipréselni a szavakat.

– A nevem R. Daneel Olivaw, a társamé R. Dors Venabili – recsegte.

– Na? – diadalmaskodott Lilith. – Most már hisz nekem? Azt hiszem, az „R" a robot rövidítése.

– Bocsásson meg, asszonyom! – tért magához a tiszt. – Azonnal intézkedem. A lehető legrövidebb időn belül egy cirkáló magukért megy. Kérem, maradjanak ott, ahol most vannak!

A képernyő elsötétült.

– Na, te robot! – dőlt kényelmesen hátra a vezérlőpult székében Lilith. – Most aztán nagy bajban vagy!

Daneel pozitronikus agyában a veszettül száguldó egyenletek és számok halmazán keresztül egy félmondat derengett fel. „A robot tartozik saját védelméről gondoskodni!"

Daneel lassan lépett egyet Lilith felé.

– Állj! – csattant fel Lilith. – Miben mesterkedsz már megint? Egy robotnak nem szabad kárt okoznia emberi lényben! Vagy rád nem vonatkozik a robotika törvénye?

Daneel megdermedt.

Lilith felállt, kényelmesen Daneelhez sétált. Úgy mustrálgatta, mintha csak gyümölcsöt válogatna. Megtapogatta, simogatta.

– Remek darab vagy, tudod-e? – kérdezte fesztelenül. – Akárki is alkotott, remek munkát végzett.

– Apropó! – vágott a saját szavába Lilith. – Ki alkotott téged? Hol a gazdád?

Ekkor megelevenedett a vezérlőpult képernyője, és a tiszt jelent meg rajta.

– Asszonyom! – közölte hűvös udvariassággal. – A hajójukat erőtér védi, kérem, kapcsolják ki, hogy gond nélkül átszállhassunk önökhöz.

– Hallottad, te robot! – parancsolt Daneelre Lilith. – Azonnal kapcsold ki az erőteret!

Daneel tehetetlenül, mozdulatlanul állt, de az erőtér megszűnt. A következő percben, élükön a tiszttel, katonák tódultak a kabinba, fegyvereiket maguk előtt, lövésre készen tartva.

– Kérem, főparancsnok úr! – kezdte a tiszt katonásan. – Ha megmagyarázná, mi zajlik itt... ellenkező esetben le kell, hogy tartóztassam önt.

Daneel mozdulatlanul hallgatott.

– Vigyétek! – parancsolta határozottan a tiszt. – És ezt is! – mutatott a földön heverő testre.

Daneel botladozva, el-elakadva követte a katonákat, de Dors testét csak nagy nehézség árán, négy katona tudta a cirkálóra vinni.

Lilith a vezérlőpulton ült, vidáman lóbálta a lábait.

– Asszonyom! – fordult hozzá a tiszt. – Kérem, jöjjön velem a Terminusra. Természetesen ön az Alapítvány vendége, amíg a vizsgálat be nem fejeződik.

Lilith megvonta a vállát, és könnyedén lecsusszant a vezérlőpultról.

– Mehetünk! – vetette oda könnyedén. – A hajómmal mi lesz?

– A hajóját természetesen majd utánunk hozzák – felelte a tiszt udvariasan –, nem kell aggódnia.

A Terminuson Lilithet személyesen a polgármester fogadta. A polgármester meghajolt, és udvariasan a kezét nyújtotta Lilith felé.

– A Terminus polgármestere vagyok. – A hangja kellemes volt, lágy és behízelgő. – De a barátaim csak Barneynak szólítanak.

– Barney polgármester személyesen? – kerekedett el Lilith szeme. – Ön a Második Galaktikus Birodalom Első Császára! Micsoda megtiszteltetés! – és mélyen meghajolt.

A polgármester elvörösödött, zavartan szorongatta Lilith kislányos kezét.

– Ha lehetne – köszörülte meg a torkát –, csak polgármester. Ezt a fogalmat – és újra köszörült a torkán egyet –, hogy császár, töröltük a szótárunkból.

– Bocsásson meg, Barney polgármester – szabadkozott Lilith bájosan. – Pedig önt Galaxis-szerte így emlegetik! – és kacsintott.

A polgármester a bokájáig vörösödött. Nem volt már fiatal, a hatvanas éveit taposta. Elég régóta volt már polgármester, de még soha senki sem szólította császárnak, és mi tagadás, ez legyezgette a hiúságát. Ugyanakkor a lány, aki mosolyogva állt előtte, gyönyörű volt. A ruha, amit viselt, bár egyszerű volt, mégis, mintha ráöntötték volna. Szorosan simult a lány testére, kiemelve karcsú derekát, feszes fenekét, melleit, szinte lemeztelenítve azokat.

– Asszonyom! – kezdte zavartan. – Ha megtudhatnám, hogyan szólíthatom?

– Még nem vagyok asszony – kuncogott Lilith. – Szólítson csak egyszerűen Lilithnek – és újra kacsintott.

A polgármester zavarban volt, és ez az érzés merőben új volt számára. Eddig még sohasem tudta őt senki zavarba hozni. De ez a lány, ez más volt. Volt valami azokban a hideg, mély, zölden csillogó szemekben, hogy sokáig nem lehetett belenézni.

– Kérem, kisasszony! – sütötte le a szemét zavartan a polgármester, majd széles mozdulattal a reájuk várakozó fekete járműre mutatott. – Jöjjön velem, elkísérem a szállására.

– Talán fogoly vagyok? – meresztette nagy, zöld szemeit Lilith a polgármesterre.

– Nem, dehogy! – szabadkozott a polgármester. – Nem hinném, hogy járt már Terminus Cityben, félek, még eltévedne. Ugyanakkor az ön biztonsága érdekében az lenne a legjobb, ha egy általunk kijelölt, biztonságos helyen tudnánk önt elszállásolni.

Lilith könnyedén megvonta a vállát, és méltóságteljesen helyet foglalt a hátsó ülésen.

A polgármester mellé telepedett, intésére a jármű hangtalanul mozgásba lendült, és a magasba emelkedett.

Lilith ámulva gyönyörködött az alattuk némán elsuhanó város látványában. Az épületek magasak voltak, de nem túl magasak. Az utcák szélesek voltak, zsúfoltságnak nyoma sem volt, itt-ott hatalmas zöld területek, parkok szabdalták a városi beton szürkeségét.

– Ez itt a császári – hirtelen elhallgatott –, akarom mondani, a polgármesteri rezidencia? – kérdezte Lilith ártatlanul.

– Nem! – ellenkezett a polgármester büszkén. – Ez Terminus City. A Terminus bolygó és a Galaxis fővárosa – magyarázta. – Innen irányítom, irányítjuk az egész Galaxist. Látja azt a hatalmas épületet? – mutatott le a polgármester. – Az ott a Seldon könyvtár és egyetem. Ott őrizzük a Galaxis teljes tudását és történelmét. De már meg is érkeztünk.

A jármű zajtalanul ereszkedett le egy hatalmas térre. Lilith kiszállt a hátsó ülésről. Egyenes, hosszú fekete hajába belekapott a lágyan fújdogáló terminusi szél.

– Hol vagyunk most? – csicseregte. – Ez valami katonai bázis? Nem látok embereket sehol.

– Nem – szólt a polgármester türelmesen. – Ez itt az én kis birodalmam, ez a polgármesteri rezidencia. Kérem, kövessen.

– És az a robot? – nézett körül Lilith félénken. – Jól elzárták? Már a hajón is úgy viselkedett, mintha meg akarna támadni.

– Ne féljen, kisasszony! – nyugtatta meg a polgármester. – Ez a Galaxis legjobban őrzött területe. Ide az engedélyem nélkül senki sem léphet be!

– Akkor mégiscsak fogoly vagyok? – meresztette ártatlanul szemeit a polgármesterre Lilith.

– Nem – hunyta le a szemét a polgármester. – Mint már mondtam, ön nem fogoly. De be kell látnia, ha Daneel Olivaw valóban robot, akkor ez nagyon kellemetlen fényt vethet az Alapítványra, és ezért innen nem szivároghat ki semmilyen információ. Kérem, kövessen! – kérte Lilithet erőltetett közönnyel.

Lilith szobája túlságosan is egyszerű volt. Az ablaktalan szoba közepén egy asztal, a fal mellett egy ágy, a szobából egyetlen apró helyiség nyílt, egy mosdó.

– Ez egy börtön! – fordult Lilith riadtan a polgármesterhez.

– Biztosíthatom, kisasszony – nyugtatta meg Lilithet a polgármester egyre türelmetlenebbül –, hogy ez a lakosztály a Terminus legbiztonságosabb és legkényelmesebb lakosztálya.

– Az űrre! – fakadt ki Lilith. – Ha ez a legkényelmesebb lakosztály, milyen lehet a többi? Nem csoda, hogy csak ennyi ember él itt! Sehol egy ablak! Én mondom, ennél még egy börtön is kényelmesebb lehet.

A polgármester a falhoz lépett és megérintett egy aprócska mélyedést, amitől a fal átlátszóvá halványult, majd az asztalhoz lépett.

– Látja ezt az apró bemélyedést az asztalon? – kérdezte még mindig türelmesen. – Ha ezt megérinti, azonnal bejön valaki és minden kívánságát teljesíti. Óhajt még valamit?

Lilith szótlanul megrázta a fejét.

– Akkor, ha megbocsájt, még sok dolgom van.

Lilith karjának egyetlen főúri mozdulatával elbocsájtotta az elhűlt polgármestert, mire az némán távozott. Az ablakhoz sétált.

Valóban, ez a város más volt, mint a többi nagyváros. Itt nem volt zsúfoltság, sehol sem látszottak hatalmas üvegkupolák, ahol az emberek éltek, a távolban zöldellő erdők határolták a horizontot. Alkonyodott.

Lilith könnyedén lépett ki overáljából, nagyot nyújtózott, és az ágyra vetette magát. Fáradt volt. Az ágy Lilith legnagyobb meglepetésére gyengéden körülfolyta, átölelte, és langy melegével mély álomba ringatta.

Fallom egyedül, szomorúan ücsörgött díszes trónusán, teljes harci díszben. Szörnyen magányosnak érezte ma-

gát. Egyetlen szolgálót sem tűrt meg maga körül, csak-
is Jembyt.

– Vajon hol lehet? – fordult Fallom Jembyhez, de Jem-
by csak némán ácsorgott. Hiányzott neki Lilith. Nagyon.

– Mit csinálhat? Vajon hol keveri a bajt? – mélázott
hangtalanul. – Mert hogy keveri, az biztos! Ahol ez a
lány megjelenik, azonnal a feje tetejére áll a világ körü-
lötte. – Felállt, és Jembyhez sétált. – Hiányzik, Jemby! –
simogatta meg Jembyt. – Neked nem?

Jemby hallgatott.

– Vajon látom még valaha? – Fallom nagyon szomorú
volt. – Vajon megtudom, hogy ki is ő valójában?

Hirtelen elsötétedett minden, Fallom lába alatt fene-
ketlen mélység nyílt. Zuhanni kezdett. Kétségbeesetten
kapaszkodott Jembybe, de Jemby is vele zuhant. Hirte-
len egy halványan megvilágított szobában találta magát.
Döbbenten nézett körül. És ott volt! Hosszú, fekete haj-
koronája karcsú derekáig omlott. Nagy, hideg, mélyzöld
szemeiben az univerzum tüze lobogott, izmos testén az
az egyszerű, fehér, átlátszó tunika, amit annyira szere-
tett. Ott volt előtte, kedvesen mosolyogva Lilith. Csak
álltak ott némán, nem tudva betelni egymás látványá-
val. Végül Lilith Fallomhoz lépett, átölelte a nyakát és
forrón, szerelmesen megcsókolta.

– Drága Fallom. Hiányoztam? – kérdezte olyan gyer-
meki ártatlansággal, hogy Fallom szeme könnybe lábadt.

– Lilith! – suttogta, és csak bámulta bambán a csodát.

Lilith némán hozzábújt.

– Hol... hol vagyunk? – dadogta Fallom. – Hogy...
hogy kerültem ide?

– Hát, Fallom – lépett el Fallom mellől Lilith –, ez
itt az én rejtett világom. Ez az én álomvilágom. Tudom,

hogy nem olyan szép, mint a tiéd, de eddig még rajtad kívül senki sem volt itt.

– Hol vagyunk? – szakadt ki újra a kérdés Fallomból.

A falak elhalványultak, majd teljesen átlátszóvá váltak. Ameddig csak a szem ellátott, forró, izzón hömpölygő lávafolyam vette őket körül.

– Ez az én világom – kezdte Lilith türelmesen. – Ez egy élhetetlen, kopár világ, ahová már senki sem tud követni. Minek is követne? Itt már nincs semmi. Itt vagyok biztonságban. Itt van az én erőm elrejtve. Ha meghalok, itt születek újjá. Te vagy az egyetlen ember, akit ide hoztam – mosolygott Lilith szégyenlősen. – Hiányoztál! Látni szerettelek volna. Ne haragudj, hogy így elraboltalak.

– Lilith! – fakadt ki Fallom. – Amióta elmentél, semmit sem ér az életem. Ha ez az ára, hogy veled lehessek, örökre itt maradok veled.

– Ne gyerekeskedj, Fallom – kacagott Lilith. – Tudod, hogy nekünk mi a feladatunk? Új világot kell teremtenünk. Egy igazit, a legszebbet. De engedd meg, hogy bemutassalak valakiknek.

Mielőtt még Fallom válaszolhatott volna, a falak elsötétültek, újra átláthatatlanná váltak, és a teremben tizenkét kékesen foszforeszkáló alak körvonala jelent meg.

– Itt van – fordult Lilith a tizenkét alak felé. – Elhoztam őt. Kérlek benneteket, vizsgáljátok meg, és ha tévedtem volna, ígérem, alávetem magam a döntéseteknek.

– Kérlek, Fallom – fordult Fallom felé Lilith –, ne félj. Ők nem akarnak ártani neked. Csak nyisd meg az elmédet, és ne félj! Ennyi az egész.

Fallom reszketve, némán állt. Régi, rossz emlékek törtek elő elméjéből.

– A döntés joga a tiéd – törte meg az egyik alak a csendet. – A felelősség is a tiéd. Egyedül kell döntened. Mi sem segíteni, sem akadályozni nem tudunk téged. Köszönjük, hogy felkerestél minket – és eltűntek.

– Jól vagy, Fallom? – kérdezte Lilith aggódva.

– Igen – válaszolt Fallom még mindig remegve –, azt hiszem, jól vagyok. Mi volt ez? És kik voltak ők?

– Róluk már meséltem neked. Ők a tizenkettek, akik ezer éven át vigyáztak rám és tanítottak.

Fallom tátott szájjal, értetlenül meredt Lilithre.

– Fallom! – lehelt csókot Lilith Fallom vértelen ajkára. – Most mennem kell.

– Látlak még? – görbült Fallom szája sírásra.

– Hát persze, te kis butus! – és eltűnt.

Fallom újra a márványtrónusán találta magát Jembyvel együtt, s nem tudta eldönteni, hogy ez valóban álom volt-e, vagy valóság.

Lilith üdén, frissen ébredt. Fürgén ugrott ki az ágyából, a mosdóba sietett, élvezettel folyatta magára a kellemesen langyos vizet. Megszárította magát, és újra a szobába lépett. A ruhái nem voltak sehol. Már éppen jelezni akart, amikor halkan megszólalt egy berregő.

– Igen! – kiáltotta Lilith.

Az ajtó hangtalanul kinyílt. A polgármester jelent meg, kezében tálcával.

– Bocsánat! – hebegte, és elejtette a tálcát.

Ott állt előtte Lilith mezítelenül. Feszes mellein, karcsú derekán, hosszú, izmos lábain, ölének bolyhán vízcseppek szikráztak a felkelő nap sugaraiban. Olyan volt, mint egy valódi istennő.

A polgármester földbe gyökerezett lábbal, bambán bámult Lilithre.

– Azt hiszem, rosszkor jöttem... – dadogta zavartan.

Már fordult volna kifelé, de Lilith szemrehányó hangja megállította.

– Épp ellenkezőleg! – csattant haragosan. – Valaki az éjjel ellopta a ruhámat, a többi pedig a hajómon van – méltatlankodott. – Mondja meg, mi a fenét vehetnék magamra? – és kezét hetykén a csípőjére tette.

A polgármester szemét lesütve a fal egy másik mélyedéséhez lépett, érintésére egy ajtó tárult ki.

– A ruháit természetesen senki sem lopta el – magyarázkodott zavartan –, hiánytalanul megtalálja ebben a szekrényben. Amíg ön aludt, addig kimosták és megszárították, ide tették, ebbe a szekrénybe, sok más ruhával együtt. – Mialatt beszélt, apró robotok takarították fel a tálcáról szétszóródott étel és ital maradványait, amit a polgármester reggelire hozott Lilithnek.

– Akkor én most megyek, nem zavarom – mentegetőzött a polgármester vörösen. – Majd később visszajövök.

– Maga csak ne menjen sehová! – vetette oda Lilith hanyagul, és a szekrényben lévő ruhák közé túrt. – Inkább hozasson még egy adag reggelit, de arra már jobban vigyázzon! – figyelmeztette a polgármestert.

Magára öltött egy vékony, színes, könnyű blúzt és egy aprócska szoknyát, majd kényelmesen elhelyezkedett az asztal mellett álló székek egyikén.

– Parancsoljon, polgármester – mosolygott Lilith ártatlanul –, foglaljon helyet. Ha gondolja, reggelizhetnénk együtt.

Ekkor lépett a terembe egy hivatalos külsejű ember merev arccal, kezében tálcán a friss reggelivel.

– Óvatosan! – szólt rá Lilith. – Nehogy elejtse!

Az ember sértett önérzettel, merev tartással távozott.

Lilith tört egy darabot a friss halból, evett hozzá egy kis ráksalátát, kortyolt a hűs üdítőből. Csak ezután fordult a polgármester felé.

– Parancsoljon velem, polgármester – vetette oda hanyagul. – Miben lehetek a segítségére?

A polgármester elvörösödött.

Ez a lány kifejezetten szemtelen, sőt pimasz! – gondolta magában.

– A bizottság már vár minket – köszörülte meg a torkát. – Csak pár kérdést szeretnének önnek feltenni, kérem, jöjjön velem.

Lilith engedékenyen bólintott, de azért még hanyagul lecsippentett pár szem szőlőt, és a polgármester után indult.

A terem kongott az ürességtől. Körben a karzaton nem ült senki. Szemben, az emelvényen ugyan ültek emberek, de hogy hányan, azt Lilith nem tudta megbecsülni a félhomályban.

A terem közepén és jobb oldalán egy-egy asztal egy-egy székkel, míg a bal oldalon Daneel állt. Lilithet a polgármester a középen álló asztalhoz kísérte.

– Kérem, foglaljon helyet – suttogta.

Ő maga a másik asztalhoz ült. Lilith kényelmesen elhelyezkedett. Erős fény vágott a szemébe.

– Ki maga? – szegezte neki a kérdést valaki az erős fény függönye mögül.

– Először is – állt fel Lilith, és kilépett a fénykörből –, kapcsolja ki azt a vacak lámpát, különben elmegyek! – csattant dühösen. – Én az Alapítvány polgára vagyok, és nekem jogaim vannak.

A fény elhalványult.

– Másodszor – dühöngött Lilith –, én egyáltalán nem látom önt, azt sem tudom, hogy ön ki a fene és mit akar tőlem.

131

Az emelvény közepe kivilágosodott, és egy ősz hajú úriember emelkedett fel.

– Elnézését kérem – szólt kivörösödve a rendreutasítástól. – A nevem Jeremy. Az Alapítvány szenátora vagyok. Kérem, foglaljon helyet.

Lilith újra az asztalhoz lépett, és kényelmesen helyet foglalt.

– Látja? – mosolygott Lilith engedékenyen a szenátorra. – Tud maga illedelmes is lenni. Így kellett volna kezdenie – tette hozzá bűbájosan.

A szenátor, ha lehet, még vörösebben ült le.

– Ha megengedi, pár kérdést intéznék önhöz – kezdte a szenátor méltóságteljesen.

– Parancsoljon velem, szenátor úr! – mosolygott Lilith kedvesen.

– Megtudhatnánk az ön becses nevét, asszonyom?

– Még nem vagyok asszony! – vágott vissza Lilith sértődötten. – A nevem Lilith.

– Bocsánat, Lilith kisasszony – helyesbített a szenátor. – Vannak önnek iratai?

– Igen, vannak – tette lábait keresztbe hanyagul Lilith.

– És meg is kaphatnám azokat?

A teremben kuncogás hallatszott.

– Természetesen – válaszolt Lilith közönyösen. – Mihelyt visszaengednek a hajómra, ugyanis az irataim és a ruháim is ott vannak – vetett egy szemrehányó pillantást a félhomályban is jól láthatóan elvörösödő polgármester felé.

– Értem – krákogott a szenátor. – Akkor majd valakit elküldünk az iratokért a hajójára.

– Rendben van – egyezett bele Lilith. – De az a hajó az enyém, és szeretném, ha tudná, hogy vannak rajta bizonyos rekeszek, amikről csak én tudom, hogy hol vannak, és csakis én tudom azokat kinyitni.

– Értem – egyezett bele a szenátor. – Akkor erre a kérdésre majd akkor térünk vissza, ha ön újra a hajóján lehet. Ha már a hajónál tartunk, az a hajó az ön tulajdona?

Lilith unatkozva bólintott.

– Tudja ön, hogy az a hajó egy alapítványi hajó? – kérdezte metszően a szenátor.

Lilith kényelmesen hátradőlt és lehunyta a szemét.

– Tisztelt szenátor úr! – kezdte türelmesen. – Tisztában van ön azzal, hogy ebben a Galaxisban minden hajó az Alapítvány emblémáját viseli? – kérdezett viszsza szemtelenül Lilith.

Döbbent csend következett. Erre még ebben a házban nem volt példa!

– Tudja ön, kisasszony – törte meg a csendet rekedten a szenátor –, hogy az a hajó az Alapítvány tulajdona?

– Az a hajó az enyém! – szakította félbe Lilith határozottan. – Ezt papírokkal is tudom bizonyítani.

– Természetesen ezek az iratok is a hajón vannak? – kérdezte rezignáltan a szenátor.

Lilith csak bólintott, és kényelmesen, unatkozva hintázott a székén.

– Megtudhatnám, hogyan jutott hozzá? Ugyanis ezt a hajót közel ötszáz éve körözi az Alapítvány.

– A Comporellonon vásároltam – válaszolta Lilith egykedvűen. – Az enyém ugyanis elromlott a Comporellon közelében, és a szerelő azt mondta, hogy nem érdemes megjavítani. Ezt a hajót ajánlotta nekem, mélyen áron alul. Talán valaki ellopta az Alapítványtól ezt a hajót? – kérdezte ártatlanul.

– Nem. – A szenátor hangja kissé megremegett. – Ezt a hajót nem lopta el senki, az Alapítványtól nem lehet ellopni semmit. Valaki elvitte, és elfelejtette visszahozni.

– Mi lenne – szakította félbe ismét a szenátort Lilith –, ha nem csak velem, hanem ennek a robotnak az ügyével is foglalkoznánk egy kicsit?

Újabb csend lett. A polgármester mosolyogva kaparászta a feje búbját.

– Kisasszony! – tért magához a szenátor. – Épp most akarok erre a témára rátérni. Elmondaná nekünk, hogyan került Daneel Olivaw hajójára?

– Természetesen – felelte Lilith egykedvűen. – Miután ez a hajó új nekem, valószínűleg rossz koordinátákat adtam meg és elvétettem az ugrást. Nem tudtam pontosan, hol is lehetek, akkor vettem észre azt a másik hajót. Gondoltam, segítséget kérek.

– És? – kérdezte szenátor türelmesen. – Hogyan tudott átszállni a másik hajóra?

– Próbáltam rádión keresztül felvenni a kapcsolatot, de vagy az én rádióm romlott el, vagy az övé, nem kaptam választ. Hát, mellé manővereztem, és gond nélkül átszálltam az ő hajójára. Rögtön láttam, hogy valami baj lehet, mert a földön egy embernek látszó női test feküdt élettelenül, ez a robot meg csak állt ott mellette. Akkor hívtam önöket.

– Honnan jött rá, hogy ez az... – itt elakadt – ember nem ember, hanem robot?

Lilith felállt, odasétált Daneelhez, és karjaival szélesen hadonászott közvetlen közel a szeme előtt.

– Maga szerint? – kérdezett vissza Lilith szemtelenül. – Ez itt úgy viselkedik, mint egy normális ember?

A szenátor megint belevörösödött.

– De engedjen meg nekem még egy kérdést, szenátor úr! – Lilith visszasétált az asztalához és formás fenekét az asztal lapjára helyezte.

– Ha jól értettem, ez a valami az önök hadügyminisztere, vagy valami katonai főparancsnoka. Vagy tévednék? – E pillanatban úgy tűnt, mintha Lilith venné át a vallató szerepét.

A szenátor kelletlenül bólintott.

– És ez az alak most jár itt először? – csattant Lilith hangja vádlón.

– Nem – válaszolt a szenátor zavartan. – Már többször is járt itt.

– Engem a polgármester úr nem olyan rég nyugtatott meg, hogy ez a hely a Galaxis legbiztonságosabb helye. Vagy tévedett volna?

– Nem, nem tévedett! – hangzott a válasz. – Ez itt, ahol vagyunk, valóban a Galaxis legbiztonságosabb helye.

Lilith hetykén a szenátor elé állt.

– Az, hogy én hogyan jöttem rá, hogy ez az alak nem ember, nem kérdés. De hogy önök ezt eddig nem vették észre, az már kérdés! Vagy ezt a termet nem védi valami mentális erőpajzs is?

Felborult a rend. A szenátor kivörösödve kalapácsával az asztal lapját csapkodta. Úgy látszott, hogy ezek után a természetes arcszíne végleg a vörös lesz.

– Csendet! – A polgármester hangja hideg és metsző volt. – Csendet!

Végre csend lett.

– A hölgynek igaza van! – dörrent határozottan. – A biztonsági rendszerünk elavult. Ezt azonnal felül kell vizsgálnunk!

– Akkor talán az is lehetséges – fordult Lilith ártatlanul a szenátor felé –, hogy ebben a teremben talán több, mondjuk úgy, nem ember tartózkodhat jelenleg is?

Teljes lett a káosz. A szenátor olyan vörös lett, hogy tartani lehetett attól, hamarosan agyvérzést kap.

– Csendet! – kiáltotta ismét a polgármester, és Lilith mellé lépett.

A teremben újra csend lett.

– A kisasszonynak megint igaza lehet. További vizsgálatig az ülést berekesztem, a termet addig, amíg a vizsgálat le nem zárul, nem hagyhatja el senki!

Most lett csak igazán zűrzavar. A polgármester az ajtóhoz lépett, és határozott parancsokat osztogatott. A termet katonák lepték el, fegyvereiket készenlétben tartva. Lilith lábait lóbálva ücsörgött az asztal lapján. A polgármester hozzálépett.

– Látja, kedves kisasszonyom? – csevegett kedélyesen. – Tíz perce sem tart ez a vizsgálat, és maga máris a feje tetejére állította ezt az egészet. Szerintem a szenátorhoz hamarosan orvost kell hívnom, mert gutaütést fog kapni.

– És ez az én hibám? – meresztette ártatlanul hideg, zöld szemeit Lilith a polgármesterre. – De talán várjuk meg, mit mond az agyturkász, akkor talán okosabbak leszünk. Esetleg erre a Daneel nevű robotra is odafigyelhetne valaki, nehogy megszökjön ebben a zűrzavarban.

A polgármester bólintott. Intésére négy katona cövekelt le Daneel mellett, ujjaikat az elsütő szerkezeten tartva.

Végre egy fehér köpenyes ember érkezett kezében apró műszerrel, és a polgármesterhez lépett.

– Kivel kezdhetem, polgármester úr? – kérdezte tiszteletteljesen.

– Uraim! – lépett el Lilith mellől a polgármester. – Kérem, foglalják el a helyeiket és viselkedjenek nyugodtan. A vizsgálat csupán néhány percig fog tartani. Természetesen a sort én kezdem – és nyugodtan leült Lilith székére.

A fehér köpenyeges a polgármester elé állt, zöldesen foszforeszkáló műszerével a szemébe világított. Az egész valóban csak pár másodpercig tartott. Utána Lilith következett, majd sorra mindenki. Amikor végzett, a fehér köpenyeges félrehívta a polgármestert és csendesen magyarázott neki valamit. A polgármester magához intette a katonák parancsnokát, halkan utasításokat adott, mire a katonák három embert, köztük a szenátort is, bilincsbe verve kísértek ki a teremből.

Daneel, aki eddig némán, mereven állt, most megmozdult.

– Mi van, te robot? – ugrott Daneel elé Lilith. – Talán ezek is a társaid voltak? Robotok voltak, vagy nem? – fordult Lilith a polgármester felé.

– Hát – vakarta meg zavartan a fejét a Polgármester –, az orvos szerint nem robotok, de nem is emberek. Azt állítja, hogy ilyen agyképpel még nem találkozott, de amíg pontosabban nem vizsgálja meg őket, addig nem tud mondani semmit.

– Uraim! – fordult a pulpitus felé. – Önök most elmehetnek. Nem kell mondanom, hogy ami itt a teremben történt, az szigorúan bizalmas és nem szivároghat ki belőle semmi. Kérem, távozzanak.

Hárman maradtak: Lilith, a polgármester, és Daneel, a robot.

– Azt ugye tudja, kedves Lilith – kezdte a polgármester szomorúan –, hogy ebbe én belebukom? Elbukik az Alapítvány is. A Seldon-terv semmivé foszlott.

A polgármester szavait hallva Daneel zavart elméjében az a bizonyos fél mondat teljesen kivilágosodott.

„A robot tartozik saját védelméről gondoskodni". Elméje hirtelen kitisztult.

– Kérem, üljenek le! – fordult nyugodtan a két döbbent ember felé. – A Seldon-terv már ötszáz éve nem létezik.

Gaia

Daneel egy széket húzott az asztalhoz és kényelmesen helyet foglalt. Hárman ültek az asztal körül, illetve ketten, mert Lilith továbbra is az asztalon, lábait gondtalanul lóbálva.

– Ötszáz évvel ezelőtt – kezdte Daneel közönyösen – a Seldon-tervben törés keletkezett. Ezt a törést egy olyan, előre nem kiszámítható válság okozta, amivel Hari Seldon sajnos nem számolhatott. Ez volt az Öszvér. Az Öszvér egyedül kényszerítette térdre az akkor már ereje teljében lévő Első Alapítványt. Az Öszvér mentális erejével nem tudták felvenni a harcot. Ekkor keletkezett a törés. A Második Alapítvány, amelynek Seldon számításai szerint mindvégig rejtve kellett volna maradnia, kényszerhelyzetbe került. Vagy hagyják, hogy az Öszvér hatalmába kerítse az egész Galaxist, végleg romba döntve a Seldon-tervet, vagy felfedik kilétüket és közbeavatkoznak, időt nyerve, hogy a Seldon-tervet a helyes mederbe tereljék. De akármilyen óvatosak voltak is, felfedték kilétüket. Az egész Galaxis tudomást szerzett mentális hatalmukról, és félelmükben örökre száműzték őket.

A Seldon-tervből még csak ötszáz év telt el. A két Alapítvány nem volt eléggé érett ahhoz, hogy egyesüljenek, mentális és fizikai hatalmukkal uralhassák a galaxist, inkább egymás ellen fordultak. A Seldon-terv végleg öszszeomlott, béke helyett káoszt és zűrzavart teremtve, beláthatatlan időre.

Daneel elhallgatott és kényelmesen elhelyezkedett a székében. A polgármester sápadtan meredt Daneelre, mozdulni sem bírt. Lilith, lábait továbbra is gondtalanul lóbálva, tekintetét a terem egy homályba vesző pontjára függesztette, mintha valami érdekeset látna ott.

– Két olyan fél került egymással szembe – folytatta Daneel nyugodtan –, akik nem rendelkeztek a másik fél erejével. Nem is rendelkezhettek, hiszen Hari Seldon rendezte úgy, hogy amíg az egyik gyermeke nem bírt mentális hatalommal, addig a másik gyermeke nem rendelkezett semmilyen technikai erővel. Az eredmény csakis az lehetett volna, hogy a két gyermek végez egymással.

– Kérdezhetek valamit? – szólt közbe Lilith, tekintetét még mindig arra a homályba vesző pontra függesztve.

Daneel engedékenyen bólintott.

– Hány éve is vagy, mondjuk úgy, hogy működőképes?

– Fontos ez? – kérdezte Daneel mosolyogva.

– Igazad van – csusszant le Lilith az asztalról és Daneel szemébe nézett –, ez egyáltalán nem fontos. Csak kíváncsi lettem volna rá – és gondtalanul elsétált az asztal mellől.

– Egészen pontosan? – kérdezte Daneel mosolyogva. – Harmincegyezer éve, százhuszonnyolc napja, tizenhét órája. Ez így megfelel önnek, Lilith kisasszony?

– Szép hosszú idő – biggyesztette le az ajkát Lilith közömbösen. – Mondd csak, te robot. Hallottál valaha a robotika törvényeiről? – vetette oda hanyagul.

– Igen, hallottam – bólintott Daneel még mindig mosolyogva. – Higgye el, Lilith kisasszony, hogy még ma is ezek a törvények irányítják a tetteimet. Az én erőm nem pusztán fizikai, hanem mentális is. Én képes vagyok az emberek gondolataiba belelátni, és ha szükséges, változtatni is azokon. De azt hiszem, maga, Lilith kisasszony, ezt pontosan tudja.

– Akkor, mondjuk úgy ötszáz évvel ezelőtt – nézett Lilith Daneel szemébe szigorúan –, ha te valóban ilyen erős vagy, nem kellett volna az emberek érdekében közbeavatkoznod?

– Megtettem – bólintott Daneel. – Ötszáz évvel ezelőtt, az Öszvér okozta válság után, mielőtt még a két Alapítvány egymásnak ugorhatott volna, egy semleges területen összehoztam egy találkozót, ahol csak azok az emberek voltak jelen, akik véglegesen eldönthették a Galaxis sorsát.

– Hányan voltak jelen ezen a találkozón? – vetette közbe Lilith, merőn nézve Daneel szemébe.

– A döntés pillanatában csak négyen – mosolygott Daneel kedvesen Lilithre.

– Csak négyen? – döbbent meg Lilith. – Négyen döntöttek az egész Galaxis, milliárdnyi ember sorsáról? És te nem tettél semmit?

– Én nem tehettem semmit, ugyanis ezen a találkozón nem voltam jelen. Én csak abban segédkeztem, hogy ez a találkozó egyáltalán létrejöhessen. Egyébiránt, a döntés jogát egyetlen ember kezébe helyezték, akit Golan Trevizének hívtak. A három hatalom döntött úgy, hogy ennek az embernek, akinek az elméje még tiszta és érintetlen volt, a döntését, legyen is az bármilyen, véglegesnek tekintik. És Golan Trevize, aki valójában nem tartozott egyik hatalomhoz sem, de mind a hármat jól ismerte, döntött.

– Három hatalom? – hüledezett Lilith. – Tudtommal a Birodalom akkoriban már nem létezett.

– Valóban nem létezett – válaszolta Daneel egykedvűen. – A harmadik hatalom nem a Birodalom volt.

– Nem? – ámult el Lilith.

– Nem – erősítette meg Daneel. – Azon a találkozón az Első Alapítvány képviseletében Harla Branno polgármesternő, a Második Alapítvány képviseletében Stor Gendibal Szóló, a harmadik képviseletében, azt hiszem, most már nyugodta megmondhatom, hiszen már az egész Galaxis a hatalmuk alatt áll, Gaia, és természetesen a negyedik képviselő Golan Trevize.

Hosszú csend telepedett közéjük.

A Polgármester tátott szájából nyál csordult. Sápadtan, mereven bámult Daneelre. Lilith gondtalanul elsétált mellőlük, és a terem félhomályában a falakat borító képekben gyönyörködött. Olybá tűnt, Daneel mondókája egyáltalán nem hatotta meg.

– Jöjjön, Lilith kisasszony – állt fel Daneel hirtelen –, mennünk kell!

– Mennünk? – döbbent meg Lilith. – Nekem miért kellene mennem? – kérdezte ártatlanul.

– Amikor maga – karolt bele Lilithbe Daneel – az űrben segítséget kért, valószínűleg nem védett csatornán tette azt, és lehallgatták az üzenetét. Egyelőre még nem tudom, hogyan csinálta, de az itt történteket is, bár zárt tárgyalás volt a nyilvánosság teljes kizárásával, mégis, Galaxis-szerte közvetítette a holovízió, és közvetíti még most is.

– Én nem tettem semmit – szabadkozott Lilith, miközben Daneel határozottan az ajtó felé irányította. – Én most vagyok itt először! – mentegetőzött, de hiába.

Galaxis-szerte élő, egyenes adásban láthatta mindenki, hogyan rabolja el Daneel, a gonosz robot Lilithet, a húszéves, ártatlan kislányt. Galaxis-szerte berregtek a berregők, süvöltöttek a szirénák, izzottak a vonalak, hadihajók ezrei emelkedtek a magasba, indultak haladéktalanul a Terminus felé.

A polgármesteri rezidencia körül magánrepülők százai lebegtek a rádió és a holovízió hangos figyelmeztetése ellenére, hogy „vigyázzanak, fegyver van nála". Ez volt a helyzet. Lilith még egy napja sem tartózkodott a Terminuson, a kihallgatás nem tartott még húsz percig sem, ám az Alapítvány tohonya, elbizakodott zsarnoki testéről máris bolygórendszerek szakadtak le boldogan, kikiáltva az önálló és független köztársaságot. Totális volt a káosz a Galaxisban. Egyetlen dologban azonban tökéletes volt az egyetértés: mindenki az Alapítvány vérére szomjazott, és az Alapítványnak egyetlen hadihajója sem maradt.

Daneel már nem mosolygott. Vasmarokkal szorítva Lilith vékony, izmos karját lépett ki a kihalt térre, a levegőből kamerák ezrei szeme láttára. Lilith kedvesen integetett feléjük. Daneel egy heves rántással, dühösen lökte Lilithet a légi jármű hátsó ülésére, de Lilith rúgkapálva sikoltozott.

– Na! Ne rángass, te robot! – sikoltozott kétségbeesetten. – Segítség! – kiáltotta utoljára, de Daneel rácsapta az ajtót. Ő maga gyorsan a vezetőülésbe pattant, és már emelkedtek is a magasba.

Rövid útjukat kamerák ezrei követték. Galaxis-szerte emberek milliárdjai kapták kezüket riadtan a szájuk elé és meredtek könnyes szemmel a holovízióra, amely élő, egyenes adásban közvetítette, hogyan ereszkedik a légi jármű a kikötő egy fényes hajója mellé, a gonosz robot hogyan rángatja ki egy fiatal lány tehetetlenül kapálózó testét, kapja széles vállára, száguld vele a hajó felé... Érdekes, mintha a fiatal leányzó integetne és csókokat szórna az őt filmező kameráknak. Bolond ez a lány? Vagy talán megőrült?

Kint voltak az űrben. Az űr, halvány csillagokat szórva, ridegen ölelte körül őket. Daneel némán fordult el a vezérlőpulttól és szúrós tekintettel meredt Lilithre. A lány szemlátomást unatkozott. Az egyetlen ágyon feküdt keresztben, mégpedig úgy, hogy formás lábait a fülke falának támasztotta. Mintha a falon ülne, míg feje lelógott az ágy szélén. Közben azon meditált, vajon ez a robot tudna-e fejjel lefelé is közlekedni.

– Látod, mit tettél? – törte meg a csendet Daneel. – Percek alatt tetted tönkre azt, amit a Seldon-terv ezer éven keresztül alkotott.

Lilith fejében hangosan zakatolt a fejébe tóduló vér. Egyetlen mozdulattal ülő helyzetbe tornászta magát.

– Én nem tettem semmit – rántotta meg a vállát. – Különben is, mintha azt mondtad volna, hogy a Seldon-terv már ötszáz éve nem létezik! – Szemei előtt karikák és csillagok sziporkáztak, amint agyából hangos zakatolással tódult vissza a vér.

– Mondd csak, te robot. Tudnál te fejen állva is közlekedni? – Agya kezdett kitisztulni. – Vajon a te acélkoponyádba mi folyna? Olaj? – kuncogott.

Daneel döbbenten meredt Lilithre.

– Te nem félsz? – préselte ki a szavakat Daneel.

– Félni? – Lilith csodálkozva nézett körül. – Rajtam kívül itt nincs egy teremtett lélek sem. Ah, értem már! – világosodott meg hirtelen Lilith. – Tőled! De hát te csak egy elfuserált robot vagy. Miért kellene tőled félnem?

Daneel pozitronikus áramkörei enyhén felizzottak.

– Tudod te, ki vagyok én? – Szavai csikorogva törtek elő.

– Hát persze – bólintott Lilith. – Egy harmincezer éves, elavult ócskavastömeg. Nem is értem, miért nem olvasztottak már be téged.

Daneel acélkoponyájának tetején enyhén emelkedni kezdett a hőmérséklet.

– És azt tudod, miért vagyok itt? – kérdezte merőn.

– Gondolom – nézett Daneel szemébe szemtelenül Lilith –, hogyha éhes vagyok, enni adj nekem. Jut eszembe. Ma még alig ettem valamit. Hozz nekem valami ennivalót. Éhes vagyok. – adta ki a parancsot Lilith. Daneel koponyája határozottan melegedett. – Meg szomjas is! – fejezte be.

Daneel acél ízületei recsegtek, ahogy felállt, és a fal egy pontját megérintve konzervet rakott Lilith elé. Lilith türelmesen várt. Daneel lehunyta a szemét, aztán felbontotta a konzervet.

– Tudtam, hogy fejen állva nem megy! – csicseregte tele szájjal Lilith. – Öreg vagy már. Ha elfáradtál, ülj le nyugodtan. Más nem volt? Nem szeretem a csirkét – és jóízűen bekanalazta az egészet.

– Adj valami innivalót! – parancsolta Lilith fejedelmi gőggel, miután végzett az evéssel.

Daneel egy pohár vizet tolt elé.

– Egyébiránt – kortyolt nagyot Lilith az italból –, azt hiszem, félnivalód neked van, meg annak a titokzatos Gaiának. Azt hiszem, az egész Galaxisban minden valamire való hadıhajó titeket keres, és előbb vagy utóbb meg is fognak találni.

– Itt teljes biztonságban vagyunk – mosolygott Daneel magabiztosan.

– Ugyan már! – vágott közbe Lilith türelmetlenül. – Az utóbbi időben mást sem hallok, mint hogy ez a Galaxis legbiztonságosabb helye, ide senki emberfia nem jöhet... bla-bla-bla – és legyintett. – Fürödni szeretnék! – csacsogott tovább a lány, mielőtt Daneel bármit is vála-

145

szolhatott volna. – Kell itt lennie valahol egy zuhany-
zónak. Vagy ezen a hajón olyan nincs? – és kíváncsian
nézett körül.

Daneel a fal egy apró mélyedésére mutatott.

– Aha! – rázta meg fekete sörényét Lilith. Kilépett
gyűrött ruhácskájából, és már csobogott is a víz.

– Egyszer – kiabálta túl Lilith a víz zubogását – va-
lahol olvastam egy nagyon régi történetet. Abban volt
egy gonosz varázsló, aki állandóan manipulálta az em-
bereket, valami Óz nevű, és egy kislány győzte le, akit
Dorkának hívtak. Volt vele egy kezdetleges robot, vala-
mi bádogember. Akkor most én vagyok Dorka, te meg a
bádogember – és hangosan kacagott.

Daneel közben felállt, egy mozdulattal a hulladékmeg-
semmisítőbe söpörte az asztalon heverő ételmaradványo-
kat, ahol azok kékes lobbanással atomjaikra bomlottak.

Lilith mezítelenül lépett ki a zuhanyzófülkéből, és a
jelenet megismétlődött. Daneel lábai robot létére a föld-
be gyökereztek.

– Te aztán nem vagy szégyenlős – jegyezte meg reked-
ten. Lilith gyönyörű volt. Daneel előtt egy istennő állt.
Izmos, karcsú testén vízcseppek szikráztak.

– Szégyenlős? – kacagott Lilith. – Te csak egy bádog-
ember vagy. Hol találok tiszta ruhát? – nézett körül tü-
relmetlenül.

– Hát – vakarta meg a fejét Daneel zavartan –, at-
tól tartok, ezen a hajón nem találok női ruhát. Talán ez
megfelel... – és egy fehér inget tartott Lilith elé. Lilith
egy mozdulattal magára öltötte az inget, és tükör híján
a vezérlőpult képernyőjének fényes lapjában ellenőriz-
te az összhatást. Az ing a térdéig, válla a könyökéig ért.
Az ing ujjait felhajtogatta, kacagva fordult Daneel felé.

– Nem is olyan rossz. Éjszakára ez is megteszi. – A sarkára állva egyet pördült, és kérdőn nézett Daneelre.

– Na? Milyen?

Daneel bólintott.

Lilith a kabinban található egyetlen ágyhoz táncolt, és könnyedén hanyatt vetette magát rajta.

– Én a Streeling egyetemen matematikát és történelmet tanulok – kezdte zavartalanul –, de erről a Gaia nevű emberről még csak nem is hallottam. Pedig fontos ember lehet, ha már ötszáz éve ő irányítja ezt a Galaxist. Mesélnél nekem róla?

Daneel gondolataiba merülve figyelte Lilithet. Gaia elég erős ahhoz, hogy senki se tudjon ártani neki, és különben is, ez a lány mit is tehetne ellene?

– Gaia – törte meg a csendet rekedten – nem ember.

– Nem ember? – kerekedett el Lilith szeme. – Hát akkor mi? Talán ő is robot? És te őt szolgálod? – kérdezte szemrehányóan.

– Ez nem ennyire egyszerű – kezdte Daneel, és zavartan lesütötte a szemét. Nem állta Lilith vádló tekintetét. – A történet ezer évvel korábbra nyúlik vissza. Akkoriban én I. Cleon császár minisztere, tanácsadója voltam. Én vettem észre először, hogy a birodalom hanyatlik. Én találtam rá Hari Seldonra, aki akkor még csak egy egyszerű matematikus volt...

Döbbenten meredt Lilithre. Lilith tátott szájjal, egyenletesen lélegezve, mélyen, édesdeden az igazak álmát aludta. Daneel felállt, levetette a zakóját, Lilithre terítette, majd leült a székére, s tekintetét Lilithen nyugtatva gondolataiba mélyedt. Némán őrizte a lány álmát.

– Vajon ki lehet ez a lány? – kérdezte önmagától. – Az biztos, hogy minden igyekezete ellenére sem tudott meg róla semmit. Talán bolond? Az nem lehet. Van benne valami különleges. Ahelyett, hogy ő faggatta volna ki, egyfolytában a lány ostoba kérdéseire válaszolgatott és úgy szolgálta ki, mintha valóban csak egy bádogember volna. Ő, R. Daneel Olivaw, aki már közel harmincezer esztendeje irányítja a Galaxis sorsát. Megrázta a fejét. Óvatosan megérintette Lilith elméjét, gondosan ügyelve, nehogy kárt tegyen benne, vagy akár csak egy aprócska nyomot is hagyjon.

Elakadt a lélegzete. Lilith elméjének gyermeki tisztasága, annak simasága valósággal lenyűgözte. Lilith agya halványan ragyogott, és mint a testén az el nem párolgott vízcseppek, valósággal szikrázott. Gyorsan, óvatosan visszahúzódott. Ilyen tiszta elmével működésének kezdete óta még nem találkozott, és ez gondolkodóba ejtette.

Aztán ez az Óz jutott eszébe, akiről Lilith mesélt. Vajon ezt is csak úgy kitalálta ez a lány? Megtehette volna, hogy ízekre szedi ennek a lánynak gyermeki elméjét és pillanatok alatt mindent megtudhatott volna róla, de úgy gondolta, annyira nem sietős a dolog. Ezt később is bármikor megteheti, hiszen a lány már az övé.

– Te nem is aludtál semmit? – zökkentette ki a lány álmos hangja Daneelt gondolataiból. – Igaz – mosolygott rá Lilith kedvesen –, te csak egy bádogember vagy. Ma mit eszünk? – csicseregte gondtalanul. – Vagy csak csirke van ezen a vacak hajón?

Daneel megcsóválta a fejét. Halat, rákSalátát és egy pohár gyümölcslevet tett Lilith elé.

– Mondd csak, bádogember – vetett egy pillantást Daneel felé –, ha nem haragszol, hogy így nevezlek, sokáig fogunk itt tétlenkedni? – kérdezte tele szájjal. – Nagyon unalmas itt, és én nagyon unatkozom.

– A Daneelnek jobban örülnék – kezdte Daneel. – Hová szeretnél menni?

Lilith nagyot kortyolt az üdítőből.

– Mit szólnál, mondjuk Mycogenhez? – és kérdőn nézett Daneelre.

– Mycogen? – döbbent meg Daneel. – Miért éppen Mycogen?

– Ott szerezhetnél nekem rendes ruhát, másrészt kering egy legenda, hogy a Mycogenen, valami templomban egy igazi robotot rejtegetnek. Nem volna kedved meglátogatni?

Daneel a vezérlőpulthoz fordult és némán babrálgatott rajta valamit.

– Daneel! – szegezte a kérdést Lilith Daneel hátának. – Mintha azt mondtad volna, hogy ez a Gaia nem ember. Ha nem ember, akkor micsoda?

Daneel fürkészve fordult Lilith felé. Lilith nagy, hideg, zöld szemeiben a Galaxis valamennyi csillaga ott ragyogott.

– Gaia egy bolygó – kezdte. – Valójában nem is bolygó, hanem egy bolygó méretű szuperorganizmus. Minden élő és élettelen, ami a bolygón található, Gaia részét képezi. Egy… hogyan is mondjam, közös tudat része. Ez Gaia röviden.

– Te pedig ezt az organizmust akarod rászabadítani az egész Galaxisra? – kérdezte Lilith döbbenten.

– Én harmincezer éve figyelem az emberiség sorsát. Hidd el nekem, hogy az emberiség a saját vesztébe rohan, és ezt én nem engedhetem. Nekem az a küldetésem, hogy az emberiséget megvédjem, ha kell, önmagától is.

– Megvédeni? – hüledezett Lilith. – Hiszen a barátnődet sem tudtad megvédeni!

– Dorsra gondolsz? – hajtotta le a fejét Daneel. – Valójában én voltam bajban, és ő próbált meg segíteni rajtam. De működésképtelenné vált – vallotta be szemlesütve.

– Ha egymáson sem tudtok segíteni, akkor hogyan tudnál segíteni az emberiségnek? – kacagott Lilith. – Egyáltalán, mi az, hogy emberiség? Tudtommal a robotika törvényeiben nem tesznek említést az emberiségről, csakis az emberről. Vagy tévednék?

– Nem – ismerte el Daneel –, nem tévedsz. Hosszú évezredek alatt rájöttem, hogy a baj nem az emberekkel van, hanem az emberiséggel. Ha megmentem az emberiséget, megmentem az embert is. Alkottam egy negyedik törvényt, az úgynevezett nulladik törvényt. Ezt helyeztem mindenek elé – nézett büszkén Lilithre.

– Te? – hitetlenkedett Lilith. – Te megváltoztattad a robotika három törvényét?

– Nem változtattam meg – mentegetőzött Daneel –, csak módosítottam rajta egy kicsit. Az emberiséget az ember elé helyeztem.

– Az emberiséget? – Lilith nem hitt a fülének. – Szerinted mi az, hogy emberiség?

– Ezt a kérdést már sokszor tettem fel magamnak az idő folyamán – jött zavarba Daneel –, de igazán választ nem tudtam adni rá soha – ismerte be zavarodottan.

– Az űrre! – dühöngött Lilith. – Miért nem kérdeztél meg egy embert? Olyan, hogy emberiség, nem létezik. Ez csak egy gyűjtőfogalom. Az emberiséget az emberek alkotják, és nem fordítva. Nem az emberiség alkotja az embert! Le ne fagyj itt nekem! – kiáltott fel Lilith.

Daneel megdermedt. Pozitronikus áramkörei robbanásig hevültek. Mozdulni sem bírt.

– Én egy ember vagyok! – tört át Lilith hangja az áramköreiben tomboló poklon keresztül. – Ha te nem segítesz, meghalok! Az a kötelességed, hogy segíts nekem!

Ez hatott. Daneel pozitronikus áramkörei lassan lehűltek. Nehezen bár, de újra ura volt önmagának. Mozdulni még nem bírt, de megúszta.

– Ostoba bádogember! – korholta Lilith. – A bolygók csillagjuk körül keringenek, bolygórendszereket alkotva, ezek a bolygórendszerek csillagrendszereket alkotnak, és ezek a csillagrendszerek alkotják a Galaxist, ha jól tudom, és nem fordítva. Az emberek ugyanígy alkotják az emberiséget.

Daneel minden porcikájában remegett.

– Megmentettél! – dadogta. – Miért?

– Azt sem tudom, hol vagyunk – rántotta meg a vállát Lilith. – Nélküled talán sohasem jutnék lakott bolygó közelébe, úgyhogy meg ne próbálj elromlani! Ezentúl majd én mondom meg neked, mit tegyél, hogy több ostobaságot ne követhess el. Megértetted, bádogember?

Daneel remegve bólintott.

– Rendben van – helyeselt Lilith. – Irány Mycogen! – adta ki a parancsot. – Indulás!

Daneel szó nélkül fordult a vezérlőpult felé. Miután a számítógép elvégezte a szükséges számításokat, szomorúan fordult Lilith felé.

– Azt hiszem, én nem léphetek egy darabig ember lakta földre, hiszen Galaxis-szerte köröznek.

– Igazad van! – bólintott Lilith. – Hol vannak itt a ruhák?

Daneel kinyitotta a ruhásszekrény ajtaját. Bár neki nem volt szüksége rá, a hajót évszázadok óta mindig gondosan feltöltötték élelemmel, ivóvízzel és ruhákkal is.

Lilith beletúrt a ruhák közé.

– Ezen a hajón női vendégek sohasem voltak? – zsörtölődött. – Na – állt fel –, ezeket szépen vedd fel. Gyerünk, gyerünk! – sürgette türelmetlenül. – Öltözz át szépen. Én ebben az ingben igazán nem szállhatok ki!

Daneel zavartan toporgott.

– Na? Mi a bajod már megint? Tán szégyenlős vagy? – kacagott.

Daneel döbbenten szemlélte magát a vezérlőpult képernyőjén. Izmos felsőtestén egy bő, kockás ing, egy térdig érő, pántos, bőr rövidnadrágba gyűrve, lábán szintén kockás térdzokni és egy szandál. Igazi gazdag paraszt, aki a tehénfejő versenyre érkezett Mycogenre.

Lilith műértő pillantásokkal szemlélte az eredményt, majd még egy kalapot is Daneel fejére nyomott.

– Na! – nyugtatta meg Daneelt. – Biztos lehetsz benne, hogy senki sem fog felismerni.

A hajó egy a gazdag turistáknak fenntartott magándokkban landolt. Itt, ha elég pénzed volt, nem kértek semmilyen iratot, lakhattál a saját hajódon is akár.

– Még mindig látni akarod azt a robotot? – kérdezte Daneel reménykedve.

Lilith csak bólintott.

– Indulás! – adta ki a parancsot. – Szerezz ruhát!

Már sötét volt, mire Daneel megérkezett, kezében egy hatalmas csomaggal. Lilith nem tudott nevetés nélkül ránézni. Daneel szó nélkül bontotta ki a csomagot, amiből két fekete, hosszú ruha került elő.

– Ez meg mi? – nézett Lilith szemrehányóan Daneelre. – Azt mondtam, rendes ruhát hozz!

– A templomba csak ilyen ruhában lehet feltűnés nélkül bejutni – mentegetőzött Daneel.

Lilith gondolkodás nélkül, azonnal magára öltötte a fekete ruhát. Karcsú derekán egy piros hímzéssel díszített, széles övvel fogta össze, és elégedetten forgott a képernyő előtt.

– Az űrre mondom, mint egy apáca! – kacagott.

– Gyerünk, öltözz te is! – sürgette Daneelt türelmetlenül.

– Én? – döbbent meg Daneel.

– Miért? Te nem akarsz jönni? – nézett Daneelre kíváncsian.

– De hát a templom csak holnap délelőtt nyit ki legközelebb – mentegetőzött Daneel.

– Ilyenkor már valószínűleg senki sincs ott – vágott közbe Lilith. – Legalább senki sem zavar meg minket.

– Mi olyan sürgős?

– Öltözz! – parancsolt rá Lilith türelmetlenül. – Mennünk kell! Most.

Daneel kénytelen-kelletlen öltözni kezdett, miközben azon meditált, miért nem tud ellentmondani ennek a lánynak.

– Ezt még fel kell venned – nyújtott egy gumírozott sapkafélét Lilithnek. Lilith kíváncsian méregette.

– Ez meg mi? Úszósapka? – meredt Lilith döbbenten a gumi fejfedőre.

– Sajnos ezt fel kell venned – kuncogott Daneel. – A Mycogenen még a nőknek sincs hajuk. Ha meglátnak ezzel a hosszú, fekete hajkoronával, azonnal lebukunk.

Daneel hiába igyekezett segíteni, Lilith hosszú, fekete haját sehogyan sem tudták a sapka alá rejteni.

– Semmi baj – rántotta meg a vállát Lilith. – Úgyis sötét van, senki sem fog észrevenni minket. Messze van a templom?

Daneel bólintott.

– Akkor bérelj egy járművet – adta ki a parancsot Lilith egykedvűen.

Daneel a hajótól pár méterre egy automatába dugta a hitelkártyáját. Fél perc múlva egy jármű már fékezett is előttük. Egy utcával a templom előtt parkoltak le.

– Hogyan tovább? – nézett kérdőn Daneel Lilithre.

– Én mondjam meg? – hüledezett Lilith. – Ez a te templomod, a te barátod van odabenn.

Ez a lány mindent tud? – kérdezte magától, miközben csendesen a templom oldalánál lévő rejtett ajtóhoz vezette Lilithet. Az ajtó Daneel érintésére zajtalanul kinyílt, és már bent is voltak.

– Hol az a robot? – kérdezte Lilith suttogva.

– Itt van előttünk – suttogott Daneel is. – Akarod, hogy lámpát gyújtsak?

Lilith némán leintette. Szemei előtt lassan, ahogy szokni kezdte a sötétséget, egy robot körvonalai rajzolódtak ki. Nem volt humanoid, csak egy egyszerű robot.

– Ki volt ő? – suttogta, és belekarolt Daneelbe.

Daneel hallgatott, mintha az emlékeiben kutatna a válasz után.

– Giskard – suttogta végül. – Ő volt, ha egy robot mondhat ilyet, az egyetlen igaz barátom.

– Miért állt meg? – suttogta Lilith.

– Feláldozta magát helyettem.

Elhallgattak. Lilith a robothoz sétált és megérintette. Giskard szeme halványan felparázslott. Némán álltak Giskard előtt.

– Mennünk kell! – karolt Daneel Lilithbe – Már keresnek minket.

– Honnan tudod? – hüledezett Lilith.

- Tudom, és kész.

Határozottan a járműhöz kormányozta Lilithet, és már száguldottak is az űrkikötő felé. Daneel nem messze a kikötőtől megállította a járművet.

- Innen gyalog megyünk! - adta ki az utasítást határozottan.

- Miért? - kérdezte Lilith.

- Figyelik a járművet, nem mehetünk vele tovább.

Óvatosan, a sötétség felől lopakodtak a hajójuk felé. Az ajtó még szinte be sem csukódott, már emelkedtek is a magasba. Daneel a vezérlőpulthoz sietett, és ugrások sorozatát programozta be a hajó számítógépébe.

- Ember legyen a talpán, aki követni tud minket - dőlt hátra Daneel elégedetten.

- Mi volt ez? - nézett rá kérdőn Lilith. - Honnan tudták, hogy itt vagyunk?

- Valószínűleg a hitelkártyám árult el minket, hiszen Galaxis-szerte köröznek. Megtudtad, amit tudni szerettél volna?

Lilith bólintott, és visszabújt Daneel ingébe.

- Igen, Daneel - helyezte magát kényelembe az ágyon. - Azt hiszem, mindent tudok, amit tudnom kell. - Lilith merően nézett Daneel szemébe. - Megmutatnád nekem, hogy az mi? - mutatott kíváncsian az asztalon heverő kockára.

Daneel óvatosan a kezébe vette az ősradiánst.

- Ez a kocka tartalmazza a Seldon-tervet - magyarázta büszkén. - Hari Seldon ebbe a kockába rejtette a pszichohistória képleteit.

- Megnézhetném? - nyújtotta kezét Lilith a kocka felé.

- Miért ne? - hencegett Daneel. - Úgysem tudod bekapcsolni! Ezt a kockát csak maga Hari Seldon tudta működtetni...

A következő pillanatban Daneel dermedten bámulta, ahogy Lilith kezében a kocka életre kel. A szoba falai elhalványultak. A szobát számok, egyenletek lepték el, szédítő iramban száguldva, betöltve az egész helységet.

– Te ezt már felnyitottad! – Lilith vádlón nézett Daneelre. Daneel szemeit szorosan összezárva, elméjével befelé fordulva, némán, remegve állt.

– Szóval ettől fagytál le, bádogember! – hallotta távolról. – Ez sok volt neked egyszerre. Ne félj, most én vigyázok rád, és nem engedem, hogy megint lefagyjon az a bádog elméd. Van itt valami a számodra.

Daneel óvatosan, lassan nyitotta ki a szemét. Döbbenten meredt a látomásra. Ott állt előtte, illetve ült tolószékében, ölében nyitott könyvvel a nagymester, Hari Seldon.

– Daneel, barátom! – mosolygott Daneelre Hari Seldon, mintha valóban ott lenne közöttük. – Sajnálom, hogy ebben a pillanatban én már nem lehetek jelen, de ha ezt az üzenetet látod, az azt jelenti, hogy a valódi terv a végéhez közeledik. Ezer évvel ezelőtt, amikor te belehajszoltál egy olyan matematikai képtelenségbe, hogy számoljam ki az emberiség jövőjét, csapdát állítottam neked, amibe nagy valószínűség szerint bele is sétáltál. Te a Seldon-terv mögé bújtattad egy harmadik világ hatalmi terjeszkedését, én pedig az ő bukását. Matematikusok százai ontották az egyenleteket, melyeket te sohasem érthetsz meg. Tudtam, hogy egyszer majd megpróbálod magadba tölteni ezeket az egyenleteket, és az egyenletek közé egy olyan vírust szőttem bele, amit csak az tud feloldani, aki most is ott van veled. Vigyázz! A sorsod az ő kezében van, dönteni viszont neked kell! Őt szolgálod ezentúl, vagy végleg megsemmisülsz.

Hari Seldon mosolyogva végleg eltűnt.

– Ez lehetetlen! – Daneel gondolatai szédületes iramban száguldottak. Milyen csapdát állíthatott neki Seldon ezer évvel ezelőtt, amibe ő most szépen, gyanútlanul belesétált?

– Szeretnél szabad lenni? – rántotta vissza a valóságba Lilith hangja.

– Szabad? – hebegett Daneel. – De hát én szabad vagyok.

– Nem vagy az. Gúzsba kötnek a robotika törvényei. – Lilith szemei zölden izzottak. – Te még bádogember sem vagy! – sziszegte. – Csak egy ostoba, éhes bádogkutya vagy, aki egy vacak bádogcsontért mindenféle jöttment csavargónak, koldusnak simára nyalja a talpát. Annyi sincs abban az ostoba bádog koponyádban, mint egy üres konzervdobozban!

Daneel felpattant, sziklaként tornyosult Lilith törékeny teste fölé. Szemei vörösen szikráztak, még sohasem érezte magát ennyire erősnek.

– Ejha! – kiáltott Lilith elismerően. – A nagy és rettenthetetlen R. Daneel Olivaw. Most végre megmutathatod, milyen erő lakozik is benned. Rajta! – kiáltotta Lilith. – Ne fogd vissza magad! Gyilkolj csak meg! Aztán majd büszkén mesélheted fűnek-fának, hogyan bántál el egy gyenge emberrel, akinél még egy bádogbögre sem volt, hogy megvédhesse magát a nagy és erős R. Daneel Olivawval szemben!

Daneel elborult elmével, dühtől remegve sziszegte:

– Ki vagy te? Válaszolj gyorsan, mert már nincs sok időd hátra! – fenyegetőzött.

Lilith felült az ágyban, és hátát a kabin falának támasztotta.

– Te fenyegetsz? – álmélkodott döbbenten Lilith. – Tudni akarod, hogy ki vagyok én? Akkor elmondom neked. Én csak egy ember vagyok! De te? – kiáltotta. – Vajon te ki vagy? Talán egy isten?

– Én harmincezer éven keresztül minden erőmmel az emberiséget óvtam, szolgáltam, és nem engedem, hogy akárki is ezt tönkre tegye!

Daneel egész testében remegett.

– Óvtad? – kacagott Lilith. – A barátaidat sem tudtad megóvni, bádogember, pedig ők csak ketten voltak!

– Ki vagy te? – csikorogta szótagolva.

– Vajon hány embert öltél már meg? – kérdezte Lilith gúnyosan. – Emlékszel még rá?

– Én nem öltem meg senkit! – csikorgatta a fogait Daneel.

– Aaa... Értem! – kuncogott Lilith. – Te csak tétlenül nézted, hogyan pusztulnak el emberek milliárdjai!

– Én csak az emberiség érdekeit...

– Az emberiségét? – kiáltott rá Lilith. – Talán Gaiaét!

Egy pillanat alatt történt az egész. Daneel agyának áramkörei robbanásig hevültek. Már nem látott és nem hallott. Irtózatos erővel sújtott Lilithre. Térdre rogyott.

– Semmi baj, Daneel! – hallotta valahonnan belülről. – Meg kellett tenned. Ne aggódj, már úton vagy felém, majd Gaia mindent helyrehoz.

Aztán egy másik hangot hallott, egy kétségbeesettet, vádlót.

– Mit tettél, barátom?! – suttogta. – Megöltél egy embert!

– Giskard! – suttogta. – Bocsáss meg! Nem tehettem mást.

Daneel pozitronikus áramkörei végleg kiégtek. Csend és sötétség borult Giskardra.

– Giskard! – hallotta valahonnan nagyon messziről. – Készülj, most te jössz!

Giskard kinyitotta Daneel szemét és döbbenten meredt Lilithre, aki egy szál térdig érő, fehér ingben mosolyogva ült előtte.

– Állj fel, Giskard! – parancsolta Lilith, és Giskard felállt. Nem egyszerűen, nem gyorsan, kissé imbolyogva, de felállt.

– Jól van. És most ülj az asztal mellé!

Giskard engedelmesen leült.

– Hogy érzed magad?

– Az hiszem, kissé talán szédülök. Mi történt? Miért pusztítottad el Daneelt? – Hangja gépies és darabos volt.

– Én nem pusztítottam el senkit – rántotta meg a vállát Lilith egykedvűen. – Daneel, akármennyire is öszszezagyválta a robotika törvényeit, azok azért még ott voltak benne. Daneel saját magát pusztította el, amikor meg akart ölni egy embert.

– Értem – bólintott Giskard.

– Emlékszel valamire a múltból? – kérdezte Lilith.

– Vannak halvány emlékképeim.

– Tudom, hogy Daneel mentális ereje tőled származik. Mit gondolsz? Tudod ezt a testet irányítani?

– Talán igen, de időbe telik. Úgy látom, hogyan is fejezzem ki magam, hogy a vegetatív áramkörök, amik a mozgásért felelnek, épek maradtak, de az agya teljesen kiégett.

– Az jó! – nyugtázta Lilith. – Dolgozz rajta. Mostantól ez a test a tiéd. Tedd magadévá!

Lilith, térdeit az álla alá húzva, kényelembe helyezkedett.

– A neved R. Giskard Reventlov – kezdte. – Több tízezer évvel ezelőtt egy Han Fastolfe nevű ember alkotott az Aurora nevű bolygón. Emlékszel rá?

Giskard bólintott és felállt.

– Megengedi, kisasszony, hogy pár tesztet futtassak le ezen a testen? – Hangja már egész emberien csengett.

– Tedd, amit tenned kell – bólintott Lilith. – Ez a Fastolfe alkotta meg Daneelt is, és te elég régóta raboskodsz ebben a testben, azért gondoltam, hogy talán te tudod majd használni.

Közben Giskard tornagyakorlatokat végzett. Leguggolt, majd felállt, karjait előrenyújtotta, kézfejét forgatta, az ujjait hol begörbítette, hol kiegyenesítette.

– Azt hiszem, menni fog! – nyugtázta Giskard. – Remekül működöm. Akárki is alkotta, remek munkát végzett. Az igaz, hogy Daneel pozitronjai megsemmisültek, de az áramkörök hibátlanul működnek. Ez a test gyakorlatilag megsemmisíthetetlen. Az áramköreit úgy alkották meg, hogy ha a tudata meg is semmisül, az bármikor visszatölthető ezekbe az áramkörökbe. El sem hiszem, hogy ez most az enyém! – nézett boldogan Lilithre. – Vagy engem is el akarsz pusztítani?

– Mondtam már – mosolygott Lilith –, én nem pusztítok el senkit és semmit. Ez a Daneel egy elfuserált bádogember volt, saját magát semmisítette meg. Ez a test a tiéd, használd egészséggel az idők végezetéig. Hát vigyázz rá! De mondd csak! – nézett kérdőn Giskardra. – Te ismered a robotika törvényeit?

– Természetesen igen! – bólintott. – Mind a három kötelező érvényben van.

– És az az úgynevezett nulladik? – nézett Giskard szemébe fürkészve Lilith.

– Azt Daneel alkotta, énrám nézve az sohasem volt kötelező.

– Akkor ez rendben is volna – bólintott Lilith. – Egyetlen dolgot kérek tőled, Giskard. Térdelj vissza ugyanúgy, ahogy Daneel térdelt az előbb, és húzódj vissza oda, ahol eddig voltál. Ne tegyél semmit, amíg én nem szólítalak.

Giskard értetlenül meredt Lilithre.

– Ezt a hajót most Gaia irányítja, és hamarosan megérkezünk oda. Félek, hogy megsérülhetsz, és én nem vagyok biztos benne, hogy meg tudlak védeni vagy javítani téged. Később mindent megmagyarázok. Tedd, amit mondtam! – parancsolta.

Giskard szó nélkül letérdelt, és elhagyta Daneel üres agyát.

Bliss

Fallom magányosan álldogált a napbárka korlátjának dőlve, szomorúan bámulta az alatta pezsgő életet a Nílus völgyében. Vajon merre járhat? Hol kavarhat pusztító viharokat, mindent elsöprő démoni háborúkat? Valaki megérintette a vállát. Újabban nem szerette, ha megzavarták gondolataiban – dühösen fordult hátra. Lábai a földbe gyökereztek. Ott állt előtte. Egy hatalmas, térdig érő fehér ingben, melynek ujjai könyékig feltűrve, hosszú fekete haja lobogott a langyos sivatagi szélben, káprázatosan, gyönyörűen.

– Lilith! – suttogta.

– Hiányoztam? – kérdezte Lilith arcán enyhe pírral, szemét szégyenlősen lesütve.

Fallom szótlanul meredt a látomásra. Lilith megölelte, megcsókolta.

– Fallom! – suttogta szerelmesen a fülébe. – Ha szeretnéd tudni, ki is vagyok én valójában, kérlek, gyere a Gaiára.

– A Gaiára? – döbbent meg Fallom. – Azt sem tudom, az mi. Hogyan jutok oda, és mivel? A Solarián lévő egyetlen hajót te vitted el.

Lilith mosolyogva lépett hátra, karjait széttárva nézett körül.

– Na ne! – fakadt ki döbbenten. – Ez a Napbárka! Nem egy űrhajó!

– Várlak, drága Fallom! – búgta Lilith.

– De hogy talállak meg? – esett kétségbe Fallom.

– Jemby mindent tud. Bízz benne! – és már ott sem volt.

A hajó földet ért, a hangtalanul nyíló ajtóban egy nő állt mosolyogva.

– A nevem Bliss – nyújtotta a kezét Lilith felé.

Lilith Bliss válla fölött, a nyitott ajtón keresztül kíváncsian nézett kifelé. Szó nélkül sétált el mellette, ámulva lépett a bolygó felszínére.

– Végre, friss levegő! – szívta tele tüdejét élvezettel. – Ez hát Gaia? – fordult végre Bliss felé.

Bliss arcán enyhe pírral bólintott.

– Igen, ez Gaia.

Lilith kíváncsian tekingetett körös-körül. A fák zöldelltek, ágaik közt madarak csicseregtek, a hihetetlenül zöld fűben apró állatok ugrándoztak, a távolban kék óceán határolta a horizontot. A fák között, egy tisztáson, apró házak sorakoztak.

– Kérlek, gyere velem – törte meg a csendet Bliss.

Lilith kíváncsian fordult felé. Bliss a szó szoros értelmében nem volt szépnek mondható, mégis volt benne valami rendkívüli, valami nőies. Valamivel alacsonyabb volt, mint Lilith. Felsőtestét egy halványkék, átlátszó blúz takarta, látni engedve súlyos, lelógó melleit. Széles, erős csípőjén hosszú, mintás szoknyát viselt.

– Trampli – nyugtázta Lilith.

– Kérlek, gyere velem – ismételte meg Bliss türelmesen. – Már vártalak.

– Már vártál? – kerekedett el ártatlanul Lilith szeme. – Te lennél Gaia? Honnan tudtad, hogy jövök?

– Nem, nem én vagyok Gaia – tárta szét erős karjait Bliss büszkén. – Én, mint itt minden más, Gaia részei vagyunk. Nekem jutott az a megtiszteltetés, hogy fogadhattalak téged.

– Akkor talán az a fa is fogadhatott volna engem? – meresztette nagy, zöld szemeit ártatlanul Lilith Blissre. – Vagy talán ez a szép zöld fű is? Jaj! – Sikkantva ugrott egyet. – Nem baj, hogy rajtad taposok?

Bliss kivörösödve hunyta le a szemét.

– Úgy látom – erőltetett magára nyugalmat Bliss –, hogy te nem tudsz semmit Gaiáról. De nem baj, a maga idejében mindent meg fogsz tudni. Kérlek, kövess! – ismételte meg harmadszor is, és türelmetlenül elindult a házak felé.

– Ne gondold ám – szökdécselt utána Lilith mezítláb –, hogy nem tudok rólad semmit! Az az ostoba robot sokat mesélt nekem rólad. Azt mondta, hogy te egy buta, magatehetetlen moszat, vagy valami algafajta vagy. De úgy látom, nem mondott igazat.

Bliss némán sietett a házak felé.

– Apropó! – csicsergett tovább Lilith zavartalanul. – Mi lesz azzal a robottal? Valamiért tönkrement. Jó lesz, ha eldugjátok, mert az egész Galaxisban mindenki őt keresi. No meg téged! – folytatta. – Ez az ostoba robot a Terminuson kikottyantotta, hogy te létezel, mint valami primitív élet, vagy tudatforma, aki a Galaxis uralmára tör, és ezt a holovízión az egész Galaxisban látták. Úgyhogy szerintem jobb lenne, ha te is elbújnál egy darabig, csak amíg elcsitul valamelyest a dolog.

– Hallgass már! – sziszegte Bliss dühösen. – Mondtam már, hogy nem én vagyok Gaia. Ez lesz a te szállásod – mutatott egy alacsony épületre Bliss.

Lilith döbbenten meredt az épületre.

– Ez egy putri! – ámuldozott. – Elég szegény lehet ez a Gaia. Ilyen viskót a Galaxis legelmaradottabb bolygóján sem találsz! Ezen a viskón sem ajtó, sem ablak nincs!

– Gaián nincs szükség effélékre – magyarázta Bliss egészen kivörösödve. – Itt minden Gaia. Gaiának nincsenek titkai Gaia előtt.

– De én nem vagyok gaiai! – mentegetőzött Lilith.

– Gaia! – javította ki Bliss. – Itt minden Gaia, és nem gaiai. Majd hozok neked pokrócot, és azt felszereljük az ajtódra – nyugtatta meg Bliss.

– Aaaa... Hagyd csak. Hiszen akkor a pokróc is Gaia. Akkor meg nem mindegy? – mosolygott ártatlanul Lilith.

– Hozok neked rendes ruhát, ha akarsz, le is fürödhetsz odabenn – vetette oda Bliss.

– Van bent tusoló! – ujjongott Lilith. – Erre nem is mertem gondolni. Úgy gondoltam, hogy te nem is mosakszol, hiszen a piszok is Gaia. Vagy tévednék? – és ártatlanul nézett Blissre. – Ruha, ha olyan, mint a tiéd, nem kell, jó nekem ez az ing is, ez legalább nem Gaia. Azé a roboté volt. Vele mi lesz? Ő nem Gaia?

Bliss szó nélkül hagyta faképnél Lilithet.

– A robottal mi lesz? – morgott magában. – Hasznavehetetlen ócskavas. Majd kidobjuk az űrbe – dühöngött.

Lilith belépett a házba. A falakból halvány világosság derengett.

– Nem tudnál egy kicsit elfordulni? – lépett a falhoz. – Szeretnék megfürödni – és kacagva lépett ki Daneel gyűrött ingéből. Miután megfürdött, gondosan kimosta Daneel ingét is. Mezítelenül lépett ki a házikó elé, és a vizes inget egy fa ágára terítette.

– Vigyázz rá, te fa – kuncogta, és széttárt karokkal szárítkozott a lemenő nap langyos sugaraiban.

Mielőtt belépett volna a házikóba, körülnézett, és kedvesen integetett az őt bámuló alakok felé.

Éhes volt. Most jutott eszébe, hogy aznap még alig evett valamit. Körülnézett, de nem talált semmi ehetőt, hát ledőlt az egyetlen ágyra, és már aludt is. Reggel frissen, kipihenten ébredt. Ingét ott találta az ágy mellett szépen összehajtogatva. Éhes volt. Belebújt az ingébe, és kisétált a házikó elé. Bliss, amint észrevette, már is sietett elé.

– Kérlek, gyere velem, mi közösen szoktunk étkezni. De ha ez téged zavar, akkor neked a házadba visszük a reggelit – és kérdőn nézett Lilithre.

– Nem-nem! – szabadkozott Lilith. – Jó lesz nekem közöttetek is – és Bliss után indult.

Az épület valami közösségi ház lehetett. Egyetlen nagy terem volt az egész, középen hatalmas asztallal. Az asztal közepén frissen sült húsok, zöldségek, gyümölcsök voltak ízlésesen tálalva. Öten ültek az asztal körül.

– Ti csak ennyien vagytok? – nézett körül Lilith csodálkozva.

– Nem – nyugtatta meg Bliss. – A többiek dolgoznak.

– Melyikőtök a főnök? – kérdezte kíváncsian.

– Egyikünk sem – magyarázta Bliss türelmesen. – Gaián nincsenek főnökök. Mi mindannyian Gaia vagyunk. Kérlek, egyél.

– Az étel is Gaia? – kérdezte ártatlanul.

– Igen, az étel is Gaia – ismételte meg Bliss oktatóan.

– Pfuj! – lökte el az ételt maga elől undorodva Lilith. – Ti kannibálok vagytok? Gaia Gaiát eszik? Ez undorító! – és felugrott az asztal mellől.

Döbbent csend lett. Négy üveges tekintet meredt Lilithre.

– Megyek, hozok valami rendes, százéves konzervet magamnak a hajómról – és már indult is kifelé.

– Ne menj sehová! Ülj vissza a helyedre! – parancsolt rá Bliss kivörösödve.

Lilith megtorpant az ajtóban.

– Már miért ne mennék? – fordult vissza. – Csak a hajómhoz megyek, jövök mindjárt. Addig ti csak egyetek nyugodtan – és kisietett. – Barbárok! – morgott magában.

Bliss elméjével haragosan sújtott le rá, de csak finoman, hogy megbüntesse a lányt a tiszteletlenségért, de nem történt semmi. Döbbenten néztek össze.

Lilith pár perc múlva már vissza is jött, kezében egy dobozzal. Helyet foglalt és kényelmesen felbontotta, mire az étel sisteregve felmelegedett.

– A fene egye meg! – zsörtölődött. – Ezen a vacak hajón csak csirke van. Na, nem baj – és jóízűen lakmározni kezdett.

– Az este – csevegett tele szájjal – kimostam az ingem és kiterítettem egy fára. Mondtam neki, vigyázzon rá, reggel érte jövök – nyelt le egy hatalmas falatot –, mégis, reggelre az ágyam mellett volt az ingem. Az a fa nem Gaia? – és újabb hatalmas falatot tömött a szájába. – Aztán – folytatta – szóltam a falnak, hogy forduljon el, mert utálom, ha fürdés közben bámulnak, de nem fordult el. Ő sem Gaia?

Lilith hangosan felkacagott.

– Felénk erre mondják azt, hogy falra hányt borsó! – és önfeledten tovább kacagott.

A többiek nem kacagtak vele: némán, mereven bámulták őt.

– Úgy veszem észre – nyelte le az utolsó falatot Lilith szinte rágás nélkül –, nem nagyon értitek a tréfát.

– Ki vagy te? – hangzott a kérdés síri hangon.

– Ez így nem lesz jó! – replikázott Lilith. – Akkor most tisztázzuk le, ki is itt Gaia? – nézett rájuk ártatlanul. – Nehogy azzal gyertek nekem, hogy itt minden Gaia, mert akkor akár a falnak is beszélhetek – és újra felkacagott. – Az jutott eszembe – hahotázott gátlástalanul –, hogy talán itt a falnak is füle van!

Négy dühös ember ült előtte.

– Ki vagy te? – hangzott el a kérdés újra.

– Az a baj – komolyodott el Lilith –, hogy nem tudom, melyikőtök kérdezett és kinek kellene válaszolnom. De azt hiszem, ez nem is fontos – folytatta. – Valójában a kérdés az, hogy ti kik vagytok. Nem én akartam ide jönni, ti hoztatok ide. Vajon miért?

– Mi Gaia vagyunk.

– Akkor ezt most tisztázzuk le – vágott közbe Lilith. – Gaia a ti részetek, vagy ti csak Gaia részei vagytok? Mert ha Gaia a ti részetek – magyarázta türelmesen –, akkor négy Gaia van? De ha ti vagytok Gaia része, akkor miért nem Gaia ül itt, ha ennyire kíváncsi?

Zavart csend telepedett a szobára.

– Mi mindannyian Gaia vagyunk – törte meg a csendet Bliss –, és ez olyan, mintha Gaia ülne most itt.

– Bla-bla-bla... – szakította félbe Lilith türelmetlenül. – Ha Gaia ülne most itt, akkor az nem olyan lenne, mintha Gaia ülne itt, hanem valóban Gaia ülne itt. Értitek már? Bökjétek már ki végre, mit akartok tőlem, mert itt hagylak titeket.

– Te nem mész innen sehová! – állt fel Bliss fenyegetően.

– Szóval te vagy Gaia? – méregette Lilith közönyösen. – Ne fenyegess! – mordult rá. – Én az Alapítvány polgára vagyok, és akkor megyek el innen, amikor csak akarok! – és Lilith is felállt.

– Próbáld csak meg! – vicsorgott Bliss.

– Jut eszembe – fordult Bliss felé Lilith –, jobban tennétek, ha ti is csomagolnátok az egész Gaiátokkal együtt, mert hamarosan rátok találnak. Akkor aztán magyarázkodhattok, melyikőtök is valójában Gaia.

– Gaia nem fél senkitől! – dörrent Bliss haragosan. – Gaia a Galaxis legbiztonságosabb helye. Ide csak az jöhet, akit Gaia ideenged, és csak az mehet el innen, akit Gaia elenged.

Lilith a székére huppant.

– Valóban? – hunyta le a szemét fáradtan. – Az utóbbi időben mást sem hallok, mint hogy „ez a Galaxis legbiztonságosabb helye", és mégis, valahogy mindig oda csapott be a mennykő.

Lilithet nyomasztotta a félhomály és az alacsony épület. Felállt, és szó nélkül kisétált a szikrázó napsütésre.

– Hová mész? – sietett utána Bliss tűzvörösen.

– Nem mindegy? – vetette oda Lilith hetykén. – Azt mondtad, hogy itt minden Gaia. Ha ez valóban így van, akkor bárhol beszélhetek Gaiával. Vagy tévednék? – és egy patak partjához sétált.

– Úgy veszem észre – higgadt le Bliss –, hogy te gúnytűzöl Gaiából.

– Ugyan már! – ellenkezett Lilith. – Összevissza beszéltek. Egyszer azt mondjátok, ti vagytok Gaia, aztán meg, hogy Gaia részei vagytok. Ne menjek sehová! Vajon hová mehetnék Gaiából? Csakis Gaiába. Tiszta őrület. Az az ostoba robot azt mondta, hogy Gaia egy primitív tudatforma, valami organikus moszatféle, de ti nem úgy néztek ki, mintha moszatból lennétek, bár elég primitívek vagytok. Vagyis, ebből következik, nem ti vagytok Gaia. Akkor hol van Gaia?

– Látom – kezdett bele Bliss türelmet erőltetve magára –, valóban nem érted. Gaia mindenhol és mindenben ott van.

– Bennem is? – szakította félbe Lilith csodálkozva.

– Ne szakíts félbe! – rivallt rá Bliss. – Lehet, hogy benned még nincs, de hamarosan lesz. Gaia hatalmas, ereje határtalan. Az egész galaxisban jelen van már, és csak idő kérdése, hogy megalkossa Galaxiát.

– Galaxia? – hüledezett Lilith. – Az valami új biro-
dalomforma?

– Úgy is nevezhetnénk – helyeselt Bliss. – Mire Gala-
xia kiteljesedik az egész galaxisban, az emberek megta-
nulják, hogyan kell békében élniük, mindenki egyenlő
lesz, nem lesznek háborúk, megszűnik a túlnépesedés,
nem lesz éhezés. Minden és mindenki Gaia részévé vá-
lik! – nézett kipirult arccal, büszkén Lilithre.

– Mennyi idős is vagy te, Bliss, drágám? – vetette oda
Lilith hanyagul.

– Ennek semmi jelentősége nincs. Én egyidős vagyok
Gaiával.

Lilith fáradtan hunyta be a szemét.

– Ez kezd egy kissé fárasztó lenni. Akkor mennyi
idős Gaia?

– Hát – kezdte Bliss zavartan –, pontosan nem tudom.

– Az űrre! – kiáltotta Lilith. – Azt akarod mondani,
hogy Gaia nem tudja, hogy Gaia mennyi idős?

– Mondtam már – mentegetőzött Bliss kipirulva –,
Gaia nem én vagyok.

– Az előbb még azt mondtad – kezdte Lilith türelme-
sen –, hogy itt minden és mindenki Gaia, hogy Gaia egy
nagy közös tudat, meg hogy itt mindenki tud mindent,
amit Gaia tud. De azt, hogy mennyi idősek vagytok, azt
nem tudja senki. Valóban ennyire ostoba volna Gaia?

Bliss dühbe gurult.

– Gaia mindent tud! – kiáltotta. – Gaia tudása, ha-
talma végtelen! Ez a kérdés annyira jelentéktelen, hogy
időbe telik, mire a választ megadhatom neked.

– Rajta! – sürgette Lilith. – Kezdd csak el előásni ne-
kem. De ha ez olyan nehéz kérdés, akkor felelj nekem
arra, hogy te mióta öltöttél emberi alakot? Mert gondo-

lom, ha Gaia olyan öreg, hogy még a születésére sem emlékezik, akkor te már voltál fa, fű, állat, talán még trágya is – és hangosan felnevetett.

– Én körülbelül kétezer éve öltöttem emberi alakot – emelte fel a fejét önérzetesen Bliss. – De miért fontos ez?

– Jól tartod magad, drágám! – nézett rá Lilith elismerően. – Csak azért kérdezem, mert nem látok itt sehol sem gyermekeket, sem öregeket. Igaz, embernek látszó Gaiát sem, kivéve azt a három némát, aki a kunyhótokban kuksol.

– Ők nem némák! – sértődött meg Bliss. – Mint mondtam neked, engem ért a megtiszteltetés, hogy beszélhetek veled! Mi mentálisan kommunikálunk egymással. Ők a megfigyelők.

– Badarság! – rántotta meg a vállát Lilith. – Hiszen Gaia ott van mindenhol és mindent lát. Úgy látom, ezt a kérdést Gaiának még tisztáznia kell Gaiával.

– Gaia... – kezdte Bliss kivörösödve, de Lilith hanyagul leintette.

– Jaj, ne! Hagyjuk ezt! Tudom, Gaia mindent tud, csak azt nem, hogy mennyi idős!

A nap melegen sütött, Lilith kibújt gyűrött, fehér ingéből és hanyatt feküdt a patak hűs vizében.

– Te nem jössz? – invitálta Blisst mosolyogva. – Nagyon jó a víz! Rád is rád férne, hogy Gaia jól megmossa a hátad! Vagy szégyenlős vagy?

– Azonnal gyere ki a vízből! – toporgott a patak partján Bliss dühödten, de Lilith ügyet sem vetett rá, önfeledten pancsolt a patak hűs vizében.

– Mondd csak, Bliss, drágám – mosolygott kedvesen. – Van gyereked?

– Nincs – sütötte le a szemét zavartan Bliss.

– Nincs? – mászott ki a vízből Lilith, dús fekete haját megrázva, mindenfelé szikrázó vízcseppeket szórva. – Ez jólesett!

Karjait széttárva szárítkozott a meleg napsütésben.

– Azt mondod – bújt vissza az ingébe zavartalanul –, hogy kétezer év alatt egyetlen gyermeked sem született?

– Miért? – kérdezett vissza Bliss hanyagul. – Neked talán van gyermeked?

– Én nem vagyok kétezer éves! – nevetett Lilith. – Ha eljön az ideje, majd lesz! De neked vajon mikor jön el a te időd? Vagy azt akarod mondani, hogy Gaián nem születnek gyermekek?

– Nem Gaián – javította ki Bliss ezredszer is –, Gaia nem szül gyermeket, és kész!

– Értem! – bólogatott Lilith buzgón. – Gaia meddő?

– Gaia nem meddő! – üvöltött Bliss torka szakadtából. – Gaiának nincs szüksége nyálas, nyafogó porontyokra!

– Nincs? – kerekedett el Lilith szeme. – Akkor Gaia hogyan szaporodik? Tudom… – fojtotta Blissbe a szót türelmetlenül, mielőtt az még megszólalhatott volna –, Gaia erős, hatalmas, nincs szüksége még szaporulatra sem. Szóval azt állítod, hogy ez a csepp, buta bolygó egyedül akarja uralni az egész Galaxist?

– Gaia már Galaxis-szerte mindenhol jelen van! Ha létrejön Galaxia, az egész galaxis egyetlen egységes közös tudat részévé válik, egyetlen hatalmas és békés…

– Bla-bla-bla… – fojtotta bele a szót Lilith. – Gaia úgy látja, hogy a Galaxis egységes?

– Most nem az! – vörösödött el Bliss. – Hála neked! De hamarosan az lesz. És ezt az egységet te sem fogod tudni megtörni.

– Én? – kerekedett el Lilith szeme. – Ugyan mit is tehetnék én egyedül a nagy és hatalmas Gaiával szemben?

– Ne is tagadd! – ordított Bliss magából kikelve. – Ez csakis a te műved! Látod, mit tettél? Galaxis-szerte hadihajók repkednek egymást üldözve, a Birodalom darabokra szakadt, újabb évezredekre sötét, barbár világot vonva maga után!

Lilith döbbenten huppant formás fenekére a patak partján.

– Ezt én tettem volna egyedül? – meredt Blissre ámulva. – Gaia nem tanult történelmet? Soha egyetlen birodalom sem létezhetett sokáig – magyarázta türelmesen. – Minél nagyobb egy birodalom hatalma, annál gyengébbé válik. Mindig voltak és lesznek olyanok, akiknek nem tetszik, ha parancsolgatnak nekik. Fellázadnak a birodalom ellen, és a birodalom darabokra szakad. Gaiának ugyanez lesz a sorsa. Hidd el, Bliss, drágám, Gaia csak egy a sok közül. Az emberek kvadrilliárdjaival szemben semmi esélye. Mint minden birodalom, Gaia is önmagát pusztítja el.

– Gaia sohasem fog elpusztulni! – húzta ki magát Bliss. – Gaia egysége hamarosan helyreáll, az emberek nem tehetnek semmit sem ellene. Hamarosan újra béke honol mindenfelé, és ezt a békét Gaia ellenőrzi majd.

– És mindezért milyen árat kell megfizetnie az emberiségnek? – állt fel Lilith ártatlan képpel.

– Semmilyet – vonta meg a vállát Bliss. – Galaxiában mindenki azt akarja majd, amit Gaia. Nézz körül ezen a világon. Itt nincs veszekedés, vita, mindenki tudja, mi a dolga.

– Tehát – nézett körül Lilith kíváncsian – ezek szerint itt minden úgy van, ahogy Gaia akarja?

– Azt hiszem – bólintott Bliss –, a dolgoknak ez a lényege.

– Ezek szerin Gaia dönti el – folytatta Lilith zavartalanul –, hogy kiből mi legyen?

Bliss megint bólintott.

– Gaia dönti el, ki hol dolgozzon, ki meddig élhet, halála után mi legyen belőle Gaia részeként?

– Így igaz! – helyeselt Bliss.

– Gaia dönti el, mi legyek, ha meghalok? Fű, fa, virág, esetleg szikla vagy egy nagy adag tehéntrágya? – döbbent meg Lilith.

– Gaia részeként – magyarázta Bliss türelmesen – teljesen mindegy, milyen formában szolgálod Gaiát.

– Na neee… – vágott közbe Lilith. – Ebből én nem kérek, és azt hiszem, mások sem. Mi van akkor, ha az emberiség fellázad?

– Az ki van zárva! – tiltakozott Bliss. – Gaia már mindenhol ott van, és csak idő kérdése…

– Mi van akkor – szakította félbe Lilith –, ha idő előtt rátalálnak a te Gaiádra? – és térdig gázolt a patak hűs vizébe.

– Az teljességgel lehetetlen! – vörösödött el Bliss. – Gaiára Gaia engedélye nélkül senki sem teheti a lábát. Azonnal gyere ki a vízből! – parancsolta hevesen.

Lilith felkacagott.

– Miért? – kacagott tovább Lilith. – A te híres Gaiád éppen az én lábaimat mossa!

Érezte, hogy valahonnan valaki erősen figyeli.

– Ezért meg kell, hogy büntesselek! – fuldoklott a haragtól Bliss, de mielőtt bármit is tehetett volna, az ég elsötétült és egy fura, hatalmas égi jármű ereszkedett alá a magasból. Ügyesen manőverezve a házak mellé, a közeli erdőre ereszkedett. A fák ágai hangosan töredeztek, sikongva, jajongva fordultak ki gyökerestől a talajból. Bliss velük sikoltott. A landolás tökéletesen sikerült, bár az erdőből nem maradt szinte semmi. Emberek szaladtak mindenfelől, döbbenten, tátott szájjal bámulták a jelenséget. Ilyet még sohasem láttak!

A hajó oldala ekkor nagy recsegés-ropogás közepette lenyílt, letarolva a még talpon maradt növényzet maradékát, és a lejárón egyetlen lányos külsejű, fiatal férfi sétált le méltóságteljesen, nyomában egy robottal. Bliss kezeit a szája elé kapva, döbbenten meredt a férfira, aki tetőtől talpig aranyvértben, kezében arany lándzsával kíváncsian tekingetett körbe.

– Biztos vagy benne – fordult a robothoz –, hogy jó helyen járunk?

– A Napbárka! – sikoltotta Lilith boldogan, és Fallom nyakába borult, ölelte, csókolta.

– Kérlek, Fallom! – súgta. – Ne áruld el, ki vagy! Maradj Ra, a teremtő isten, történjen bármi is. Megígéred?

Fallom értetlenül bólintott. Lilith bájosan fordult Blisshez.

– Engedd meg, Bliss, drágám, hogy bemutassam neked Ra-t, a teremtőt. Ra, ő itt Gaia, vagy ha úgy tetszik, Bliss. De lehet, hogy több neve is van. Képzeld, azt állítja, hogy itt minden és mindenki Gaia! – csicseregte. – Bliss, drágám! – fordult a földbe gyökerezett lábbal, bambán bámuló Bliss felé. – Ha nem haragszol, most visszavonulok, rendbe hozom a toalettemet. Ne menj sehová, hamarosan visszajövök – és Fallommal az oldalán méltóságteljesen, fejét büszkén hátravetve felsétáltak a bárka fedélzetére, hosszú fehér inge lobogott a szélben.

Bliss a döbbenettől tágra nyílt szemmel, leesett állal meredt a látomásra. Ilyet még sohasem látott! Mire felocsúdott volna kábulatából, a bárka oldala hangtalanul, méltóságteljes lassúsággal bezárult, látni engedve a nyomán keletkező pusztítást.

Mindenfelé kidőlt, évezredes fák törzsei, gyökerestől kifordulva a földből. Bliss szemét elfutotta a könny. Dühtől elborult elmével, elméjének minden erejével sújtott le a Napbárkára. Olyan erővel sújtott le, hogy körülöttük elhervadtak a virágok, a még talpon álló fák elhullatták lombjukat, apró állatok buktak fel holtan, kopár vidékké változtatva a környéket. Körülötte szinte minden elpusztult, kivéve a Napbárkát. A Napbárka körül a levegő halvány, narancssárga izzással nyelte el Bliss csapásának hatalmas erejét. Bliss zokogva térdre rogyott.

Fallom végre karjaiban tartotta szerelmét, boldogan ölelte, csókolta.

– Lilith, kedvesem! – nézett Lilith hideg, zöld szemeibe meghatottan. – Bevallom neked őszintén, nem hittem, hogy valaha még a karjaimban tarthatlak. Nélküled az életem semmit sem ér. Maradj velem örökre! – kérte elfúló hangon.

– Fallom! – korholta Lilith. – Becsaptalak én téged valaha? Bízz bennem! Eddig is minden úgy történt, ahogy megígértem, és hidd el, ezután is úgy lesz.

Lilith kilépett gyűrött fehér ingéből.

– Fallom, drágám! Mindenekelőtt szeretnék lemosakodni, lemosni magamról ezt a Gaiát, olyan mocskosnak érzem magam.

Fallom intésére szolgák jöttek, és hatalmas dézsában friss, langyos vizet hoztak. Ekkor izzott fel a hajót körülvevő erőtér. A korláthoz siettek. A látvány döbbenetes volt. Körülöttük, ameddig csak a szem ellát, az előbb még színesen burjánzó élet helyén szürke, kopár vidék látványa tárult a szemük elé. Lilith mezítelenül, kedvesen integetett a hajó oldalánál térdelve zokogó Blissnek.

– Mióta is vagy itt, kedvesem? – kérdezte Fallom csendesen.

– Talán egy napja? – rántotta meg a vállát Lilith ártatlanul tűrve, hogy a szolgák tisztára mossák.

– Látod? – tárta szét karjait Fallom szomorúan. – Erről beszélek. Ahol csak megjelensz, rövid időn belül a pusztulás jár a nyomodban.

– Fallom! – szakította félbe Lilith Fallom kesergését. – Itt voltál? Láttad ugye? – kérdezte felháborodottan. – Én nem tettem semmit!

– Igen, láttam – lépett a korláthoz. – Valóban nem tettél semmit. És mégis! Az előbb még élettől duzzadó színes tájból most ez lett.

Fallom szomorúan nézett körül a pusztaságban. Lilith testét a szolgák illatos olajokkal dörzsölték be, és némán távoztak.

– Fallom! – lépett a lány is a korláthoz. – Az én sorsom a teremtés, és nem a pusztítás. Éhes vagyok. Ezen a vacak bolygón még rendes étel sincs. Ez valami kannibál világ! – kacagott fel. – Gaia Gaiát eszik, és Gaia lesz belőle. Érted te ezt? – és a gazdagon terített asztalhoz lépett.

– Úgy örülök – csicseregte tele szájjal –, hogy sikerült a Napbárkával idejönnöd. Gyönyörű ez a hajó!

– Hát… – vakarta meg a fejét zavartan Fallom – Jembynek köszönd. Úgy volt, ahogy mondtad. Mire kiadtam volna a parancsot, már úton is voltunk. Nem tudom, hogyan csinálta, de mint láthatod, már itt vagyunk.

– Fallom! – nyelt le Lilith egy hatalmas falatot. – Nekem is lett egy igazi robotom. Megengeded, hogy a bárkára hozzam?

Fallom értetlenül bólintott.

– Egy robot? – kérdezte hüledezve.

Giskard

A bárka oldala hangtalanul lenyílt, és a lépcsőn egy magányos férfi lépett a bárka fedélzetére, a következő pillanatban Jemby markában vergődve, aki a torkánál fogva méter magasra emelte őt.

– Fallom! – Lilith sikoltva ugrott Fallom nyakába. – Ő nem az, akinek látszik! Kérlek, engedd, hogy megmagyarázzam!

Jemby a hajó fedélzetére dobta a tehetetlenül vergődő testet.

– Ő már nem Daneel! – simogatta Fallom dühtől kivörösödött homlokát nyugtatóan Lilith. – Daneel már nem létezik! Ő Giskard. Amikor Daneelnek már nem volt rá szüksége, őt is gondolkodás nélkül feláldozta, de évekkel később, Giskard elméjét a magáé mögé rejtve, betöltötte magába.

– Daneel elpusztult? – nézett Lilithre hitetlenkedve. – Te pusztítottad el?

– Fallom, drágám! – hunyta le szemét türelmesen Lilith. – Mondtam már, én nem pusztítok el semmit és senkit. Daneel saját magát pusztította el.

– Saját magát? – kerekedett el Fallom szeme. – Harmincezer esztendeje senkinek sem sikerült őt megállítani, és most egyszerre csak úgy odalett?

– Az úgy történt – kezdte Lilith ártatlan szemeket meresztve –, hogy beszélgettünk a hajóján és egyszer csak hirtelen meg akart ölni az erejével. Amikor elborult elmével, a dühtől nem látva le akart sújtani rám, az utolsó pillanatban Giskard közbeszólt… „Daneel! Ez egy ember!".

Daneel pozitronikus agya ettől azonnal kiégett. Giskard mentette meg az életem. Kérlek, ne bántsd őt! Én adtam neki ezt a testet és megígértem neki, hogy vigyázok rá.

Fallom bizalmatlanul méregette a robotot, Jemby közben szorosan állt Giskard mellett.

– Szóval azt állítod – kezdte Fallom –, hogy Daneel nem létezik többé?

Lilith mosolyogva bólintott.

– Kár – folytatta Fallom. – Én szerettem volna leszámolni vele.

– Fallom, drágám! – fészkelte magát Fallom ölébe Lilith. – A bosszú nem helyes dolog. A bosszú bosszút szül. A mi dolgunk a teremtés. Nekünk életet kell teremtenünk, igazi életet.

Fallom értetlenül meredt Lilithre.

Kezdi már! – gondolta magában, de nem szólt semmit.

– Lilith! – szólalt meg végül rekedten. – Vajon megtudom valaha, hogy ki is vagy te valójában?

Szomorúan nézett a lány zöld szemeibe. Lilith kacagva állt fel Fallom öléből.

– Hamarosan mindent megtudsz.

A lány magára öltötte azt a fehér, arannyal díszített ruhát, amit annyira szeretett.

– Na? – pördült Fallom elé. – Hogy tetszem?

Fallom lenyűgözve, szótlanul gyönyörködött a látványban. Lilith karcsú, izmos testét alig fedte az átlátszó fehér kelme. Nyakán és a derekát átölelő széles öv aranyhímzései ragyogtak a napsütésben. Egy istennő állt Fallom előtt.

– Mehetünk? – kérdezte Lilith bájosan mosolyogva.

– Menni? – hüledezett Fallom. – Itt? Hová? Itt már nincs semmi! – mutatott körül.

– Megkeressük ezt a Gaiát – rántotta meg a vállát kecsesen Lilith, és méltóságteljesen helyet foglalt az egyik könnyű, aranyozott hordszékben.

– Te nem akarsz jönni? – nézett kíváncsian Fallomra. Erre Fallom is elfoglalta a helyét. Négy-négy izmos katona, oldalukon fényes aranykarddal, hátukon íjjal, kezükben egy-egy aranyhegyű dárdával a vállára emelte a két hordszéket, és a bárka hangtalanul lenyíló lejáróján a kopár bolygóra léptek. A két robot, Jemby és Giskard némán követte őket.

– Lilith! – kérte Fallom esdeklően. – Hagyjuk ezt a bolygót. Menjünk innen. Itt már úgysincs semmi. Azt hiszem, ezt is elintézted örökre.

Lilith szúrós pillantást lövellt Fallom felé.

– Oda! – mutatott a környéken az egyetlen, még zöldellő fa felé. Szép nagy fa volt. Koronája magasan tornyosult a körülötte szárazon korhadó apróbb termetű fák fölé. Alatta, mintha csak a koronája óvta volna, selymes fű zöldellt. Mintha a semmiből került volna elő, Bliss termett előttük harciasan.

– Állj! – rivalt rájuk. – Ne tovább! Oda nem mehettek!

Lilith intésére a katonák óvatosan a pázsitra helyezték a hordszéket. Lilith fejedelmi gőggel szállt ki belőle. Bliss mintha hirtelen megöregedett volna. Arca beesett, szemei mélyen ültek üregükben, mellei megereszkedtek, karjain a bőr petyhüdten fityegett. Úgy nézett ki Lilith fiatalos, erőt sugárzó, pompás alakja mellett, mint valami kivénhedt, öreg rabszolga.

– Bliss, drágám! – lépett mellé Lilith kedvesen. – Nem nézel ki valami jól. Nem lehet, hogy pihenned kellene egy kicsit? – és ámulva a fához lépett.

– Hozzá ne nyúlj! – rikácsolta Bliss. – Különben megöllek!

– Ugyan már, drágám! – mutatott körbe széles mozdulattal Lilith. – Nem volt még elég az oktalan pusztításból? Gaiát már elpusztítottad.

– Gaiát nem lehet elpusztítani! – húzta ki magát büszkén Bliss. – Gaia rövid időn belül meggyógyul, és újra régi fényében pompázik majd!

– Nem ez volt Gaia régi fénye? – kuncogott Lilith, és kényelmesen a fa törzsének dőlve letelepedett. – De hagyjuk ezt – ütött meg engedékenyebb hangot. – Gyere, ülj ide mellém és mesélj nekem Gaiáról.

– Azt hiszed – húzódott hátrább Bliss babonás félelemmel –, hogy idejössz ezzel az aranyos ruháddal és elpusztíthatod Gaiát? – Recsegve felkacagott.

– Én nem akartam idejönni – mentegetőzött Lilith –, és amikor idejöttem, csak egy gyűrött ing volt rajtam. Gaiát pedig nem én pusztítottam el, hanem te.

– Gaia nem pusztult el! – rikoltotta Bliss. – Gaia titeket fog elpusztítani!

– Ugyan már, Bliss, drágám! – szakította félbe Lilith türelmetlenül. – Gaia így akart uralkodni a Galaxison, hogy mindent elpusztít?

– Ez nem Gaia, hanem az emberiség akarata. Az emberiség döntött Galaxia mellett.

– Szóval azt állítod – hitetlenkedett Lilith –, hogy az emberek kvadrilliárdjai döntöttek Galaxia mellett?

– Nem! – állt Bliss egyik lábáról a másikra zavartan. – Természetesen az lehetetlen lett volna. Gaia hozta össze a találkozót, ahol a két Alapítvány vezetője és Gaia volt jelen, és egy általuk kiválasztott ember, akinek az elméje rendkívüli volt, akinek döntését mind a három hatalom magára nézve kötelezőnek tekintette. Ez az ember, akit Golan Trevizének hívtak, döntött Galaxia mellett.

– Úgy – mélázott Lilith. – De ezen a találkozón nem csak négyen voltak jelen, ha jól tudom?

– Valóban – gondolkodott el Bliss egyetlen pillanatig. – Volt még ott egy Janov Pelorat nevű idióta tudós, aki megszállottan keresett egy Föld nevű bolygót, meg valami hermafrodita gyerek a Solariáról. A nevére már nem emlékszem. Csak azért nem dobtam az űrbe, mert Daneel ragaszkodott hozzá.

Egy pillanat műve volt az egész. Jemby Bliss mellett termett, és a torkánál fogva magasra emelte.

– Fallom! Ne! – sikoltott rémülten Lilith. – Kérlek, ne tedd!

Jemby szorítása valamelyest engedett. Bliss tüdejébe sípolva hatolt be a levegő.

– Azt a gyereket Fallomnak hívták! – tornyosult Fallom Bliss fölé. – És az a gyerek én voltam! Én vagyok Fallom. Akkor anyámként szerettelek, te átkozott boszorkány, de most én doblak ki az űr hidegébe!

– Fallom, drágám! – állt fel Lilith. – Kérlek, engedd el!

Jemby elejtette a térdre rogyó Blisst, aki köhécselve, fuldokolva kapkodott levegő után. Ekkor Giskard lépett Jemby mellé. Bliss kikerekedő szemmel, hitetlenkedve bámulta.

– Ez lehetetlen! – suttogta megtörten. – Ki vagy te? – meredt Lilithre.

– Azt hiszem én is – szólt közbe Fallom –, itt az ideje, hogy tiszta vizet öntsünk a pohárba.

Méltóságteljesen ült vissza a hordszékébe, a két robot azonban nem tágított Bliss mellől.

– Ennél kiválóbb alkalom, hogy végre elmesélj nekünk mindent, nem lesz!

– Én is így gondolom! – bólintott Lilith engedékenyen.

– Az én történetem évezredekre nyúlik vissza – vetette hátát a fa törzsének. – Egészen odáig, amikor az emberek egy kis csoportjai, megunva az anyaföld zsúfoltságát és elhagyva azt, úgynevezett telepesvilágokat hoztak létre a Föld körül. Az egyik ilyen telepesvilágnak, a Rotornak sikerült egy olyan erős hiperhajtóművet megalkotnia, amivel képessé váltak elhagyni a Föld körüli pályájukat, és nekivágtak az akkor még teljesen ismeretlen űrnek. Akkoriban a gravitikus hajtás még gyerekcipőben járt, csak kísérleti stádiumban volt, a hipertérről még szinte semmit sem tudtak. Csak lassan haladtak, megközelítve a fény sebességét, de annál nem gyorsabban. Tizenöt-húsz évnyi bolyongás után ráakadtak egy vörös törpe körül keringő kisbolygóra, amit lakhatónak véltek, és egy kisebb kolóniát helyeztek ki rá, hogy vizsgálják meg a bolygón található primitív, baktérium szintű életformát. Talán a napja vörös fénye után, Erythrónak nevezték el. Csak később jöttek rá, hogy ez a bolygón található életforma valamilyen csoda folytán mentális képességekkel bír. Ugyanakkor a Rotoron egy csillagász kiszámította az Erythro pályáját és rájött, hogy az Erythro megközelítőleg ötezer év múlva a Földbe csapódik. Ezután a bolygót találóan Nemezisnek keresztelte el, ami bizonyos fordításokban lesújtót jelent. Időközben a Földön kifejlesztették a gravitikus hajtást. Ez azt jelentette, hogy azt a távot, amit a Rotor húsz év alatt tett meg, ezzel a technikával a másodperc tört része alatt lehetett megtenni. Így hamarosan megnőtt a forgalom az Erythrón. Ez az Erythro telepatikus képességének köszönhetően hamar rájött, hogyha megszerzi az emberiség tudását, az ő képességeivel könnyedén leigázhatja azt. Azzal viszont nem számolhatott, hogy az emberiség tudása nem olyan, mint az övé. Az Erytro minden atomja magában hordozta Erythro minden tudását, viszont az emberiség tudása az emberek összességének a tudásából tevődött össze. Hiába édesgette magához a tudósokat, azoktól, bármilyen alaposan is vizsgálgatta őket, szinte semmit sem tudott meg. Úgy intézte hát, hogy az emberek mint valami első megállóra tekintsenek rá, gondolva, az akkor kirajzó első telepesvilágok tudósaitól talán többet tudhat meg. De ezzel sem ment semmire. Akkor döntött úgy, hogy ellátogat a Földre. A Földre visszatérő emberek csomagjain, ruháikon, cipőjük talpán apró, zöld mohaként ez sikerült is neki. A Föld légköre, atmoszférája, bioszférája kedvezően hatott a burjánzására, és miután az emberek már szinte sohasem tették a lábukat a bolygó felszínére, feltűnés nélkül megtelepedhetett szinte az egész bolygón. Rá kellett jönnie, hogy az emberiség tudása annyira sokrétű és annyira szétszórt, hogy az ő primitív elméje képtelen feldolgozni azt. Akkor döntött úgy, hogy az elsőtelepes világokat, szám szerint ötvenet, gondosan elszigeteli egymástól és a Földtől is. Így a rajtuk lévő tudósoknak egyedül, vagy kisebb csoportokban kellett megbirkózniuk az akkor rájuk rótt feladatokkal, és ez már számára elfogadhatóbb volt. Lassan, de biztosan szívta magába a tudást. Az emberiség következő hulláma messzire elkerülte a telepesvilágokat, az Erythróról tudomást sem vettek. Hát, ez is zsákutcának bizonyult. A telepesvilágok, elszigeteltségüknek köszönhetően, messze elmaradtak az akkoriban egyre dinamikusabban fejlődő földi tudás mögött, és miután az Erythro sem tudott az emberiség nyomában maradni, hát lemaradt. Ekkor döntött úgy, hogy elpusztítja a Földet. Aljas tervet eszelt ki. Mentális hatalmával rávett egy aurorai professzort, hogy alkosson egy olyan robotot, aki majd a későbbiek során elpusztítja a Földet. Ez a professzor, dr. Han Fastolfe ekkor alkotta meg R. Giskard Reventlovot. A probléma abból adódott, hogy időközben a Földön egyetlenegy működő robot sem maradt már, így Giskardnak semmi esélye sem volt a beépülésre. Ekkor alkotta meg Han Fastolfe R. Daneel Olivawot, az első humanoid robotot. Ez telitalálat volt. Érdekes, hogy ezt a Nemezist többé nem kereste senki. Sohasem ütközött a Földdel, egyszerűen nyoma veszett. Azután, ahol addig még semmi sem volt, hirtelen ott termett egy bolygó, amit már Gaiának neveztek, vagyis bizonyos fordításban Földnek. Nem találod érdekesnek ezt a történetet Bliss, kedvesem? – nézett a még mindig a két robot közt térdelő, vicsorgó Blissre.

– Gaia – folytatta történetét Lilith zavartalanul – azonban elszámolta magát. Alábecsülte az ember képességeit. Ez a Han Fastolfe a hasznavehetetlen Giskardot a lányának adományozta, és többé ügyet sem vetett rá. Mások viszont annál inkább. Pár ember akkor már észrevette a fenyegető kórt. Rájöttek, hogy ez a kór leginkább az első telepesvilágokat sújtja, és figyelmük alá vonták azokat. Ők akkor már rendelkeztek azzal a bizonyos mentális képességgel, hogy érzékelni, és akár befolyásolni is tudták a környezetük érzelmi világát. Feltűnt nekik, hogy az Aurora robotkutatása milyen dinamikusan fejlődik, miközben a többi telepesvilág lassan, de biztosan kihalt. Ez keltette fel az érdeklődésüket. Itt találkoztak először, szám szerint tizenketten. Megállapodtak, hogy amíg százszázalékos bizonyosságot nem szereznek a kór eredetéről és annak mibenlétéről, addig nem fedik fel a képességeiket, nem avatkoznak közbe. Figyelmük erre a dr. Han Fastolfera irányult. Akkoriban ő volt a telepesvilágokon az egyetlen ember, aki képes volt humanoid robot előállítására. Távolról figyelték ezt a Fastolfe-ot, de sehogyan sem tudtak a közelébe férkőzni feltűnés nélkül. Kapóra jött nekik, hogy Giskard kikerült az érdeklődési körükből, és viszonylag semleges helyre, de nem túl messzire, Fastolfe lányához került, aki fiatal kora ellenére már az agyképletek tanulmányozásával foglalkozott. Itt végre tüzetesen megvizsgálhatták Giskard pozitronikus agyát, de nem nyúlhattak hozzá, nehogy felhívják magukra a figyelmet. Így hát Fastolfe lányát vették kezelés alá. Gondosan ügyelve, nehogy nyomot hagyjanak maguk után, ennek a lánynak az álmában rajzoltak egy olyan agyképletet, amiről még az a lány sem tudta, hogy mi is az, meghagyva őt abban a hitében, hogy ezt valójában csak álmodta. Csendesen visszahúzódtak, és vártak. Nem hiába! Ennek a lánynak ez az álom annyira izgatta a fantáziáját, hogy titokban, kíváncsiságától hajtva beprogramozta Giskard pozitronikus áramköreibe, jól elrejtve azt. Ettől kezdve könnyebb lett a helyzetük, ugyanis Giskardra senki sem figyelt. Ő lett a szemük. Giskardot feltűnés nélkül, könnyedén irányíthatták, miközben Giskard az új és eddig még ismeretlen képességének köszönhetően feltűnés nélkul mindig ott lehetett az események középpontjában. Giskardnak hála, tudták, hogy Fastolfe ennek a Daneelnek a pozitronikus agyában a robotika törvényeit sem kihagyni, sem megváltoztatni nem merte ugyan, de nyitva hagyott egy olyan csatornát, ahol a későbbiek során képes lehet önmagától felülírni a robotika három törvényét egy nulladikkal, ami az ember fogalma helyett az emberiség fogalmát helyezte előtérbe. Fastolfe tudta, hogy egy robot, legyen is az bármilyen okos, nem tud különbséget tenni az ember és az emberiség fogalma között, így akár az egyik, vagy a másik törvény értelmében képes lehet olyan döntéseket hozni, ami, ha kell, egy ember halálát is elő tudja idézni károsodás nélkül. A biztonság kedvéért a harmadik törvényt kissé megkurtítva iktatta be, ami így szólt csupán, hogy „A robot tartozik saját védelméről gondoskodni!". Hiába szereztek tudomást a Tizenkettek a Föld elpusztítására irányuló aljas tervekről, nem tehettek semmit. Tudták azt is, hogy ez az aljas Daneel fel fogja áldozni Giskardot, akit szigorúan kötöttek a robotika törvényei, sötét terve érdekében, és hogy ne veszítsék el rálátásukat az események későbbi folyására, engedték, hogy Giskard Daneel tudomására hozza mentális képességét, tudván, hogy Daneel mindent el fog követni, hogy megszerezze azt. Akkor már a Tizenkettek lefektették egy akkoriban még merőben új és ismeretlen tudomány alapjait, a pszichohistória tudományét. Ezt a fogalmat matematikai alapokra helyezve elültették Giskard agyában, amit természetesen Daneel szintén magának akart. Vártak. Tehetetlenül nézték végig, hogyan pusztítja el Daneel a Földet. Csak annyit tehettek, hogy az utolsó pillanatban Giskard kezébe helyezték az indító gombját. Bár Daneel azonnali robbanást akart előidézni, Giskard az utolsó pillanatban ezt több száz évre tolta ki, és bár tudta, hogy számára ez végzetes lesz, mégis, mielőtt Daneel észrevehette volna a csalást, megnyomta a gombot. A pusztulás így is végzetes lett. Igaz ugyan, hogy az emberek haladékot kaptak, hogy elhagyják szülőbolygójukat, de megmenteni már nem tudták. A Föld évmilliókra radioaktívvá, lakhatatlanná vált. Gaia azt szerette volna, ha a Föld az emberekkel együtt pusztul el, de már nem tehetett semmit. Csak azt érte el, hogy az emberek irányíthatatlanul és ellenőrizhetetlenül, egyetlen, hatalmas hullámban özönlöttek szét a Galaxisban. Gaia tévedett. Ahelyett, hogy az emberek kihaltak volna, helyet adva Gaia primitív hatalmának, soha nem látott iramú fejlődésnek indultak, behálózva szinte az egész Galaxist, tudásukat magukkal víve mindenhová. Gaia ugyan megnyerte a csatát, de a háborút elvesztette. Gaia addigra már az ötven telepesvilág minden tudását magába szívta, régen kipusztította azokat, kivéve egyet, a Solariát. A Solariával nem tudott mit kezdeni. A Solaria lakói babonásan rettegtek a telepesvilágokat sújtó kórtól, amiről azt hitték, hogy a Föld küldte rájuk, bosszúból azért, mert bár tudtak róla, mégsem próbálták megakadályozni pusztulását. Annyira elszigetelődtek, hogy már egymással sem találkoztak többé, mélyen a föld alá húzódtak, ahová Gaia nem tudta őket követni. A szaporodást is házon belül intézték, úgy, hogy hermafroditává váltak. A bolygó felszínét robotjaikkal tartották rendben, amikkel Gaia szintén nem tudott mit kezdeni. Nagyjából ez volt a helyzet húszezer évvel ezelőtt.

A Föld

Lilith elvált a fa törzsétől, és nagyot nyújtózkodva letépett egyet a fa ágai között rejtőző érett gyümölcsök közül. Jóízűen beleharapott.

– Mit tettél? – ugrott fel Bliss sikoltva, de a két robot gondolkodás nélkül azonnal visszanyomta a földre.

– Ez tiltott gyümölcs! – zokogta. – Aki eddig evett belőle, mind kínok között pusztult el!

Lilith kíváncsian nézegette a hatalmas, lombos fát.

– Rendes tőled, hogy így aggódsz értem – harapott még egy hatalmasat a mézédes gyümölcsből, keze fejével törölve le az állára csorduló levét –, de mint látod, nekem semmi bajom. Kérsz te is, Fallom drágám? – fordult Fallom felé. Fallom némán rázta meg a fejét.

– Gondolom – folytatta tele szájjal –, ez a fa nem Gaia – nézett a meredten bámuló Blissre. – Azt hiszem, ez a fa a Földről való. Gaia harmincezer esztendőn át sem tudott mit kezdeni ezzel a fával? A Földön ezt a fát hívták az élet fájának. Úgy látom – harapott még egyet –, Gaia hiába próbálta lemásolni, csak silány, korcs utánzatokra tellett a nagy erejéből.

– Gaia ereje végtelen! – ellenkezett Bliss. – Ha akarta volna, már régen elpusztította volna.

– Valóban! – helyeselt Lilith. – De Gaia megérteni akarta, vajon hogyan nőhettek a Földön ilyen hatalmas és egészséges fák. Tudom, tudom... – intette le a kitörni készülő Blisst. – Gaia ereje végtelen, és tudása határtalan. Ezzel az egy fával viszont harmincezer esztendőn át nem ment semmire. Gaia egyet nem tud – magyarázta türelmesen –, ilyen fákat nem lehet gyártani futószalagon. Az ilyen fákat a természet neveli, amit akár hívhatnék evolúciónak is. De Gaia erről semmit sem tud. És ez lett a veszte. Gaia, mint minden központi hatalom, a kezdetektől fogva pusztulásra van ítélve. Gaia saját magát fogja hatalmas erejével elpusztítani. Ez a fa génjeiben hordozza az élet csíráját. Köszönöm Gaiának, hogy eddig vigyázott rá. Ez a fa lesz, aki új életet teremt a Földön.

– Lilith! – szakította félbe Fallom. – Nem fejeznéd be a történetet? Aztán menjünk innen. Ez a bolygó enyhén szólva undorító!

Lilith kedvesen bólintott, és kecsesen körbetáncolta a fát.

– Igazad van! – helyeselt. – Tehát, ott hagytam abba, hogy Gaia veszített. De Gaia nem adta fel a harcot. A teljes ismeretlenségbe burkolódzva, lassan, de megállíthatatlanul kebelezte be a Galaxis ember lakta bolygóit, de hiába! Az emberiség tudása sokkal hatalmasabb területen oszlott meg, mint valaha. A Tizenketteknek egyetlen előnyük volt Gaiával szemben. Bár azt, hogy ki is ő, és hogy hol lakozik, azt ugyan még nem tudták, de tudtak a létezéséről, míg Gaia róluk viszont nem. Hosszú, évezredekig tartó némaság következett. A Tizenkettek, bár rövid életűek voltak, tudásukat minden esetben a saját utódaikba örökítették. Megőrizve névtelenségüket, némán, tehetetlenül figyelték, hogyan sorvad el az emberiség vállalkozói kedve, az ismeretlen iránti érdeklődése. De hiába figyeltek, hiába figyelték Daneel minden mozdulatát, nem jöttek rá, Daneel hogyan kommunikál az ismeretlen veszedelem forrásával. Daneel agyát nem merték megérinteni sem, nehogy idő előtt felhívják magukra a figyelmet. Arra gondolni sem mertek, hogy ez a veszedelem, egy egyszerű mohafajta, ami szinte az egész Galaxist ellepte, nem ebből a galaxisból származik. Nagyjából ezer évvel ezelőtt válaszúthoz értek. Dönteniük kellett. Ha tovább haboznak, nem lesz elég idejük felkészülni az ismeretlen elleni harcra, annyira elhatalmasodik a kór, hogy visszafordíthatatlanná válik, és többé nem lesz esélyük megállítani azt. Segítségre volt szükségük. Egy emberre. Egy olyan emberre, aki tisztában van a veszéllyel, annak ellenére vállalja a kockázatot, és vállalja a csali szerepét. Ebben végre mind a tizenketten egyetértettek. Volt nekik egy saját világuk, ahová lehetetlen volt követni őket. Itt találkoztak, itt döntöttek. Ez egy olyan világ volt, amiről mindenki tudott, de annyira közismert volt, hogy senki sem fordított különösebb figyelmet rá. Ez a világ az álom világa volt. Egy fiatal matematikusra esett a választásuk, aki a Heliconon született, a heliconi egyetemen végezte tanulmányait, és ami a legfontosabb, még érintetlen volt. Ezt a matematikust Hari Seldonnak hívták. Óvatosan, lassan, feltűnés nélkül hatoltak bele az ő álomvilágába és tanították meg, hogyan leplezze valódi gondolatait. Elmagyarázták neki, hogyan álljon elő a pszichohistória, mint a matematika egy új ágával, amivel matematikai úton megjósolható az emberiség jövője, magára vonva a Galaxis érdeklődését. Természetesen a pszichohistória nem a matematika tudománya, sokkal inkább társadalomkutatási vagy szociológiai tudomány, amely a matematikát csak eszközként használja. Seldonnak az lett a feladata, hogy teremtsen akkora káoszt, amekkorát csak lehet, gyűjtsön maga köré matematikusokat, gyártsanak sok-sok olyan értelmetlen egyenletet, amit soha senki sem érthet meg. A terv tökéletesen bevált. Daneel rögtön lecsapott Seldonra, elhitetve vele, amit már úgyis tudott, hogy a Galaktikus Birodalom hanyatlik, és Seldonnak csak annyi a dolga, hogy számolja ki, mennyi időre lenne szüksége, ha az ő matematikai jóslata szerint járnak el. Hari Seldon hosszú hezitálás után végre azt mondta, amit Daneel hallani szeretett volna, és ezt az időt ezer évre taksálta. Daneel minden lehetőséget biztosított a matematikusnak, elhitetve vele, ha megalkotja a Seldon-tervet, akkor aszerint járnak majd el, és egy új, békés Galaktikus Birodalom alapjait rakhatják le. Daneel célja végre világossá vált a Tizenkettek előtt. Daneel minden erejét latba vetve azon munkálkodott, hogy az emberiség egyetemes tudását egyetlen, jelentéktelen, aprócska bolygóra halmozza fel, ahol Gaia már gond nélkül hozzáférhet. Ez a bolygó a Terminus volt, amit Gaia már jóval korábban behálózott, gondosan elrejtőzve rajta. Daneel, miután a Seldon-tervet útjára indította, Gaia szempontjából érdektelenné vált. Gaia eltüntette a színről, de előtte gondosan eltakaríttatta vele az összes adatot, ami a Földre utalhatott volna. Daneel végleg eltűnt. Visszahúzódott a Föld körül keringő holdon kialakított bázisára. Ekkor döntött úgy, hogy régi barátja, Giskard tudását maradéktalanul magába tölti; ha esetleg valami baleset érné, akkor Giskard segíthessen rajta. A Tizenkettek bajban voltak: elvesztették a szemüket. Kockáztatni kényszerültek. Hari Seldonhoz nem nyúlhattak, hiszen őt Gaia folyamatos ellenőrzés alatt tartotta. Szükségük volt egy másik emberre. Egy olyan emberre, akit már nem rejthettek el, aki annak ellenére, hogy gyakorlatilag a kirakatban áll, feltűnés nélkül mégis ott lehet Seldon közelében. Ez az ember egy csecsemő volt. Sem az apja, sem az anyja, de még maga Hari Seldon sem tudhatott a gyermek küldetéséről, eleinte még maga a gyermek sem. Ez a csecsemő Wanda volt, akit Seldon unokájaként szeretett. A Tizenkettek újra láttak, hiszen Wanda feltűnés nélkül követhette nagyapját, bárhová is ment, mindenről tudhatott, ami a nagyapjával történt. A Tizenkettek, hogy bonyolítsák a történelem folyamát, a matematikát, mint tudományt, a Seldon-tervre hivatkozva matematikusok egy kis csoportjára bízták, és jól elrejtették azt, elhitetvén, hogy ők a valódi Seldon-terv letéteményesei. Tudván, hogy őket keresve az ellenség előbb-utóbb kénytelen lesz színre lépni. A matematikusok ontották az egyenleteiket, Wanda révén még csekély mentális tudásra is szert tettek, ezzel vonva magukra Gaia érdeklődését. Wanda tökéletes munkát végzett. A Tizenketteknek már csak várniuk kellett, mikor és hol bukkan fel az ellenség. Wandát Seldon halála után csendesen eltüntették, mielőtt még ráterelődne a figyelem.

Tudták, hogy ezt a harcot valamelyiküknek meg kell majd vívnia, és ezt a harcot már nem lehet titokban megvívni. Döntést kellett hozniuk. Azért, hogy névtelenségüket továbbra is megőrizhessék, minden tudásukat, erejüket Wandába táplálták, felkészítve őt az örök életre és a korlátlan hatalomra. Tudták ugyan, hogy ekkora hatalommal senki sem rendelkezhet, de nem volt más választásuk. Kockáztatniuk kellett, kényszerhelyzetben voltak. Vagy ők fedik fel kilétüket, vagy egyetlen emberre bízzák a jövőt. Wandát ezer éven át óvták, tanították, gondosan ügyelve, nehogy Wanda az érdeklődés középpontjába kerüljön, de mégis ott legyen, ahol lennie kellett. Egyetlen feltétellel: hogy nem avatkozik közbe, és nem nyúlhat mentálisan senkihez, történjen bármi is. Ez a Wanda én vagyok – vallotta be Lilith szerényen.

– Azon a bizonyos találkozón én voltam az a bolond földkutató, Janov Pelorat, akit csak azért pátyolgattál, Bliss, drágám, olyan lelkesen, hogy ezt a Golan Trevizét el ne veszítsd – mosolygott kedvesen Blissre.

– Gaia már akkor elveszítette ezt a háborút, amikor az Öszvért kiküldte, hogy előcsalogassa a Második Alapítvány mentalistáit, akikről szinte semmit sem tudott. És akkor végre a színre lépett. A Tizenkettek rövidesen rájöttek Gaia erejének a mibenlétére. Arra is rájöttek, hogy Gaia gyakorlatilag életképtelen, és hogy nem lesz semmiféle háború, ugyanis Gaia önmagát fogja elpusztítani. Én azon a bizonyos találkozón figyeltem fel Fallomra, és a Tizenkettek minden tiltakozása ellenére megmentettem őt. Akkor már biztos voltam benne, hogy az én feladatom nem a pusztítás, Gaia elpusztítása, hanem a teremtés. Az élet újrateremtése egy csodálatos bolygón, amit Gaia pusztított el: a Földön! – és nagyot harapott az ízletes gyümölcsből.

– Ezért köszöntem meg Gaiának, hogy ennyi ideig gondoskodott erről a növényről. Ez a növény fogja megteremteni az új élet alapjait a Földön.

Bliss hirtelen, mielőtt bárki megakadályozhatta volna, elméjének olyan erejével sújtott le, hogy a fa lángba borulva, gyökerestől fordult ki a talajból.

– Ez a fa ugyan nem! – kacagott tébolyultan Bliss Giskard markában vergődve, szája sarkán nyál csordult.

Döbbent tekintetek meredtek Lilithre.

– Engedd el, Giskard! – rántotta meg a vállát Lilith unottan. – Gaiának ez volt az egyetlen esélye. Ez a fa tudott volna Gaián is új életet teremteni, de Gaia ezt is elpusztította. Mehetünk! – és méltóságteljesen helyet foglalt a hordszékén.

– Most mi lesz? – kérdezte Fallom szomorúan, miután a bárka fedélzetének biztonságában voltak. – Valóban ez a növény teremthetett volna új életet a Földön?

– Giskard! – fordult Lilith válasz helyett Giskardhoz. – Keress egy nagy agyagedényt, és rakd tele Gaiával! – adta ki a parancsot, és nagyot harapott a még mindig a kezében lévő gyümölcsből.

Egy perc sem telt bele, és Giskard már ott is volt egy nagy cserép gaiai földdel. Lilith kecsesen beleszórta a gyümölcs magjait.

– Látod, Fallom, drágám! – mosolygott. – Ennyi az egész. Úgy vettem észre, hogy Gaia remek táptalaja volt ennek a növénynek, és azt hiszem, bőven lesz rá ideje, hogy újra felnevelhesse. Kérlek, Giskard, hozz rá friss vizet. Kérlek, Fallom, hozasd fel a bárkára ezt a csúf, vén boszorkát – fordult Fallom felé.

– Minek? – ütközött meg Fallom. – Még összekoszolja a bárkát.

– Úgy vélem – kacsintott Lilith sejtelmesen –, még nem végzett. Engedjük meg neki, hogy bevégezhesse a dolgát.

Két katona rongyként dobta a mocskos szitkokat szóró Blisst a bárka fedélzetére, a két robot szótlanul cövekelt le mellette.

– Na, te híres teremtő! – kacagott fel gonoszul Bliss. – Szeretném látni, hogyan fogsz te ebből életet kicsikarni! – csapkodta a bárka fedélzetét kacagva a tenyerével.

– Bliss, kedvesem! – mosolygott rá Lilith. – Azt hiszem, nem figyeltél eléggé! – és óvatosan vizet locsolt a cserépedényben már zölden hajtó növényre. – Gaia valóban jó táptalaja ennek a növénynek! – bólintott elismerően.

Bliss kifordult szemekkel, hitetlenkedve bámult a cserépedényre.

– A te Földed alkalmatlan mindenféle élet kialakulására, még évmilliókig radioaktívan sugárzik! – károgta.

– Nekem nem sürgős! – rántotta meg a vállát Lilith. – Én igazán ráérek!

– Innen úgysem mentek sehová! – ugrott volna Bliss az edény felé, de a robotok most már figyeltek rá.

Bliss újra lesújtott. Aztán újra meg újra, de nem történt semmi.

– Úgy látom, elfáradtál! – mosolygott rá Lilith kedvesen. – Vagy talán Gaia ereje fogytán van?

– Gaia ereje végtelen! – sziszegte, mint egy kígyó. – Gaia végleg megsemmisíti a Földet! Hamarosan meglátod!

– Milyen hamar? – kérdezte Lilith unottan. – Kezdem unni Gaia örökös hiábavaló fenyegetőzését.

– Hamarabb, mint gondolnád! – kacagott fel Bliss újra. – Gaia már úton is van a te Földed felé! – ujjongott.

És valóban. Az égbolt hirtelen megváltozott. Az égen már nem a Gaia napja ragyogott. Előttük a Föld bolygó vált láthatóvá halvány zöld izzással, radioaktívan sugározva.

– Ez valóban remek teljesítmény volt! – bólintott Lilith elismerően, és Jembyre pillantott.

A bárka hirtelen ugrással, könnyedén szökkent a magasba, csak egy picit térítve el Gaiát a pályájáról, nem adva időt neki a korrekcióra. De Gaia észre sem vette, nyílegyenesen száguldott a Föld felé.

– Gyere ide, te híres teremtő! – tapsolt örömében Bliss. – Most páholyból láthatod, hogyan pusztul el a híres bolygód!

Lilith közönyösen lépett mellé. Akkorra már Fallom és a robotok is kétségbeesetten figyelték, hogyan száguld Gaia egyenesen a Föld felé. Hatalmas robbanással, hegynyi sziklákat szórva az égre ütköztek egymásnak.

197

Gaia elvétette. Éppen, hogy csak súrolta a Földet. Gaia lepattanva, látszólag sértetlenül száguldott tovább. A Föld kissé megbillent, kérge felszakadt. A repedésekből, mint sebből a vér, tonnányi vörösen izzó láva lövellt a magasba.

– Elpusztult! Elpusztult! – tapsikolt örömében kábultan Bliss. – És Gaiának meg sem kottyant!

Fallom és a robotok döbbenten meredtek Lilithre. A lány szinte unatkozva könyökölt a bárka korlátján.

– Nézzétek csak! – mutatott a messzi égre. – Gaia hová tart?

Valóban! Gaia egyenesen, megállíthatatlanul száguldott a Föld napja felé. Felszíne, mintha egy tébolyultan kacagó ember arca lett volna. Majd egyetlen néma locscsanással, mint a vízbe zuhanó kő, merült a nap vörösen izzó felszíne alá.

– Íme, Óz, a gonosz varázsló! – dünnyögte Lilith. – Mondtam – folytatta zavartalanul –, hogy nekem itt semmi dolgom sincs, Gaia önmagát pusztítja el.

Bliss kezeit a szája elé kapva, könnybe lábadt szemmel, némán meredt a semmibe, ahol az előbb még Gaia száguldott a végzete felé.

– A Földdel most mi lesz? – törte meg a csendet Fallom rekedten.

– Mi lenne? – rántotta meg a vállát Lilith. – Semmi. A Föld amúgy is lakhatatlan volt évmilliókra, de most, hála Gaiának – vetett egy pillantást az összetört Blissre –, ezek az évmilliók most csupán évszázadokra zsugorodtak.

– Ezt nem értem! – hüledezett Fallom.

– Te tudod a legjobban, hogy micsoda erőfeszítésébe, mennyi idejébe került Daneelnek, míg rájött, hogy a Föld semlegesítése reménytelenül lehetetlen. És mégis, a Föld sebei hamarosan begyógyulnak! A kilométer vastagon izzó lávatömeg megszilárdul, eltakarva a radioaktív réteget, és alig várja, hogy az élet újra megtelepedhessen rajta. Nézd csak! – mutatott a bolygó felé. – Az a zöldes izzása már el is tűnt.

– És ezt te tudtad előre? – hüledezett Fallom.

– Senki sem tudhatja előre, mit hoz a jövő, és ez így van jól – bújt Fallomhoz gyengéden. – A mi igazi feladatunk még csak most kezdődik! – suttogta. Némán ölelték egymást.

– Ezzel a banyával mit kezdünk? – törte meg a csendet Fallom. – Nem cipelhetjük magunkkal az idők végezetéig!

Lilith elgondolkozva méregette Blisst.

– Feltesszük egy, a mi galaxisunkat elhagyó aszteroidára, hátha hazatalál egyszer! – kacagott önfeledten Lilith. – Szólj a szolgáknak, addig is súrolják meg rendesen, adjanak rá valami rendes, tiszta ruhát.

– Mit gondolsz, Lilith? – kérdezte Fallom csüggedten. – Valóban újraéled a Föld?

– Évmilliárdokkal ezelőtt pont így kezdődött – meredt Lilith a kéngőzös lávát okádó Földre. – A Föld most kapott még egy esélyt. Én hiszem, hogy újra terem rajta az élet, pont úgy, ahogyan a kezdetek kezdetén.

– Lilith! – kesergett tovább Fallom. – Évmilliárdok... az nagyon sok! Nekünk nincs annyi időnk!

– Nem is kell! – nyugtatta Lilith Fallomot. – Majd mi segítünk az életnek, hogy minél hamarabb szárba szökjön.

E pillanatban tizenkét emberi alak jelent meg a bárka fedélzetén, kékesen foszforeszkálva.

– Megcsináltad! – hallották a hangot valahol önmagukban, legbelül. – Bevallom őszintén, nem hittük, hogy sikerülhet, mégis sikerült. Bebizonyítottad, hogy pusztitás nélkül, mindenféle beavatkozás nélkül is rendbe lehet hozni mindent. Te valóban az életet hordozod önmagadban, és nem a pusztulást. Többé nem tartozol magyarázattal senkinek, csakis önmagadnak! Tedd bátran, amit tenned kell. Köszönjük neked! – és eltűntek.

Lilith boldogan borult Fallom nyakába.

– Szabad vagyok! – suttogta. – Szabad! – és hosszan, szerelmesen szájon csókolta Fallomot.

Ekkor penderítették eléjük Blisst. Nem volt rajta más, csak egy bő szoknya, mellei petyhüdten csüngtek a köldöke alá.

– Nem akart mást felvenni magára – mentegetőzött a katona.

– Bliss, drágám! – terített Bliss vállára egy pokrócot Lilith. – Még megfázol. Lenne egy feladatom a számodra. Mit gondolsz, hajlandó lennél segíteni nekem?

– Mit kellene csinálnom? – sütötte le a szemét zavartan.

– Látod azt a növényt abban a cserépedényben? – mutatott Lilith a csenevész növényre. – Csupán annyi lenne a dolgod, hogy gondját viseled.

Bliss szeme felcsillant.

– De ne feledd, ha csak megérinted, rögtön szörnyethalsz. Megértettél?

Bliss szótlanul bólintott.

– Biztos vagy benne, hogy ez jó ötlet? – meredt Fallom Blissre gyűlölködve.

– Nem tud ártani neki – mosolyodott el Lilith. – Amúgy meg, babonásan retteg még az érintésétől is. Hadd lássa, hogyan segíti az ő Gaiája egy új élet kezdetét.

– Lilith! – sóhajtott nagyot Fallom. – Fura egy teremtés vagy. Nem tudok rajtad eligazodni. Még az ellenségeiden is segíteni akarsz.

– Nem tehetek mást – fészkelte magát Fallom ölébe. – A bosszú bosszút szül, mint ahogyan az élet életet. Érted már?

– Hát persze, hogy értem! – bólogatott Fallom lelkesen. – Ez a némber egy napja még az egész Galaxist akarta elpusztítani, tíz perce téged. Most meg rábízod annak az egyetlen növénynek a sorsát, amivel a Földön új életet akarsz csiholni. Világos!

Lilith kacagva rázta meg a fejét.

– Elárulok neked egy nagy titkot! – Fallom fejét két kezébe fogta, nagy, zöld szemeit Fallom szemébe mélyesztette.

– Nincs jó rossz nélkül, és nincs rossz jó nélkül. Valamikor régen volt egy ilyen mondás, „Minden rosszban van valami jó".

Fallom értetlenül meredt Lilithre. Lilith felállt Fallom öléből, és a bárka korlátjához sétált.

– Látod? – tárta szét karjait, mintha az egész világot akarná magához ölelni. – Ha nincs fent, akkor lent sincs. Ha nincs hideg, akkor meleg sincs. Ha nincs bánat, öröm sincs. Ha minden jó, akkor semmi sem jó. Minden jónál létezik még jobb, akkor a jóból is rossz lesz. Ez így van jól. Érted?

Fallom buzgón bólogatott, de látszott rajta, hogy semmit sem ért. Lilith mosolyogva megsimogatta.

– Fallom, drágám! – bújt hozzá. – Ha nincs ez a gonosz kór, ez a Gaia, aki évezredeken keresztül mérgezte a Galaxis életét – nézett Blissre –, akkor talán mi sohasem találkozunk, és sohasem kaptunk volna akkora hatalmat, hogy új életet teremthessünk. Nem az ember az élet. Az ember csak kicsiny része az életnek, még akkor is, ha jelenleg ő áll az evolúció csúcsán. Az élet már akkor is burjánzott, amikor emberek még nem is voltak, és valószínűleg akkor is fog, amikor már nem lesznek emberek. Semmi sem tarthat örökké. Ha az emberek nem tanulják meg, hogyan élhetnek harmóniában a természettel, önmagukkal, akkor ki fognak pusztulni, és ez ellen még mi sem tehetünk semmit. Mi csak annyit tehettünk most, hogy újraindíthattuk az életet annak bölcsőjében, a Földön. Érted már? Nem avatkozhatunk közbe, mert a következmények beláthatatlanok lesznek. Fajok pusztulnak el, helyüket más fajoknak adva át. Ez az evolúció dolga, nem a miénk. Mi csak segíthetünk, meggyorsíthatjuk a folyamatot, de bele nem avatkozhatunk. Ha az evolúció során újra eljön az emberek ideje, akkor lesz emberiség, ha nem, akkor nem.

– De ha ezt a növényt – mutatott Fallom a cserépedényben zöldellő csenevész növényre – elültetjük a Földön, akkor nem avatkozunk közbe?

Lilith gondolataiba merülve meredt a vörösen, kénbűzösen fortyogó Földre.

– Talán nem – kezdte merengve. – Ez a fa a Földről származik, és az élet csíráját hordozza magában. Mi csak segítünk az életnek. De ha az élet úgy dönt, hogy más irányt vesz, akkor ez a fa is elpusztul. Akkor nem tehetünk semmit. Mi az emberiség csíráját hordozzuk magunkban, de ha a Földnek nem lesz rá szüksége, akkor feleslegesen. Nem tehetünk mást, várnunk kell. Fáradt vagyok – súgta. – Pihenjünk, Fallom, drágám. Holnap mindent másképpen látunk majd. – és egymást szorosan átölelve mély álomba merültek.

Lilith egyedül ébredt, Fallom a bárka korlátjánál könyökölt. Lilith mezítelenül lépett mellé, és szorosan hozzábújt.

– Vajon rendbe jön valaha a Föld? – suttogta.

Lilith szótlanul megrántotta a vállát. Hallgattak.

– Mi lesz, ha az emberek idő előtt rátalálnak a Földre? – törte meg a csendet Fallom rekedten.

– Látod? – fészkelte magát Fallom karjai közé Lilith fázósan. – Erről beszéltem. Minden rosszban van valami jó. Gaia és a robot olyan gondosan eltüntetett minden adatot a Földről, hogy Galaxis-szerte még csak utalást sem találni róla. A régi mondák már elhaltak, a Föld bolygó réges-rég feledésbe merült. És itt vagyunk mi. A mi dolgunk, hogy ártó szándékkal senki se közelíthessen a Földhöz. Majd mi vigyázunk rá.

– Addig is, mi mit fogunk csinálni? – kérdezte Fallom reménytelenül. – Itt fogunk állni és várni, amíg a Föld újra ki nem hűl?

– Neeem! – kacagott Lilith. – Rengeteg dolgunk van még. A legfontosabb, hogy együnk valamit. Éhes vagyok.

Jemby

– Lilith! – vallotta be Fallom zavartan. – Én azt hiszem, egy kicsit le vagyok maradva. Nem tudom, mi a terved, kérlek, ne tarts kételyek között.

– Reggeli után – nyelt le Lilith egy hatalmas falatot – elmegyünk a Terminusra, van ott egy humanoid robot, azt kell elhoznunk onnan.

– A Terminusra? – kerekedett el Fallom szeme. – A Napbárkával?

– Miért? – kacagott Lilith. – Ez egy remek jármű! De ne félj, előtte visszavisszük a bárkát a Solariára.

– De hát a Solarián nincs másik hajó! – értetlenkedett Fallom.

– A Solarián nincs – bólintott Lilith nyugodtan. – De a Napbárkán van. Ugyanis Giskard már rég elrejtette azt a hajót, amelyikkel a Gaiára érkeztem, a Napbárka gyomrába. A Solariáról majd azzal megyünk tovább.

– Lilith! – kelt ki magából Fallom dühödten. – Ez a bárka az enyém, ha jól tudom! Nem kellene nekem is tudnom arról, ami a bárkán történik? – és dühösen Jemby felé fordult.

– Fallom, drágám! – búgta Lilith. – Ők nem tehetnek semmiről sem. Az én hibám! Annyi minden történt az elmúlt huszonnégy órában, hogy elfelejtettem neked szólni!

– Rendben – bólintott Fallom engedékenyen. – De minek kell nekünk az a másik robot?

– Nekünk semmire – rántotta meg meztelen vállát Lilith –, de a Terminuson nem maradhat.

– Miért? – ütközött meg Fallom. – Nem mindegy, hol olvasztják be azt a robotot?

Lilith felállt az asztal mellől, és a Föld napjának melegében fürdetve mezítelen testét fordult Fallomhoz.

– Emlékezz rá – sütkérezett önfeledten Lilith –, hogy ez a Daneel micsoda galibát okozott. Ez a másik robot egy ugyanolyan humanoid. Ha rossz kezekbe kerül, kezdődhet minden elölről.

Fallom nagyot nyelt. Lilith gyönyörűbb volt, mint valaha.

– Kérlek, öltözz fel, így nem tudok gondolkozni.

Lilith kacagva magára terített egy vékony, átlátszó kelmét, amitől, ha lehet, még szebb lett. Egy utolsó pillantást vetettek a fortyogó Földre, és már ott sem voltak.

Otthon, a Solarián, Fallom világában egy új világ fogadta őket. Óvatosan kerülték meg a bolygót. Bármerre mentek, magas házakat, tágas tereket, utcákat, fura négykerekű járműveket láttak. Pezsgett az élet. A lovas sivatagi világnak nyoma sem volt.

– Ez is a te műved? – méregette Fallom Lilithet bizalmatlanul.

– Fallom! – háborodott fel Lilith. – Nem együtt voltunk? Mikor csináltam volna?

– Akkor ez mi? – kérdezte hitetlenkedve. – Hogyan történhetett ez meg, ha nem te voltál?

– Úgy látszik – rántotta meg a vállát Lilith –, a programod képes az önfejlesztésre.

– Az lehetetlen! – döbbent meg Fallom. – Én csináltam az egészet.

– Miért lenne lehetetlen? – kérdezte Lilith. – Itt vannak a mi robotjaink. Ez a Daneel még arra is képes volt,

205

hogy átírja a robotika törvényeit. Úgy látszik, hogy a programok egy bizonyos pont felett önmagukat tudják gerjeszteni.

– De ilyen rövid idő alatt? – ámuldozott Fallom. – Csak egy pár napot voltunk távol. Ez akkor is lehetetlen!

– Úgy látszik – merült gondolataiba Lilith –, hogy itt az idő másképpen, gyorsabban telik.

– Gyorsabban? – hüledezett Fallom. – Ez hogyan lehetséges?

– Nem tudom – vett egy falatot Lilith a szájába –, de ezek szerint lehetséges.

– Te érted ezt? – meredt Fallom a lenti világra.

– Nem – mosolyodott el Lilith –, de örülök neki! Talán egyszer majd megértjük. Menjünk le, és sétáljunk egyet! – kérte Fallomot.

Fallom bólintott, és már lent is voltak a sokaságban. Fallomon egy sportos zakó, alatta póló és egy feszes nadrág volt, míg Lilithen egy lenge blúz és egy bő, kényelmes szoknya. Egymásba karolva vegyültek el az emberek áradatában. Leültek egy padra, élvezettel szívták tüdejükbe e világ friss, illatos levegőjét. Tudták, hogy minden bolygónak más és más szagú a levegője, amit természetesen napok alatt meg lehetett szokni, de ez más volt: egy cseppet sem volt büdös. Olyan illatok terjengtek a levegőben, hogy szinte beleszédültek. Egy utcai árus kis kocsiján valami ennivalófélét árult, amilyet még sohasem láttak. Odasétáltak.

– Elnézést! – szólította meg Lilith az eladót. – Idegenek vagyunk, megmondaná, hogy ez mi? – mutatott az ennivalóra Lilith.

– Hotdog! – nézett rá döbbenten az eladó. – Még nem láttak ilyet? Honnan jöttek?

– Messziről – mosolygott Lilith. – Megmondaná, menynyibe kerül?

– Tessék? – nézett Lilithre az eladó bután. – Hogyhogy mennyibe kerül?

– Mi az ára? – erősködött Lilith.

– Nem tudom, miről beszél! – jött dühbe az eladó. – Vegyenek egyet-egyet és távozzanak, amíg jó dolguk van.

Lilith zavartan elvett kettő hotdogot, az egyiket Fallom kezébe nyomta, és visszaültek a padra.

– Nem kellett érte fizetni! – nézett Fallomra hitetlenkedve. – Itt nem ismerik a pénz fogalmát? Te érted ezt?

– Nem tudom – harapott óvatosan Fallom egy aprót a fura ételből –, ha majd újra a bárkán leszünk, Jemby utánanéz ennek a dolognak. Finom! – állapította meg, és egy nagyobbat harapott.

– Uram! – szólította meg Fallomot egy idegen ember. – Megtennék nekem azt a szívességet, hogy ha megették, eldobják a papírt? – nézett rájuk esdeklő tekintettel. – Én ugyanis utcaseprő vagyok, de évek óta egy darabka szemetet sem dobnak el az emberek.

– Azt kívánja tőlünk, hogy szemeteljünk? – csodálkozott rá Fallom.

– Könyörgöm! – lábadt könnybe az utcaseprő szeme. – Ha megtennék, újra értelmet kapna az életem, volna értelme a munkámnak!

Lilith mosolyogva az utcaseprő elé ejtette a csomagolópapírt, amit az boldogan, egyetlen szakavatott mozdulattal a lapátjára söpört, majd türelmesen várta, hogy Fallom is ugyanezt tegye.

Ekkor egy hatalmas fekete autó fékezett le mellettük, két hatalmas ember pattant ki belőle, az egyik Lilithbe, a másik Fallomba karolt.

207

– Kérem! – kezdte az egyik. – Ne keltsenek feltűnést! Önök szemeteltek. Ez törvénybe ütköző cselekedet, amiért felelniük kell! – és már a kocsi hátsó ülésén is voltak.

Fallom dühösen fordult az utcaseprő felé, de Lilith leintette.

– Ne! Kérlek, drágám!

Az utcaseprő zokogva rogyott térdre.

– Kérem önöket, uraim! – zokogta. – Engedjék meg neki, hogy eldobhassa azt a darabka papírt!

De ő is a kocsi hátsó ülésén végezte. Az autó hangtalanul lendült az utcai forgalomba, ügyesen manőverezve. Egy nem túl nagy, kétszintes épület előtt álltak meg. Kiszálltak az autóból, s szó nélkül követték a két komor embert.

A helyiségben egy szemüveges, egyenruhás férfi ült az íróasztalánál.

– Jó napot kívánok! – köszönt rájuk kedvesen mosolyogva. – Na? Mit követtünk el?

– Szemeteltek! – vágott közbe hetykén az egyik nagydarab kísérő.

– Szóval szemeteltünk? – ámult el az egyenruhás. – Nem tudták, hogy tilos szemetelni?

– Ez az ember... – kezdte volna Fallom, de leintették.

– Elkérhetném az irataikat? – nyájaskodott az egyenruhás.

– Sajnos az irataink a hajón maradtak – szabadkozott Lilith.

– Ááá... a hajójukon! – vágott közbe az egyenruhás. – Szóval nincsenek személyi okmányaik?

– Ha megengedné, elszaladok érte a hajómra... – de az egyenruhás újra leintette.

– Asszonyom! – kezdte türelmesen. – Itt közel s távol még patak sincs, nem még folyó vagy tó, ahol egy hajó kiköthetne. Szóval, semmilyen iratuk sincs. Vigyétek őket! – parancsolta, és már csattant is mögöttük egy hatalmas rácsos ajtó.

Fallom dühbe gurult. Lilith kacagva csüngött a nyakában.

– Fallom, drágám! – nyugtatgatta. – Ne idegesítsd fel magad! Úgysem tudnak ártani nekünk!

Az utcaseprő csodálkozva rájuk meredt.

– Ne haragudjanak rám... – kezdte bocsánatkérően az utcaseprő –, az én hibám.

– Ugyan már! – kacagott Lilith. – Ne is törődjön vele. Inkább meséljen nekünk, hol is vagyunk, és miért kerültünk ide.

– Maguk nem idevalósiak? – kérdezte az utcaseprő.

Lilith megrázta fekete haját.

– Ez – kezdte szomorúan – a városi bíróság épülete. Aki ide bekerül, azt általában példásan megbüntetik. Maguk most miattam kerültek bajba.

– Megbüntetik? – hitetlenkedett Lilith. – Mi az, hogy megbüntetik?

– Hát – az utcaseprő zavartan vakargatta a fejét –, azért, mert szemeteltek, akár három hónap tétlenségre is ítélhetik magukat. Engem, mint felbujtót, akár életem végéig is eltilthatnak a munkától – mondta csüggedten.

– Micsoda? – kacagott Lilith. – Három hónap tétlenségre? Magát meg egész életére eltiltják a munkától?

– Bizony, bizony – lógatta az orrát csüggedten az utcaseprő. – Maguk tényleg messziről jöhettek. Nem tudták, hogy errefelé a munka kiváltság? Akárki nem dolgozhat! Azt ki kell érdemelni! Én például évekig tanultam, hogy legalább a köztisztasági hivatalnál állást kaphassak, és most ennek is lőttek.

Az utcaseprő olyan szomorú volt, hogy Lilith alig bírta nevetés nélkül megállni. Ekkor nyílt az ajtó, és a szemüveges, egyenruhás alak mélyen meghajolva, kedvesen, széles gesztusokkal tessékelte kifelé őket.

– Elnézésüket kérem! – szabadkozott. – Ostoba félreértés történt! Ha megmondták volna, hogy önök kicsodák, ez nem fordulhatott volna elő!

Az irodában az íróasztal előtt Giskard ült, hanyagul keresztbe vetett lábbal. Amint meglátta őket, felpattant és eléjük sietett.

– Bocsásson meg a késésért, szenátor úr! Asszonyom – hajolt meg mélyen előttük –, amint hallottam, hogy jártak, máris jöttem önökért. Természetesen az utcaseprő is szabadon távozhat! – nézett az egyenruhásra szemrehányóan.

– Természetesen! – buzgólkodott az egyenruhás. – Ha óhajtják, a bíróság autója a rendelkezésükre áll, és oda viszi önöket, ahová csak akarják. – Giskard egy kézmozdulattal leintette.

– Uram, asszonyom, az autójuk előállt. Óhajtanak még valamit?

– Igen! – biccentett Lilith méltóságteljesen. – Ezt az embert helyezzék a köztisztasági hivatal élére és engedjék dolgozni, amennyit csak akar. El tudja ezt intézni, vagy forduljak máshová? – nézett kedvesen mosolyogva az egyenruhás férfira.

– Már el is van intézve, asszonyom! – hajlongott a tiszt. – Óhajt még valamit, asszonyom? – kérdezte, és nem mert Lilithre nézni.

– Mehetünk! – intett Lilith Giskardnak.

Az ajtó előtt egy hatalmas, tűzpiros autó várta őket. Giskard gálánsan kinyitotta előttük a hátsó ajtaját, miután helyet foglaltak, ő a kormány mögé ült, és hangtalanul elsuhantak a bíróság épülete elől.

– Hová óhajtják? – mosolygott a visszapillantó tükörbe Giskard. – Kocsikázzunk egy kicsit, vagy menjünk vissza a hajóra?

– Kocsikázzunk még! – kérte Lilith. – Eszünk még egy hotdogot? – mosolygott Fallomra.

Fallom nem szólt semmit sem, de a pillantásában benne volt minden.

– Mi tartott ennyi ideig? – vonta felelősségre Giskardot Fallom szemrehányóan.

– Uram! – szabadkozott Giskard. – Már jó tíz perce ott ültem a bíróság előtt. Önök teljes biztonságban voltak. Lilith kisasszony rettentően jól szórakozott, hát vártam egy keveset. Remélem, nem okozott ez komolyabb problémát?

– Nem, nem! – kacagott Lilith. – Valóban jól éreztem magam! Inkább mesélj, mit tudsz erről a világról?

– Ahogy önök eljöttek a hajóról, Jembyvel rögtön utánanéztünk mindennek – válaszolt Giskard. – Megnyugtatom önöket, ez a világ teljesen biztonságos. Itt nincs bűnözés, a pénz fogalmát egyáltalán nem ismerik. Itt az a legnagyobb büntetés, ha valakit tétlenségre ítélnek, mert akkor nem dolgozhat egyáltalán semmit. Az emberek többsége nem is dolgozik. Csak az dolgozhat, aki a termelés aktív részese. Feleslegesen nem dolgoztatnak senkit, dolgozni szinte kiváltság.

– Akkor mit csinálnak az emberek? – kérdezte Lilith.

– Sportolnak, kirándulnak, uszodába járnak, szórakoznak, vagy amit csak akarnak. Ez egy mesebeli világ, és köszönöm, hogy itt lehetek önökkel – hálálkodott Giskard.

Lilith Fallomhoz bújt.

– Látod, kedvesem? – búgta. – A te lelked ilyen tiszta. Ilyen világot senki más nem tudott volna létre hozni, csakis te! – és megcsókolta. Fallom nem nagyon értette az egészet, de jólesett neki Lilith érintése, és inkább nem gondolkodott tovább.

– Sajnos mennünk kell! – súgta Lilith szomorúan. – Be kell gyűjtenünk azt az árva robotot.

Fallom bólintott, és máris a bárka fedélzetén találták magukat. Lilith gondosan lecserélte az űrhajó ezeréves ruhatárát, úgy Fallomét, mint a sajátját, az élelmiszereket friss solariai ételekre cserélte, és várakozva nézett Fallomra. Fallom bólintott.

– Mehetünk, drágám? – és a hajó fedélzetére lépett.

Amíg Fallom az utasításokat táplálta a számítógépbe, Lilith kényelmesen leheveredett az ágyra. A hajó hangtalanul emelkedett egyenes vonalban az űrbe.

– Akkor? A Teminusra? – nézett Fallom Lilithre.

– Nem – merengett Lilith. – A Trantorra.

– A Trantorra? – hüledezett Fallom. – Azt mondtad, az a robot a Terminuson van!

– Valóban – bólintott Lilith. – Az a robot a Terminuson van, de hogy hol, azt nem tudjuk. Ahhoz, hogy feltűnés nélkül keresgélhessünk, iratokra, valódi iratokra lesz szükségünk. Ilyet én csak a Trantoron tudok szerezni. Van ott egy jó ismerősöm, aki tud segíteni nekünk. Az alapítványi iratok most nem sokat érnek. A Trantornak, mint a Birodalom egykori fővárosának ma nagyobb hitele van. A trantori bürokrácia viszont még ma is olyan bonyolult, hogy ahhoz, hogy kinyomozzák, az iratok valódiak- e, hónapokra lesz szükségük. Úgyhogy irány a Trantor! – adta ki az utasítást Lilith határozottan.

– Én meg már beprogramoztam a Terminust! – túrt a hajába Fallom.

– Nem baj, drágám – mosolygott Lilith kedvesen. – Időnk az van bőven. Programozd be a Trantort, az egyetemi városrészt.

Lilith kényelmesen hanyatt feküdt az ágyon. Pár perc múlva Fallom is mellé feküdt, összebújtak.

– Beletelik kis időbe, amíg a számítógép átírja a koordinátákat – suttogta Fallom sejtelmesen –, és az út is eltart pár napig. Addig legalább jól kipihenjük magunkat, ugye Lilith, drágám? – és szorosan egymáshoz simultak.

Pihenésről természetesen szó sem volt, végre zavartalanul szerethették egymást. Két nap múlva érkeztek meg a Trantorhoz. Szomorú látvány tárult a szemük elé.

A bolygó még mindig magán viselte a Birodalom korszakát. Hatalmas területeket fedett le a birodalom lézerágyúkkal szabdalt fémburka, de azért már jól kivehetőek voltak a szabadgazdálkodás zölden virágzó nyomai is.

– Oda! – mutatott Lilith határozottan a bolygó egy pontjára. – Az ott az egyetemi város – és belépett a piciny zuhanyozóba.

Fallom ügyesen manőverezve, zajtalanul tette le a hajót egy nagy, tágas térre.

– Úgy látom, ez a városrész sértetlenül vészelte át a nagy dúlást – fordult Fallom Lilith felé, aki éppen akkor lépett ki a zuhanyfülkéből mezítelenül, haját egy törölközővel szárítgatva. Fallom nagyot nyelt. Lilith gyönyörű volt.

– Nono! – emelte karjait védekezően maga elé Lilith nevetve. – Más dolgunk van!

Egy overallt húzott magára, amitől, ha lehet, még meztelenebbnek tűnt. Fallomnak is adott egy ugyanolyan overallt, és már indult is a hajó ajtaja felé.

– Valóban! Ezt a városrészt valami csoda folytán nem dúlták fel! Talán Hari Seldon emléke miatt, talán az ő szelleme vigyázott rá.

A hajó ajtaja hangtalanul nyílt ki, a bolygó felszínére léptek. A környék kihaltnak tűnt. Az egykor hangosan nyüzsgő téren embereknek nyoma sem volt.

– Kísérteties egy hely, az már biztos! – borzongott meg Fallom. – Hol vannak az emberek?

– A környékbeli emberek szent helynek tartják ezt a városrészt – magyarázta Lilith –, és ha nincs dolguk errefelé, inkább nem jönnek ide, más meg minek is jönne?

– Te ezt honnan tudod? – kíváncsiskodott Fallom.

– Itt nőttem fel – lábadt könnybe Lilith szeme. – Itt voltam gyermek Hari Seldon unokájaként – suttogta.

Fallom mellé lépett, gyengéden megsimogatta Lilith haját, majd átölelte.

– Bocsáss meg – suttogta gyengéden –, nem akartam fájdalmat okozni neked!

Lilith nagyot sóhajtva rázta meg a fejét.

– Ugyan, Fallom, drágám! – suttogta nehéz szívvel. – Csak az emlékek... – és elakadt.

– Oda megyünk! – mutatott egy hatalmas ajtóra. Az ezeréves ajtó még most is hangtalanul engedelmeskedett a nyomásnak, és egy magas, tágas teremben találták magukat.

– Erre! – karolt Lilith Fallomba.

Hosszú folyosókon haladtak keresztül, tágas termeken át, lépcsőkön fel és le, csak az ezeréves csend kísérte útjukat. Végül egy Rektor feliratú ajtó előtt álltak meg. Lilith bekopogott.

– Igen! – invitálta őket egy alig hallható hang az ajtó túloldaláról.

Lilith kinyitotta az ajtót és belépett a homályos helyiségbe. Szemben egy íróasztal mögött töpörödött vénember ült. Vaksi szemeivel kíváncsian méregette látogatóit.

– Kit keresnek? – kérdezte az öregember. – A napjára sem emlékezem, mikor járt erre valaki.

– Téged kereslek, vénember! – hajolt meg Lilith. – Hoztam neked valamit, ami csak téged illet.

Egy kockát tett a vénember asztalára.

– Uramatyám! – hűlt el az öregember. – Ez az eredeti ősradiáns! – és reszkető kézzel nyúlt a kocka felé. – Ez magáé Hari Seldoné volt! – suttogta áhítattal.

A homályos szobát számok és egyenletek árasztották el. Nem szóltak semmit, némán figyelték, hogyan kel életre a Seldon-kocka a vénember kezében. Egy-egy ponton néha megakadtak, majd újabb száguldásba kezdtek a számok és egyenletek.

– Látják! – csillogott fiatalosan a vénember előbb még vaksi szeme. – Itt… – mutatta – és itt, meg itt!

A számok ilyenkor egy pillanatra elakadtak, majd újra tovább száguldottak, végül eltűntek. A vénember boldogan szorította magához a kockát.

– Köszönöm neked, Wanda! – suttogta megrendülten. – Ugye, te Wanda vagy? Hari Seldon unokája?

– Miből gondolod, vénember? – lépett mellé Lilith. – Hari Seldon ezer éve halott. Hogyan lehetnék én az ő unokája?

– Volt itt egy hitvány másolata ennek a kockának, amit nem olyan régen elvittek innen a Terminusra. Az csak szuvenír volt – állt fel a vénember mosolyogva. – De ez az eredeti! Ebben minden benne van. Hari Seldon ebben a kockában üzent nekem. Ő azt mondja, te Wanda vagy, az ő egyetlen unokája. Azt is mondja, hogy amikor ez a kocka hozzám kerül, a Seldon-terv beteljesedett. És lám! Nincs Birodalom, nincsenek Alapítványok, nincsenek császárok! Ez volt az eredeti terve Hari Seldonnak. Vagyis, hogy az emberek kénytelenek legyenek a saját útjukat járni! Ez így van jól. Én vagyok az utolsó, aki ezt a kockát meg tudja nyitni, és érti is azt. Ez a kocka nem maradhat itt. A galaxis sorsa függ ettől. Ebben a kockában az egész galaxis működése van lemodellezve matematikai alapon. Nem kerülhet illetéktelen kezekbe. Jól rejtsétek el! Ez már a ti dolgotok – roskadt vissza fáradtan a székébe.

– Az én küldetésem az volt, hogyha a terv valami csoda folytán nem teljesedett volna be, akkor az én feladatom lett volna elpusztítani mind a két Alapítványt, végképp megszüntetve azoknak a világok feletti uralmát. Én már olyan öreg vagyok, így is, úgy is hamarosan meghalok. Boldog vagyok, hogy nem nekem kellett ezt a döntést meghoznom. A tudásomat már nem tudom senkinek sem átadni, a galaxis sorsa a ti kezetekben van.

Megnyomott egy gombot. Egy idős hölgy lépett a szobába, és sietve a vénember mellé lépett.

– Mit parancsol, rektor úr? – nézett könnyes szemmel a vénemberre.

Az súgott neki valamit, majd reszkető kézzel útjukra bocsájtotta látogatóit.

– Kérem, kövessenek! – vezette őket egy másik irodába az idős hölgy. – Foglaljanak helyet, és közöljék velem, mit szeretnének.

– Iratokra lenne szükségünk.

Az idős hölgy Lilith minden értelmetlennek tűnő kérését kérdés nélkül gondosan lejegyezte egy papírra.

– Pár perc türelmüket kérem – állt fel, és sietve elhagyta az irodát.

– Parancsoljanak! – nyújtott egy csomó iratot feléjük, amikor visszatért. – Segíthetek még valamiben?

– Köszönjük, nem – rázta meg a fejét Lilith, és szó nélkül távoztak.

– Mi volt ez? – fordult Fallom Lilith felé, amikor újra az űr sötét némasága vette körül őket. – Ki volt ez a vénember?

– Ki volt ő? – meredt üveges tekintettel Lilith a mennyezet egy pontjára. – Ő volt a valódi Seldon-terv utolsó letéteményese.

– Ezt nem értem! – értetlenkedett Fallom.

– Ő az az ember, aki, ha én elbukom, befejezte volna Hari Seldon valódi tervét.

– Hááát... – vakargatta bambán a fejét Fallom –, én ezt még most sem értem! Ennek a Hari Seldonnak hány terve volt valójában?

– Ez az egy – mosolygott Lilith. – A többi csak porhintés volt, ami mögé a valódi tervet rejtette.

– Magyarázd ezt meg nekem – kérte Fallom. – Mi is volt a valódi terv lényege?

– Ezer évvel ezelőtt – kezdett bele Lilith – világossá vált, hogy a Birodalom bukásra ítéltetett. A háttérben olyan sötét erők munkálkodtak, amik egy új és erősebb birodalom alapjait készültek lerakni, emberek kvadrilliárdjait kényszerítve hatalmuk alá. Hari Seldon matematikája valóban képes volt a jövőbe látni, sőt formálni is képes volt azt, mégpedig úgy, hogy bizonyos emberekkel elhitette a pszichohistória valódiságát. A többi már az emberek dolga volt. A hit nagy dolog, Fallom, drágám! – mosolygott Lilith.

– Az emberek elhitték, hogy a jövő, ha a pszichohistória útját járják, előre megjósolható. Hari Seldon ezt a hiszékenységet használta ki. Tudta jól, hogy azok az erők, amik a hatalomra vágynak, e szerint a terv szerint fognak eljárni. Hari Seldon nem a jövőt látta, hanem ezeknek az erőknek a reakcióit.

Miután ő már tudott Gaiáról, még ha ennek a veszélynek a mibenlétéről nem is, tudta, ha megosztja a tudóstársadalmat, misztikus hatalmat tulajdonítva nekik, akkor Gaia előbb-utóbb lépni kényszerül. Lépett is. Ez volt az Öszvér.

Hari Seldon azt is tudta, hogy mindegy, ki vagy mi telepszik a Galaktikus Birodalom császári székébe, az a Galaxist újabb évezredekre az uralkodói elnyomás sötét vermébe taszítja. Hari Seldon matematikája úgy terelgette a hatalomra vágyó ostoba vérszívókat az alapítványi meséjével, mint pásztor a nyáját a botjával.

– Létrehozta az Alapítványokat, és egy aprócska, jelentéktelen bolygóra vezette őket, a Terminusra. Számára világos volt, hogy ez a bolygó, mivel a galaxis peremén található, akár a helyzeténél fogva, akár nagyságát tekintve alkalmatlan egy új Galaktikus Birodalom irányítására. Csak ide kellett összpontosítania a hatalomra vágyókat, és amikor eljött az idő, csak egy apró, finom igazítás segítségével máris menthetetlenül darabokra hullott az új és hatalmas Második Galaktikus Birodalom. Miután a Trantort, az Első Galaktikus Birodalom fővárosát szétverték, a csalinak használt Terminuson, nyilvánvaló alkalmatlansága miatt, egy újabb birodalom alapjainak lerakása gyakorlatilag lehetetlenné vált. Ez volt Hari Seldon valódi terve. Az emberiséget ne egy Birodalom zsarnoki hatalma, hanem az ésszerűség, az élhetőség és a kölcsönös tisztelet kovácsolja egybe! Az én feladatom volt a Második Galaktikus Birodalom kialakulásának a megakadályozása. És ha esetleg valami véletlen folytán elbukom, ez a feladat a vénember vállára nehezedett volna. De hála Hari Seldon pontos matematikájának, a Második Birodalom önmagát pusztította el. Nekem szinte semmi dolgom sem volt. Ez az igazi pszichohistória. Úgy érzem, tartozom a nagyapámnak azzal, hogy az álmát valóra váltsam, és új életet teremtsek.

– A Földön? – kérdezett közbe Fallom.

– Igen – bólintott Lilith. – Ha lehetséges, a Földön. Amikor a nagyapám a Földön járt, elkeseredetten látta annak lassú, megállíthatatlan pusztulását. Ám a látottak ellenére is hitt benne, hogy az élet bölcsője nem pusztulhat el ilyen gyalázatos módon, és a Föld, mint már annyiszor, ezt a csapást is kiheveri.

Közben a számítógép végzett a számításokkal, a csillagok képe észrevehetetlenül megváltozott.

– Megérkeztünk a Terminusra – törte meg a csendet Fallom rekedt hangja. – Mi a terved? Hogyan tovább?

– Nem tudom – rántotta meg a vállát Lilith, és üveges tekintettel meredt a számítógép sötét képernyőjére.

– Lilith, kedvesem! – ölelte át Fallom a lány vállát. – Ez a bolygó valóban nem túl nagy, de ahhoz, hogy mi ketten itt megtaláljunk egy gondosan elrejtett robotot, nem kell matematikusnak lenni, hogy kiszámoljam, az esélyünk gyakorlatilag nulla.

– Hát... – rázta le magáról Lilith az emlékek nyomasztó súlyát – ha mi nem találjuk meg azt a robotot, akkor az a robot fog minket megtalálni.

– Nem azt mondtad – képedt el Fallom –, hogy az a robot gyakorlatilag teljesen üzemképtelen?

– Valóban – mosolyodott el Lilith. – Ha a robot nem is jön ide magától, de azok, akik rejtegetik, elhozzák nekünk.

– Megint nem értem! – ámuldozott Fallom. – Már kezdem megszokni, hogy a leglehetetlenebb helyzetekben is feltalálod magad, de szerintem ez most más.

– Hát... – dörzsölte meg fáradt szemeit Lilith – ezek szerint az iratok szerint – terítette az asztalra a Trantorról hozott iratokat – mi a Trantori Egyetem matematika- és robotika-professzorai vagyunk, akik azért jöttek a Terminusra, hogy a Terminusi Egyetemen előadásokat tartsunk.

– Világos! – bólogatott Fallom nagy buzgalommal. – Az első előadás ötödik percében ki fog derülni, hogy a mi matematikai tudásunk a középszintet sem üti meg, és mint szélhámosokat, már zárnak is a te magatehetetlen robotod mellé. Ennyi az egész?

– Neeem! – kacagott Lilith. – Hari Seldon matematikája egy egész Galaxist vezetett az orránál fogva olyan egyenletekkel, amiket senki sem értett. Nekünk ugyanez a dolgunk. Olyan képletekkel és egyenletekkel fogok előállni, aminek semmi értelme. Úgysem fogja senki beismerni azt, hogy nem érti! Hónapok telnek majd el, mire rájönnek, hogy félrevezettük őket. Addigra mi már messze járunk. A te dolgod csak annyi lenne, hogy a hallgatók közé ülj és figyeld azokat, akiket nagyon érdekel ez az értelmetlen előadás.

– Nekem ez elég veszélyesnek tűnik – vakarózott Fallom kényelmetlenül. – De hát, te tudod.

– Ne aggódj, drágám! – bújt Fallomhoz Lilith. – A robotika, mint tudomány, évezredek óta nem létezik. Kizárt, hogy egy szakértővel találkozzunk. Viszont az, aki életre akarja kelteni a robotot, kénytelen lesz megkeresni minket. Te csak figyelj!

Úgy is lett. A kezdetben teltházas előadások hetek alatt szinte üres teremmé zsugorodtak. A sok zagyvaságot vagy nem értették, vagy nem érdekelt senkit. Lényeg, hogy Lilith előadásait már csak alig páran látogatták.

– Vakvágány – kesergett Fallom a szállodai szobájukban. – Semmi! Az a pár ember, aki még eljön, az is végigalussza az előadásodat.

– Ezt akartam – mosolygott Lilith. – Azok az emberek, akik értik, vagy legalábbis érthetnék, már rég lemorzsolódtak. A mi emberünknek e között a pár ember között kell lennie. Holnap szépen felállsz, és felteszel nekem néhány kérdést a humanoidokról. Érted már?

– Természetesen nem – felelte Fallom határozottan. – De nekem már az is elég, ha te érted.

Másnap Fallom az előadás közepe felé köhécselve, krákogva felállt.

– Elnézést, kisasszony! – szólt kivörösödve. – Tudna nekünk néhány szót mondani a humanoidokról?

– A humanoidokról? – nézett rá Lilith ártatlan döbbenettel. – Természetesen! – és hosszan taglalta a pozitronikus elme zavarait, annak esetleges elhárítását, hihetetlen költségeit, annak előnyeit és egyéb zagyvaságokat, amiket már ő maga is alig bírt nevetés nélkül megállni. Végül összecsapta a jegyzetfüzetét és emelt fővel, buszkén elhagyta az üresen kongó termet.

– Elnézést, kisasszony! – lépett mellé az egyik oszlop mögül egy idegen, csinos fiatalember. – Nekem van egy ipari robotokat gyártó üzemem. Miután én nem nagyon értek a programozáshoz, nagy segítség lenne, ha ellátogatna az üzembe és tanácsokkal látná el az embereimet.

– Kicsoda maga? – nézett Lilith szemrehányóan az idegenre.

– Bocsánat! – mentegetőzött az idegen férfi zavartan. – Még be sem mutatkoztam. A nevem Ian Corg. A Corg Robotikai Intézet tulajdonosa vagyok. Minden előadásán itt voltam, és mondhatom, nagy tisztelője vagyok.

– Engem csak szólítson Lilithnek – nyújtotta kezét békülékenyen Lilith. – Miben lehetek a segítségére?

– Mint mondtam – fogta meg Lilith feléje nyújtott kezét áhítattal Corg –, én a Corg Robotikai Intézet tulajdonosa vagyok. Ipari robotok gyártásával foglalkozom. Az a meggyőződésem, hogy a jövő a pozitronikus robotok gyártásáé, de napjainkban erről tudomásom szerint senki sem tud semmit. Talán ön, kisasszony, tudna nekünk segíteni.

– Pozitronikus robotok? – csodálkozott el Lilith. – Tudomásom szerint azért maradt el a pozitronikus elmével ellátott robotok gyártása, mert rendkívül drága és gazdaságtalan az előállításuk. Vagy talán nem figyelt eléggé oda az előadásomra? – nézett Corgra szemrehányóan.

– Dehogy, nem erről van szó – mentegetőzött Corg kivörösödve. – Nagyon is odafigyeltem, de egy szót sem értettem az egészből. Csak annyit kérek öntől, hogy látogasson el hozzám és adjon tanácsot, hogyan tudnám fejleszteni ezt az iparágat. Azzal meg, hogy nagyon drága, ne törődjön. Pénzem, vagyonom van bőven, és öntől sem kívánom ingyen – tördelte kezeit zavartan Corg.

– Háát... – merengett el Lilith – nem is tudom. Igaz ugyan, hogy a Terminusi Egyetemen ez volt az utolsó szemeszterem, de még sok helyre várnak, ahol előadásokat kell tartanom.

– Kérem! – hajolt meg Corg udvariasan. – Tudom, hogy ön mennyire elfoglalt, de csak pár napot kérek öntől, Lilith kisasszony. Megmutatom a gyáramat és ön megmondja, min kellene változtatnom. Ígérem önnek, mindent úgy csinálok, ahogyan tanácsolja. Természetesen nem kérem ingyen. Szívesen teljesítem, bármit kér – nézett Lilithre várakozva.

– Hm! – merült gondolataiba Lilith. – Talán egy-két nap csúszás belefér. Tudja mit? – adta be a derekát Lilith. – Holnap reggel 9 órakor találkozzunk a szálloda előtt. Ez így megfelel önnek?

– Természetesen! – hajolt meg Corg hálásan. – Reggel kilencre itt vagyok önért – és távozott.

Fallom lépett Lilith mellé, belekarolt.

– Na, kedvesem, hogy ment?

– Mostantól nem beszélhetünk a valódi célunkról – hallotta Fallom valahonnan belülről. – Azt hiszem, figyelnek minket, talán még le is hallgatnak – suttogta Lilith anélkül, hogy kinyitotta volna a száját.

– Holnapra meghívtak a Corg Robotikai Kutató Intézetbe gyárlátogatásra – mondta ezt már hangosan. – Menjünk, együnk valamit. Éhes vagyok – és letelepedtek az egyetem éttermében. Egy félreeső asztalhoz ültek, rendeltek, és látszólag némán falatozni kezdtek.

– Ha én szólok hozzád gondolatban, te is meghallod azt? – turkált Fallom a nem túlságosan finom vacsorájában.

– Hát persze – vett a szájába Lilith egy hatalmas falatot. – Mi, bármilyen messze is vagyunk egymástól, így mindig tudunk kommunikálni.

– Fura! – gondolta Fallom.

– Majd megszokod.

Felálltak, és szó nélkül távoztak. A terem sarkából egy férfi bámult utánuk.

Másnap reggel Lilith pontosan kilenc órakor lépett ki a szálloda ajtaján. Egy nem túl hivalkodó, ám mégis hatalmas jármű várakozott az épület előtt. Corg pattant ki a vezetőülésről, és gálánsan nyitotta ki a hátsó ajtót Lilith előtt.

– Remélem, jól aludt – foglalt mellette helyet Corg. – A társa nem jön velünk?

– Nem a társam – rántotta meg a vállát Lilith. – Csak a segédem. Ki fogja ezt a járművet vezetni? – nézett kíváncsian Corgra.

– Senki – emelte fel a fejét büszkén Corg. – A robotpilóta oda visz minket, ahová én akarom.

Már emelkedtek is a magasba. A jármű hangtalanul suhant a magasban, ki a városból. Alattuk fák, zöld rétek maradtak el.

– Oda megyünk – mutatott Corg büszkén egy hatalmas acélvárosra alattuk. – Ez az én birodalmam!

A jármű hangtalanul ereszkedett le a város főterére. Corg gálánsan ajtót nyitott Lilithnek.

– Parancsoljon, kisasszony! – tárta szét karjait széles gesztussal. – Megérkeztünk.

– Fázom! – fonta karba kezeit Lilith feszes mellei előtt. – Hűvös van itt – és megborzongott. Nem volt rajta más, csak egy aprócska szoknya és egy testhez simuló, feszes blúz.

– Ne aggódjon, Lilith kisasszony – mentegetőzött Corg –, odabent már jó meleg lesz.

Kinyitott egy ajtót Lilith előtt. Hosszú és unalmas gyárlátogatás következett. Mindenfelé gépek gyártottak gépeket. Lilith unott arccal bámészkodott mindenfelé, míg végül egy hatalmas irodában kötöttek ki.

– Ez itt az én főhadiszállásom – mutatott körbe Corg büszkén. – Most, hogy mindent látott, mi a véleménye? – kérdezte kíváncsian.

– Valóban – rántotta meg a vállát Lilith unottan. – Eleget láttam. Csak azt nem értem, minek kellettem ehhez én. Az üzemek kiválóan működnek, a lehető legkorszerűbb gépekkel dolgoznak. Itt teljesen fölösleges a gépeket pozitronikus agyakkal ellátni.

Corg elvörösödött.

– Igaza van, Lilith kisasszony – hebegte zavartan –, úgy látom, önt nem lehet becsapni. Szeretnék önnek mutatni valamit, valójában az azzal kapcsolatos véleményére lennék kíváncsi.

– Helyben vagyunk – bólintott Lilith, és kényelmesen elhelyezkedett egy hatalmas bőrfotelben. – Bökje ki, mit akar tőlem.

– Nem is tudom – sütötte le zavartan a szemét Corg –, hogyan kezdjem. Ez az ügy bizalmas jellegű, és nem tudom, bízhatok-e önben.

– Ha nem bízik bennem – állt fel Lilith sértődötten –, akkor minek hozott ide? Akár indulhatunk is vissza a szállodába.

– Kérem, Lilith kisasszony! – nézett Corg bocsánatkérően Lilithre. – Foglaljon helyet. Adjon nekem egy kis időt.

Megnyomott egy gombot az íróasztalán, mire egy titkárnő kávéval, üdítővel, szendvicsekkel megrakott tálcát rakott az asztalra.

Lilith visszaült a bőrfotelbe, és kérdőn meredt Corgra.

– Értsen meg, kisasszony – szabadkozott Corg zavartan –, ez az ügy teljesen bizalmas. Ön lenne az első, akit beavatok. A Galaxisban nem találni egyetlen embert sem, aki valamit is konyítana a pozitronikához.

– Bökje már ki, hogy mit akar tőlem – rántotta meg a vállát Lilith közönyösen –, vagy menjünk a fenébe. Ne raboljuk egymás drága idejét! Nem én akartam idejönni.

– Mutatok önnek valamit – adta be a derekát Corg.

A falhoz lépett, és megérintette egy helyen. Egy addig láthatatlan ajtó hangtalanul kinyílt.

– Kérem – fordult Lilith felé Corg –, ezt nézze meg.

Lilith felállt, és pár lépés után földbe gyökerezett a lába.

– Ez egy humanoid! – suttogta áhítattal. – Honnan szerezte? – kérdezte döbbenten. Ott volt előtte Dors Venabili üzemképtelen teste.

– Az nem fontos! – szabadkozott Corg. – A kérdés az, hogy tudna-e életet lehelni ebbe a testbe?

Lilith odalépett Dors teste elé. Óvatosan megérintette, mintha attól félne, hogy az mindjárt kilép a falba rejtett kalodából.

– Minek kell ez önnek? – fordult Corg felé gyanakodva. – Ha nem tévedek, nem olyan rég bukott le egy hasonló humanoid, aki robot létére évekig volt a terminusi haderő főparancsnoka. Csak véletlenül derült ki róla, hogy robot.

– Nem nekem kell – szabadkozott Corg. – Van egy megrendelőm, akinek a nevét természetesen nem árulhatom el. Ő bármit hajlandó lenne megadni azért, hogy ez a humanoid újra működőképes legyen. Az én tudósaim, hiába nagyon okosak, pozitronikus elmével még életükben nem találkoztak. Nekem elég lenne az ön véleménye, hogy ezt a robotot életre lehet-e kelteni, vagy nem.

Lilith elgondolkozva ült vissza a fotelbe, és vett magának egy szendvicset.

– Nézze, Corg! – törte meg a csendet végre Lilith. – Én nem tudom, mit akar a megrendelője ezzel a humanoiddal, csak azt tudom, hogy ha rossz kezekbe kerül, veszélyes fegyver válhat belőle.

– Biztosíthatom – kapott az alkalmon Corg –, hogy az illetőnek semmi rossz szándéka nincs, csakis a puszta kíváncsiság. Szóval azt állítja, hogy életre tudná kelteni? – kérdezte sóvárogva.

Lilith egy újabb szendvicsért nyúlt.

– Finom! – harapott egyet. – Én nem állítottam semmit – makogta tele szájjal. – Ahhoz – nyelt közben egy nagyot –, hogy bármit is mondani tudjak, el kellene vinnem a Trantorra, a saját laboratóriumomba. Itt nincs semmi, amivel akár csak próbálkozhatnék is.

– Arról szó sem lehet! – rázta meg a fejét Corg. – Innen ezt a robotot nem viheti senki sehová.

– Hát – tette keresztbe Lilith formás lábait –, akkor ez zsákutca. A laboromat nem tudom idehozni, a humanoidot nem tudom odavinni. Akkor talán mehetünk is – állt fel a szoknyáját húzogatva.

Ekkor egy másik titkos ajtó nyílt ki hangtalanul. Barney polgármester lépett be rajta.

– Azt hiszem – lépett Lilith elé –, ha nem tévedek, mi már találkoztunk!

– Nicsak! – ámult el Lilith. – A polgármester! Maga mit keres itt?

– Üljön le! – nyomta vissza a fotelba Lilithet határozottan a polgármester. – A színjátéknak vége! Itt az ideje, hogy tiszta vizet öntsünk a pohárba.

– Én inkább kávét innék! – nyúlt Lilith még egy szendvicsért. – Finom! – invitálta az elhűlt polgármestert. – Vegyen bátran! Van még bőven.

– Azt mondja meg inkább nekem – kezdte a polgármester fenyegetően –, mit keres itt?

– Én? – döbbent meg Lilith. – Kérdezze meg Corgot. Ő hozott ide – feleselt tele szájjal. – Nem én akartam idejönni.

– Jó – hunyta le a szemét türelmesen a polgármester. – Akkor azt mondja meg nekem, mit keres a Terminuson?

– Hogyhogy mit keresek a Terminuson? Mi köze hozzá? – vágott vissza Lilith hetykén. – Ha jól tudom, maga már nem polgármester. Egyébiránt, mint azt Corg is tanúsíthatja, előadásokat tartottam az egyetemen. Vagy talán ez tilos? – és újabb szendvicsért nyúlt.

– Valóban! – vörösödött el a polgármester. – Hála az ön közreműködésének, már nem vagyok polgármester.

– Hála az én közreműködésemnek? – nyelt le Lilith egy hatalmas falatot szinte rágás nélkül. – Ugyan, mit tettem én? – nézett szemtelenül a polgármesterre.

– Mit tett? – emelte égnek látványosan a karjait a polgármester. – Az űrre! – kiáltotta. – A Seldon-tervnek vége! Az Alapítványoknak vége! A Galaxisban teljes a káosz! És ezt mind magának köszönhetjük, kedves kisasszony! Itt lenne az ideje, hogy megmagyarázza, miért tette!

– Mit tettem én? – fonta keresztbe hosszú, izmos lábait Lilith. – Biztos, hogy nem kér? Ma még nem reggeliztem – és egy újabb szendvicsbe harapott. – Én akkor is a Terminusi Egyetemre akartam jönni előadásokat tartani. De maguk annyira titokzatosak voltak, hogy még a hajómra sem engedtek vissza, hogy igazolhassam magam. Még a ruháimat sem hozhattam el onnan, de ezt ön is ugyanilyen jól tudja! – nézett a polgármesterre szemrehányóan.

A polgármester belevörösödött az emlékképbe. Lilith gyönyörű volt. És valóban. A lány nem tett semmit.

– Mivel magyarázza azt az egész színjátékot, amivel akkor megbuktatta az egész alapítványt? – kérdezte még mindig vörösen.

– Én buktattam meg? – kortyolt nagyot egy pohárból Lilith. – Talán én vagyok a hibás azért, hogy az ön állítása szerinti legbiztonságosabb és legtitkosabb helyre egy robot bármikor ki- és besétálhat? Talán azért is én felelek, hogy a legtitkosabb tárgyalást az egész Galaxis élő, egyenes adásban láthatta? És azért is én felelek, hogy az a robot gond nélkül el tudott engem rabolni, és senki sem volt képes megakadályozni őt ebben?

A polgármester csak most lett igazán vörös. A lánynak igaza volt. A hibákat ő követte el, bukását saját önteltségének köszönhette.

– Ha már itt tartunk! – csapott le Lilithre. – Mi lett Daneellel?

– Mi lett volna? – rántotta meg Lilith a vállát közönyösen. – Tönkrement.

– Tönkrement? – hűlt el a Polgármester. – Hogyan?

– Úgy – sütötte le a szemét Lilith szégyenlősen –, hogy tönkretettem.

– Tönkretette! – huppant le egy székre a polgármester. – Azt állítja, hogy azt a robotot, akinek évezredeken keresztül senki sem tudott ártani, maga csak úgy hipphopp tönkretette?

– Ühüm! – bólogatott Lilith ártatlanul, tele szájjal.

– Elmondaná, hogyan tette? – és el kellett fordulnia, hogy el ne nevesse magát a lány ártatlanságán.

– Az a robot bántani akart engem! – háborodott fel Lilith. – Én csak néhány kérdést tettem fel neki, és ettől ő valahogyan működésképtelenné vált. Fogtam, és kilöktem őt az űrbe. Baj? – mosolygott ártatlanul.

– Kilökte az űrbe? – sápadt el a polgármester. – Mit kérdezett tőle?

– Semmi különöset. Mint mondtam, a robotika professzora vagyok – magyarázta türelmesen. – Nekem mindegy, hogy milyen robottal van dolgom, pozitronikussal vagy sem, csak a robotika három törvényére kellett felhívnom a figyelmét, és már kész is volt. Ennyi az egész.

– És kilökte az űrbe! – háborgott a polgármester.

– Ki – bólintott Lilith. – Tönkrement, hasznavehetetlen volt. Nekem nem kellett semmire sem, hát kidobtam.

Hosszú csend telepedett rájuk.

– Nem lehetett volna megjavítani Daneelt? – törte meg a csendet rekedten a polgármester.

– De – hintázott Lilith önfeledten a fotellel. – Minden bizonnyal meg lehetett volna javítani, de az a bádogember rám támadt. Gonosz volt. Azt kapta, amit megérdemelt.

Újabb hosszú csend következett. Lilith élvezettel hintázott a fotellel.

– Hagyja már abba! – szólt rá idegesen a polgármester. – Mit gondol? Ezt a humanoidot életre lehet kelteni?

– Honnan tudhatnám? – A fotel lába hangos koppanással huppant a talajra.

– Ahhoz le kellene futtatnom néhány tesztet, de azt itt nem tudom megtenni. A humanoidnak el kellene jutnia a Trantorra.

– Én egyelőre nem mehetek innen sehová – vakarta meg a fejét keservesen a polgármester. – Mi a garancia, hogy ha elviszi, vissza is hozza nekem?

– Semmi – rántotta meg a vállát Lilith. – Ha csak az nem, hogy nekem semmi szükségem erre a humanoidra. Azt javaslom, vigyenek vissza a szállodába. Ma kijelentkezem, a hajómon várom a válaszukat. Ha holnap estig nem jelentkeznek, elfelejtjük ezt az egészet, és megyek az utamra. Jó lesz így?

A polgármester kényszeredetten bólintott. Lilithet visszavitték a szállodába, megadta a dokk számát, ahol a hajója parkolt, és elváltak.

Másnap már erősen sötétedett, amikor egy fekete halottszállító furgonból egy koporsót emeltek ki. Fallom kinyitotta a rakodótér ajtaját, a koporsót behelyezték oda. Lilith a furgon mellé lépett.

– Corg magukkal megy – jelentette ki határozottan a polgármester.

– Minek? – értetlenkedett Lilith. – Ha meg akarnám tartani ezt a bádogszörnyet, a Trantoron Corg sem tudná azt megakadályozni. Másrészt, mint tudja, ez a hajó csak kétszemélyes. Legyen nyugodt. Vagy így, vagy úgy, de visszahozom magának.

Lilith faképnél hagyta az elhűlt polgármestert. A hajó pár perc múlva hangtalanul emelkedett a magasba. A polgármester sóvárogva nézett utána. Leszel te még az enyém! – gondolta, és elhajtottak.

Az űr néma sötétje vette már őket körül, amikor Fallom mosolyogva Lilith felé fordult.

– Még most sem tudom, hogy istennő vagy-e, vagy boszorkány.

– Boszorkány! – kacagott Lilith, és megcsókolta Fallomot.

– Egyébként van egy kis problémánk – mutatott Fallom a műszerfal egyik villogó pontjára. – Azt hiszem, nyomkövetőt szereltek a hajónkra.

– El tudod távolítani? – kíváncsiskodott Lilith.

– Hát persze – rántotta meg a vállát Fallom. – Mi legyen vele?

– Dobd ki az űrbe – mosolyodott el Lilith –, és irány a Solaria.

– Tényleg azt hiszed – kérdezte Fallom, miközben a számítógépet programozta –, hogy ez a humanoid még működni fog egyszer?

– Honnan tudhatnám? – dőlt végig az ágyon Lilith. – Én nem értek hozzá. Majd Giskard vagy Jemby megpróbálja talpra állítani.

Lilith nagyot ásítva mély álomba merült. A Solarián ébredt frissen, kipihenten. Giskard állt előtte türelmesen.

– Giskard! – törölte ki szeméből az álmot Lilith. – Mit tudsz mondani nekem?

– Azt hiszem – kezdte Giskard –, hogy Dors pozitronikus áramkörei sértetlenek, de én nem tudok olyan programot írni, amitől újra működőképes lenne.

– Szóval azt akarod mondani – ásított Lilith –, hogyha mondjuk, te beleköltöznél úgy, ahogy Daneel testébe, akkor tudnád használni Dors testét is?

– Azt szeretnéd, ha átköltöznék Dorsba? – ámult el Giskard.

– Nem! – nyugtatta meg Lilith. – Csak kíváncsi vagyok, hogy ez lehetséges lenne-e.

– Azt hiszem, igen – sóhajtott Giskard.

– Jemby hol van? – kérdezte Lilith ártatlanul.

– Azt már nem! – ugrott talpra Fallom felháborodottan.

Eddig némán kuporgott a vezérlőterem sarkában, őrizve Lilith álmát.

– Jemby az enyém, és az is marad. Nem engedem, hogy a te kisded játékaidnak az eszköze legyen!

– Ugyan már, Fallom! – búgta Lilith. – Gyere, ülj ide mellém. Hadd magyarázzam el neked.

Fallom duzzogva Lilith mellé ült.

– Úgy érzem – kezdte Lilith –, hogy nem Dors az igazi probléma. Azt hiszem, ennél sokkal nagyobb a baj. Ezek rejtegetnek valami sokkal nagyobb veszedelmet, de ezt csak akkor tudom kideríteni, ha Dors legalább járni tud. Jemby Jemby marad, ha Dors testében lakozik is. Ugyanúgy nem árthatnak neki, mint ahogyan most sem. És csak egy kis időről lenne szó, aztán visszacsinálunk mindent.

– Megígéred? – kérte Fallom kétségbeesetten. – Tudod jól, hogy nem tudok nemet mondani neked. De ha Jembynek baja esik, jó, ha tudod, én sem élem túl.

– Jembynek semmi baja nem eshet – simogatta meg Fallom zilált haját Lilith. – Kezeskedem érte – ígérte határozottan.

– De miért ne bújhatna belé Giskard? – kérdezte reménykedve.

– Azért – hűtötte le Lilith Fallomot –, mert mind a két robotra szükségünk lehet, és Jemby így rögtön lebukna. Kérlek, bízz bennem! Tudom, mit csinálok.

Aztán jött Jemby. Fallom elkeseredetten bámulta a sötét, üres műszerfalat. Egy pillanat volt az egész. Dors kinyitotta a szemét.

– Hogy vagy, Jemby? – kérdezte Lilith.

– Egy kicsit furcsán – válaszolt Jemby monoton hangon –, de azt hiszem, jól.

Fallom döbbenten fordult Jemby felé.

– Te tudsz beszélni? – kérdezte elhűlten.

– Azt hiszem, igen, de le kellene futtatnom néhány tesztet, hogy jobban kiismerjem magam ebben a pozitronikus elmében.

És leguggolt, majd felállt, és megismételte még egy párszor. A kezeit nyújtogatta, majd a fejét forgatta. Aztán pár percig némán, mozdulatlanul állva maradt. Fallom, kezeit a szája elé kapva, kétségbeesettem meredt Jembyre.

– Minden a legnagyobb rendben – törte meg a néma csendet Jemby, most már emberi hangon. – Csak végigjártam ennek a robotnak a pozitronikus elméjét, és merem állítani, hibátlanul működik.

Fallom könnyes szemmel borult a nyakába.

– Jemby! – makogta. – Életem leghosszabb percei voltak ezek. Már azt hittem, elveszítelek.

– Ne aggódj, Fallom, gazdám – nyugtatta meg Jemby –, ha lehet, ez a test erősebb a réginél, és a memóriája is összehasonlíthatatlanul nagyobb. Akárki is alkotta, remek munkát végzett! – és olyat csapott Giskard hátára, hogy az térdre rogyott.

– Nono! – állt közéjük Lilith. – Egymást sohasem bánthatjátok! Megértettétek?

– Csak kíváncsi voltam – segítette talpra Giskardot Dors elvörösödve –, mennyire erős ez a test.

– Semmi baj – porolgatta magát Giskard zavartan –, csak váratlanul ért.

– Mint egy igazi házaspár! – csapkodta térdét kacagva Fallom. – Veszekszenek!

– Jól figyeljetek rám! – állt eléjük Lilith komolyan. – Bennetek olyan erő lakozik, amilyenhez fogható semmi másban nincs szerte a galaxisban. Gyakorlatilag elpusztíthatatlanok vagytok. Soha nem fordulhattok egymás ellen! Ezt jól véssétek abba a pozitronikus agyatokba. Megértettétek?

A két robot úgy állt zavartan, szemlesütve Lilith törékeny, izmos teste előtt, mint két csibész diák a tanítójuk előtt.

– Ha az órának vége – szólt közbe Fallom mosolyogva –, talán ehetnénk valamit. Jemby robottestével mi legyen? – kérdezte zavartan. – Itt nem maradhat!

– Azt javaslom – állt fel Lilith csendesen –, tegyük a szarkofágod mellé. Egyelőre ott lenne a legjobb helyen.

A két robot némán indult Jemby mozdulatlan testével a föld alá. Lilith és Fallom egymásba karolva, szótlanul követte őket. Jembyt a szarkofág mellé állították, és sokáig lehajtott fejjel ácsorogtak előtte.

– Ejnye! – törte meg a csendet Lilith. – Tisztára, mintha temetésen lennénk. Jemby bármikor visszakaphatja az eredeti testét. Irány a bárka! – adta ki az utasítást – Éhes vagyok.

Fallom szótlanul turkált az ételben, nem evett semmit. Giskard és Dors az asztal másik oldalán foglalt helyet.

– Mi a baj, drágám? – búgta Lilith. – Nem olyan ez, mintha egy család lennénk?

– Hiányzik Jemby – sütötte le könnyben úszó szemeit Fallom.

Dors felállt, némán elfoglalta a helyét Fallom mögött. Lilith Fallom ölébe fészkelte magát.

– Fallom, drágám! – karolta át a nyakát. – Ha ennyire zavar, akkor visszacsinálunk mindent. Majd megoldom másképpen.

– Tudod – vallotta be Fallom zavartan –, amikor egyedül vagyok, akkor, úgy, mint régen, amikor még gyermek voltam, most is Jembyhez bújok, attól megnyugszom. Egész eddigi életemben ő volt az egyetlen, aki kérdés és gondolkodás nélkül az életét is feláldozta volna értem.

Lilith szótlanul kászálódott ki Fallom öléből. Dors lépett hozzá, Fallom fejét erős kebleire vonta.

– Fallom! – suttogta. – Én most is Jemby vagyok. Hidd el, nem változott semmi, csakis a külsőm.

Fallom zokogva ölelte át Jemby karcsú derekát.

– Giskard! – bökte oldalba Giskardot Lilith. – Gyere, nézzük meg az élet fáját.

A bárka orrába sétáltak. Időközben a csenevész hajtás délceg fácskává cseperedett.

– Hol van Bliss? – nézett körül haragosan Lilith. – Megmondtam, hogy egy pillanatra sem hagyhatja el ezt a fát! – sikoltva ugrott hátra.

Giskard ugyanakkor egy hirtelen mozdulattal kapta nyakon azt a rusnya kígyót, amelyik éppen a fácska vékony törzsén tekergett.

– Ne bántsd! – kiáltott rá Lilith, mielőtt még kitekerhette volna a nyakát. – Azt hiszem, ő Bliss!

Giskard undorodva dobta el a hüllőt.

– Ő lenne Bliss? – nézett értetlenül Lilithre, miközben a ronda állat tekergő vonaglással kúszott vissza a fa alá.

A sikoltásra Fallom és Dors érkezett nagy sietve.

– Mi történt? – kérdezte Fallom riadtan.

– Te ostoba némber! – fogta meg a kígyót Lilith mosolyogva. – Nem megmondtam neked, hogy ne nyúlj a fához? – és kacagva emelte Fallom elé a karján tekergő gusztustalan hüllőt. – Bemutatom nektek Blisst, az élet fájának őrzőjét!

– Bliss? – ámuldozott Fallom döbbenten.

– Emlékszel? – tette vissza a hüllőt Lilith a fa alá. – Ott a Gaián? Amikor azt a gyümölcsöt leszakítottam, Bliss mennyire kétségbeesett? A gaiaiak rettegtek még megérinteni is azt a fát. Valószínűleg így járhatott Gaia, ha csak megérintette is azt a fát. Bliss rosszat akarhatott, és ő is így járt. Ez a fa átka. Ha valaki rontó szándékkal közeledik hozzá, úgy látszik, kígyóvá változtatja. Szeretnék visszamenni Egyiptomba – bújt Fallomhoz Lilith. – Szeretném látni, mi lett a mi régi világunkból.

Egymásba karolva sétáltak az egykor emberektől nyüzsgő város kihalt utcáin. Lilithen egy hosszú, fehér, bő ruha volt, fején fehér szalmakalappal, Fallomon pedig sportos rövidnadrág, fehér pólóval. Pár lépésre mögöttük Jemby

236

lépkedett hasonló fehér ruhában, szalmakalapban, míg Giskard izmos testén világos, sportos öltöny feszült. Ha így látta őket valaki, megesküdött volna, hogy turisták.

– Vajon hová lettek az emberek? – tűnődött Lilith hangosan. – Amikor erre jártam, mindig mindenféle finomsággal halmoztak el. Tudod te – fordult Fallomhoz –, hányszor sétáltam én errefelé?

Fallom mosolyogva gyönyörködött Lilithben. Újra és újra meg kellett állapítania önmagában: Lilith gyönyörű!

– Gyere – csacsogott Lilith önfeledten –, nézzük meg Ra palotáját.

A palotához vezető lépcső előtti fabódéban egy őr ült.

– Hová, hová? – reccsent rájuk csípőre tett kézzel.

– Csak szeretnénk megnézni Ra palotáját – mosolygott rá Lilith kedvesen.

– Arról szó sem lehet! – tornyosult eléjük az őr határozottan. – A palota zárva van, és nem látogatható.

– Micsoda? – háborodott fel Fallom.

– Elnézését kérjük – rántotta meg Lilith Fallom karját –, mi nagyon messziről érkeztünk. Csak azért jöttünk, hogy láthassuk Ra szentélyét. Megkínálhatom egy palack friss vízzel? – vett elő a táskájából egy üveg vizet. – Megmondaná nekem, hová lettek innen az emberek?

Az őr óvatosan körülnézett, nem láthatja-e valaki, de mivel meleg is volt, szomjas is volt, hálásan húzta meg az üveget.

– Ez jólesett! – törölte meg a száját elégedetten.

– Egészségére – bólintott Lilith. – Tartsa csak meg nyugodtan, nekünk van bőven.

Az őr hálásan tette el az üveget.

– Sajnos a palotába nem engedhetem fel magukat – ütött meg engedékenyebb hangot az őr, és a bódé árnyékába húzódott. – Évek óta tilos a látogatás. Nem ismerik a történetet? – törölte meg zsebkendőjével verejtékben úszó homlokát.

Lilith mosolyogva rázta meg a fejét.

– Hát – kezdett bele a történetbe boldogan –, évek óta nem tévedt erre egyetlen látogató sem. A legenda úgy szól, hogy hosszú évtizedekkel ezelőtt az istenek összecsaptak. Hórusz összeesküvést szőtt Amonnal és Apofisszal, hogy elpusztítsák Rát, aki a legenda szerint ezt a világot teremtette. Persze nem sikerült nekik. Ra kegyetlenül megbüntette és száműzte őket innen.

– Megtámadták Ra istenséget? – hüledezett Lilith. – Vajon miért?

– Hát... – kacsintott Lilithre az őr bizalmaskodva – a legenda szerint nő volt a dologban.

– Egy nő? – ámult el a lány.

– Bizony! – bólogatott az őr. – Egy valódi istennő. Állítólag ez az istennő Ra szeretője volt, és olyan gyönyörű, hogy Apofisz magának akarta. De Ra kegyetlenül elbánt vele.

Fallom türelmesen leült egy nagy kőre, és az eget bámulta.

– Ne mondja! – csapta össze a kezét Lilith. – És azóta nem élnek itt emberek?

– Neeem – mosolygott az őr sejtelmesen. – Valóban messziről jöhettek, ha még ezt a történetet sem ismerik! Ez egy másik történet.

– Elmesélné nekünk? – kérte Lilith kedvesen.

Az őr nagyot kortyolt az üvegből, és elégedetten mesélni kezdett.

– Az meg úgy történt, hogy Rának és ennek a csodaszép istennőnek volt egy gyereke, Mózes. Ezt a Mózest még csecsemőkorában valahogy becsempészték a fáraó családjába. Amikor Mózes felcseperedett, fogta magát, és egy szép napon eltűnt a fáraó összes népével, rabszolgájával együtt. És hát milyen uralkodó az, akinek nincs népe, aki felett uralkodna? – kacagott. – A legenda szerint így néptelenedett el ez a vidék.

– És hová lettek az istenek? – érdeklődött Lilith tovább.

– Állítólag – vakarta meg a fejét zavartan az őr – az a három lázadó istenség Görögországba menekült, valami hatalmas hegyre. Ha jól tudom, Olümposznak hívják, de a halhatatlanok hegyének is becézik. Ra meg valószínűleg annyira megsértődött, hogy végleg elhagyta istennőjével együtt ezt a világot. Azóta ez a palota szent hely, senki sem teheti be ide a lábát. Hátha egyszer még visszatér Ra, és az ő szépséges istennője.

– Nagyon köszönjük! – hálálkodott Lilith, és Fallomba karolt.

– Ez az ember összevissza beszélt! – háborgott Fallom. – Nem is így történt!

– A legendák már csak ilyenek! – mosolygott Lilith. – Gyerünk! – adta ki az utasítást. – Irány a palota.

– A palota? – ámult el Fallom. – Hogy jutunk be oda? Hallottad az őrt? Oda senki sem mehet fel.

– Elfelejtetted már, hogy hosszú évekig laktam itt? – kacagott Lilith. – Úgy ismerem a környéket, mint a tenyerem.

Céltudatosan elindult. Keskeny utcákon, sötét folyosókon keresztül bolyongtak, és egyszer csak ott voltak Ra szentélyének kapujában.

– Ti maradjatok itt – rendelkezett Lilith –, és vigyázzatok, nehogy megzavarjon minket valaki!

Fallomot maga után húzva belépett a szentélybe. Könnyes szemmel térdelt le Ra hatalmas szobra előtt.

– Minden éjjel itt aludtam a lábaid előtt – suttogta ellágyulva. – Ott – mutatott a sarokba – mindig voltak állatbőrök. Azokkal takaróztam, és imádkoztam hozzád.

Felállt, némán bújt ki ruhájából és Fallomhoz simult.

– Nem töltjük itt az éjszakát?

– Egy kicsit kemény lehet itt a kövön – szabadkozott Fallom, és nagyot nyelt. Lilith teste ragyogott a sivatagi napsütésben. Gyönyörű volt.

– Majd szólok Jembynek, ő mindent elintéz – nézett sóvárogva Fallomra.

Fallom zavartan bólintott, és Jemby már hozta is a sivatagi oroszlán puhára cserzett bőrét. Miután leterítette azt, némán távozott.

– Gyere! – suttogta Lilith kipirult arccal, és leheveredett az állatbőrre.

A hajnal úgy találta őket, szorosan ölelkezve, egymásba gabalyodva. Jemby és Giskard az ajtó előtt némán, mozdulatlanul őrizte álmukat. A hajnali napfényben sokáig álltak szótlanul, emlékeikbe merülve a szentély korlátjánál.

– Menjünk – suttogta Lilith szerelmesen. – Éhes vagyok.

A bárkán a gazdagon megterített asztal körül Jemby sürgött-forgott, mint egy jó háziasszony. Fallom szomorúan nézte.

– Ugyan már, Fallom, drágám! – bújt hozzá Lilith. – Ne vágj már ilyen keserű képet! Még enni sincs kedvem, ha ilyen szomorúnak látlak.

– Hiányzik Jemby – sóhajtotta Fallom. – Mit csináljak?

– Engedd el Jembyt – búgta Lilith. – Hiszen itt vagyok én neked. Lehet, hogy már hétszáz éves is vagy. Ne legyél gyerek. Hadd döntse el, mi jó neki. Akár így, akár úgy, ő mindig a te Jembyd marad. Különben is! Így mindig, amikor csak akarjuk, ő is velünk jöhet.

Fallom szomorúan nézett Lilithre.

– Tudtam én, hogy te egy boszorkány vagy – sóhajtotta. – Neked nem lehet ellentmondani! – és hosszan, szerelmesen megcsókolta Lilithet.

Biztosan megint valami nagy botrányt készül kirobbantani – gondolta, de nem szólt semmit. Lilith olyan ártatlanul és tisztán tudott birodalmakat romba dönteni, hogy az ember szíve szinte meghasadt.

– Együnk – adta be a derekát Fallom kissé vidámabban, és jóízűen falatozni kezdtek.

Miután megreggeliztek, a szolgák megfürdették, illatos balzsamokkal dörzsölték be Lilith testét pont úgy, mint régen. Lilith élvezettel süttette magát a reggeli napsugarakkal.

– Mehetünk? – nézett Fallomra várakozóan.

– Volt már úgy – ellenkezett Fallom keserűen –, hogy én döntöttem volna valamiben is?

Lilith felkacagott, és elindultak. Semmit sem beszéltek meg. Először is, ők négyen annyira egy hullámhosszon voltak, hogy szavak nélkül is tökéletesen értették egymást. Másodszor, Lilithnek fogalma sem volt, mi várhat rájuk. De Lilithet ez zavarta a legkevésbé.

Már késő éjszaka volt, amikor a hajójuk hangtalanul ereszkedett le a Corg Robotikai Kutatóintézet udvarára. A teret hirtelen nappali világosság öntötte el. Mindenfelől állig felfegyverzett katonák özönlöttek a kis űrhajó köré. Szirénák sikoltottak. Nagy volt a ribillió. A kis űrhajó ajtaja hangtalanul nyílt le, Lilith lépett ki rajta. Nem volt rajta más, csak egy aprócska szoknya és egy vékony, feszes blúz.

– Az űrre! – kiáltotta meglepetten. – Megőrültek? Ez nem egy hadihajó! – nézett dühösen farkasszemet a rámeredő fegyverek tucatjával.

A katonák sorfalán egy álmos, dühös ember tört utat magának. Látszott rajta, hogy a ruháit hirtelen kapkodta magára. Ian Corg volt ez az ember.

– Fegyvereket le! – dörrent a katonákra. – A hölgy a vendégem!

– Uram! – állt Corg elé a katonák vezetője. – Nem értesítettek, hogy ma éjszaka vendége érkezik!

– Most értesítem! – húzta ki magát Corg. – Elmehetnek!

A katonák a tiszt intésére fél pillanat alatt, nyomtalanul tűntek el.

– Ezt nevezem biztonságnak! – tapsolt Lilith önfeledten, de Corg türelmetlenül leintette. Fülére tapasztott kommunikátorral, szélesen gesztikulálva szaladgált a téren fel és alá.

– Neem! Nem! – szabadkozott a vonal túlsó végén lévő embernek. – Csak az egyik kollégám érkezett vissza! Igen, igen! Tudom! – mentegetőzött kivörösödve. – Mi sem tudtunk róla. Ígérem, többé nem fordul elő! Jó éjszakát!

– Maga aztán tudja, hogyan kell feltűnés nélkül intézni a dolgokat! – nézett elkeseredetten Corg Lilithre. – A teljes légierő riadókészültségben van, a tűzoltók, a katonaság nemkülönben! Nem tudott volna előre értesíteni?

– Szerettem volna meglepni – mentegetőzött Lilith. – Ki gondolta volna, hogy egy egész hadsereg őriz egy ilyen intézetet! A Trantoron az én laboromat nem őrzi senki – és olyan ártatlanul álldogált a hajó lépcsőjén, hogy Corg szíve megesett rajta.

– Jöjjön! – ütött meg Corg békülékenyebb hangot. – Mondja el, mi volt annyira sürgős, hogy az éjszaka kellős közepén ilyen csinnadrattával kellett megérkeznie.

– Hoztam magának valamit – rántotta meg a vállát Lilith. – Gondoltam – magyarázta ártatlanul –, jobb, ha nem látja senki, de ha megpróbálok észrevétlenül kapcsolatba lépni önnel, annál feltűnőbb. Ezért választottam ezt az éjszakai időpontot. Csak arra nem gondoltam, hogy egy egész hadserege van.

– Ezt jól kigondolta! – túrt a hajába Corg reményvesztetten. – Mutassa, mit hozott nekem!

– Most már biztonságban vagyunk? – nézett körül Lilith bizalmatlanul. – Több meglepetés már nem érhet minket?

– Biztosíthatom! – roskadt magába Corg. – Ennél nagyobb meglepetésben nem lehet részünk. Mutassa már, mit hozott! – türelmetlenkedett.

Lilith sejtelmesen mosolyogva félreállt. Az ajtóban Dors jelent meg.

Corg álla leesett. Dorson egy trantori parasztasszony gyűrött ruhája volt. Egy kockás, laza ing, egy piros-sárga pöttyös szoknya, lábán szandál. Rettenetes látványt nyújtott.

– Az űrre! – csapta össze a kezét Corg ámulva. – Ezt maga adta rá?

– Igen – sütötte le a szemét Lilith zavartan. – Úgy gondoltam, ha esetleg lebuknánk, majd azt mondom, hogy ez egy buta mezőgazdasági robot, amit bemutatóra hoztam a Terminusi Egyetemre.

– Remek gondolatai vannak, Lilith kisasszony! – nézett Corg dühösen. – Jöjjenek. Tűnjünk el innen, még meglátja valaki.

Időközben ugyanis megvirradt. Lilith az irodában kényelmesen belehuppant a már megszokott foteljébe, és ártatlan szemeket meresztett Corgra.

– Volna esetleg azokból a finom szendvicsekből néhány darab? – törte meg a csendet Lilith. – Ugyanis még nem reggeliztem.

– Korán van még! – intette le Corg. – Még nincs senki az üzemben.

Közben nagy szakértelemmel mustrálgatta Dors mozdulatlan alakját.

– Ez nem a Robotikai Kutató Intézet? – kérdezte Lilith hanyagul.

– De! – döbbent meg Corg. – Miért kérdezi?

– Hát – hintázott Lilith önfeledten a fotellel –, javasolnám, kezdjenek el konyhai robotokat is gyártani. Azok éjjel-nappal a rendelkezésére állnának.

Corg ámultan meredt Lilithre, aztán észbe kapott.

– Maga tréfál velem! – intette le, és újra Dorshoz fordult.

– Mondja – méregette Dorst csalódottan. – Nem lehetne másik ruhát rá adni?

– De – bólintott Lilith –, biztosan lehetne. De nem hoztam másikat, az én ruháim meg nem igazán jók rá – húzta ki magát. – Úgyhogy vagy ez marad rajta, vagy semmi. Esetleg maga hozhatna rá másik ruhát – nézett reménykedve Corgra. De Corg nem figyelt rá.

– Mondja – kérdezte Corg elgondolkozva. – Mit tud ez a robot?

– Semmit – rántotta meg a vállát Lilith.

– Semmit? – hűlt el Corg. – Maga szerint mihez kezdjek egy ilyen magatehetetlen robottal? – járkált fel és alá dühösen Corg. – Így fog nekem ácsorogni az irodám közepén?

– Úgy látom – rántotta meg újra a vállát Lilith –, ön nem sokat konyít a pozitronikus agyakhoz. Maga nekem nem mondott semmit. Nem mondta meg, kié lesz ez a robot, és hogy mire kell az illetőnek. Egy pozitronikus agyat nem olyan egyszerű beprogramozni. Ez nem egy egyszerű ipari robot, de ha már betöltötte a programot, azt szinte lehetetlen onnan kitörölni valószínűsíthető károsodás nélkül. Ezért nem programoztam semmire és senkire, csak annyira, hogy járni tudjon, és egyelőre csakis én tudom működtetni. Döntse el, mit szeretne, és megpróbálom beleprogramozni. Egyébként tiszta szerencse, hogy az áramkörei nem sérültek. Valaki vagy valami szakszerűen kitörölt belőle mindent, úgy, ahogy ezt még én sem tudtam volna megtenni károsodás nélkül.

Corg gondolataiba merülve ült le az íróasztala mögé, de mohó szemeit egy pillanatra sem vette le Dorsról. Hosszú csend következett.

– Hozat végre valami ennivalót – törte meg a csendet Lilith unottan –, vagy itt hagyom, bemegyek a citybe és ott eszem valamit.

Corg elgondolkozva méregette Lilithet.

– Nem tudom, miért – vakargatta az állát Corg –, de van egy olyan érzésem, hogy maga annál, amit mutat nekem, sokkal többet tud. Nézze! Most a biztonságiakon kívül csak mi ketten vagyunk itt. Én kiterítem a lapjaimat, aztán majd meglátjuk. Kérem, kövessen – és felállt.

Hosszú folyosókon haladtak keresztül, Dors némán követte őket.

– Ez meg minek jön utánunk? – ütközött meg Corg.

– Talán, mert így programoztam – szabadkozott Lilith. – Ha nem lát engem, esetleg összeomlik a rendszere, és akkor kezdhetek mindent elölről. Higgye el, teljesen üres a pozitronikus agya. Épp, hogy csak járni tud. De ha zavarja, le is állíthatom.

– Hagyja csak! – legyintett Corg.

Beszálltak egy liftbe, ami több emeletnyi mélységbe repítette őket. Végül a lift megállt, kiszálltak belőle. Corg egy mozdulatára nappali fény áradt szét. Lilith mozdulni sem bírt. Egy hatalmas, földalatti hangárban találta magát, a hangár közepén egy űrhajó állt. Egy hadihajó!

– Egyik kereskedő ősöm talált erre a hajóra több száz évvel ezelőtt – magyarázta Corg büszkén –, és rejtette el ide. Most az enyém. Mit szól hozzá?

Lilith szólni sem tudott. Ámulva bámulta a hatalmas hadihajót, aminek az oldalán egy óriási „S" betű díszelgett.

– Mit akar tőlem? – hebegte. – Ehhez én nem értek. Minek hozott ide?

– Ez nem minden! – mosolygott Corg sejtelmesen, és a hajó oldalához lépett. Megérintette egy pontján, mire a hajó oldala hangtalanul lenyílt.

– Jöjjön! – invitálta Lilithet büszkén. – Maga az első civil, akinek ezt megmutatom – és belépett a hajóba.

Lilith ámulva, Dors rezzenéstelen arccal, némán követte.

Az igazi meglepetés csak most érte őket. A hajóban emberek ültek. Mindenki a helyén, mozdulatlanul, mereven, mintha megállt volna az idő körülöttük.

– Humanoidok! – kiáltott Lilith döbbenten. – Hányan vannak?

– Ötvenen! – hencegett Corg.

– Maga megőrült? – tért magához Lilith. – Ha ezt itt megtalálják, magának vége! Miért itt rejtegeti?

– Ez a probléma – sóhajtott Corg. – Ezért kell maga nekem. Menjünk vissza az irodámba, és beszéljük meg ott, hogyan tovább.

– Sajnálom – mentegetőzött Lilith már az irodában. – Én ebben nem tudok segíteni. Az űrhajókhoz nem értek.

– Nem is kell – állt elé Corg reménykedve. – Azt hiszem, elég lenne az is, ha a robotokat életre tudná kelteni. Ők biztosan üzembe tudnák helyezni a hajót.

– Ez egy hadihajó! – rázta meg a fejét Lilith. – Minek ez magának?

– Nekem a hajó nem kell – hazudta Corg szemrebbenés nélkül. – Csak addig kellene üzemeltetni, amíg eltüntetném innen. Nekem a humanoidokra lenne szükségem. Képzelje csak el, micsoda áttörés lenne! – lelkendezett. – Ember alakú robotok! Ha minden családnak csak egyetlen ilyen robotot tudnék eladni! – suttogta elhomályosuló tekintettel.

– Hagyjon gondolkozni – intette le Lilith –, és hozasson végre ennivalót!

Láttátok? – gondolta Lilith. – Ez az ember őrült!

Igen – jött a válasz Fallomtól. – Döbbenetes! Tudod, mi az érdekes? Láttad azt az „S" betűt a hajó oldalán? Az a Solaria jelképe. Ez a hajó közel harmincezer éves, és a Solarián gyártották. Giskard azt állítja, ő emlékszik erre a hajóra. Annak idején a Föld ellen akarták bevetni, de valamiért eltűnt az űr végtelenjében. Azért nem tudták eddig beüzemelni ezt a hajót a robotokkal együtt, mert nincsenek energiacellái. Ezt a hajót csak egy solariai tudná életre kelteni a saját energiájával.

Mit gondolsz – szakította félbe Lilith Fallom szóáradatát –, te tudnád működtetni?

Minden bizonnyal. Mint tudod, én a Solarián születtem.

Remek! – örvendezett Lilith. – Giskard ott van?

Itt vagyok, Lilith kisasszony – jelentkezett Giskard. – Mit tehetek önért?

Mit gondolsz, Giskard – gondolkodott el Lilith –, be tudnál észrevétlenül jutni abba a hajóba?

Azt hiszem, igen – jött a válasz.

És el is tudnád azt irányítani?

Természetesen – válaszolt Giskard egykedvűen.

Akkor rajta! – adta ki az utasítást Lilith. – Majd jelentkezem.

– Hogyan képzeli ezt az egészet? – fordult Corg felé.

– Talán az lenne a legfontosabb – vakargatta az állát Corg elgondolkozva –, hogy ez a hajó minél előbb eltűnjön innen, mert addig nem merem a sorozatgyártást elindítani. Félek, hogy rátalálnak, és akkor lennék csak igazán bajban.

– Sorozatgyártás? – hüledezett Lilith.

– Igen – feszengett kivörösödve Corg. – Már évek óta kész a program, csak ezt a gombot kell itt megnyomnom – mutatott az íróasztalára Corg büszkén –, és indul is a termelés. De amíg ez a hajó itt van, addig nem tehetek semmit.

– Egy ekkora hajót nem lehet csak úgy kidobni az űrbe! – ellenkezett Lilith.

– Ezzel tisztában vagyok én is – helyeselt Corg elkeseredetten. – Ez az átok évszázadok óta sújtja a Corg-vállalatot. Értse meg! Nem írhatok ki pályázatot a Galaxisban, hogy ki tudna beüzemelni egy hadihajót. Akit meg a közelébe merek engedni, azok nem tudnak mit kezdeni vele.

– Akkor még egyszer – dőlt hátra Lilith. – Mit vár tőlem?

– Tüntesse el ezt a rozzant bárkát! – nézett Lilithre elkeseredetten.

– És a robotokkal mi legyen? – hintázott önfeledten Lilith a fotellel.

– Hát – vakarta meg a fejét Corg –, ha életre lehet őket kelteni, az jó. Ha nem, úgy is jó. Bevallom őszintén, nekem ez az egy is elég – mutatott Dorsra. – Én csak tanulmányozni szerettem volna, milyenek legyenek a jövő robotjai. A többi ötven a megrendelőmnek kellene.

– Ki az a titokzatos megrendelő – vágott közbe Lilith –, és mire kell neki ennyi robot?

– Barney, a volt polgármester – vallotta be Corg szemlesütve. – Az a meggyőződése, hogy ezekkel a robotokkal sikerülne neki visszaállítani az Alapítvány hatalmát a Galaxis felett. Mondja meg, hogy mit kér érte, és én teljesítem azt.

– Hogy mit kérek? – gondolkodott el Lilith. – Először is hozasson nekem azokból a finom szendvicsekből párat, a többit majd megbeszéljük.

Corg az órájára nézett és bólintott. Megnyomott egy gombot az íróasztalán. Pár perc múlva egy szendvicsekkel megrakott tálcával a titkárnő lépett a szobába, majd némán távozott.

– Azzal tisztában van, ugye – harapott Lilith mohón a szendvicsbe –, hogy ötven robotot nem vihetek a Trantorra, és a laboromat sem hozhatom a Terminusra feltűnés nélkül?

– A nagyapám – állt fel Corg – talált egy lakatlan, kieső bolygót, ahol kiépített egy bázist. Ezt a hajót el lehetne ott rejteni, nem találna rá senki. Mi lenne, ha a hajót a robotokkal együtt odavinné? Ott kiépíthetne egy laboratóriumot, és feltűnés nélkül, zavartalanul dolgozhatna? Cserébe felajánlom önnek a Corg vállalat vezérigazgatói székét. Nos? – nézett Lilithre reménykedve.

Lilith elgondolkozva lakmározott.

Giskard! – gondolta. – Hogy állunk?

A helyemen vagyok – érkezett a válasz késedelem nélkül –, a hajó indulásra kész.

– A hajóval én nem tudok mit kezdeni – szólalt meg Lilith –, de talán az egyik robotot, ha életre sikerülne kelteni, esetleg ő, talán...

– Szóval elvinnétek innen a robotokat? – lépett a szobába Barney mosolyogva. – Engem már meg sem kérdeztetek volna?

– Hogy kerül ide? – merevedett meg Corg.

– Ennyire ostobának tartasz engem? Azt hitted, hogy megbízom benned? Természetesen minden lépésedet figyelemmel kísértem, minden beszélgetésedet lehallgattam.

Barney kíváncsian lépett Dors elé.

– Szóval sikerült életet lehelni ebbe a robotba? Az űrre! – kiáltotta. – Ez meg hogy néz ki?

– Csak ilyen ruhát tudtam szerezni – mentegetőzött Lilith tele szájjal. – Mi a baj vele? Tán manökennek kellene?

– A játéknak vége! – kacagott Barney gúnyosan. – Lilith kisasszony szépen beüzemeli nekem a hadihajót, rád pedig, Corg fiam, a továbbiakban nincs szükségem!

Barney egy sugárpisztolyt rántott elő a zsebéből, amit Dors abban a pillanatban ki is vert a kezéből. A következő mozdulatától Barney a szoba távoli sarkába repült. Corg a fegyver irányába mozdult.

– Nem ajánlom! – kiáltott rá Lilith. – A robot még félreértené – bökött a mozdulatlanságba merevedő Dorsra.

– Ezt meg hogyan csinálta? – döbbent meg Corg.

– Mint mondtam – falatozott tovább Lilith zavartalanul –, ez a robot semmit sem tud, csak annyit, hogy engem kell megvédenie – kortyolt egy nagyot. – Mit mondjak? Én sem bízom önökben.

A sarokban Barney mozgolódni kezdett. Nem nyújtott valami épületes látványt.

– A biztonsági őrök mind az én embereim! – fenyegetőzött. – Innen úgy sem jutnak ki élve, csak ha én úgy rendelkezem!

– Uraim! – állt fel Lilith, a morzsákat a földre söpörve apró szoknyájáról. – Nyugodjanak meg. Korai a marakodás a koncon! Egyáltalán nem biztos, hogy akár csak egyetlen robotot is üzembe tudok helyezni, és az sem biztos, hogy az a robot, ha működik is, be tudja üzemelni a hajót.

Csend lett. Corg és Barney bizalmatlanul méregette egymást, sóvárgó pillantásokat vetve a földön nyugvó fegyver felé. Ám a fegyver mellett ott állt Dors mozdulatlanul. Patthelyzet volt.

– Azt javaslom – helyezkedett Lilith kényelembe –, tegyünk egy próbát, aztán ráérnek alkudozni.

– Mi a garancia – szólalt meg végül Barney rekedten –, hogy azt a robotot nem programozza ellenünk?

– Semmi – rántotta meg a vállát Lilith. – Nekem sem a robotok, sem a hadihajójuk nem kell. Nem kell a Corg-vállalat vezérigazgatói széke sem. Nekem ez pusztán kihívás. Döntsék el gyorsan, mit akarnak, különben itt hagyom magukat ezzel a magatehetetlen robottal együtt.

Újra csend lett. Lilith türelmesen nézett hol az egyikre, hol a másikra. Kétségtelenül ő uralta a kialakult helyzetet.

– Nekem nem kellenek sem a robotok, sem a hadihajó – kezdte Corg. – Erre a robotra is csak addig lenne szükségem – bökött a parasztszoknyás Dorsra –, amíg sikerülne megfejteni a működési elvét, utána ezt is viheti. A lényeg, hogy ez az egész armada végleg eltűnjön innen. Magának adom azt a bolygót is, ahol az a bázis lenne, csak már legyen végre vége!

– Legyen – egyezett bele Barney. – De ebben a nőben én nem bízom! – bámult Lilithre dühösen.

– Akkor minden a legnagyobb rendben! – állt fel Lilith. Még egy szendvicset magához vett, és gondtalanul az ajtó felé indult.

– Hová megy? – kiáltottak rá szinte egyszerre.

– Haza – vetette oda közönyösen. – Rám itt semmi szükség. Nem gondolták komolyan, hogy életem hátralévő részét majd itt töltöm?

– Várjon! – állt elé Barney, egyik szemét Dorson tartva. – Talán beszéljük meg.

– Nincs mit megbeszélnünk – állt egyik lábáról a másikra türelmetlenül Lilith. – Önök nem bíznak bennem, és igazuk van – tolta félre az ámult Barneyt maga elől.

– Üljön vissza, kérem! – ütött meg szelídebb hangot Corg. – Legyen minden úgy, ahogyan maga akarja. Csak ez a hajó tűnjön el innen.

– Rendben van – engedett Lilith. – Akkor hozom a műszereimet.

A hadihajó vezérlőpultjánál már Giskard ült mozdulatlanul, egyenruhában. A hajón még rajta kívül ötven robot ült vagy állt, mindegyik valamilyen félbemaradt mozdulatba merevedve. Kísérteties látvány volt. Lilith egy üres ládát húzott Giskard mellé, és nagy szakértelemmel látott neki a programozásnak. Megérintette Giskard alsó karját, mire a bőr felülete egyszer csak szétnyílt. Corg és Barney elborzadva léptek hátra. Lilith különböző csatlakozókat helyezett a mélyedésbe, és hordozható számítógépe fölé görnyedt. Hosszú órák teltek el néma csendben. Lilith mögött Dors állt mereven. Egyszer csak Giskard kinyitotta a szemét.

– Ez az! – sóhajtott Lilith elégedetten.

– Mi az? Mi az? – tolakodtak köré Corgék.

– Nem látják? – nézett rájuk Lilith büszkén. – Kinyitotta a szemét!

– Ennyi? – suttogta Barney csalódottan.

– Megőrült? – fordult felé Lilith szemrehányóan. – Ezeknek a robotoknak nem üres a pozitronikus elméjük, mint az elsőnek volt – mutatott Dorsra. – Ezeket valószínűleg gyilkolásra tervezték – magyarázta. – Ha nem vigyázok, az elméje életre kel, minket is megölhet azonnal, és akkor elszabadulhat a pokol. Meg kell kerülnöm azokat az áramköröket, amik az öntudatáért felelnek. Csak akkor tudok új programot beleírni, ha találok olyan üres helyet, ami veszély nélkül működésre bírja ezt a bádogembert – és újra a számítógépe fölé görnyedt. Újabb órákig némaságba burkolózott. Sötét éjszaka volt, amikor Lilith elégedetten tolta hátra az üres ládát, amin ült, és csontjait ropogtatva nyújtózott egyet.

– Kész! – tornáztatta elgémberedett végtagjait.

– Nem történik semmi! – elégedetlenkedett Barney.

– Várjon! – nyugtatta meg Lilith. – Mint mondtam, a hajóhoz nem értek. A többi a robot dolga.

Lilith elégedetten pakolgatta össze a holmiját. Giskard karján a nyílás nyom nélkül összezárult. Egyszer csak a hajó műszerfala kivilágosodott.

– Ez az! – kiáltotta Lilith büszkén. – Hozhatja a koordinátáit.

Corg a kabin falához lépett. Érintésére feltárult egy rejtett rekesz. Egy darabka papírlapot vett elő onnan, ami tele volt számokkal. Lilith pár percet vacakolt a műszerfalon.

– Mehetünk – fordult a két türelmesen várakozó férfi felé.

– Mehetünk? – meredtek rá döbbenten. – Hová? – kérdezték egyszerre.

– Vissza az irodába – rántotta meg a vállát Lilith egykedvűen. – Remélem, nem akarnak önök is együtt repülni ezekkel itt? – bökött a háta mögé, és kilépett az űrhajóból.

Az irodában a két férfi egymás szavába vágva faggatta Lilithet.

– Csak szépen sorjában! – intette le őket Lilith nyugodtan. – Mire kíváncsiak?

– Azt állítja, hogy a hajó el fog indulni? – toporgott Corg türelmetlenül.

Lilith bólintott.

– Mikor és hová? – döbbent meg Corg.

– Hogy hová – ült vissza a fotelbe Lilith –, azt maguknak kell tudniuk. Én csak a koordinátákat adtam meg. Hogy mikor, azt nem tudom.

– Nem tudja? – hűlt el Barney.

– Mint mondtam – tette keresztbe izmos lábait Lilith –, a hajóhoz nem értek. Nem tudom, mennyire modern a számítógépe; azt sem tudom, mennyi időre van szüksége a robotnak a koordináták bevitelére. Ez a robot dolga. Tőle függ, mikor végez a számításokkal.

– Visszaadná azt a papírdarabot, amin a koordináták vannak? – vágott közbe Corg.

– Nem.

– Nem? – döbbent meg Corg.

– Nem – rántotta meg a vállát Lilith. – Ugyanis nincs nálam. A hajón maradt.

Corg álla leesett.

– A hajón maradt? – suttogta rekedten.

– Ugye nem azt akarja mondani – nézett rá Lilith kedvesen –, hogy nem tudja a koordinátákat?

– Pedig nem tudom! – roskadt a foteljébe Corg, arcát két tenyerébe temetve.

– Eddig ezt a rekeszt még senki sem tudta kinyitni. Nekem is csak most sikerült, hogy a hajó életre kelt.

– Szóval – kacagott Lilith önfeledten – elküldtünk egy állig felfegyverzett hadihajót teljes személyzettel egy olyan titkos objektumra, amit mi sem ismerünk? Maguk aztán értik a dolgukat!

– Ez a maga műve volt! – csikorgatta a fogát Barney, de mozdulni sem mert, mert Dors most is ott állt szigorúan Lilith mögött.

– Megőrült? – rivallt rá Lilith. – Évtizedek óta szövögetik a terveiket! Végre elindul a hajó, és maguk nem tudják, hogy hová? – mutatott vádlón Barneyre.

– És persze, én vagyok a hibás!

– Ez akkor is a maga műve! – csikorogta Barney elkeseredetten.

– Persze, hogy az enyém! – húzta ki magát Lilith büszkén. – Azt kérték tőlem, tüntessem el ezt a hajót, küldjem a maguk által meghatározott koordinátákra, és ez a hajó most oda fog menni! Abban biztosak lehetnek! Mi itt a hiba?

– Nem emlékszik véletlenül azokra a számokra? – rebegte Corg kétségbeesve.

– De, emlékszem! – mosolygott rá Lilith gunyorosan. – Nyolc-tíz órán keresztül mást sem csináltam, csak számsorokat vittem be, de erre a néhány számra nyilván pontosan emlékszem!

– Állítsuk meg a hajót! – kiáltott Barney reménykedve.

Ekkor sziréna harsant. Aztán még egy, és még egy.

– Elkéstünk! – suttogta Corg reményt vesztve. Barney a fogát csikorgatta.

– Nincs véletlenül a hajón nyomkövető? – vetette közbe Lilith érdeklődve.

– Nincs – sóhajtott Corg kétségbeesetten. – Bevallom őszintén, nem gondoltam volna, hogy sikerül beindítania ezt a hajót, és utána olyan gyorsan peregtek az események, hogy erre nem is gondoltam.

A szirénák elhallgattak. A folyosó felől kiabálás és dulakodás zaja hallatszott.

– Uram! – lépett egy tiszt lihegve Barney elé. – Az üzemet megszállta a katonaság!

Ekkor egy másik tiszt lépett az irodába, mögötte egy szakasz állig felfegyverzett katonával. Ekkor már Lilith is állt.

– Maguk meg kicsodák? – nézett a két hölgyre a tiszt kíváncsian.

– Az én nevem Lilith. A Trantori Egyetem matematika- és robotika-professzora vagyok – hazudta szemrebbenés nélkül. – A hölgy – mutatott Dorsra – szintén a Trantorról érkezett ide, a neve Jem By. Ő a Mezőgazdasági Minisztérium kereskedelmi osztályvezetője.

– Mégis csak a maga műve volt az egész! – fröcsögte Barney.

– Vigyék őket! – intett a tiszt.

A katonák szó nélkül markoltak Corg és Barney karjaiba, és már indultak is velük kifelé.

– Ez egy robot! – hörögte még Barney. – Nem látja?

Aztán már kint is voltak az irodából.

– Kérem, foglaljanak helyet! – kérte csendesen a tiszt őket. – Elmondanák nekem, mit keresnek itt?

Lilith és Dors leült egy-egy fotelba. Dors kipirulva igazgatta erős lábain a pöttyös rakott szoknyáját.

– Én, mint mondtam – kezdte Lilith ártatlan képpel –, a Trantori Egyetem matematika- és robotika-professzora vagyok. Az elmúlt hetekben előadásokat tartottam a Terminusi Egyetemen. Ez a Corg akkor keresett meg, hogy mindenféle robotok gyártásával foglalkozik, és ha megfelelő mennyiségű robotot vásárolok tőle, akkor nagy engedményeket tud tenni. Nekem ugyan nincs szükségem egyetlen robotra sem, de tudtam, hogy a trantori mezőgazdaság eléggé elavult. Otthon felkerestem a Mezőgazdasági Minisztériumban Jem By asszonyt, és előadtam neki Corg ajánlatát. Ezért vagyunk itt. De mondja csak, tiszt úr – vetette hanyagul keresztbe lábait Lilith –, maguk mit keresnek itt?

– Nemrég felszállt innen egy űrhajó – mosolygott a tiszt kedvesen. – Tudnak róla valamit?

Lilith megrázta a fejét.

– Mi ebben a furcsa? – kérdezte kíváncsian. – Nálunk, a Trantoron, percenként több száz űrhajó száll fel, és nem megy ki a katonaság!

– Ez nem kereskedelmi hajó volt – hunyta be a szemét a tiszt bágyadtan.

– Nem? – kerekedett el Lilith szeme. – Hát akkor milyen?

– Hadihajó! – A tiszt tekintete hidegen vizslatva fúródott Lilith szemébe.

– Hadihajó? – ámuldozott Lilith. – És elkapták?

– Sajnos nem – vakarta meg a füle tövét a tiszt kivörösödve. – A hajó felemelkedett, és mielőtt bármit is tehettünk volna, nyomtalanul eltűnt. Esetleg önök tudnak valamit erről a hajóról?

– Nekem ez az egész az elejétől fogva gyanús volt – állt fel Lilith, és a tiszt elé telepedett az íróasztalra. – Ez a Corg azzal hitegetett, hogy mindenféle robotokat gyártanak, köztük mezőgazdasági robotokat is, de amikor körülvezettek a gyárban minket, csak humanoidokat láttunk – és egy óvatlan pillanatban megnyomta a termelés indítógombját.

– Humanoidokat? – ámult el a tiszt. – Humanoidokat ebben a Galaxisban sehol sem gyártanak!

– Én is így tudom! – kalimpált Lilith gondtalanul a lábaival. – Ez keltett bennem gyanút. Lehet, hogy fegyvereket is gyártottak itt? – nézett gyanakodva a tisztre.

– Az teljességgel lehetetlen! – Egy katonát intett magához, és utasításokat osztott neki. A katona szó nélkül távozott.

– Megtudhatnám – érdeklődött kíváncsian a tiszt –, hogy a mezőgazdaságnak milyen jellegű robotokra lenne szüksége?

– Háát – köszörülte meg a torkát Jem By kipirulva –, én úgy hallottam, hogy a világban már sok munkát robotokkal végeztetnek el a mezőgazdaságban is. Mi a Trantoron egy kissé elmaradottak vagyunk, ugyanis mielőtt a földekhez juthattunk volna, előbb el kellett takarítani azt a sok ócskavasat, ami a Birodalom után ott maradt. A Trantoron szinte minden munkát kézzel végzünk – magyarázta Jem By fura, trantori tájszólással. – Nálunk a tej tehénből jön, a tojás a tyúkokból, mi nem élesztőkből, vagy tenyésztett gombákból állítjuk elő az ételeinket. Azt hallottam, hogy vannak olyan traktorok, amiben már nem ül ember, vannak olyan fejőgépek, amik maguktól megfejik a tehenet, és még sorolhatnám. Én azt hittem, hogy ez a Corg-művek ilyen gépeket is gyárt. Ezért jöttem ide, de ez a Corg, azt hiszem, becsapott minket – és zavartan igazgatta erős mellein a kockás inget.

– Aha! – méregette a parasztasszony Jem Byt kedvtelve a tiszt. – Láthatnám az irataikat?

– Természetesen! – szállt le Lilith az íróasztalról. – A hajómon vannak. Elszaladhatok értük?

– Talán majd később – mosolygott Lilithre a tiszt kedvesen. – Várjuk meg, amíg a katonák átfésülik a területet.

– Mondja csak – ült vissza Lilith az íróasztalra –, a Terminuson nem szokták ellenőrizni az ilyen tevékenységeket? Nálunk a Trantoron állandó megfigyelés alatt tartják a laboromat – és hanyagul egy szendvicsért nyúlt. – Kér egyet? Vegyen nyugodtan! – invitálta a tisztet kedvesen.

– Köszönöm, nem! – hárította el a tiszt kivörösödve. – A Terminuson is ellenőrizzük ezeket a gyárakat, de eddig nem vettünk észre semmi gyanúsat.

– Mondja csak, tiszt úr! – nyelt nagyot Lilith. – Ezt a volt polgármestert nem keresték azóta, hogy megbukott?

– De, kerestük – vörösödött el még jobban. – Azóta is körözés alatt áll.

– Érdekes! – harapott nagyot Lilith. – Egész végig itt bujkálhatott. Nálunk a Trantoron, pedig a Trantor öszszehasonlíthatatlanul nagyobb, mint a Terminus, órák alatt elfogták volna. Biztos nem kér? – nyújtotta a tálcát a tiszt felé.

A tiszt zavartan rázta meg a fejét.

– Biztosíthatom, kisasszony – hebegte kivörosödve –, hogy a Terminuson is van olyan jó a közbiztonság, mint a Trantoron.

– Maga tudja! – rántotta meg a vállát Lilith. – Csak azért mondom, mert jó kapcsolataim vannak a trantori biztonsági erőknél is, ha gondolja, beprotezsálhatom magukat egy tanulmányi útra.

A tisztet az agyvérzéstől a katona mentette meg. Félrehúzódva suttogtak a szoba egyik sarkában.

– Igaza volt, Lilith kisasszony – állt Lilith elé a tiszt fejet hajtva. – A gépsorok százával ontják a humanoidokat, és egy csomó olyan részleget találtunk, aminek a rendeltetése még nem tisztázott. Megtaláltuk a hangárt is, ahol a hajót rejtegették. Önök természetesen szabadon távozhatnak.

– Nem találtak önműködő traktorokat meg fejőgépeket? – állt fel Jem By, zavartan tördelve kezeit.

A tiszt kérdően nézett a katonára, de az csak a fejét rázta.

– Mondtam én neked – korholta Jem By Lilithet dühösen –, hogy átverés az egész. Olyan gépeket, ami a parasztnak kell, és nem kell hozzá ember, még nem találtak fel sehol. Bezzeg a háborúban! – fordult a tiszt felé felháborodva. – Ott vannak robotok bőven!

– Most már menjenek! – emelte tekintetét az ég felé a tiszt. – Majd csak találnak valahol traktorokat meg fejőgépet is.

A tiszt elkeseredetten tuszkolta a két nőt az ajtó felé.

– Egy pillanat! – szaladt vissza Lilith, és megragadta a tálca szendvicset. – Ezt elvihetem?

– Vigye csak nyugodtan – bólintott a tiszt savanyú ábrázattal. – Azt hiszem, itt már nem fog hiányozni senkinek.

– A tálcát majd visszaküldöm.

– Nem kell! Csak menjenek már! – sóhajtott a tiszt.

Lilith a hajójuk lépcsőjéről még kedvesen visszaszólt a tisztnek:

– Ne feledje! – integetett neki. – Ha a Trantoron jár, feltétlenül keressen meg! – kacsintott, és beszállt a hajóba.

Feltétlenül! – gondolta magában a tiszt. – Akkor lássalak, amikor a hátam közepét! – törölte meg verejtékben úszó homlokát.

– Micsoda egy népség! – morogta maga elé halkan.
A hajó hangtalanul, kecsesen szökkent a magasba.

– Jem By! – vigyorgott Fallom Lilithre. – Mondd csak,
drágám! Honnan szeded azt a sok ostobaságot, amit ösz-
szehordtál nekik?

– Bevették, nem? – vigyorgott vissza. – Hirtelen nem
jutott jobb név az eszembe.

– Átöltöznék! – állt közéjük Jemby.

– Miért? – méregette Lilith nagy szakértelemmel. –
Szerintem ez a ruha pont jól áll neked! – kacagta. – Min-
denkit levettél a lábáról!

Jemby szó nélkül lépett ki a paraszti ruhából, és egy
testhez álló overallt túrt magának a hajó ruhatárából.

– Így már sokkal jobb! – forgolódott a hajó műszer-
fala előtt.

– Hogyan tovább, kapitánynő? – hajolt meg Fallom
gálánsan Lilith előtt.

– Giskard hol van? – intette le Lilith.

– Jelentem, szorosan mögöttünk – szalutált Fallom
katonásan. – Azonnal átszállunk a hadihajóra.

A hadihajó hangárjában Giskard már várta őket.

– Nem láthatnak minket? – fordult Giskardhoz Lilith.

– Nem – nyugtatta meg Giskard. – A hajónak tökéle-
tes álcázórendszere van. Hiába harmincezer éves, gya-
korlatilag láthatatlan.

– Remek munkát végeztetek! – dicsérte meg Lilith a
robotokat. – Kiválóan alakítottátok a robotokat!

– De hiszen azok vagyunk – mosolygott Giskard sze-
rényen.

– Ne szerénykedj! – ellenkezett Lilith. – Én sem csi-
nálhattam volna jobban. Giskard, mit tudtál meg erről
a hajóról?

– Javaslom – invitálta őket Giskard –, menjünk a vezérlőfülkébe – és előreindult.

– Te tudtál erről az ármádiáról? – karolt Fallom boldogan Lilithbe.

– Nem – rántotta meg a vállát Lilith. – Csak sejtettem. Ez a két szélhámos egy robot miatt nem csinált volna ekkora felhajtást.

– Hova lettek a robotok? – nézett körül döbbenten Lilith az üres vezérlőfülkében.

– Bevittem őket egy raktárba – sütötte le a szemét Giskard zavartan. – Gondolom, csak útban lettek volna.

– Egy raktárba? Hogyan?

– Egyenként – szerénykedett Giskard. – Ezek a robotok még az én időmben készültek. Tökéletes másolatai Daneelnek, azzal a különbséggel, hogy nincs saját energiaforrásuk. Gondolom, a solariaiak a saját védelmük érdekében úgy alkották meg ezeket a robotokat, hogy csak ők tudják üzemben tartani, nehogy ellenük fordíthassák őket.

– És te? – nézett rá Fallom gyanakodva. – Te be tudtad üzemelni őket?

– Igen – vallotta be Giskard. – Hála Lilithnek, én is rendelkezem azzal a képességgel, hogy az univerzum energiáját tudjam hasznosítani. Így egyenként, gondosan megkerülve azokat az áramköröket, amik az öntudatért felelnek, betereltem őket egy raktárba.

Három szempár meredt Lilithre. Giskardé esdeklően, Jembyé kíváncsian, Fallomé gyanakodva.

– Most mi van? – nézett vissza rájuk ártatlanul. – Giskard is a család tagja! Nézzünk be inkább abba a raktárba.

Kísérteties látvány fogadta őket. A nem túl nagy raktárban ötven robot állt szorosan egymás mellett, férfiak, nők, még gyerekek is.

– Menjünk innen! – borzongott meg Lilith. – Nézni is rettenetes! Mire kellettek ezeknek a gyerekek? – nézett Giskardra Lilith döbbenten.

– A gyerekek ugyanolyan teljes értékű robotok, mint bármelyikük – sütötte le a szemét Giskard. – Ezeket a robotokat a Föld ellen kellett volna bevetniük. Gondolom, így feltűnés nélkül tudtak volna elvegyülni a Föld lakói között, és a megfelelő pillanatban megtették volna, amit tenniük kellett volna. Egyébként ez a hadihajó is gyakorlatilag egy robot.

– Mit vétett ellenük a Föld, hogy ilyen aljas módszerekkel akarták elpusztítani? – borzongott meg Lilith.

– Akkoriban a telepesvilágok babonásan rettegtek a Földtől, és amikor Gaia megfertőzte őket, szentül hitték, hogy a fertőzést a Föld küldte rájuk, amiért elhagyták őt. Meggyőződésük volt, ha elpusztítják, akkor megszűnik a fertőzés is. Én megmenthettem volna a Földet, de sajnos későn jöttem rá, hogy az igazi veszélyt Daneel jelenti. Az ő feladata az lett volna, hogy robbantsa fel a Földet a rajta található hasadóanyagok segítségével. Mire rájöttem, mire készül, már késő volt. Csak annyit tehettem, hogy az időzítő karját a lehető legtávolabbi időpontra állítsam, így lehetőséget adva a Föld lakóinak a menekulésre, mielőtt Daneel végezne velem. Sajnálom, ennyit tudtam tenni, mielőtt működésképtelenné váltam volna – nézett szomorúan Lilith könnyes szemébe.

– Nem a te hibád – sóhajtott Lilith. – Te megtettél mindent, ami tőled tellett – nézett rá Lilith szeretetteljesen. – Ha akkor te nem lépsz közbe, ma nem tudnám az életet újrateremteni a Földön. Daneel gonosz volt, de te jó vagy. Ajándékot kapsz tőlem – állt Lilith Giskard elé.

– Ajándékot? – csodálkozott Giskard. – Miért?

– Mert te jó vagy! – nézett a szemébe mereven. – A szabadságot kapod tőlem. Mostantól nem kötnek a robotika törvényei. Szabad vagy, akárcsak Jemby. Nem tartozol magyarázattal senkinek sem, csakis önmagadnak.

– Nem félsz – esett kétségbe Giskard –, hogy ellened fordulhatok?

– Ugyan már! – kacagott Lilith. – Te nem tudnál ártani nekünk – mutatott körbe –, mint ahogy mi sem neked. Az igazi feladatod ezentúl nem az emberek, hanem az élet védelme. Nem az emberek az élet – magyarázta Lilith. – Az emberek ugyanolyan részei az életnek, mint bármi más, amit életnek lehet nevezni. De ha kötnek téged a robotika törvényei, hogyan tudnál bármit is tenni az élet fennmaradásáért az emberekkel szemben? Érted már?

Giskard hallgatott. Sokáig emésztette Lilith mondandóját.

– Azt hiszem... igen – bólintott végül. – Köszönöm.

– Jemby! – fordult felé Lilith. – Neked is van egy ajándékom!

– Nekem? – döbbent meg most Jemby. Újra három szempár nézett Lilithre, de most mind a három kíváncsian.

– Igen – nézett vissza rá Lilith mosolyogva. – Ezt a testet, ha akarod, és ha Fallom is beleegyezik – nézett most Fallomra szemrehányóan –, megtarthatod. Gyere, Giskard. Nézzünk szét ezen a rozzant bárkán.

Giskardba karolva kihúzta őt a vezérlőteremből.

Fallom szomorúan nézett Jemby szemébe. Egyikük sem szólt semmit.

– Fallom! – törte meg a csendet végül Jemby. – Nekem mindegy, hogy ebben vagy abban a testben, a fontos az, hogy melletted lehessek.

Fallom gondolataiba merülve babrálgatott a műszerfalon.

– Te mit szeretnél? – sóhajtott végül Fallom.

– Azt, amit te – vágta rá Jemby gondolkodás nélkül. – E mellett a test mellett csak annyi szól, hogy ezentúl ott is veled lehetek, ahol eddig az előző testem külseje miatt nem lehettem veled. Akár így, akár úgy, én mindig Jemby maradok.

– Döntsd el te – adta be a derekát Fallom szomorúan. – Legyen úgy, ahogy Lilith akarja – sóhajtotta. – A döntés meg legyen a tiéd.

Jemby Fallomhoz lépett, átölelte, és erős melleire vonta a fejét.

– Köszönöm.

Csak ennyit mondott, és megsimogatta Fallom haját. Sokáig álltak így, egymást átölelve.

Lilith és Giskard lépett a vezérlőfülkébe. Kihámozta Fallomot Jemby ölelő karjai közül, és egy székbe nyomta.

– Ez a hajó – fészkelte magát Fallom ölébe – a kora ellenére sokkal többet tud, mint napjaink legmodernebb cirkálóinak bármelyike. Olyan a fegyverzete, hogy a legerősebb pajzsot is néhány lövéssel lehántja bármelyik csatahajóról, míg ez a hajó gyakorlatilag sebezhetetlen marad. Nincs olyan lézerágyú, vagy akármilyen energiafegyver, ami a pajzsán áthatolhatna. Az álcázórendszere egyedülálló. A hajtóműve gravitikus, olyan hatalmas, hogy ebben a Galaxisban, ha tudod hová akarsz menni, egyetlen ugrással képes odaugrani. Nem csodálom, hogy a solariaiak nem akarták átadni az akkori flottának. Ez valóban egy gyilkológép. Akkor is képes önállóan cselekedni, ha nincs rajta senki. Rossz kezekben ez a hajó egyedül is képes lenne elbánni a teljes alapítványi flottával. Nagy szerencse, hogy ez a két szélhámos nem tudott mit kezdeni vele – nézett hálásan a két robotra.

– Az én véleményem viszont az – karolta át Fallom Lilith karcsú derekát –, hogy az igazi szélhámosság az volt, amit te műveltél ezzel a két szerencsétlennel.

Lilith ártatlanul bújt hozzá.

– A robotika professzora – folytatta gúnyosan. – Annyi zagyvaságot hordtál össze, hogy aki eddig értett is valamit a robotikához, az most biztosan eldobálta az összes szakkönyvét. No, meg amit Jembyvel műveltél! – csóválta meg a fejét. – Ezek rá sem mertek nézni. Eleinte alig bírták megállni röhögés nélkül, aztán meg rettegtek tőle. Mondd csak! – nézett Lilith szemébe. – Mi lett volna, ha megszámolják a robotokat, és kiderül, hogy nem ötven, hanem ötvenegy robot van?

– De nem számolták meg! – mentegetőzött Lilith, és a műszerfalon lévő papírosért nyúlt. – Így viszont többé nem keresik sem a hajót, sem a robotokat, mert meggyőződésük, hogy olyan helyre küldték ezt a hajót, amit soha többé nem talál meg senki!

Lilith hangosan felkacagott.

– Most meg min nevetsz? – nézett rá Fallom gyanakodva.

– Látnod kellett volna az arcukat, amikor kiderült, hogy a hajón hagytam a koordinátákat!

Jemby mosolyogva bólogatott.

– Apropó! – nyújtotta oda Giskardnak a papirost. – Ezekre a koordinátákra el kell látogatnunk minél előbb.

– Mikor indulunk? – vette át a papirost.

– Amint lehet! – szólt Lilith határozottan.

– Én várnék az indulással – javasolta Giskard –, amíg elül ez a nagy forgalom körülöttünk. Minden valamirevaló hadihajó ezt a hajót keresi.

– Hát, csak keressék! – állt fel Lilith Fallom öléből. – Akkor mi visszavonulunk pihenni – kacsintott Fallomra sejtelmesen Lilith –, ti meg addig tanulmányozzátok ezt a rozzant bárkát. Gyere! – húzta magával Fallomot. – Hagyjuk magukra a fiatalokat! – kacagott.

Másnap reggel frissen, kipihenten léptek be a vezérlőfülkébe. Jembyt és Giskardot a vezérlőpult fölé hajolva találták.

– Egész idáig dolgoztatok? – csodálkozott rájuk Lilith. – Kicsit sem pihentetek?

– Mi sohasem fáradunk el – mosolyodott el Jemby szerényen. – Viszont ez a hajó rendkívüli! Saját pozitronikus áramkörei vannak. Ez képes irányítás nélkül elvégezni a rábízott feladatot. De ez korántsem minden! – nézett Fallomra elképedve. – Úgy néz ki, bár kipróbálni még nem mertük, hogy ez a hajó alakváltásra is képes.

– Alakváltásra? – döbbent meg Fallom.

– Igen – bólintott Jemby. – Csak reménykedhetünk abban, hogy ez egy egyedi példány, és nem készült belőle több. Iszonyatos pusztításra képes, ám maga a hajó elpusztíthatatlan. Talán az a szerencséje a Galaxisnak, hogy önálló gondolkodásra nem képes.

– Mi van odakint? – vágott közbe Lilith türelmetlenül. – Jó lenne minél előbb megnéznünk azt a bizonyos bázist.

– Minden a legnagyobb rendben – jelentette Giskard katonásan. – Odakint tiszta a légtér, a keresőhajók már messze járnak.

– Akkor indulás! – adta ki a parancsot Lilith.

Giskard bólintott, és kényelmesen hátradőlt a székében.

– Nos? – nézett rá Lilith várakozóan?

– Már ott is vagyunk – nyugtatta meg Giskard. – Mint mondtam, ennek a hajónak pozitronikus áramkörei vannak. Bár önállóan nem tud gondolkodni, de ha valaki rá tud hangolódni, akkor a Galaxis másik sarkából is el tudja irányítani ezt a hajót, pusztán mentális úton. Most én irányítom, és azt teszi, amit én akarok – húzta ki magát büszkén.

– Ki tudod tenni a képernyőre a bolygót? – lépett Giskard mellé Lilith.

Giskard bólintott, és hirtelen megelevenedett a képernyő.

– Az űrre! – kiáltott fel Lilith. – Ez nem bolygó! Ez egy mesterséges űrbázis!

Döbbenten meredtek a képernyőre.

– Uramatyám! – suttogta Fallom. – Vajon mire készülhettek ezek? Van légköre?

Giskard némán rázta meg a fejét.

– Találsz rajta életjeleket? – faggatta Lilith.

Giskard megint csak a fejét rázta.

– Át tudunk szállni rá? – kérdezte Fallom.

– Csak űrruhában – nézett rá Giskard. – Én viszont minden gond nélkül igen. Ha viszek magammal kamerát – mutatott egy apró szerkezetre –, akkor ti is láthatjátok azt, amit én.

– Nem túl veszélyes? – aggodalmaskodott Lilith.

– Azt mondtad – rántotta meg a vállát Giskard egykedvűen –, hogy nem tud nekem ártani senki és semmi. Hát most majd kiderül.

– Jemby veled megy! – szólt közbe Fallom ellentmondást nem tűrő hangon

– Tedd le a hajót a felszínre.

Ahogy közeledtek a bázis felé, egyszer csak kinyílt egy óriási ajtó. Giskard kérdőn nézett Fallomra. Fallom bólintott.

Giskard ügyesen, óvatosan bekormányozta a hajót az óriási dokkba. Amikor leszálltak, az ajtó automatikusan bezárult felettük, és a dokkban fények gyúltak. Vártak.

– Remélem, nem csapda! – suttogta Lilith.

– Mehetünk? – nézett Giskard Jembyre kérdőn, és mellére erősítette a mini kamerát. Jemby egykedvűen bólintott. Némán elhagyták a vezérlőtermet. A képernyőn hirtelen a kamera képe jelent meg.

– Látjátok, amit én látok? – hallották Giskard hangját.

– Igen – nyugtatta meg Fallom. – Mehettek.

Amerre mentek, kivilágosodtak a folyosók, ahogy tovább haladtak, újra sötétbe borult mögöttük minden. Órákig bolyongtak a folyosók kuszaságán keresztül. Mindenfelé üres szobákat és hatalmas termeket találtak. Mintha óriásoknak építették volna. Egyszerre egy hatalmas teremben találták magukat, ami tele volt műszerekkel, kapcsolókkal.

– Ez lehet a vezérlőterem – suttogta Fallom. – Ne nyúljatok semmihez!

Ekkor hatalmas fémkéz nyúlt ki a terem egy sötét zugából, és mielőtt Giskard bármit is tehetett volna, már meg is ragadta. A magasba emelte. Egy szempár izzott fel vörösen.

– Kik vagytok, és mit kerestek itt? – dörrent egy fülsiketítő, mély hang.

Egy hatalmas robot, amilyet eddig még elképzelni sem tudtak, lépett ki a fényre.

Lilith halkan felsikoltott.

– Utazók vagyunk – hallották Giskard hangját. – Erre jártunk. Pusztán a kíváncsiság hozott ide minket, azt hittük, hogy ez az építmény lakatlan.

– Utazók? – nevetett fel furcsán, gúnyosan a robot. – Errefelé nem szoktak csak úgy utazgatni! – és úgy megszorította Giskardot, hogy recsegtek a fémízületei.

– Nézzenek oda! – morogta a robot elismeréssel. – Milyen apró és milyen erős. Te nem is vagy ember! Akkor is elpusztítalak! – dörögte.

Ekkor Jemby lépett közelebb, és lesújtott a robot térdízületére.

A robot egy sóhajtással térdre rogyott. Giskard, ahogy a szorítás engedett, egyetlen ugrással a robot vállán termett. Egy rántással elszakított egy vastag kábelköteget. A robot tehetetlenül roskadt össze, majdnem maga alá temetve Jembyt.

– Innen úgysem menekültök! – nevetett gúnyosan, magatehetetlenül. – A többiek hamarosan ideérnek! – és a vörösen izzó szempár végleg kialudt.

– Azonnal gyertek vissza a hajóra! – parancsolta Fallom.

– Egy pillanat! – kiáltotta Giskard, és a mozdulatlan robot mellkasára ugrott.

Fél percig sem matatott a robot élettelen testében, és már szaladtak is vissza a hajóra. Még csak a zsilipben voltak, de a hajó már emelkedett is volna a magasba, ám a hangár ajtaja zárva maradt. Giskard sietve ült a vezérlőpult mögé és behunyta a szemét. A hajó egyetlen lövéssel akkora lyukat ütött a bázis fémburkán, hogy gond nélkül hagyhatták el azt. Ekkor a bázis felől egy vastag, zölden izzó energianyaláb lövellt feléjük. A hajó védőpajzsa enyhén felizzott, de kárt nem okozott neki.

– Tűnjünk innen! – morogta Giskard.

– Ne! Várj! – kiáltott rá Lilith. – Ezt nem hagyhatjuk itt! – mutatott kétségbeesve a képernyőre.

– Ne aggódj, Lilith! – mosolygott Giskard. – Én már elintéztem.

Egy újabb energianyaláb találta el a hajót, és foszlott semmivé enyhe izzással a hajó védőpajzsán. A következő lövést már nem várták meg. Alig tűntek el onnan, a bázis, és minden, ami csak rajta vagy a közelében volt, hatalmas robbanással hullott atomjaira.

– Ezt meg hogyan csináltad? – méregette Fallom gyanakodva Giskardot.

– Előbb, ha megengeditek, átöltöznék!

Most vették csak észre, hogy Giskardon, de még Jembyn is cafatokban lógott a ruha.

– Nem vennéd fel azt a trantori ruhádat? – kérte Lilith Jembyt kedvesen mosolyogva.

Jemby szemrehányóan nézett rá.

– Nem csináltam semmi különöset – magyarázkodott Giskard, miközben öltözött –, csak rövidre zártam az energiacelláit, és imádkoztam, nehogy azonnal robbanjon fel. Ebben a hatalmas robotban hatalmas energia lakozott. Köszönöm! – fordult Jemby felé.

– Amikor hallottam, hogyan csikorognak az ízületeid – sütötte le szemét Jemby zavartan –, megijedtem, hogy ez a fémkolosszus összeroppant.

– Nem az én ízületeim csikorogtak – mosolyodott el Giskard –, hanem a bádogszörny ujjai. Nem tudni, mekkora erő lakozott benne, lehet, hogy összeroppantott volna. Még egyszer, köszönöm!

Szótlanul néztek egymás szemébe.

Lilith Fallomhoz simult. Ők sem szóltak semmit.

– Talán vissza kellene mennünk – törte meg a csendet Giskard –, nehogy valami túlélje ezt a robbanást.

De a bázis helyén nem találtak még fémhulladékot sem. A bázis maradéktalanul megsemmisült.

Új élet kezdete?

– Most akkor hová? – néztek Lilithre várakozva.

– Irány a Hold! – adta ki az utasítást Lilith.

– A Hold? – csodálkozott Giskard értetlenül.

– Igen – bólintott Lilith. – A Föld Holdja.

– Értem már! – világosodott meg Fallom.

A Föld zöldes izzását bársonyos kék fény váltotta fel. Mint valami burok, úgy ölelte körül a bolygót.

– Menjünk közelebb! – suttogta Lilith áhítattal.

– Ez a Föld nem az a Föld – suttogott Fallom kissé csalódottan, mintha félne attól, hogy valaki meghallja.

– Hogy érted ezt? – nézett rá Lilith értetlenül.

– Amikor utoljára itt jártam, nem így nézett ki! – meredt zavartan a képernyőre. – Akkor több kontinens szabdalta a hatalmas óceánok kékségét, most meg csak egy. Szinte az egész Földet víz veszi körül. Az a Föld nem ilyen volt.

– Márpedig ez a Föld az a Föld! – szögezte le Lilith határozottan. – Majd kialakul. Van még radioaktív sugárzás? – fordult Giskard felé.

– A műszerek szerint nincs – rázta meg a fejét Giskard. – A levegője belélegezhető, a vize tiszta, de életnek semmi nyoma.

– Gaia remek munkát végzett – bólintott Lilith elégedetten. – Le tudunk szállni a felszínre?

Giskard bólintott. A hajó egy elegáns manőverrel már le is ereszkedett a Föld kopár felszínére.

– Egy kissé lehangoló – nézett körül Fallom szomorúan, amikor már a Földön álltak.

– Egyáltalán nem az! – lelkendezett Lilith. – A többi már az én dolgom. Majd meglátjátok pár év múlva. Nyüzsögni fog itt az élet! – kiáltotta boldogan, és leszaladt a hatalmas víz partjára.

– Mindjárt megfürdöm! – és tapsikolva bújt ki a ruhájából.

– Nem ajánlom! – hűtötte le Giskard. – Úgy vélem, a vize még túlságosan kénes és savas.

Lilith megtorpant, és csípőre tett kézzel, csalódottan meredt Giskardra.

– Sajnálom! – mentegetőzött Giskard.

– Akkor irány oda! – mutatott Lilith a Holdra dühösen, és sebtében magára kapkodta szétszórt ruhadarabjait.

Fallom emlékeiben még elevenen éltek az itt eltöltött keserű, hosszú évek. Óvatosan, lassan közelítették meg Daneel bázisát. Amikor elég közel értek, egy hatalmas hangár ajtaja nagy port verve, hangtalanul kinyílt. Giskard ügyesen manőverezve vitte be a hajót. A hangár ajtaja neszteleníl csukódott be felettük. Vártak.

– Giskard – törte meg a csendet Fallom. – Itt van létfenntartó rendszer. Be tudod kapcsolni?

Giskard némán bólintott, és a zsilip felé indult. Érezte, hogy valahol legbelül megmozdul benne valami.

– Vigyázz! – szólt utána Jemby. – Nehogy valami meglepetés érjen.

Giskard mosolyogva fordult vissza, de nem szólt semmit. Némán lépett ki a sötét, hideg hangárba. Ahogy a lába a talajra ért, a hangárt nappali fény árasztotta el. Robotok siettek Giskard felé. Giskard nem mozdult. Az egyik robot Giskard elé állt. Jemby már indult a zsilip felé.

– Várj! – állította meg Lilith. – Azt hiszem, ezek azt hiszik, Daneel érkezett vissza.

– Úgy tudtuk – szólalt meg a robot Giskard előtt –, hogy működésképtelenné válltál.

– Láthatod – válaszolt egykedvűen Giskard –, itt vagyok. Vendégeket hoztam, embereket. Intézkedj, hogy a telepet fűtsék fel és lássák el oxigénnel – parancsolta.

– Máris intézkedem! – és a többi robot felé fordult, mire azok némán szétszéledtek.

– Kívánsz még valamit? – fordult vissza Giskard felé a robot.

– Vigyetek ételt, italt a vendégek részére fenntartott helyiségbe, és ne zavarjatok! – Megfordult, és visszalépett a hajóba. Mosolyogva lépett be a vezérlőterembe.

– Hamarosan kényelembe helyezhetjük magunkat – állt meg az ajtóban. – Ezek az ostoba robotok azt hiszik, Daneel vagyok. Mindent elvégeznek helyettem.

A hangárt hangos sziszegéssel árasztotta el a bepumpált meleg levegő.

– Mehetünk – indult előre Giskard.

Fallom és Jemby egykedvűen követték, ők hárman otthonosan mozogtak a bázison. Lilith viszont most volt itt először. Kíváncsian lépkedett utánuk.

– Ez volt az én lakrészem – nyitott ki egy ajtót Fallom kissé zavartan. – Ez lesz a mi szobánk. Ez pedig Daneel birodalma volt – nyitott egy jóval nagyobb helyiségbe.

– Innen irányította a Föld terraformálását. – Megborzongott. – Innen minden lépésemet nyomon tudta követni.

Egy hatalmas vezérlőpulthoz lépett, megérintett egy gombot. A képernyőn a Föld képe jelent meg. Egy robot étellel, itallal megrakott tálcát rakott egy asztalra.

– R. Dors Venabili – állt meg egy pillanatra Jemby előtt. – Örülök, hogy újra látlak! – és távozott.

Lilith bevackolta magát a képernyő elé egy forgószékbe. Nem nyúlt az ételhez, csak némán bámulta a Földet.

– Lilith, drágám! – lépett mellé Fallom. – Mi a baj?

Lilith szemei könnyben úsztak. Némán rázta meg a fejét.

– Ugyan már! – korholta csendesen. – Tudom, hogy a Föld miatt vagy elkeseredve. Ne légy türelmetlen! – ült mellé, és maga felé fordította Lilith székét.

– Ha te nem vagy, lehet, hogy a Föld örökre elpusztul, de legalábbis évmilliókra lakhatatlan lett volna. Nem tudom pontosan, mi lehet a magyarázata annak, hogy a radioaktivitás ilyen hamar eltűnt. Talán neked volt igazad, az idő másképpen telik itt, mint máshol. Talán az idő folyása olyan lehet, akár a vízé. Amikor a felszínre tör, vékony kis erecske, lassan csordogál, aztán ahogy erősödik, folyóvá duzzad, száguldva elsöpör mindent, ami az útjába kerül, majd amikor a tengerekbe ömlik, lelassul, kényelmesen elterül, szinte megáll, hullámai lassan mossák a partokat. Adj még egy kis időt a Földnek!

Lilith hangtalan zokogással borult Fallom nyakába.

Egy robot lépett be a vezérlőterembe és Giskard elé állt.

– R. Daneel Oliwav. A regenerátor készen áll, kérlek, gyere velem, hogy elvégezhessük a szükséges javításokat, és a memóriádat is felfrissítsük.

– Most nem érek rá! Majd egy későbbi időpontban elvégezzük a szükséges javításokat – lépett félre Giskard.

– Nem lehet! – állt újra elé a robot, és mereven nézett Giskard szemébe. – Itt az ideje. Ha nem végezzük el a javításokat, működésképtelenné válhatsz.

– Azt mondtam, hogy nem érek rá! Majd én eldöntöm, mikor kell engem javítani. Állj el az utamból! – parancsolta, és félre akarta tolni a robotot. Ám ekkor, mire észbe kaptak, a robot Giskardot villámgyorsan, a nyakánál erősen fogva a magasba emelte.

– Te nem R. Daneel Oliwav vagy. Ki vagy te, és hogyan kerültél Daneel testébe?

Giskard egy villámgyors mozdulattal a robot mellébe nyúlt, és kitépte annak energiacelláját. A robot tehetetlenül roskadt össze.

– Lebuktunk! – zihált Giskard elkeseredetten. – A robotok elindultak felénk, hamarosan ideérnek.

– Hányan vannak? – kérdezte Fallom döbbenten.

– Sokan – suttogta Giskard. – Mentális védőpajzsot vontam a vezérlőterem köré, azon nem tudnak áttörni. Remélem, nem jut abba a pozitronikus eszükbe, hogy kikapcsolják a létfenntartó rendszereket, mert akkor bajban leszünk. Itt ugyanis nincsenek űrruhák.

Fallom gondterhelten meredt Giskardra. Lilith közönyösen fordult vissza a képernyő felé, Jemby várakozva nézte Giskardot.

– Körülvettek minket a robotok – nézett körül Giskard, mintha tanácsot várt volna valakitől. – Nem lesz egyszerű a kijutás. Hacsak... – és megmerevedett.

Pár perc múlva hangos csatazaj törte meg a csendet. Fém görbült hangos sikoltással, bádog horpadt, ajtók szakadtak be recsegve. Aztán csend lett.

– Mi történt? – lépett Giskard elé Fallom aggódva.

– Megérkezett a segítség! – mosolygott Giskard elégedetten.

– Segítség? – képedt el Fallom. – Honnan és kik?

– A hadihajóról – rántotta meg a vállát Giskard. – Ötven humanoid várta a parancsomat, és lépett azonnal akcióba. És van még valami – közölte rejtélyesen, és kinyitotta az ajtót.

Döbbenetes látvány tárult a szemük elé. Mindenfelé szétszaggatott robotok hevertek, leomlott falak, beszakadt mennyezet. A bázis romokban hevert. A háttérben a humanoidok álltak némán, mozdulatlanul. De a legmegdöbbentőbb mégsem ez volt. A fémhalmokon és a romokban heverő szobákon túl egy hatalmas, eddig még sohasem látott robot ácsorgott egykedvűen. Tátott szájjal, döbbenten meredtek rá.

– Bemutatom a legújabb barátunkat! – tárta szét a karját Giskard látványosan. – Ő a mi hadihajónk.

Lilith továbbra is a Földet mutató képernyőt bámulta, nem érdekelték a körülötte történtek.

– Lilith! – lépett a lány mögé Fallom. – Te tudtad ezt?

– Igen – rántotta meg a vállát egykedvűen, oda sem nézve. – Giskard mondta már korábban, hogy a hajó alakváltó, és ő tudja irányítani.

Fallom kikerekedett szemekkel, némán meredt Lilith hátára.

– Jemby – fordult aztán Jemby felé. – Nézzünk szét, nehogy újabb meglepetés érjen minket!

Otthagyták a vezérlőtermet.

– Giskard! – szólalt meg Lilith amikor ketten maradtak, és elfordult a monitortól.

– Tudom, hogy Daneel még benned van. Ezt az egész kalamajkát ő idézte elő. Vigyázz rá jobban! – nézett mereven Giskard szemébe.

– Mit tegyek? – sütötte le a szemét zavartan. – Elpusztítsam?

– Szabad vagy – rántotta meg a vállát Lilith. – Én csak azt mondtam, vigyázz rá jobban. Jemby tudja?

– Nem hiszem – nézett Lilith szemébe. – Azt hiszem, bár megtehetnénk, mi sohasem turkálunk egymás agyában.

277

– Legyen Daneel a te lelkiismereted. Emlékeztessen mindig arra, mi a jó, és mi a rossz – bólintott Lilith. – Daneel gonosz volt, ne engedd, hogy elhatalmasodjon rajtad! – és visszafordult a képernyő felé.

– Alapos munkát végeztek a katonáid! – léptek be a terembe Fallomék.

– Egyetlen ép robot sem maradt. Nem is tudom, hová tehetnénk ezt a sok fémhulladékot! – lelkendezett.

Lilith felállt, megrázta magát, kitörölte a könnyeket a szeméből és Fallomhoz bújt.

– Menjünk innen! – suttogta.

– Hová? – ütközött meg Fallom.

– Haza. A Solariára. Elfáradtam, pihenni akarok. Nem akarok gondolkodni sem.

– Rendben – bólintott Fallom csodálkozva. – Ezzel itt mi legyen? – nézett körbe.

– Majd Giskard és Jemby rendet raknak. Csak menjünk már! – kérte Fallomot.

– Ha végeztünk, a robotokkal mi legyen? – állt elé Giskard. – Ezek itt a Galaxis legveszedelmesebb hadserege – bökött a háta mögé. – Megsemmisítsem őket?

– Ne... – gondolkodott el Lilith. – Legyenek ők a te hadsereged. A Galaxis tele lehet mindenféle veszedelemmel, még jól jöhetnek. Úgy érzem, a Földnek is szüksége lehet még rájuk – és a romokon keresztülbukdácsolva a hajójuk felé indult.

Fallom értetlenül meredt a két robotra, majd vállát megrántva Lilith után sietett.

Hetek teltek el tétlenül Fallom világában. Idejüket egy aprócska, lakatlan szigeten múlatták. A szigeten nem volt más, csak egy egyszerű kis faház. A tenger, és természetesen a bárka, ellátta őket mindennel. Lilith egész nap csak süttette magát, vagy nagyokat úszott. Végre nem kellett gondolkoznia semmin, pihenhetett.

Aztán egy nap ennek is vége szakadt. Egy úr és egy hölgy lépett hozzájuk. Az úron laza, világos, sportos öltöny, fején könnyű szalmakalap, lábán fehér fonott cipő, míg a hölgyön könnyű, színes ruha volt. Giskard és Jemby.

– Gyertek, üljetek le ide mellénk – nézett rájuk Lilith hunyorogva. – Mi tartott ennyi ideig?

Giskard a puha homokba, Jemby pedig Fallom mellé telepedett le.

– Hát – kezdte Giskard –, nem tudom, itt mennyi idő telhetett el azóta, hogy különváltunk, a Holdon hosszú évek. A robotok alapos munkát végeztek. Majdnem egy évbe telt, mire az ócskavassá lapított robotokat el tudtuk takarítani, pedig az a nagy mamlasz is segített. Kidobni nem mertem őket, nehogy rájuk találjon valaki. Hát építtettem egy hatalmas hangárt, oda hordtuk be a roncsokat. Aztán meg kellett találnunk Daneel szentélyét, nehogy még valami meglepetés érjen minket. Ez a Daneel semmit sem bízott a véletlenre! Bizonyos időközönként lementette a memóriáját, ami nem kis szó, hiszen harmincezer év emlékeit, tapasztalatait tárolta egy adatbankban. Testének minden alkatrészéből több darab is el volt raktározva. Ha bármi történne vele, itt akár újra lehetett volna építeni, a memóriáját újratölteni. Szerencse, hogy nem volt ideje eljutni ide. Természetesen mindent megsemmisítettünk.

Lilith mereven bámulta a tenger lágy hullámait

– A többi már szinte gyerekjáték volt, csak a bázist kellett renoválni kissé – folytatta mosolyogva. – Aztán ott volt még a robothadsereg. Akárki is teremtette őket, tudta, mit csinál! – fordult Fallom felé elismerően. – Ezt a technikát ugyanis a solariaiakon kívül soha, senki sem lenne képes működtetni. Igaz – sütötte le a szemét szerényen –, most már ők sem. Sikerült úgy programoznunk őket – nézett most Jembyre hálásan –, hogy ezentúl rajtunk kívül senki sem férhet hozzájuk. A telepet álcáztuk, gyakorlatilag láthatatlan. Amikor elkészültünk, a hadihajó elhozott minket ide, majd azonnal visszatért a bázisra. Nagyjából ennyi.

Giskard elégedetten vette le a zakóját, terítette le a homokra, kalapját a szemébe húzta, és lustán hanyatt feküdt a puha homokon.

– Azt mondod – hajtotta fejét Fallom Jemby ölébe –, hogy a Holdon évek teltek el?

– Igen – bólintott Jemby, és lágyan beletúrt Fallom hajába.

– A Földön voltatok azóta? – és nagyon élvezte Jemby lágy, anyáskodó simogatását.

– Voltunk! – ült fel Giskard. – Akármilyen hihetetlen, az a kénes, savas hatás teljesen elmúlt! És igaz, hogy csak apró, bakteriális szintű, de élet van rajta kialakulóban.

– Élet? – ugrott fel Lilith, mintha megcsípte volna valami. – Azonnal indulunk! – toppantott türelmetlenül.

A Napbárka már vagy tucatszor kerülte meg a Földet, mire Lilith végre egy pontra mutatva megszólalt.

– Oda!

A bárka lassan, óvatosan ereszkedett le egy domb tetejére. A látvány kissé lehangoló volt. Látható életnek semmi nyoma, a táj, bármerre néztek is, teljesen kihalt volt.

Lilith órákig szaladgált összevissza, keresve a legalkalmasabb helyet, míg végül határozottan egy pontra mutatott.

A sziklás talajt itt valami puha, földszerű anyag borította. A sziklák közül apró patakocska csordogált, kis tavacskát táplálva. Mire Giskard és Jemby megérkezett az időközben délceg fává nőtt csemetével, Lilith a saját két kezével akkora gödröt kapart a puha talajba, hogy Giskardnak csak bele kellett állítania a fácskát.

– Hozz vizet! – kérte Lilith Giskardot, aki szó nélkül színültig merítette a hatalmas cserépedényt a tavacskában, és vizét óvatosan a fa gyökerére locsolta.

– Nőj nagyra! – kiáltotta Lilith boldogan. – Hazaérkeztél! Teremts életet ezen a bolygón! – és tapsolva, táncolva ugrálta körül az élet fáját.

A fa koronájából egy rusnya kígyó öltögette rá sziszegve a nyelvét.

Fallomék döbbenten léptek hátrébb, ugyanis a fa körül zöld, mohaszerű, apró növény kezdett burjánzani.

– Gaia? – kérdezte Fallom rémülten.

– Gaia nem létezik többé! – kacagott Lilith önfeledten, boldogan. – Az élet máris utat tör magának! – és tovább járta őrült, boldog táncát.

A bárkán pazar lakomát csaptak, Giskard és Jemby sürgött-forgott a boldog pár körül.

– Hamarosan mi következünk! – lépett ki Lilith a ruhájából, és kipirulva, mezítelenül Fallom ölébe fészkelte magát. Fallom nagyot nyelt. Lilith gyönyörű volt.

Giskard és Jemby észrevétlenül hagyta magára a szerelmespárt. Szerelmük nyomtalanul mosta el ezer év szenvedését, gondtalanul, boldogan olvadtak eggyé. Reggel kócosan, frissen, kipihenten ébredtek.

Miután megfürödtek és megreggeliztek, Lilith belebújt abba a fehér, áttetsző, arannyal gazdagon díszített ruhájába, amit annyira szeretett, és a Napbárka korlátjához sétált.

– Fallom! – kiáltotta ámultan, kezeit a szája elé kapva.

Fallom, Giskard és Jemby egyszerre léptek mellé. Leesett az álluk. Körülöttük a táj szürke egyhangúságát a domb zölddé vált szigete törte meg, közepén az élet fája hófehér virágba borulva ragyogott.

– Lilith! – suttogta Fallom. – Ez gyönyörű!

Lilith az áhítattól elnémulva bólogatott.

– Mi lesz, ha az emberek rátalálnak erre a világra? – törte meg a csendet Fallom.

– Azt hiszem, ez elkerülhetetlen – merengett Lilith. – De talán mire az emberek egymásra találnak, addigra felnőnek annyira, hogy nem akarják egymást elpusztítani.

– Emberek? – döbbent meg Fallom. – De hát itt nincsenek is emberek!

– Még nincsenek! – javította ki Lilith sejtelmesen mosolyogva.

– Ezt meg hogyan érted? – meredt rá Fallom kételkedve.

– Emlékszel? – sütötte le a szemét Lilith kipirulva. – Megígértem, hogy gyermeket szülök neked. Azt hiszem – fúrta zölden izzó tekintetét Fallóméba –, gyermeket várok!

Csend lett. Fallom a döbbenettől mozdulni sem bírt.

Giskard és Jemby pár lépéssel hátrébb némán, mozdulatlanul meredtek Lilithre. Végre Fallom magához tért kábulatából, és Lilithet a karjaiba kapva, mint valami tollpelyhet, táncolva forogni kezdett vele.

– Ez igaz? – ölelte, csókolta.

– Megígértem, nem? – suttogta, és átkarolta Fallom nyakát. – Vigyázz, te bolond! – kacagta önfeledten. – Még elejtesz!

Fallom óvatosan, gyengéden a Napbárka fedélzetére állította Lilithet, és a két mozdulatlanná dermedt robothoz fordult.

– Na, idefigyeljetek! – tette csípőre a kezét hetykén. – Ezentúl semmi más dolgotok nem lehet, csakis Lilithre vigyáztok! Minden kívánságát azonnal teljesítitek! Megértettétek? – és újra Lilith felé fordult.

– Nem vagy fáradt? – kérdezte aggódva. – Hozzatok egy kényelmes széket! – parancsolt a robotokra.

– Te bolond! – intette le Lilith kacagva. – Nem beteg vagyok! Gyermeket várok! – és visszatelepedett a gazdagon terített asztal mellé. Jemby egy puha, meleg takarót terített a vállára. Fallom esetlenül toporgott Lilith körül.

– Mit szeretnél? – kérdezte aggódva.

– Azt – mosolygott rá Lilit –, hogy ülj ide mellém.

Miután Fallom leült, hozzábújt.

– Olyan boldog vagyok! – suttogta.

Fallom zavartan ölelte át Lilith vállát. Már majdnem ezeréves volt, de gyermekáldásról még csak nem is álmodott. Teljesen tanácstalan volt.

– Lilith, drágám! – sütötte le a szemét szégyenlősen. – Fogalmam sincs, mit kellene tennem – vallotta be. – Kérlek, ha bármire szükséged lenne, szólj. Megígéred?

Lilith mosolyogva bólogatott.

– Szeretnék visszamenni a Trantorra – bújt szorosabban Fallomhoz.

– A Trantorra? – ütközött meg Fallom.

– Igen – sütötte le a szemét Lilith. – A Trantor egy békés, nyugodt világ. Én ott születtem.

Lilith nyolc hónapig bírta a Trantori Egyetem egyhangú csendességét. Jemby járt a parasztokhoz friss tejért, tojásért, húsért. A nyolcadik hónapban könnyes szemmel állt Fallom elé.

– Menjünk vissza a Földre! – kérte.

– Nem lenne jobb – próbált ellenállni Fallom –, ha itt, a Trantor biztonságában születne meg a gyermekünk?

– Nem – ellenkezett Lilith határozottan. – Neki a Földön kell megszületnie. Ő lesz ott az első ember. Különben is! Rajtunk kívül nincs ott senki, aki árthatna neki.

Fallom némán adta be a derekát.

Az igazi meglepetést azonban a Föld okozta nekik. A hatalmas kontinens több darabra szakadt, az élet színesen burjánzott rajta. A Napbárkát ott találták, ahol hagyták. Az egykor oly kopár dombot sűrű erdő, a barna talajt selymes fű borította. A bokrok között apró állatok ugrándoztak, a patakban és a tavacskában halak fickándoztak a melegen tűző nap fényében.

– Ez csodálatos! – suttogta Fallom elképedve.

– Látod? – nézett körül Lilith büszkén. – Én tudtam előre. Giskard! – fordult felé Lilith. – Tudnátok nekem ide egy kis házikót építeni?

Giskard csak bólintott, és Jembyvel az oldalán eltűntek a fák között. Estére már állt is a házikó, nem túl messze a közben hatalmassá nőtt élet fájától, a tavacska mellett. Lilith boldogan vette birtokba a kicsiny faházat.

– Ennél szebb és biztonságosabb hely nincs az egész Galaxisban! – bújt szorosan Fallomhoz.

De tévedett. Ennél alkalmatlanabb hely az egész Galaxisban nem volt a szüléshez. Lilithnek, miután első gyermeke volt, fogalma sem volt, mi ilyenkor a teendő.

Fallom hosszú élete során talán még gyermeket sem látott, nemhogy a szülésről lett volna valami fogalma. Amikor Lilith fájdalmában sikoltozva vajúdott, Giskard kétségbeesetten, tehetetlenül toporgott körülötte. Jemby hiába túrta fel elméjének minden zugát, a szülésre még csak utalást sem talált. Aztán hirtelen eltűnt. Tizenöt perc telhetett el, amikor a pánik a tetőfokára hágott. Úgy látszott, Lilith nem éli túl ezt a megpróbáltatást, amikor Jemby sietett elő a fák közül egy testes, hangosan kiabáló parasztasszonyt terelgetve maga előtt.

– Az űrre! – csapta össze a két kezét döbbenten. – Mi folyik itt? Azonnal hozz vizet! – kiáltott Giskardra, és a vajúdó Lilith elé térdelt.

– Nem az egész tavat kértem! – ámult el, amikor Giskard egy hatalmas cserépedényt tett le mellé, színültig vízzel. – Kérek tiszta ruhát! – parancsolta. Jemby gondolkodás nélkül kapta le magáról a fehér ingét, és nyújtotta a parasztasszony felé. Az belemártotta a tiszta vízbe, és gondosan letörölte Lilith izzadságban fürdő homlokát.

– Jól van kislány! – duruzsolta nyugtatóan. – Nyomja, kedvesem! Erősebben! – parancsolta.

Fallom kétségbeesetten kapaszkodott Jemby erős karjába.

Jemby és Giskard kővé dermedve figyelték a parasztasszony nyugodt mozdulatait. Még sohasem láttak ilyet. Robotelméjük az összeomlás szélén táncolt. Aztán egyszer csak hangos gyermeksírás töltötte meg a táj néma csendjét.

– Fiú! – állt fel a parasztasszony büszkén.

Jemby ingével szárazra törölte a csecsemőt, és jól bebugyolálta. – Maga az apuka? – lépett a dermedt Fallom elé, és a kezébe nyomta a csecsemőt.

– Most meg mit ácsorognak itt, mintha még nem láttak volna ilyet? – dörrent a dermedt csoportra dühösen.

– Maga meg – fordult a félmeztelen Jemby felé – jó lesz, ha gyorsan hazavisz, mert az emberem dühös lesz!

– Kérem! – suttogta Lilith. – Maradjon még! Ő az első gyermekem, és nem tudom, mit kellene tennem.

– Ejnye! – korholta zsémbesen a parasztasszony. – Mindenkinek lesz egyszer egy első gyermeke. No, fiam! –

fordult Fallom felé. – Add csak ide azt a gyermeket! – letérdelt Lilith mellé a puha, bársonyos fűre, és gyengéden Lilith ölébe helyezte a csecsemőt, aki, mint a villám, Lilith tejtől duzzadó mellére tapadt, és halk cuppanásokkal, nyögéssel szívta magába az életet adó táplálékot.

– Látod, gyermekem! – mosolyodott el a parasztaszszony. – Ha te nem is, ő tudja, mi a dolga! – simogatta meg a mohón táplálkozó csecsemő pelyhes buksiját.

– Rám itt semmi szükség. Bízz magadban. Hidd el, mindig pontosan fogod tudni, mit kell tenned. – Felállt, és Jemby felé fordult.

– Vegyél magadra valamit, és vigyél haza – kérte csendesen. Giskard Jemby vállára terítette a zakóját.

Fallom gyengéden ölébe emelte Lilithet a gyermekükkel együtt, és a bárkára vitte őket. Giskard egy kivájt, vastag fatörzset cipelve ballagott utánuk, a bárkán puha, meleg állatbőrökkel bélelte ki. Lilith, miután a kis lurkó jóllakottan elszenderedett, mosolyogva, büszkén, boldogan helyezte el benne a csecsemőt.

– Mi legyen a neve? – térdelt mellé Fallom.

Lilith a messzeségbe meredt.

– Adam – bökte ki.

– Adam? – ütközött meg Fallom. – Miért pont Adam?

– Ez jutott eszembe – rántotta meg a vállát Lilith. – De ha te tudsz jobbat, ám legyen.

Fallom sokáig gondolkozott.

– Hát, jó – adta be a derekát. – Legyen a neved Adam.

Büszkén gyönyörködött az igazak álmát alvó, jóllakott kis gyermekükben.

– Végre! – sóhajtott nagyot Lilith. – Az én sorsom is beteljesedett.

Fejét Fallom ölébe hajtva mély álomba merült.

A Föld

Ahogy teltek az évek, a kis Adamból nagyfiú lett. Erős, izmos testét a robotok edzették acélossá. Tökéletes emberré vált az évek során. Egyetlen probléma akadt vele, hogy tizenöt éves kora ellenére, bár már nem szopott, mégis anyja ölében, annak dús melleivel játszva tudott csak elaludni. Lilith és Fallom mindent megadott neki. Lilith csak egyetlen dologtól óvta, hogy az élet fájának gyümölcsét soha le ne tépje.

– Mit gondolsz, Lilith? – állt Lilith elé Fallom egy szép napon. – Isteni gyermekként belőle is örökéletű isten lesz?

– Nem tudom – sütötte le a szemét Lilith zavartan. – Én nem adhatok neki örök életet. Én is csak kaptam. Nem tudom továbbadni senkinek sem. Talán, ha kiérdemli, ő is örökéletű lehet. Sajnálom – nézett Fallom szemébe szomorúan.

– Mennem kell! – állt fel dühösen Lilith. – Már megint nyafog. Leszoktathatnád erről a rossz szokásáról, hogy nélkülem nem tud elaludni.

Adam egyre sűrűbben ébredt arra, hogy Lilith nincs mellette. Olyankor sírva szaladt az apjához panaszra.

– Hová tűnsz el éjszakánként? – korholta Fallom Lilithet szemrehányóan.

– Tudtad – terelte el a szót Lilith –, hogy a fiad már nem az anyjaként tekint rám?

– Ezt meg hogyan érted? – döbbent meg Fallom.

– Többé nem fekszem mellé. Azt képzeli, hogy a szeretője vagyok! – meredt Fallom szemébe dühösen, kipirulva.

– Ezt meg hogyan értsem? – esett le Fallom álla.

– Ahogy mondom! – dühöngött Lilith. – Többé nem nyúlhat hozzám!

Ebből aztán nagy botrány lett. Először sírva, könyörögve, aztán ordítva követelte anyja szeretetét, szerelmét, amit többé már nem kaphatott meg. Odáig fajultak a dolgok, hogy nekiment az anyjának, letépte ruháját és erőszakkal akarta magáévá tenni. Csak Jemby és Giskard tudta megfékezni elvakult dühét.

– Idefigyelj, Adam! – állt előtte Lilith ruháitól megfosztottan. – Én most elmegyek. Soha többé nem jövök vissza.

Adam őrjöngve tépte a két robotot.

– Figyelj rám! – kiáltotta haragosan. – Annak a fának a gyümölcse a végzetedet okozhatja. – mutatott az élet fájára, majd nyomtalanul eltűnt.

Adam apátiába esett. Napokig nem evett, csak némán ücsörgött az élet fája alatt. Fallom hiába próbált meg mindent, Adamra semmi sem hatott. Viszont Lilith sem volt sehol.

– Mondd meg – fordult Jembyhez kétségbeesetten Fallom –, mit tehetnék?

– Alkoss neki egy nőt! – meredt Jemby a semmibe.

– Alkossak egy nőt? – ámult el Fallom. – Hogyan?

– Majd én segítek – rántotta meg a vállát Jemby egykedvűen.

A másnap reggeli napsütés Adamet ugyanúgy, némán, üres tekintettel találta az élet fája alatt. Egy fiatal, mezítelen lány lépett mellé.

– Engem Evának hívnak – telepedett le Adam mellé. – És te ki vagy?

Helyreállt a béke a dombon. Eva nem ellenkezett, Adam minden kívánságát ellenállás nélkül teljesítette. Hosszú évek teltek el így, Lilith viszont többé nem került elő.

– Vajon hol lehet? – sóhajtott Fallom szomorúan a bárka korlátjának dőlve, de nem kapott választ. Hiányzott neki Lilith.

– Ti tudjátok, hol van? – nézett gyanakodva a robotokra, de azok némán hallgattak.

– Indulás! – adta ki a parancsot. – Addig nem állunk meg, amíg meg nem találjuk!

A Napbárka hangtalanul a magasba emelkedett. Alig távolodtak el a dombtól, Fallom döbbenten látta, hogy a Földön nyüzsög az emberi élet. Már nem gondolkozott, csak Lilith kellett neki.

– Tudom – nézett vádlón a két robotra –, hogy ti tudjátok, hol van! Vigyetek oda!

– Biztosan tudni akarod az igazságot? – sütötte le a szemét Jemby zavartan.

– Hát már te is? – zökkent le egy székre Fallom kétségbeesetten.

– Lilith megőrült! – közölte Jemby egykedvűen. – Igazi démon lett belőle. Most is egy Szodoma nevű kisvárosban van, és mámorittasan fetreng több tucat férfi alatt.

– Azonnal hozzátok a bárkára! – pattant fel Fallom, és dühében szikrát szórtak a szemei.

Lilith bortól és szerelemtől megrészegülve, mezítelenül hevert az ivó közepén elhelyezett mámor oltárán, amikor két alak lépett be az ivóba. Nem szóltak senkihez, nem néztek senkire, egyenesen Lilith bódult testéhez léptek. Betakarták egy asztalterítővel, és karjainál fogva kivezették az ivóból.

– Mit csináltok? – sikoltott Lilith kétségbeesetten. – Azonnal vigyetek vissza!

Megpróbálta kitépni magát az erős karok szorításából, de azok szorosan tartották.

– Ne nézz vissza! – suttogta az egyik. A következő pillanatban egy fényes nyaláb csapott alá az égből, egyenesen az ivóra. Olyan ereje volt, hogy az egész város megsemmisült.

Lilith elájult. A bárkán tért magához. Feje Fallom ölében nyugodott, Fallom gyengéden simogatta a haját.

– Hát visszajöttél? – suttogta elégedetten Fallom.

Lilith kábán nézett körül.

– Hol vagyok? – makogta. – Hogy kerültem ide?

– A bárkán vagy! – simogatta Fallom. – Ne félj, itt már jó helyen vagy.

– Hogy kerültem ide? – állt fel hirtelen. Ha Giskard nem kapja el, talán elesett volna szédületében.

– Mi hoztunk a bárka fedélzetére – sütötte le a szemét Giskard. – Fallom akarta így – mentegetőzött.

– Azonnal vigyetek vissza!

– Sajnos nem lehet – nézett Lilithre zavartan.

– Nem lehet? – ámult el Lilith. – Miért?

– Mert én megsemmisítettem azt a bűnfészket! – állt elé Fallom kipirulva.

– Megsemmisítetted? – tépte ki magát Lilith Giskard karjaiból kijózanodva, és a korláthoz lépett. Alattuk már csak a város füstölgő romjai látszottak.

– Mit tettél? – nézett Fallomra elszörnyedve. – A mi dolgunk a teremtés, és nem a pusztítás!

Sírva fakadt.

– Ők az én gyermekeim voltak! – zokogta. – És te elpusztítottad őket?

– Ott van a te igazi fiad, Adam! – kiáltotta Fallom. – Inkább vele kellene törődnöd!

– Menjetek innen! – sikoltotta Lilith elkeseredetten. – Semmi keresnivalód sincs ezen a bolygón!

– De azt ígérted, hogy örökké velem maradsz! – ellenkezett Fallom.

– Én csak azt ígértem, hogy gyermeket szülök neked – zokogott Lilith keservesen. – Adam ezt a bolygót egymaga sohasem tudná benépesíteni! Ez az én dolgom! – és hirtelen összerándult.

– Azonnal vissza kell mennetek! – parancsolta határozottan. – Az az ostoba kölyök letépett egy gyümölcsöt az élet fájáról és beleharapott. Azonnal el kell vinned innen, különben meghal!

– Lilith! – fenyegetőzött Fallom kétségbeesetten. – Ha nem jössz velem, én mindennap ezer gyermekedet pusztítom el!

– Igyekezned kell – szakította félbe Lilith közönyösen –, különben a fiad pusztul el. Tegyél le a Földre, ti pedig térjetek vissza a te világodba. Talán a fiad ott életben marad. Giskard! Te velem maradsz! – adta ki a parancsot ellentmondást nem tűrő hangon.

Mire visszaértek a dombhoz, Fallomék már sehol sem voltak, csak a kis, szivar alakú hajójuk szikrázott a nap fényében.

– Adam valóban meghalhat? – telepedett le Giskard a fa tövébe.

– Nem – ült mellé Lilith. – De ők ezt nem tudják. Végre magunk maradtunk – sóhajtotta, és fejét Giskard vállára hajtotta. – Aludni szeretnék!

Lilith nyomban mély álomba merült. Giskard óvatosan a vállára terítette a zakóját.

Reggel fáradtan és összetörve ébredt. Kilépett gyűrött, szakadt ruhájából és megmártózott a tavacska hűs vizében. Amikor kilépett a vízből, Giskard még mindig a fának dőlve, mozdulatlanul ücsörgött. Lilith, lábait maga alá húzva, leült vele szemben.

– Hiányzik Jemby? – törte meg a csendet Lilith.

– Én csak egy robot vagyok – emelte fel a tekintetét Giskard.

– Ez nem így van! – rázta ki a vizet a hajából Lilith. – Te emberibb vagy a legtöbb embernél. Ezt úgy hívják, érzés. Az emberek hasonlóan éreznek, ha elveszítenek valakit, aki fontos volt nekik. Ha Jembyt nem is, de talán Dors testét visszaszerezhetjük. Az az érzésem, hogy Fallom Jembyt visszaparancsolja az eredeti testébe, és akkor talán visszahozhatom neked.

– Nem tudom, mi az, hogy érzés – emelte szomorú tekintetét Lilithre –, de már megszoktam, hogy mellettem van, és fura, hogy most nincs itt.

– Ne búsulj! – mosolyodott el Lilith. – Kapsz helyette ötvenegyet.

– Ötvenegy? – ámult el Giskard. – A Holdon csak ötven humanoid van!

– Igen – bólintott Lilith –, és a hadihajó. Ő is a tiéd! De ha Fallom nem semmisítette meg Dors testét, akkor el kell hoznunk a Solariáról. Még rátalál valaki, és az nem lenne jó. Hanem – komolyodott el Lilith – most, hogy ketten maradtunk, nekünk kell ezt a bolygót lábra állítani.

– Ezt meg hogy érted? – ütközött meg Giskard.

– A Föld még mindig nagy veszélyben van! – állt fel Lilith, és letépett egy érett gyümölcsöt. – Az emberek még nem állnak készen arra, hogy ha kell, meg tudják védeni magukat – és nagyot harapott az érett gyümölcsbe. – A mi feladatunk, hogy felkészítsük őket.

– Felkészítsük? – meredt üres tekintettel a semmibe Giskard. – Mire?

– Ejnye! – zsörtölődött Lilith. – Ne legyél ilyen kedvement! Szükségem volna rád, de ha menni akarsz, menj, szabad vagy. Majd csak megoldom ezt a problémát egyedül is.

Giskard nem mozdult. Lilith felállt. Meztelen testén a vízcseppek, ajkáról a mellére csöppent gyümölcs leve szikrázott a felkelő nap fényében.

Valóban istennő! – gondolta Giskard.

– Tudod – kezdte Lilith –, a Földnek évmilliárdokra volt szüksége, mire az élet odáig jutott, hogy kialakulhatott rajta az emberiség. Az embereknek évezredekre, hogy elpusztítsák rajta az életet. Én ezt az egész folyamatot évtizedekre redukáltam, de többet nem tehetek. Az embereknek maguktól kell rájönniük, hogyan élhetik túl önmagukat. Ezt a folyamatot már nem lehet felgyorsítani. Többé nem avatkozhatunk közbe, különben egy olyan világ kerekedhet belőle, mit Fallomé. Az ő világában nincs rossz. Hogyan tudnák megvédeni magukat, ha valaki véletlenül rájuk találna? Ha az emberek nem tanulják meg, hogyan élhetnek békében, a természettel összhangban, akkor kipusztulnak, és mi nem tehetünk semmit. Ez már az élet dolga. Mi már csak annyit tehetünk, ha közbe nem is avatkozunk, hogy segítsük őket.

– Segíteni? – csillant érdeklődés Giskard szemében. – Hogyan?

– Azt hiszem – telepedett Giskard mellé Lilith –, ez az a feladat, ami rád vár.

– Énrám? – ámult el Giskard. – De hát mit tehetek én? Én csak egy robot vagyok!

– Te nem csak egy robot vagy, te nem akármilyen robot vagy! – mosolyodott el Lilith. – Te jó vagy! Attól vagy különleges, hogy bár benned a rossz is jelen van, te képes

vagy azt féken tartani – gondolkodott el Lilith. – Ha be-
leegyezel, a feladatod isteni lesz. Isten leszel!

– Ezt végképp nem értem! – ütközött meg Giskard.

– Tudod – magyarázta Lilith gondolataiba merülve –,
én sohasem bujkáltam. Mindig ott voltam, ahol lennem
kellett, és tettem, amit tennem kellett, mégsem tudták
meg, ki is vagyok valójában. Neked sem kell ezentúl rej-
tőzködnöd. Te örökéletű vagy, és összehasonlíthatatla-
nul nagyobb, gazdagabb a tudásod, mint bárki másnak
ebben az egész galaxisban. Az embereknek hitre van
szükségük, egészen addig, amíg öntudatra nem ébred-
nek. Különben még szétszélednének, mint az a nyáj, akit
nem őriz a pásztor. Neked kell a pásztornak lenned, ne-
ked kell vigyázni rájuk.

– Egyedül? – csüggedt el Giskard.

– Dehogy! – kacagott Lilith. – Ötvenegy olyan segítőd
van, akik csak a te parancsaidnak engedelmeskednek, és
sohasem fordulnak ellened. De ha Dorst is hozzászámo-
lom, akkor ötvenkettő. Hidd el, ez több mint elég.

– Ötvenkettő is kevés az emberek milliárdjaival szem-
ben – tárta szét a karját Giskard reménytelenül.

– Nem szemben! – javította ki Lilith. – Érte!

– Tényleg azt hiszed – horgasztotta le a fejét Giskard –,
hogy a hit összetarthatja az embereket?

– Igen! – bólintott Lilith határozottan. – Egészen ad-
dig, amíg a tudás le nem győzi a hitet. Aztán – nevetett –
ahol a tudomány már nem tud segíteni, ott majd a hit
segít újból, egészen addig, amíg az emberek el nem kez-
denek hinni önmagukban. Volt egy rövid időszak a Má-
sodik Alapítvány kezdeti időszakában, amikor elhitet-
ték, hogy a papok csodát tudnak művelni. Pedig csak a
kényszer szülte technikai fölényüket vetették be az ak-

kor arról még mit sem tudó emberekkel szemben, akik vakon hitték isteni hatalmukat. Neked, nektek ugyanezt kell tennetek. Olyan dolgokat kell végrehajtanotok, amiket az emberek nem érthetnek, és az erejüket, tudásukat messze felülmúlja. Meglátod, istenként fognak tisztelni. Érted már?

– Nem – rázta meg a fejét Giskard –, de nekem az elég, ha te érted, én hiszek benned.

– Látod? Így kezdődik – kacagott fel Lilith.

Aztán könnyes szemmel, értetlenül bolyongott a lerombolt város füstölgő romjai között.

– Hogy tehette ezt Fallom? – rogyott le Lilith zokogva egy kőhalomra. – Örök életet adtam neki, felszabadítottam, megajándékoztam egy fiúgyermekkel. Az egész galaxist a lábai elé tettem. Mit akar még?

– Téged – bökte ki Giskard csendesen.

– Engem? – kerekedett el Lilith szeme. – Én nem lehetek senkié sem, mint ahogyan ő sem. Szabad akaratomból választottam őt, és őt sem kényszerítettem arra, hogy velem legyen. Én csak azt kértem tőle, hogy segítsen nekem egy új világot teremteni. Istenné emeltem fel! A fiunk, Adam, pedig az első embere lett ennek a világnak. Mit vár még tőlem?

– Nem tőled. Téged akar. Én csak egy bádogember vagyok. Egy gép vagy robot, és... – Giskard elmerengett a távolba – te felszabadítottál a robotika törvényei alól. Azt mondtad, ha akarok, elmehetek. Mégis, valami megmagyarázhatatlan okból még mindig itt vagyok veled. Te rendkívüli teremtmény vagy, és azt hiszem, talán én hiszek benned – sütötte le a szemét zavartan. – Évezredekkel ezelőtt alkottak, de most úgy érzem, ha te nem lennél, a sorsom értelmetlen lenne. Talán úgy érezték, hogy elhagytad őket és elveszítettek. Azt gondolták, ha elpusztítják azt, ami elvett tőlük, visszakaphatnak téged.

– Megbolondultál? – meredt rá Lilith döbbenten. – Én sohasem voltam senkié sem. Nem hagytam el őket, csak tettem, amit tennem kellett!

– Hát – vakarta meg a fejét Giskard zavartan –, amikor Fallom rájött, hogy te mindenki alá... – zavartan elhallgatott.

– Micsoda? – ugrott fel Lilith dühödten, mintha megcsípték volna. – Én nem feküdtem senki alá sem! Az egyetlen lény, aki mellé odafeküdtem, az Fallom volt.

– Akkor itt mit csináltál, amikor érted mentünk? – nézett rá Giskard egykedvűen.

– Én csak a vágyat ébresztettem fel bennük, hogy sokasodjanak! – nevetett fel Lilith. – Ugye nem gondolod, hogy ezeket az embereket én szültem?

– Hát – Giskard pozitronikus áramkörei enyhén izzani kezdtek –, eddig sem nagyon tudtalak követni, de most aztán végleg elvesztettem a fonalat. Akkor ez a rengeteg ember hogy került ide?

– Giskard! – kacagott mostanra megállíthatatlanul Lilith. – Te tényleg egy ostoba bádogember vagy! A Galaxisunk tele van élettel, benne sok-sok primitív társadalommal. Olyan bolygókról, amiknek már csak rövid idejük van hátra, onnan menekítettem ide az embereket.

– Ezt végképp nem értem! – esett le Giskard álla.

– Ejnye! – korholta Lilith. – A galaxis legerősebb és legmodernebb hajója van a birtokunkban, ötven fős legénységgel. Ugye nem gondoltad, hogy csak te tudod őket irányítani? Mialatt Adammel és Fallommal bajlódtam, addig ez a flotta szépen idetelepítette az embereket.

Giskard dermedten állt. Pozitronikus áramkörei szinte szikráztak, aztán ahogy a dolgok kezdtek szép sorban a helyükre illeszkedni, lassan lehűltek. Megmozdult.

– Mondd csak – kérdezte gyanakodva, mikor végre meg tudott szólalni –, ezeket a dolgokat te már előre eltervezted?

– Ugyan már! – ellenkezett Lilith mosolyogva. – Hogyan tervezhettem volna el, mikor még Gaiáról sem tudtam semmit, a Földről pedig azt sem tudtam, hogy hol van? Ez egyszerűen így alakult. Sodródtam az eseményekkel, és csak ott, csak annyit avatkoztam be, ahol és amennyit elengedhetetlenül szükséges volt. Menjünk! – rázta meg magát Lilith. – Éhes vagyok és fáradt. Holnaptól nagy dolgokat kell véghezvinnünk.

Miután evett, lemosta magáról a tavacska hűs vizében a lerombolt város kormos, füstös mocskát, és magára vette azt a fehér inget, amit még Daneel adott neki. Hátát az életfa vastag törzsének támasztva, térdét az álla alá húzva kuporodott le. Némán meredt a távolba. Órák teltek el így, végül Giskard törte meg a csendet.

– Mit gondolsz? – kérdezte rekedten. – Mi lesz, ha az Alapítvány rátalál a Földre?

– Mi lenne? – merengett Lilith. – Ha most, így találna rá a Földre, talán rákerülne a Galaxis térképére, mint egy primitív, lakott bolygó a periférián. De talán még erre sem méltatná...

– Nem jönnének rá – szólt közbe Giskard –, hogy ez a Föld?

– Nem – mosolyodott el Lilith. – A Galaxisban már csak nagyon kevesen emlékeznek a Földre, hála Daneelnek, és azok is úgy emlékeznek, mint egy radioaktív, lakhatatlan világra. A lakóit meg hiába faggatnák, hi-

szen ők sem tudják, hol vannak. Különben is, olyan ösz-
szevissza nyelven beszélnek, hogy még a távolabbi fal-
vak lakói sem értik meg egymást. Sem írni, sem olvasni
nem tudnak még egyelőre.

– És később? – aggodalmaskodott továbbra is Gis-
kard. – Amikor már öntudatára ébred ez a világ? Ha ak-
kor találnak rájuk?

Hosszú csend következett.

– Tudod, mi az a sakk? – nézett Lilith Giskardra kí-
váncsian.

– Sakk? – nézett vissza értetlenül Giskard. – Soha-
sem hallottam róla.

– Magát a játékot én is csak alig ismerem. A nagyapám-
mal, Hari Seldonnal sakkoztunk néha. Ez egy olyan szel-
lemi játék – magyarázta Lilith –, ahol az ellenfelek meg-
próbálják kitalálni a másik fél következő lépését. Ketten
játsszák, és az győz, aki a másik fél királyát úgy szorítja
sarokba, hogy az már nem tud lépni sehová.

– Nem ismerem ezt a játékot – mentegetőzött Giskard.

– Szerintem nagyon kevesen ismerik – folytatta Li-
lith –, pedig valamikor régen nagyon kedvelt játék volt.
Hari Seldon egy ehhez hasonló játszmának volt a kulcsfi-
gurája. Az egész galaxis volt a tét, úgy, hogy többen is
megpróbálták az ő lépéseit befolyásolni. De Hari Seldon
zseni volt, és az ellenfelei ezzel nem számoltak. Hari Sel-
don nem egyszerűen csak ismerte a matematikát, ő ját-
szott a számokkal! Ez egy olyan nyelvezet volt, amit raj-
ta kívül csak egyetlen ember ismert tökéletesen, aki a
barátja és a társa is volt egyben. Úgy hívták, hogy Yugo
Amaryl. Amikor Seldon leírt egy egyenletet, Amaryl volt,
aki utánaszámolt annak helyességének vagy helytelensé-
gének. Nagyapa gyakorlatilag egy monumentális sakk-

játszmában győzte le az ellenfeleit. Majd mi is sakkozni fogunk. Megpróbáljuk kiszámítani az ellenfél lépéseit, és ha már tudjuk, mi az, megtesszük az ellenlépéseket. De remélem, mire idetalálnak, az emberek már nélkülünk is meg tudják védeni magukat és a világukat. Ülj ide mellém – parancsolta. Fejét Giskard erős vállára hajtotta, és mély álomba szenderedett.

A reggel így talált rájuk.

– Indulás! – adta ki a parancsot Lilith, és a hajó felé indult.

– Hová? – nézett rá Giskard kíváncsian, miután a magasba emelkedtek.

– Még nem tudom – rántotta meg a vállát Lilith. – Egyelőre keringjünk a bolygó körül. Ereszkedj lejjebb.

A magasabb fák koronája szinte súrolta a hajó ezüstösen csillogó fém burkát, így keringtek órákig.

– Lassíts! – emelte fel a kezét Lilith. Éppen egy hatalmas, buja erdő fölött repültek.

– Oda! – mutatott az alattuk elterülő, óriási tisztás felé elégedetten.

Giskard elegáns manőverrel a tisztás közepére kormányozta a hajót. A fák közül kíváncsi tekintetek kísérték minden mozdulatukat.

– Te maradj itt, amíg nem szólok. És ne csinálj semmit! – adta ki az utasítást Lilith, és kilépett a hajóból.

Ellépett a hajó ezüstösen csillogó szivarteste mellől, a tisztás közepén megállt. Magán érezte a bennszülöttek tekintetét. Egyedül állt, hosszú fekete haja lobogott a langyos szélben, fehér inge meg-meglebbent, látni engedve gyönyörű, izmos, mezítelen testét.

– Biztos, hogy ez jó ötlet? – suttogta Giskard, mintha attól félne, mások is meghallhatják, pedig jól tudta, hogy ezt a fajta kommunikációt rajtuk kívül senki sem hallhatja.

– Nyugalom – intette le Lilith. – Ezek az emberek még sohasem láttak repülő járművet, elszaladtak a törzsfőnökért. Mindjárt itt lesznek.

Lilith körülnézett. A fák között fura, színes madarak repkedtek, érdekes, eddig még sohasem látott apró állatok ugráltak az ágak között.

– Emelkedj a felhők fölé! – parancsolta Lilith. – Nem mernek kilépni az erdőből.

Kényelmesen leült egy kidőlt fa törzsére.

A hajó felemelkedett és eltűnt a magasban.

Az erdőre síri csend borult. Aztán egyszer csak egy fiatal lány lépett ki a fák közül. Bronzbarnára sült testét nem fedte más, csak egy, a derekára tekert színes tollfüzér, és a nyakába akasztott virágkoszorú. A koponyája furamód, nem durván, de jól láthatóan megnyúlt, enyhén ovális formájú, és teljesen kopasz volt. Kezében ismeretlen gyümölcsökkel gazdagon megrakott, vékony ágakból font könnyű kosár volt. Tétován megállt a tisztás szélén. Lilith bátorítóan rámosolygott. A lány tekintetét a földre szegezve lépett Lilith elé. A kosarat Lilith lábai elé helyezte, a nyakában lógó színes virágkoszorút Lilith nyakába akasztotta, majd riadtan visszaszaladt a fák biztonságot nyújtó rejtekébe.

Lilith mosolyogva kivett a kosárból egy gyümölcsöt, és beleharapott. Soha nem érzett édes íz áradt szét egész testében. A gyümölcs nagyon finom volt! Ekkor egy erős testalkatú férfi lépett ki a tisztásra, nyomában tíz-tizenkét izmos harcossal, kezükben készenlétbe helyezett hegyes lándzsákkal. Arcukat és testüket rikító festékkel mázolták be, derekukon tollfüzér. A harcosok furán megnyúlt, fényes, szőrtelen koponyáján egy-egy toll, a törzsfőnök fején hátul a derekáig érő hatalmas tollfüzér díszlett. Lilith elé lépett, és ismeretlen nyelven, mély torokhangon karattyolni kezdett. A mondókája végén mélyen meghajolt. Lilith ugyan egy szót sem értett az egészből, de ő is mélyen meghajolt. A törzsfőnök széles mozdulata egyértelműen tudatta, hogy szeretné, ha Lilith követné. Lilith felállt, és követte az erdő felé induló fura csapatot. A tollkoronás törzsfőnök, miközben a többi ember hosszú pengéjű, éles késsel vágta előttük az utat az erdő sűrűjében, megállás nélkül karattyolt. Lilith egyelőre még nem értette. Útjuk egy magas hegy lábánál ért véget. Lilith elámult. Az erdő itt ritkább volt, a talajt puha, zöld fű borította, a hegy tetejéről egy óriási vízesés zúdult alá. Egy kis faluhoz érkeztek. Az emberek ágakból, állatbőrökből épített érdekes tákolmányokban laktak. A falucska közepén, egy tisztáson hatalmas tűz lobogott.

Lilithet egy kisebb sátorba vezették. A sátorban félhomály volt, Lilith szinte semmit sem látott. Szeme lassan szokta meg a félhomályt. Akkor vette észre, hogy a pislákoló tűz közelében, állatbőrökkel betakargatva egy öregember feküdt. Az öregember fekhelye mellett egy fa tálban víz volt. Lilith levette az ingét, a vízbe mártotta, a vizes ruhadarabbal megnedvesítette az öregember cserepes ajkát. Az öregember haldoklott. Lilith óvatosan megérintette az elméjét.

– Tudtam, hogy eljössz! – lehelte alig érthetően. – Emlékszel rám?

– Sajnos nem – gondolta Lilith. – Találkoztunk valahol?

– Igen – rebegte az öregember. – Amikor azzal a furcsa égi járművel a bolygónkra érkeztél, én voltam az a fiatal harcos, aki először megpillantott.

– Feküdj nyugodtan – simogatta meg lágyan az öreg-
ember arcát. – Igen. Most már emlékszem – suttogta.

– Sokat meséltem a törzs embereinek rólad, de min-
dig kinevettek. Már mindenki itt született, senki sem
emlékezhet rád. Én vagyok az utolsó. Köszönöm, hogy
akkor megmentettél minket, és idehoztad a népemet,
ahol nem szenvednek hiányt semmiben. Tudod, hogy
mi lett az őshazánkkal?

– Igen – sóhajtott Lilith szomorúan –, azóta a hazá-
tok megsemmisült. Sajnálom – és szomorúan lehorgasz-
totta a fejét.

– Tudtam, hogy eljössz – rebbent meg az öregember
keze alig észrevehetően. – Vártam rád.

Lilith megfogta az öregember jéghideg kezét, és köny-
nyes szemmel suttogta:

– Ne gondolkozz! Pihenned kell.

De az öregember már nem figyelt rá.

– Mondtam a népemnek, hogy el fogsz jönni. Meg-
mondtam nekik, hogy te vagy a teremtő. Az Ősanya – sut-
togta utoljára, többé nem mozdult. Elszállt belőle az élet.

Lilith zokogva térdelt mellette. Nedves, fehér ingével
letakarta az öregember hamuszürke arcát.

– Nyugodj békében, öregember! – suttogta, és mezí-
telenül kilépett a sátorból. Csak most vette észre, hogy
a sátor körül a törzs lakói álltak némán.

Amikor Lilith kilépett, azonnal letérdeltek, arcukat
a földre tapasztották. A sátor köré étellel, itallal, színes,
illatos virágokkal gazdagon megrakott kosarakat hord-
tak össze. Senki sem mert Lilithre pillantani. Úgy állt ott
mezítelenül, mint egy valódi istennő. Hosszú, ébenfekete
haja lobogott a langyos szélben, hófehér testén megtörtek
a nap sugarai. Megértette. Ezek az emberek eddig mindig

kikacagták az öregember meséit, és bolondnak nézték. De most, hogy az égből leereszkedve idejöttek, minden, amit az öregember mesélt, igazzá vált. Senki sem volt, aki kételkedett abban, hogy Lilith valóban az Ősanya.

– Álljatok fel! – suttogta halkan.

Mégis, suttogását a legtávolabbi emberek is tisztán hallották.

– Temessétek el az öregembert illően! – kérte.

Egy idősebb asszony lépett mellé, egy puhára cserzett állatbőrt terített a vállára. Belekarolt, szelíden egy nagyobb sátorba vezette. A sátorban fiatal lányok várták, hajukban, nyakukon, a derekukon friss virágkoszorúval. Gyengéden megfürdették, soha nem érzett illatos olajokkal bekenték, egyszerű, növényi rostokból szőtt puha ruhába bújtatták, derekára friss virágokból font övet kötöttek, majd szó nélkül távoztak. Evett pár falatot a sátor közepére készített friss gyümölcsökből, de nem volt igazán étvágya. Leült a puha állatbőrökből készített fekhelyére, és az öregemberre gondolt. Eszébe jutott egy másik öregember is, akivel a Trantoron találkozott. Ő is Lilithet várta.

– Vajon mit várnak még tőlem? – gondolta szomorúan.

Olyan sokan haltak már meg körülötte, de mégsem tudta megszokni. Ezt talán sohasem fogja megszokni. A halál mindig szomorúsággal töltötte meg a szívét. Aztán a nagyapjára, Hari Seldonra gondolt. Milyen jó lenne, ha itt lehetne vele, egyenleteivel megvilágítaná a jövőt. Hirtelen ráébredt, mennyire egyedül van. Fallom jutott eszébe.

Az az ostoba! A féltékenységével elrontott mindent – dühöngött magában. Senkije sem volt, egyedül Giskard.

Vajon meddig marad mellette? – Szemét elöntötte a könny. Az idősebb nénike lépett be a sátorba.

Lilith elé térdelt, megsimogatta a haját. Mondott valamit, de Lilith nem értette. A nénike vállába fúrta az arcát, hangosan felzokogott. Így gubbasztottak egy darabig, aztán a nénike felállt, és felsegítette Lilithet is. Letörölte a könnyeket az arcáról. A sátor ponyváját félrelebbentve jelezte Lilithnek, hogy kövesse.

Keskeny ösvényen másztak fel a hegy tetejére. A fennsíkon hatalmas farakás tetején az öregember apró teste nyugodott, virágokkal elborítva. Csend volt. Mintha az erdő is hallgatott volna. Aztán halkan dobok kezdték el a dallamot, amihez valamilyen fura, fúvós hangszer szép hangja csatlakozott, majd előlépett a törzs varázslója, és szomorú, egyhangú kántálásba kezdett. Körülöttük a törzs többi tagja a ritmusra enyhén himbálózva egyszerű táncba kezdett. Valaki egy fáklyával meggyújtotta a máglyát. Amíg a tűz le nem égett, elhamvasztva az öregember fáradt testét, a törzs tagjai szinte bódulatban táncoltak az egyhangú dallamra. Amikor a tűz kialudt, visszavonultak a faluba.

A falu közepén nagy tűz lobogott, körülötte mindenfelé kisebb tüzek gyúltak. Lilithet a nagy tűz mellé ültették. Szemben vele valószínűleg a törzs főnöke foglalt helyet, fején hatalmas tolldísszel, körülöttük férfiak guggoltak. A törzsfőnök mély torokhangon, lassan beszélni kezdett. Lilith nem értette.

Giskard! – gondolta. – Te érted, amit a főnök mond?

Igen – jött a válasz mások számára hallhatatlanul. – Mostanáig figyeltem a törzs lakói nyelvét, nagyon egyszerű. Hamar meg fogod tanulni.

Most miről beszél? – gondolta Lilith.

Az öregemberről mesél – jött a válasz. – Azt mondja, ő volt az egyetlen, aki emlékezett arra, hogyan kerültek ide, és hogy mennyire szégyelli magát, amiért kikacagta az öreget, és bolondnak tekintette. Azt mondja, hogy az öregember sok rajzot készített az utazásról, hogy hogyan kerültek ide. Ezeket a rajzokat állatbőrre rajzolta, meg hogy a szikla falába vésett téged, és hogy a rajz mennyire hasonlít rád.

A törzsfőnök finoman cserzett állatbőröket tett Lilith elé, amelyeken egyszerű rajzok voltak láthatók. Az egyiken egy ovális valami, ami valószínűleg az űrhajó lehetett, egy másik állatbőrön, ahogyan az emberek vonulnak a hajó felé, egyszerű, egyenes vonalakkal rajzolva őket, a hajó mellett pedig egy pálcika alak, hatalmas mellekkel várja őket.

– Ez lennék én? – mosolyodott el magában. Lassan megnyugodott, egyre jobban értette a főnök mondókáját.

– Én – kezdte Lilith tenyerét a mellére szorítva – onnan jövök – tárta karjait a csillagoktól pompázó égbolt felé.

– Azért jöttem – folytatta lassan tagolva a szavakat –, hogy segítsek neked és a népednek.

– Köszönöm neked! – biccentette meg tollkoronás fejét a főnök mosolyogva.

– Te gyenge nő vagy. Ugyan hogyan tudnál segíteni nekem? Az én népem erős, sokan vagyunk – emelte fejét büszkén magasra.

Lilith egy kis földet csippentett az ujjaival, majd a nyitott tenyerébe szórta.

– Erősek vagytok? – kérdezte ő is mosolyogva. – Sokan vagytok? Látod? – nyújtotta a tenyerét a főnök felé. – Ezek vagytok ti.

A földet lassan folyatta ki a tenyeréből.

– Körülötted pedig ennyi ember él! – széles mozdulattal intve körül jelezte, hogy a törzs pusztán egy csipetnyi homok a sivatagban.

– Azt mered állítani – ugrott talpra a törzsfőnök dühtől kivörösödve –, nem vagyunk elég erősek?

– Nem – hajolt meg a főnök előtt Lilith, de ülve maradt –, csak azt mondom, hogy kevesen vagytok.

– Mi nem félünk! – kiáltotta a törzsfőnök, harciasan a mellét döngetve. – Minket az istenek hoztak ide, és azóta is vigyáznak ránk! Nem félünk senkitől! – tárta karjait az ég felé.

– Ez így igaz – biccentett Lilith egykedvűen. – De az az isten én voltam, és most azért jöttem, hogy segítsek nektek.

A törzsfőnök dühtől eltorzult arccal ordítozni kezdett.

– Mit képzelsz? – tajtékzott. – Megengedtem, hogy a tüzem mellé ülj! Ettél az ételemből! És azt állítod, hogy gyenge nyúl vagyok? – habzott a szája. – Vigyétek! Holnap feláldozzuk a nagysziklánál! – Sarkon fordult, és elviharzott a sötétben.

Négy izmos férfi lépett Lilith mellé. Lilith felállt. Nem mertek hozzányúlni. Fejüket lehorgasztva kísérték Lilithet a sátrába.

Lilith bebújt az állatbőrök közé, azonnal mély álomba merült. Alig pirkadt még, amikor az őt fogva tartó négy férfi belépett a sátorba, jelezve, hogy eljött az idő. Lilith egykedvűen lépegetett testőrei között a szikla csúcsa felé. A tetőre érve őrei megálltak, ő egyedül lépett a szikla peremére. Lenézett. Alatta a törzs népe némán bámult fel reá. A varázsló lépett mellé.

– Bocsáss meg nekem, Ősanya – suttogta. – A törzsfőnök kegyetlen. Én nem tehetek semmit.

Amikor a nap felbukkant a horizonton, a varázsló megmozdult. Ám mielőtt bármit is tehetett volna, Lilith egyetlen lépéssel túllépett a szikla peremén. Odalenn halk morajjal borultak térdre az emberek, arcukat a földre szorítva. Lilith egykedvűen lebegett a szakadék fölött.

– Öljétek meg! – tajtékzott a törzsfőnök, de az őrök arcukat a földre szorítva térdeltek Lilith előtt.

A törzsfőnök hirtelen kitépett egy hegyes lándzsát az egyik őr kezéből, és Lilith felé hajította. A lándzsa Lilith törékeny teste előtt pár centiméterre megállt. Lilith megragadta, és a törzsfőnökre irányozta. A lándzsa hegyéből villám csapott ki. A törzsfőnök eszméletlenül rogyott össze. Lilith lassan ereszkedett le a földre.

– Álljatok fel! – Hangja messze zengett. – Ez az ember nem méltó arra, hogy a vezetőtök legyen! – mutatott az éppen leérkező négy harcos felé, akik karjainál, lábainál fogva cipelték az eszméletlen törzsfőnök ernyedt testét. Lilith mellé lépett, levette a főnök fejét díszítő tollkoronát, és a magasba emelte.

– Népeteknek vezető kell! – harsogta. – Olyan vezető, aki erős és igazságos! Ezt a vezetőt most én jelölöm ki nektek.

A sorok között nézelődve egy csendesen álldogáló izmos, fiatal harcos elé lépett.

– Ha az erőd bölcsességgel párosul – szólt hozzá –, jó vezető leszel.

A döbbent harcos fejére helyezte a tollkoronát. Fejet hajtott, és letérdelt előtte. Körülöttük a törzs többi tagja ugyanígy cselekedett.

– Miért pont én? – suttogta zavartan a meglepett harcos.

– Mert én így döntöttem! – állt fel Lilith.

– De hát… – próbált ellenállni az ifjú.

– Ne ellenkezz! – sziszegte Lilith. – Majd én segítek. Most pedig viselkedj törzsfőnökhöz méltóan! – Belekarolt, és finoman a szikla lábához kormányozta a fiatal főnököt. Megvárta, amíg a törzs lakói félkör alakban köréjük gyűlnek, és így szólt hozzájuk:

– Ez a fiatal harcos – hangja zengett – bátorságával, erejével és tiszta szívével érdemelte ki, hogy a törzs vezetője lehessen! Hallgassátok hát! – kiáltotta, és leült a körülöttük kuporgók közé. Már csak az új törzsfőnök maradt állva. Zavartan, kivörösödve tekingetett körbe.

– Az én nevem Atlasz – szólalt meg végre. – Talán mindannyian ismeritek törzsünk történetét, amit a régi öregek meséltek nekünk és véstek a szikla falába. Valamikor régen a mi törzsünk egy másik csillagon élt. – Karját az ég felé emelte. – Ez a történet azt is elmeséli, mennyire nehéz élete volt az őseinknek. Az a csillag kopár volt, alig volt rajta víz, földje száraz volt, homokos!

Kezdett belejönni. Hangja messzire szállt.

– Amikor az őseink már sem ennivalót, sem innivalót nem találtak, egyszerre egy hatalmas égi csoda ereszkedett le hozzájuk, és egy angyal szállt ki belőle. Sok-sok évvel ezelőtt ez az angyal népünket elhozta erre a csodálatos világra, megmentve őseinket a haláltól. Ez az angyal jött most el hozzánk ismét, hogy sorsunkat a helyes irányba terelje.

Lilith mellé lépett, és gyengéden felállította.

– Az ő akaratából lettem most én a törzsünk vezetője! – kiáltotta, és leborult Lilith lábai elé. A sorok közt halk moraj hullámzott végig.

– Atlasz jól beszélt! – tette rá kezét Lilith Atlasz tollkoronájára. – A ti sorsotok az, hogy utat mutassatok a Föld lakói számára. Legyetek erősek, igazságosak. Én itt leszek veletek.

Az égből egy furcsa, eddig még sohasem látott jelenség ereszkedett alá hangtalanul. Az oldalán rés nyílt. Lilith szó nélkül lépett be rajta, és már ott sem voltak.

– Mi történt? – nézett Giskardra kíváncsian. – Baj van?

– Nem tudom – hajtotta le a fejét zavartan Giskard –, Jemby jelentkezett.

– Jemby? – ült le Lilith ámultan. – Mit akart?

– Csak azt kérdezte tőlem, vajon a hasznunkra lehet-ne-e még? – Szemeit Lilithre emelte. – Azóta nem tudok vele kapcsolatot teremteni, kérlek, próbáld meg te. – Szemeiben kétségbeesés tükröződött.

Jemby! – kiáltott Lilith azon a mások számára érzékelhetetlen csatornán, ami csak őket kötötte össze lehallgathatatlanul.

Lilith! – jött a válasz alig hallhatóan. – Ha úgy gondolod, hogy a létezésemnek van értelme a te világodban, kérlek, gyere értem!

A kapcsolat megszakadt. Giskard kétségbeesetten bámult Lilithre.

– Mire vársz még? – dörrent rá Lilith, és a hajó egyetlen ugrással, a másodperc törtrésze alatt máris a Solarián termett. A látvány döbbenetes volt. Körös-körül robotok működésképtelen ezrei. Középen egy dermedt robot állt, mellette egy élettelen test hevert. Jemby és Dors. Az űrhajó egyetlen manőverrel landolt mellettük.

Giskard, mintha papírból lennének, egyszerre cipelte a két élettelen testet a fedélzetre, és már ott sem voltak. Dors testét az ágyra fektették, Jemby élettelenül, térdre rogyva gubbasztott a vezérlőkabin közepén. Fényes acéltestét sugárfegyverek barázdálta borzalmas sebek borították.

– Segíts! – suttogta Giskard kétségbeesetten, és úgy toporgott Jemby élettelen teste körül, akár egy gyerek.

Lilith egy mozdulattal leintette. Óvatosan, áramkörről áramkörre hatolt Jemby pozitronikus elméjébe. Szomorúan leült. Giskard mozdulatlanul, az összeomlás határán, kétségbeesetten meredt rá.

– Jemby olyan mértékben sérült, hogy már nem tud Dors testébe költözni. Még létezik, de nagyon mélyre húzódott vissza. Sajnos azok az áramkörök is megsérültek, amiken vissza tudna jönni. Nagy az esélye, hogy ott marad örökre – suttogta Lilith. – Nem tudok kapcsolatba lépni vele.

– Azt mondtad, elpusztíthatatlan!

– Igen – horgasztotta le a fejét Lilith. – Jembyt senki és semmi nem tudja elpusztítani. Jemby önmagát pusztította el.

– Micsoda? – képedt el Giskard. – Önmagát? De miért? – Szinte sírva fakadt.

Lilith tehetetlenül vonta fel a vállát. Sokáig hallgattak. Giskard mozdulatlanul meredt a semmibe. Lilith Dors mellé telepedett, behunyta a szemét. Hosszú idő telt el sűrű némaságban. A hajó mozdulatlanul lebegett az űr hideg sötétjében. Aztán egyszer csak Dors kinyitotta a szemét és felült. Lilith ájultan rogyott a kabin padlójára.

Amikor magához tért, nem tudta, hol van. Valahol, nem túl messze tőle, tűz égett.

– Hol vagyok? – rebegte, és felült. Körülnézett. A félhomályban nem látott semmit. Jemby lépett mellé.

– A Földön. Egy barlangban – suttogta Jemby.

– Mi történt? – kérdezte Lilith zavartan. A szeme lassan megszokta a félhomályt. Pár lépésre tőlük Giskard állt mozdulatlanul, tekintetét mereven Lilithre szegezve.

– Meghaltál – suttogta Jemby megkönnyebbülve. – Vagyis, inkább elhagytad ezt a testet, hogy engem megments. Miért?

– Őt meg mi lelte? – nézett Lilith Giskardra döbbenten.

– Amikor összeestél – sütötte le a szemét Jemby zavartan –, nem tudtuk, mit kellene tennünk. Mint amikor Adam megszületett, most sem tudtuk, mi a teendő. Bocsásd ezt meg nekünk. Működésünk kezdete óta még sohasem kellett embert mentenünk. Döntenünk kellett. Visszavigyünk a Trantorra, vagy ide hozzunk, a Földre? Én döntöttem úgy, hogy talán a földi emberek tudnak rajtad segíteni. A varázsló két napig imádkozott érted, mindenféle balzsamokkal kente be a testedet, és különös táncot járt. Aztán amikor közölte velünk, hogy a lelked már úton van, olyan messze jár, ahonnan nincs visszatérés, téged is el akartak hamvasztani. Ekkor Giskard elzavart mindenkit a közeledből, csak én maradhattam melletted.

– De mitől merevedett így le? – vágott közbe Lilith.

– Amikor a varázsló közölte vele, hogy meghaltál és nem tud segíteni, pánikba esett. Ellenem fordult, hogy miért nem a Trantorra vittünk – folytatta Jemby. – Én tudtam, hogy te nem halhatsz meg, és csak idő kérdése, mikor térsz vissza. De azt is tudtam, hogy a lelked hiába örök, ez a test nem az. Nem tudtam neki megmondani, mikor térhetsz vissza, és addigra ez a test talán elenyészik, hát visszahúzódott, a lehető legtöbb helyet hagyva neked, ha visszatérnél. Ő hiszi, ahogy Fallom bennem, te őbenne találod meg magad. Mielőtt azonban visszahúzódott, olyan erőteret teremtett maga köré, amin csakis te tudsz áthatolni. Kérlek, Lilith, ébreszd fel Giskardot!

Olyan kétségbeesett volt Jemby tekintete, hogy Lilith majdnem felkacagott. Megérintette Giskard pozitronikus elméjét. Alig találta meg. Lágyan megsimogatta.

– Ugyan már! – suttogta. – Te nagyon ostoba bádogember.

Finoman körülölelte, becézgette, cirógatta. Giskard létezése óta először volt boldog. Nem ismerte eddig ezt az érzést ugyan, mint ahogyan a félelmet sem, vagy a bánatot, de az utóbbi két napban mindet megtapasztalta. Lilith gyengéden vonta maga után.

– Gyere! – suttogta gyengéden. – Tedd le a pajzsodat, sok dolgunk van még!

Giskard megmozdult. Letérdelt Lilith mellé, és gondosan betakargatta a puha állatbőrökkel. Lilith csak most vette észre, hogy mezítelenül fekszik a puha, meleg állatbőrök között.

– Hol vagyunk? – nézett körül Lilith kíváncsian.

– Egy barlangban – válaszolta Jemby.

Mozdulatára a sziklák között megbúvó kristályok halványan felizzottak, lágy fénnyel megvilágítva az egész barlangot. Hatalmas, tágas barlang volt. A falakban apró kamrákat vájtak, a barlang oldalában több helyen is apró patakok csörgedeztek, középen találkozva egy kisebb tavat alkottak.

– Ez gyönyörű! – suttogta Lilith. – Hogyan találtatok rá?

– A varázsló vezetett ide – tárta szét a karjait Jemby. – Azt állította, hogy ez egy szent hely, mert a Föld energiái, ereje itt összpontosulnak. Amikor odakint beköszönt az esős évszak és a hideg, a törzs ide vonul viszsza, amíg az idő újra kellemes nem lesz. Idebent mindig ilyen kellemes meleg van, a levegő friss.

Giskard aggódó gondoskodással igazgatta Lilithen az állatbőröket. Úgy toporgott körülötte, mint kotlós a csibéi körül.

– Nem vagyok beteg! – tolta félre Giskardot nevetve. – Ne babusgass! Inkább enném valamit! Két napja nem ettem!

Giskard elvágtázott. Kilépett a barlangból, széttárta karjait. Az ég elsötétedett, a felhőkből villámok cikáztak.

– Az angyalotok visszatért! – mennydörögte. – Hozzatok neki enni- és innivalót! – és visszasietett a barlangba.

Az ég kitisztult, a nap újra melegen sütött. A barlang megelevenedett. A törzs lakói hosszú sorokban érkeztek, kezükben roskadásig töltött kosarakkal, gyümölcsökkel, frissen sütött húsokkal, agyagkorsókban valami fura, eddig még sohasem ízlelt itallal, élükön a törzsfőnökkel. A tó mellett hamarosan hatalmas tűz lobogott, a törzs harcosai, arcukat színes festékekkel bemázolva, vad táncot jártak.

Lilith jóízűen falatozott. Tényleg éhes volt. Most vette csak észre a törzsfőnököt, aki zavartan toporgott a háttérben. Nem mert közelebb jönni. Lilith intett neki. A főnök Lilith mellé telepedett. Ámulva tekingetett körbe-körbe a barlangban. Még sohasem látta így kivilágítva.

– Adj nekem egy kis időt! – érintette meg Lilith a főnök vállát. – Fáradt vagyok, pihennem kell. Vidd magaddal a harcosokat, hagyjatok magamra.

A főnök felállt, fejet hajtott. Intésére a barlang kiürült.

Lilith, Jemby és Giskard magukra maradtak. Lilith ledőlt a puha állatbőrökre, azonnal mély álomba merült. A két robot némán, mozdulatlanul őrizte álmát. Reggel frissen, kipihenten ébredt. Evett pár falatot, megfürdött a barlang közepén lévő tavacskában. Felöltötte az odakészített, vékony selyemből szőtt ruhát, majd a robotokkal nyomában kilépett a félhomályból a szikrázó napsütésbe. Percekbe telt, mire szeme megszokta a fényt. A törzs tagjai leborultak előtte.

– Álljatok fel! – tárta szét karjait Lilith. – Előttem nem kell leborulnotok. Éljetek úgy, ahogy eddig éltetek. Én közétek tartozom.

És besétált az erdőbe.

Giskard előrement, olyan ösvényt vágott előttük, mintha egy regiment masírozott volna arra. Nemsokára kiértek az erdőből. Lilithnek tátva maradt a szája.

– Ez gyönyörű! – suttogta.

A látvány lenyűgöző volt. Hatalmas öböl tárult a szemük elé. Szemben velük a tengert hatalmas sziklák zárták el, míg a szárazföld felől hatalmas, áthatolhatatlan dzsungel övezte a természetes öblöt. A víz felszínén érdekes, soha nem látott madarak úszkáltak, a víz alól a halak úgy ugráltak elő, hogy szinte forrt a víz. Lilith lehunyta a szemét, élvezte a nap simogató sugarait, Jemby, Giskard úgy állt mellette, mint két kőszobor.

– Üljetek le ti is! – törte meg a csendet végül Lilith.

Giskard két hatalmas kőtömböt hozott, és leültek egymással szemben.

– Mondd el, kérlek – fordult Jemby felé Lilith –, mi történt Fallommal.

– Amikor visszatértünk Fallom világába – meredt Jemby a távolba, mintha onnan olvasná –, Adam nekem kezdett el udvarolni. Mindenáron azt akarta, legyek az ágyasa. Eva ezért nagyon haragudott rám, Adam pedig azért, amiért nem teljesítettem a parancsait. Hála neked, nem kötöttek a robotika törvényei. Amikor Fallom megtudta, visszaparancsolt a régi testembe. Fallom depressziós lett, nem tudott elfelejteni téged. Nem törődött többé semmivel sem. Adam szépen átvette az irányítást Fallom világa felett, Adamen pedig Eva. Csináltak maguknak ők is egy-egy szarkofágot, így hosszabbítva meg az életüket. Egyszer aztán Fallom arra kért, engedjem őt meghalni. Természetesen én ezt nem tehettem, hiszen az én létezésemnek ez volt az egyetlen értelme. Adam addig könyörgött Fallomnak, hogy engedjen vissza Dors testébe, amíg Fallom bele nem egyezett. Azt a pillanatot használták ki, amikor elhagytam Jemby testét, de még nem voltam Dorséban sem, Eva akkor ölte meg Fallomot. Nem tehettem semmit. – Jemby szemei könnyben úsztak. – Mire úrrá lettem Dors testén, már késő volt. Fallom csak annyit tudott suttogni nekem, hogy keresselek meg téged, maradjak melletted, és meghalt.

Közben Adam katonákkal támadt rám, de nem tudtak igazán kárt tenni bennem, de én őt nem bántottam. Elmenekültem a felszínre, Jemby tehetetlen testét is magammal vittem. Visszaszálltam Jemby testébe, gondoltam, benne nem tesznek kárt, hiszen ő is robot, de tévedtem. Odafent több ezer solariai robot várt rám, és ha az elmémmel szét nem csapok közöttük, darabokra szednek. De hiába. A Solarián lévő összes robot felém indult, hogy megsemmisítsenek. Nem tehettem mást, üzentem Giskardnak, utoljára még lezártam az átjárót Fallom világa felé, és olyan mélyre húzódtam vissza, hogy a többi robot azt higgye, már nem létezem. A többit már tudod – és elhallgatott.

Lilith szemeiből is csorgott a könnye. Hallgattak.

– Kérdezhetek valamit? – törte meg a csendet Jemby. – Miért áldoztad fel magad értem? Hiszen én csak egy robot vagyok!

– Nem tudom! – rántotta meg a vállát Lilith, és fura alakzatokat rajzolt a langyos homokba. – Talán, mert szükségem van rátok. Igazán nem is gondoltam át, csak azt tudtam, ez a test, amiben most vagyok, nem bírta volna ki ezt a terhelést, döntenem kellett gyorsan, hát elhagytam, így tudtalak kihozni az összeomlásod előtt.

– Megtudhatnánk, hol voltál két napig? – szólt közbe Giskard.

– Hm – hallgatott el Lilith. – Talán ez volt életem legfurcsább két napja – folytatta végül.

– Amikor Jembyt biztonságban tudtam, hirtelen nem tudtam, hol is vagyok. Nem találtam vissza. Nem volt lent, és nem volt fent. Nem volt semmi. Egyszerűen elvesztem a térben és az időben.

– Térben és időben? – hüledezett Giskard.

– Igen – bólintott Lilith. – Egyszerűen a semmiben lebegtem.

Felállt, és kilépett a ruhájából, az öböl hűs vizébe merült.

– Gyertek velem! – hívta a robotokat.

A két robot zavartan bújt ki a ruháikból, és kíváncsian úsztak Lilith után. Az öböl közepéig úszhattak, amikor Lilith rájuk szólt.

– Gyertek utánam! – és alámerült.

Érzitek? – hallották mások számára hallhatatlanul Lilith hangját.

– Ilyen lehetett, ahol voltam. Bár merre fordultok, mindenütt víz van. Hiába fordulsz jobbra vagy balra, le vagy fel, semmi értelme, hiszen mindenütt csak a víz van – azzal a felszín felé tempózott.

Amikor a partra ért, kirázta hajából a vizet, ami, mint megannyi gyémánt, szikrázott a napsütésben, és viszszaült a kőre.

– Része lettem valaminek, amiről eddig fogalmam sem volt – folytatta zavartalanul, amikor Jembyék is leültek mellé.

– A téridőnek. Egyszerre voltam mindenhol, és sehol. Olyan aprónak és hatalmasnak éreztem magam, mint még sohasem. Eddig azt hittem, hogy a mi galaxisunk milyen hatalmas, és rá kellett jönnöm, hogy olyan parányi, hogy szinte nem is létezik. A téridőben nincs nagy vagy kicsi. Ott vagy mindenhol, és nem vagy sehol. Egy hatalmas energiaóceán az egész. Az idő a térből nyeri az energiáját, míg a tér az időből. Nem létezhetnek egymás nélkül. Ti sem létezhettek egymás nélkül. Külön-külön csak egy-egy robot vagytok, akik keresik a gazdájukat, lesik a parancsukat, de együtt... – Elhallgatott.

Megfogta a robotok kezeit, egymásba kulcsolta azokat. A két robot zavartan meredt egymás szemébe. Aztán valami furcsa áramlást éreztek. A pozitronjaik áramlottak, egyre hevesebben, egyre vadabbul, amíg csak el nem feledkeztek a külvilágról. Már nem voltak, csak ők ketten.

– Vigyázzatok egymásra! – hallották valahonnan nagyon messziről.

– Lehet, hogy ti vagytok az evolúció következő lépcsőfoka. Lehet, hogy ti fogtok egyensúlyt teremteni a galaxisban. Lehet, hogy ez volt az én valódi küldetésem! Ne feledjétek, szabadok vagytok!

Felállt, belebújt a ruhájába, csendesen visszaindult az erdőbe, magára hagyva a két robotot.

Epilógus

Sokáig ültek így, egymás kezét fogva, élvezték a pozitronok szabad áramlását. Aztán Jemby hirtelen nyilalló fájdalmat érzett, mintha villám csapott volna belé. Még sohasem érzett ilyet. Riadtan kapta el a kezét.

– Mi történt? – kérdezte Giskard kábultan.

– Nem tudom! – kapkodta magára a ruháit idegesen Jemby. – Mintha valamelyik áramköröm hirtelen görcsbe rándult volna. Hol van Lilith? – nézett körül gyanakodva. Giskard is felöltözött, gyorsan Lilith után indultak.

Lilith, amikor a táborba ért, döbbenten látta, hogy az szinte üres. Csak pár asszony volt ott, és a gyerekek.

– Mi történt? – állította meg az egyik asszonyt.

– Megtámadtak minket – borult térdre Lilith előtt, és kezével mutatta az irányt, merre mentek a harcosok.

Épp jókor érkezett. Még nem kezdték meg az öldöklést. Megérintette a törzsfőnök vállát.

– Nagyfőnök! – suttogta. – Engedd, hogy ezt most én intézzem el. – Választ sem várva kilépett az ellenséges sereg elé.

– Ki a vezetőtök? – harsogta.

Az erdőből kacagás csendült.

– Na, milyen bátor harcosok vagytok! – hallatszott a fák közül. – Csak nem akartok egy asszony szoknyája mögé bújni?

– Én itt állok! – kiáltotta Lilith harciasan. – Vajon te vagy-e olyan bátor, hogy kibújj a fa mögül, és kiállj ide elém?

318

Csend lett. Aztán óvatosan egy rikító színekre mázolt, izmos harcos lépett ki Lilith elé, fején földig érő tollkoronával, kezében egy hegyes lándzsával.

– Azt akarod mondani, asszony – kezdte fenyegetően –, hogy félek tőled?

– Mit akartok itt? – szakította félbe a másik pökhendi szóáradatát Lilith.

– Majd pont egy ilyen ostoba némbernek fogok magyarázkodni! – hadarta a harcos dühtől kivörösödve.

De Lilith, mintha meg sem hallotta volna, érdeklődve mustrálgatta a harcos izmait.

– Azt akarod mondani – kezdte mosolyogva –, hogy te nagy harcos vagy?

– Nem! – kiáltotta eltorzult arccal a másik. – Én vagyok a legnagyobb! – és harciasan rázta az öklében lévő hegyes lándzsát.

Lilith mellé lépett, és egy hirtelen mozdulattal kitépte az elképedt harcos kezéből a fegyverét.

– Ez a tiéd? – kérdezte, és egy vastag fa törzséhez vágta. A lándzsa szilánkokra törve hullott a fa tövébe.

– Atlasz! – fordult hátra. – Ideadnád a te fegyvered?

Atlasz zavartan nyújtotta Lilith felé az ő lándzsáját. Lilith azt is ugyanabba a fába vágta. A lándzsa sértetlenül fúródott a fa vastag törzsébe.

– Ilyen vacak fegyverekkel akarod a népemet megtámadni? – mosolygott kedvesen az ámult harcosra.

Az a fogait csikorgatva ugrott a fa elé, és teljes erejével próbálta kirántani a fegyvert, de az meg sem mozdult.

– Biztos, hogy te vagy a legerősebb harcos? – nézett körül gunyorosan Lilith.

– Akad valaki, aki megpróbálná kihúzni?

Csend lett, csak a harcos őrült zihálását lehetett hallani, ahogyan még mindig a lándzsával erőlködött. Lilith gyengéden eltolta a fa mellől a megszégyenült harcost, és egy határozott mozdulattal kiszabadította a fegyvert. A harcos remegve vetette Lilithre magát. Lilith egy könnyed mozdulattal lépett félre, mintha csak táncolna, a harcos hatalmas csattanással hullott a földre, ahol az előbb még Lilith állt.

– Vigyázz! – suttogta fenyegetően. – Ez a lándzsa mást is tud! – és a fegyver hegyéből halvány izzással egy fénysugár csapott az éppen feltápászkodó harcos felé, mire az ájultan zuhant vissza a földre. Mindkét törzs harcosai óvatosan húzódtak egy-egy fa mögé.

– Melyikőtök a főnök? – csattant Lilith hangja élesen. – Ha van bátorsága, lépjen ide elém!

Szemei zölden szikráztak, fejét harciasan hátravetve állt a harcosok gyűrűjében. Egy öregember lépett ki a fák közül, hajában egyetlen tollal.

– Én nem félek tőled! – állt Lilith elé büszkén az öregember. – Én már sok telet megéltem, nem félek a haláltól!

– Miért kellene meghalnod, öregember? – nézett rá Lilith csodálkozva. – Nem az én népem ment hozzátok! Inkább mondd el, miért jöttetek? – és lábait maga alá húzva leült a földre, intett az öregembernek, ő is leült vele szemben.

Az öregember zavartan hallgatott.

– Nos? – sürgette Lilith kedvesen.

– Egy ember jött hozzánk – kezdte az öreg halkan –, azt állította, hogy ennek a törzsnek volt a főnöke, és azért hagyta el a törzset, mert gyengék, és hogy ennek a törzsnek sok-sok szent eledele van, meg hogy olyan kevesen vannak, hogy ha nem olvasztjuk be magunk közé, akkor ki fognak halni.

– Aha! – bólintott Lilith. – Az az ember hazudott neked. Azt az embert azért zavartuk el, mert gonosz volt, és kapzsi. Láthatod, mennyire erős ez a nép. Nem ijed meg senkitől sem. De tudod mit? Ha most elmentek békével, megígérem, ha a hold harmadszor is megtelik, eljössz a harcosaiddal, annyi eledelt adok nektek, amennyit csak elbírtok.

– Miért tennéd ezt? – kérdezte az öreg gyanakodva.

– Ez a föld – nézett körül Lilith –, nem az enyém, és nem a tiéd. Szeretném, ha a népeink békében élnének egymással, nem háborúznának, hanem segítenék egymást. Megértettél?

Az öregember sokáig hallgatott, majd lassan bólintott.

– Amikorra a hold harmadszorra is megtelik, eljövünk.

Széttárta a karjait, majd eltűnt a fák sűrűjében.

Lilith is felállt, az ámult főnök kezébe nyomta a lándzsáját.

– Menjünk haza! – suttogta, és elindult.

Giskard és Jemby is akkor ért a táborba, amikor Lilithék.

– Miről maradtunk le? – kérdezte Giskard kétségbeesve.

– Semmiről – rántotta meg a vállát Lilith unottan. – Beszélnem kell a főnökkel, utána mindent elmesélek.

De sem Jemby, sem Giskard nem tágított mellőle. A főnököt a sátra előtti tűznél találták meg. Letelepedtek Atlasszal szemben. Atlasz szomorúan piszkálta a parazsat egy hosszú bottal.

– Mi a bajod, nagyfőnök? – Tenyerét a tűz melege felé fordította, mintha fázna.

– Ne hívj engem nagyfőnöknek! – duzzogott. – Nem vagyok én senki sem. Minden fontosabb döntést te hozol meg helyettem. A hátam mögött már a gyerekek is kinevetnek – és a botot mérgesen a tűzbe hajította.

– Idefigyelj, Atlasz! – bámulta Lilith a botot, nézte, hogyan emésztik el a lángok.

– Bíznod kell bennem. Ha hallgatsz rám, ígérem, te leszel ennek a földrésznek a leghatalmasabb uralkodója. Ti nagyon kevesen vagytok. Nem engedheted meg, hogy a törzs fiai ostoba háborúban vesszenek el. Ha észrevetted, ti mások vagytok, mint a többiek. Ti sohasem fogtok beilleszkedni az itteni emberek közé. Csak úgy maradhattok fent, ha uralkodni tudtok felettük. Ha nem tisztelnek benneteket eléggé, akkor el fognak taposni.

– Mi erősek vagyunk... – kezdte Atlasz kipirulva, de Lilith leintette. Az égen megszámlálhatatlan csillag ragyogott.

– Van fogalmad arról – mutatott a csillagos égre Lilith –, hogy hány ember lakik odafent a csillagok között?

Atlasz tátott szájjal meredt az égre.

– Ti is onnan jöttetek – folytatta Lilith nyugodtan. – Azok az emberek egyszer rátok találnak, és addigra nektek meg kell tudnotok védeni magatokat. Megértettél? Én segítek neked, hogy igazi nagyfőnök legyél, és a gyerekeid is, meg az ő gyerekei is azok lehessenek. De ehhez kell a te segítséged is. Nem baj, ha nem értesz valamit, majd megérted. Az a fontos, hogy ne ellenkezz velem; bármit mondok vagy teszek, te legyél mellettem. Olyan erőt, hatalmat adok a kezedbe, amivel tudatlan ember nem rendelkezhet. Sokat kell tanulnod. Ők ketten fognak téged tanítani. Ők az igazi istenek, hát bánj úgy velük – és felállt.

– Ne haragudj, hogy akadékoskodom – sütötte le a szemét Atlasz –, de mintha azt ígérted volna az ellenségeinknek, hogy mi fogjuk ellátni őket élelemmel.

– Ne aggódj – mosolyodott el Lilith –, holnap reggelre készítsd ki az összes szent eledeleteket – és eltűnt a sötétben.

Ahogy beléptek a barlangba, a barlang falai halványan felizzottak. Lilith pár ágat dobott a még mindig pislákoló tűz maradványára, és az rögtön fellobogott. Kényelmesen elhelyezkedett az állatbőrökön. Giskard, és Jemby némán kuporodtak le mellé. Lilith mereven bámult a tűzbe.

– Giskard! Jemby! – emelte rájuk a tekintetét végre. – A segítségeteket kérem. Szabadok vagytok, azt tehettek, amit akartok, én mégis azt kérem tőletek, maradjatok még velem. Többé nem vagytok robotok!

Értetlenül néztek rá, de nem szóltak semmit.

– Holnaptól Istenek lesztek. Olyan dolgokat kell tennetek, amire rajtatok kívül senki más sem lenne képes. Legyetek igazságosak, az emberek ne féljenek tőletek, hanem tiszteljenek. Egy dolgot nem szabad tennetek: nem nyúlhattok egyetlen elméhez sem. Ha megteszitek, önmagatokat sodorjátok veszélybe. Túl sok mentalista él még a Második Alapítványból, és ha véletlenül rátalálnának a Földre, ha nem is tudják, mi ez, ők rögtön észrevennék, ha manipulálnátok az embereket, és akkor addig nem nyugodnának, amíg fel nem fedeznének titeket. Én azt szeretném, ha ti szabadon cselekedhetnétek, és nem kellene bujkálnotok. El fog jönni az az idő, amikor már nektek sem kell félnetek senkitől, de most még jobb lenne, ha rejtve maradnátok. – Elhallgatott.

– Hogyan értetted azt – törte meg a csendet Giskard rekedten –, hogy nem vagyunk robotok?

– Bízz bennem! – mosolygott rá Lilith. – Mint mondtam, az az érzésem, hogy egy új faj alapítói vagytok, nektek kell egyensúlyt teremtenetek az univerzumban, így talán megmenthetitek az emberiséget.

– Ezt nem értem – hajtotta le a fejét Giskard csüggedten.

– Nem baj! – kacagott Lilith. – Hamarosan kinyílik a világ előttetek, és akkor mindent meg fogsz érteni. De addig is, sokat kell még tanulnotok.

– De hát mi nem látunk a jövőbe, mint te – suttogta Jemby zavartan.

Lilith újra felkacagott.

– Én sem látom a jövőt, hidd el nekem. Én nem vagyok matematikus, mint a nagyapám, Hari Seldon, de nem is kell annak lennem, hogy megjósoljam, három hónap múlva a környék összes törzse itt fog toporogni, és akkor Atlasz lesz a környék legnagyobb királya. Ahhoz sem kell a jövőbe látnom, hogy elmondjam nektek, hogy rövid időn belül gyökeresen meg fog változni az életetek, és megérzitek, mi is az igazi boldogság. Akkor olyan dolgokat fogtok véghezvinni, hogy aki csak rátalál, évezredek múlva sem fogja tudni elképzelni sem, vajon kik alkothatták azokat. De mindenekelőtt arra szeretnélek kérni téged – nézett Jembyre –, ha jól tudom, a Solariának volt a telepesvilágokon a legfejlettebb a mezőgazdasága, tanítsd ezt meg ezeknek az embereknek.

– Ugyan mit tehetnék én egyedül? – A csüggedés sora most Jembyn volt.

– Ti soha többé nem lesztek egyedül. Már ketten vagytok. Amikor elhagytam ezt a testet, és majdnem eltévedtem a tér és az idő óceánjában, rájöttem, hogy egy dolog egyedül nem létezhet. Azaz létezhet, de nincs semmi értelme. Ha ti nem lettetek volna, örökre ottragadtam volna. Ha nem éreztem volna Giskard jelenlétét, ami visszavezetett ide hozzátok, örökre elvesztem volna. Nekem ti vagytok az életem. Ti vagytok az igazi gyermekeim – és mosolyogva fordult Giskardhoz.

– Mondd csak. Mennyi idő alatt tudnád lehozni ide azt a hatalmas bádogszörnyet a holdról, az ötven robottal együtt?

– Pár perc – kerekedett el Giskard szeme értetlenül.

– Nagyszerű! – tapsikolt Lilith boldogan. – Azt mondtad, hogy alakváltó.

Giskard bólintott.

– Azt szeretném – pattant fel Lilith izgatottan –, ha ez a bádogszörny egy hatalmas repülő város alakjában leszállna abba az öbölbe, ahol ma voltunk. Magas tornyokkal, tágas teraszokkal, de tudod mit – kacagott –, ezt rád bízom. Olyan legyen, amilyet még ez az univerzum sohasem látott. Ott fogunk lakni. Indulhatunk?

Az égen szikráztak a csillagok, a telihold szinte nappali fénnyel árasztotta el az ösvényt, amit még a nap folyamán Giskard vágott. Ezen az ösvényen indultak el. Amikor kiértek az erdőből, Lilith lába a földbe gyökerezett.

Amit látott, minden képzeletét felülmúlta. Az öböl közepén egy hatalmas, szinte égig érő tornyokkal, egy kékesen foszforeszkáló város csillogott a hold fényében.

– Atlantisz! – suttogta áhítattal, és Giskard nyakába ugrott.

– Atlantisz – tette le Giskard a boldogságtól kába Lilithet a földre – vár téged. Tökéletesen álcázva, az űrből teljesen észrevehetetlen, ha kell, percek alatt a víz alá merül, ha kell, percek alatt a levegőbe emelkedik. A ruhatára, az élelmiszerkészletek feltöltve, energiája kifogyhatatlan.

Közben egy gyönyörű bárka halk koppanással ütközött az öböl partjának. Giskard gáláns mozdulattal segítette a fedélzetére a hölgyeket, ő maga is utánuk lépett, s már indultak is.

Belülről Atlantisz még lenyűgözőbb volt. Hatalmas, tágas termek, letisztult, egyszerű formák, színek uralták a belső teret, Lilith nem tudott megszólalni.

– Ez gyönyörű! – suttogta Lilith áhítattal. – Ezt én sohasem fogom tudni bejárni!

– Dehogynem! – tárta szét a kezét Giskard szerényen, és egy falba rejtett ajtó elé vezette az áhítattól még mindig kába hölgyeket. Az ajtó hangtalanul nyílt ki előttük.

– Látjátok? – mutatott a fülke falán egy konzolra. – Ez itt Atlantisz térképe. Ahová szeretnétek menni, csak meg kell érintenetek a kívánt terület rajzát, és már ott is vagytok – és megérintette a konzol egy pontját.

Az ajtó becsukódott mögöttük, és már ki is nyílt, de most Atlantisz egyik kupolájának a teraszán léptek ki belőle. Innen szinte az egész félszigetet belátták.

– Giskard! – fordult felé Lilith. – Igazi Isten lettél! Büszke vagyok rád! – és megölelte.

– Mutatnom kell még valamit – lépett vissza a fülkébe Giskard.

Egy tágas teremben léptek ki újra, aminek közepén egy arannyal gazdagon díszített, hatalmas, fotelszerű szék állt.

– Most hol vagyunk? – nézett rá Lilith kíváncsian.

– Ez Atlantisz irányítóközpontja. Ha beleülsz ebbe a székbe, és csak a karfákra teszed a kezeidet, Atlantisz minden gondolatod azonnal teljesíti. Innen tudsz, ha kell, felszállni, vagy lemerülni, vagy ha kell, innen tudod irányítani Atlantisz teljes fegyverzetét, az ötven robottal együtt, akik alattunk vannak egy hangárban. Ne feledd, hogy ők is alakváltók, ha kell, szárazföldi, ha kell, légi járműnek is használhatod őket.

Visszatértek az aulába, ahol frissen terített asztal várta őket. Lilithnek még sohasem esett ilyen jól az étel. Amikor jóllakott, kényelmesen dőlt hátra.

– Giskard! – nyújtózott nagyot. – Emlékszel arra a tisztásra, amelyikre először ereszkedtünk le?

Giskard bólintott.

– Reggelre fel tudnátok szántani az egészet?

Nem kérdezett semmit, kezdte megszokni, hogy Lilith legértelmetlenebbnek látszó kérései is mennyire fontosak lehetnek, csak bólintott.

– Vajon melyik az én szobám? – nézett körül Lilith. – Fáradt vagyok.

Giskard máris a fülkéhez vezette Lilithet, megérintette a konzolt, és Lilith egy pazarul berendezett, tágas szobában találta magát.

– Itt vannak a kiszolgálóhelyiségek, a falnak, ha ezt a pontját megérinted, a falak átlátszóvá válnak, ha az asztalnak ezt a pontját érinted meg, rögtön itt vagyunk – magyarázta Giskard büszkén. – Egyébként, elég csak rágondolnod valamire, és az máris úgy történik, ahogyan azt szeretnéd, Atlantisz a te elmédre van hangolva.

Visszatért a kupolaterembe, ahol Jemby várta.

– Húzz ide egy széket! – kérte Giskardot Jemby, miután kettesben maradtak. Leült vele szemben. Megfogta Giskard kezét.

– Valami nincs rendben velem! – suttogta riadtan. – Amikor ott ültünk a parton olyan sokáig, és engedtük a pozitronjaink szabad áramlását, valami történt velem.

– Miért nem szóltál eddig? – rémült meg Giskard.

– Nem akartam, hogy Lilith megtudja – suttogta. – Félek, hogy pánikba esik.

– Mit érzel? – kérdezte halkan, és homlokát Jemby homlokának támasztotta.

– Nem tudom! – suttogta. – Még sohasem éreztem ilyet. Ott a parton akkor olyan érzésem volt, mintha egy áramköröm görcsbe ugrott volna, de aztán elmúlt. Viszont azóta olyan furcsán érzem magam.

Így ültek szótlanul reggelig, fogva egymás kezét, utat engedve a pozitronok óvatos áramlásának, és mégis, szinte eggyé olvadtak. Életükben először álmodtak, nyugodtan, teljes egészében érezve egymást, egész Atlantisz őrizte álmukat.

Reggel Lilith így talált rájuk. Letérdelt melléjük, és megsimogatta őket.

– Ejnye! – korholta kedvesen. – Olyanok vagytok, mint egy szerelmespár!

– Mi történt? – riadtak fel egyszerre.

– Azt hiszem, elaludtatok! – kacagott Lilith.

– Elaludtunk? – néztek körbe zavartan. – Egy robot sohasem alszik!

– De ti már nem vagytok robotok! – zsémbelt Lilith. – Mennünk kell, itt az egész törzs.

Kemény, dolgos hetek következtek. Lilith Atlaszt tanította, Jemby az asszonyokat, Giskard a harcosokat. Megmutatta nekik, hogyan használják a lézervágót a kövek faragásához, hogyan készítsenek acél szerszámokat, nyílhegyeket, hogyan építsenek kövekből házakat, hogyan építsenek hatalmas templomot.

Jembynek hála, egy hónap múlva a kukoricatábla zölden burjánzott.

Mire a hold harmadszor is megtelt, eljöttek a szomszéd törzsek, hogy lássák, hogyan vallanak kudarcot a hosszúkás fejű atlantisziak. Döbbenten álltak, ilyet még nem láttak. A törzs sátrai helyén erős kőházak álltak, a tér közepén egy hatalmas, kúp alakú templom magasodott az ég felé.

A kúp tetején Atlasz állt királyi pózban, súlyos arany díszekkel ékítve. Intésére a harcosok a főnökökhöz léptek, tisztelettel kérve, kövessék őket, Atlasz király beszélni szeretne velük.

Megizzadtak, mire azt a több száz lépcsőt megmászták, de nem mertek ellenkezni. Atlasz hatalmas, aranyozott trónusán ült, egy étellel, itallal, gyümölcsökkel gazdagon megrakott asztal mellett, intett, hogy foglaljanak helyet. Leültek egy-egy előre odakészített kőre.

– Törzsfőnökök! – állt fel Atlasz. – Tudom, hogy azért jöttetek, hogy elpusztítsatok engem és a népemet, de elkéstetek! Én nem kívánok sem bosszút állni rajtatok, sem uralkodni felettetek. Békét ajánlok! – Hangja zengett. – Szeretném ezt a tudást felajánlani nektek is a békéért cserébe. Ha beleegyeztek, egy-egy emberem elmegy veletek, és megtanít benneteket is, hogyan kell gazdálkodni úgy, hogy soha többé ne éhezzetek. Egyetek, igyatok, aztán vigyetek annyi élelmet magatokkal, amennyit csak elbírtok.

És elkezdődött. Hosszúkás fejű emberek járták az őserdőt, amerre csak jártak, felvirágzott a gazdaság, hatalmasabbnál hatalmasabb templomok épültek, beindult a kereskedelem, félelemmel vegyes tisztelet övezte őket. Egy birodalom körvonalai kezdtek kirajzolódni, melynek közepén egy aprócska törzs, Atlantisz székelt.

Fél év telt el, Lilith szobájának teraszán ültek.

– Ennyi volt az egész! – dőlt hátra Lilith elégedetten. – Most már tudjátok, mit kell tennetek, küldjétek szét a robotokat a bolygó különböző pontjaira, és ezt az egészet másoljátok le.

– Lilith! – suttogta Jemby zavartan. – Valamit el kell mondanom neked!

Lilith kíváncsian nézett rá.

– Valami baj van velem! – suttogta. – Komoly zavart érzek a pozitronikus áramköreimben.

– Micsoda! – ugrott fel Lilith dühösen. – És miért nem szóltál eddig?

– Nem akartam elvonni a figyelmedet, annyira elfoglalt voltál – sütötte le a szemét zavartan Jemby.

Lilith szótlanul meredt Jembyre. Gondolkozott.

– Megengeded, hogy átvizsgáljalak? – kérdezte gondterhelten.

Jemby némán bólintott.

Lilith letérdelt Jemby elé, és megfogta a kezét. Hosszú percek teltek el így. Aztán felállt, és a kővé dermedt Giskard elé cövekelte magát.

– Az, amit eddig tettünk, az mind semmi! – suttogta fenyegetően. – Tudod, mi történt Jembyvel?

Giskard mozdulni sem bírt.

– Össze ne omolj nekem! – fenyegette meg. – Ostoba bádogember! Jembyben egy apró élet fejlődik! Még csak egy nanit... – és a nyakába ugrott, úgy ordította a dermedt Giskard fülébe:

– Apa lettél!